푸른 사막의 달

5 완결

글 강민정
그림 하운

푸른 사막의 달 5 (완결)

초판 1쇄 발행 | 2017년 2월 27일

지은이 ⓒ 강민정 2017
일러스트 ⓒ 하운 2017

교정교열 | 문보람
표지 디자인 | 하운
표지 편집 | 서유미

펴낸이 | 김혜랑
펴낸곳 | (주)메르헨미디어
등록일자 | 2016년 12월 28일
등록번호 | 제 2016-000253 호
ISBN 979-11-959956-4-6 04810
ISBN 979-11-959956-0-8 (세트)

※ 저자와의 협의 하에 인지를 생략합니다.
※ 본 작품의 모든 구성요소의 저작권은 계약에 따라 각 저작자와 나비노블에 있습니다. 저작권법에 의해 보호를 받는 저작물이므로 무단 전재 및 유포, 스캔, 공유시 법적 제재를 받습니다.
※이 도서의 국립중앙도서관 출판시도서목록(CIP)은 서지정보유통지원시스템 홈페이지(http://seoji.nl.go.kr)와 국가자료공동목록시스템(http://www.nl.go.kr/kolisnet)에서 이용하실 수 있습니다.(CIP제어번호: CIP2017002909)

nabinovel@nabinovel.net
http://nabinovel.net

푸른 사막의 달
목 차

‡15‡ 마녀의 재림　　　　　　　　9

‡16‡ 영원한 것　　　　　　　　91

‡17‡ 우리의 기억만이 남아　　　187

‡18‡ 행복하게 오래오래 살았습니다　275

‡19‡ 후일담　　　　　　　　　303

‡외전‡ 스캔들　　　　　　　　325

후기　　　　　　　　　　　　381

15
마녀의 재림

"어, 어떻게 그걸……."

민아는 너무 놀라 저도 모르게 말을 더듬었다.

어떻게, 도대체 어떻게 뮤리온이 그 사실을 알고 있는 것일까? 자신은 마녀가 아니었지만, 카이아 사람의 입장에서 보면 영락없이 마녀로만 보인다는 것을 알고 있었다.

그랬기에, 속인다는 죄책감 속에서도 계속해서 뮤리온에게 자신의 힘에 대해 말하고 있지 않았었다. 그러나 결국 뮤리온은 민아가 푸른 불꽃의 힘을 쓴다는 것을 알게 되어버린 모양이었다.

"민아. 지금 그런 것은 중요한 것이 아니잖아요."

뮤리온이 민아의 말에 짧게 대꾸했다.

그의 대꾸에는 단호하다 못해 냉랭한 기색이 스며들어 있었다. 그의 그런 차가운 말투에 민아의 얼굴이 순식간에 붉어졌다. 그녀의 붉어진 얼굴 위로 당황과 혼란, 괴로움의 감정들이 스쳐 지나갔다. 결과적으로 민아는 뮤리온을 속이고 기만하고 있었던 것이 되어버렸다.

민아는 뒤늦게야 뮤리온이 왜 그렇게 상처 받은 얼굴을 하고 있었는지 깨달았다.

민아는 어떻게 해야 할지 몰라 잠깐 입술을 달싹이다가, 조심스레 뮤리온 쪽으로 한 손을 뻗었다. 뒤늦게라도 그에게 자신의 입장을 해명하고 싶었다.

"저어……. 뮤리온, 어떻게 말해야 할지 모르겠는데, 제게 그런 힘이 있다는 걸 말하지 않은 건……."

"이해해요. 푸른 불꽃은 카이아에서 불길하다 여겨지는 힘이니까요. 하물며 저는 어릴 때부터 신전에서 자란 사람이니, 쉽게 털어놓기 어려우셨을 테지요."

뮤리온은 짐짓 이해한다는 듯한 말투로 말했다. 그러나 민아는 그의 목소리에서 그가 이 상황에 대해 자신에게 적잖은 배신감을 느끼고 있다는 것을 알아차릴 수 있었다.

분명 머리로는 뮤리온도 이해할 터였다. 하지만 감정적으로, 그는 민아와 유루스가 자신에게 거짓말을 해온 것을 받아들이기 힘든 것이 분명했다.

"당신이 정말 마녀라는 것이 아니에요. 다만, 지금 이 상황에서 당신이 그런 힘을 가지고 있다는 것 자체가, 우리에게 유용하게 쓰일 수 있을 거라 말하는 거예요."

"제 힘이요?"

민아는 머뭇거리며 되물었다. 마녀의 힘이래도, 푸른 불꽃의 힘은 제대로 다루지 못하면 대단한 것이 아니었다. 무엇보다도 민아는 오늘 라히드 앞에서 이상한 도구의 힘에 막혀 불꽃 벽을 만드는 것조차도 제대로 하지 못했었다. 그런 자신이 이 상황에서 제대로 도움이나 될는지 의심스러웠다.

"예. 당신이 전쟁을 막을 수 있을 거예요. 조금은 위험할지도 모르지만, 저를 도와주시겠어요?"

뮤리온은 민아에게 정중하게 요청했다. 하지만 민아는 그 요청에 대답하는 대신, 저도 모르게 고개를 숙여 뮤리온의 시선을 피했다.

뮤리온을 도울 생각이 없는 것은 아니었다. 민아는 뮤리온과 유루스를 위해서라면 그 어떤 위험이라도 감수할 생각이었다.

그러나 아무리 그렇다 하더라도 민아에게 지금 이 상황은 꺼림칙하게만 느껴졌다. 뮤리온의 목소리가, 말투가, 자신을 바라보는 눈빛이, 그의 모든 것이 자신을 동료로서가 아닌 하나의 수단으로만 보고 있는 것처럼 느껴졌다. 그러한 분위기에 민아는 쉽게 고개를 들 수 없었다.

하지만…… 그 모든 것은 전부 민아 혼자만의 생각일 뿐이었다. 어쩌면 도둑 제 발 저린다고, 뮤리온을 속이고 있었다는 것에 혼자 찔려 이 상황을 저 혼자 나쁘게 생각하는 것일지도 몰랐다. 게다가 뮤리온이 민아에게 이런 부탁을 한다는 것은 분명 민아가 아니면 안 되는 일이기에 그러는 것일 터였다.

민아는 결국 가슴속 꺼림칙한 기분을 제대로 정리하지 못한 채 고개를 끄덕였다.

"네. 제가 할 수 있는 일이라면 무엇이든지 기꺼이 하겠어요."

머뭇거리기는 했지만, 그래도 승낙의 대답이었다. 민아의 대답에 뮤리온은 조금 안도한 기색으로 가슴을 쓸어내렸다.

"도와준다고 말해줘서 고마워요. 민아가 아니면 안 되는 일이었거든요."

그러고 보니 「민아가 아니면 안 되는 일」, 뮤리온의 부탁이 무엇인지 아직 구체적으로 듣지 못했다.

"그런데, 저만이 할 수 있다는 일이 도대체 뭐죠?"

"그건……."

민아의 질문에 이번에는 뮤리온이 표정을 굳혔다. 그는 잠깐 민아의 얼굴을 쳐다보고 또 유루스의 얼굴을 한번 돌아보더니, 곧 무언가 결심한 듯한 모습으로 자신의 생각을 털어놓았다.

"그건, 당신이 이곳 파셀의 대중 앞에 마녀로서 모습을 드러내는 것입니다."

뮤리온의 말에 순식간에 주변이 조용해졌다. 민아 또한 말을 잃은 채 입술만을 꾹 깨물고 있었다. 민아는 뮤리온의 말을 제대로 이해할 수 없었다.

마녀로서 대중 앞에 모습을 드러내라니, 왜 그런 위험한 짓을 해야 한다는 말인가?

"전하. 그게 도대체 무슨……."

뮤리온의 말에 가장 먼저 무어라 반응을 보인 건 유루스였다. 그는 당황한 기색을 그대로 드러낸 채 민아와 뮤리온 사이에 끼어들었다.

유루스는 무어라 뮤리온의 말을 반박할 요량인 것 같았지만, 그가 미처 더 말을 꺼내기 전에 레길이 짝, 하고 손바닥 맞부딪치는 소리를 냈다.

"맞아! 내가 왜 그 생각을 못 했지? 너라면, 황제가 테바루아에 선전포고하는 걸 충분히 막을 수 있어!"

그는 상기된 얼굴로 큰소리를 냈다. 레길이 큰 소리를 내자 민아는 저도 모르게 그쪽으로 고개를 돌렸다. 민아는 뮤리온이 무슨 의도로 그런 말을 꺼냈는지 전혀 이해하지 못했는데, 레길은 단번에 뮤리온의 의도를 파악한 모양이었다.

민아는 다시 한 번 뮤리온의 뜻을 혼자 이해해보려고 했지만, 머리가 너무 복잡한 나머지 곧 포기해버리고 레길을 향해 입을 열 수밖에 없었다.

"잘 모르겠어요. 제가 사람들 앞에서 푸른 불꽃의 힘을 쓰는 게 황제 폐하의 선전포고와 도대체 무슨 관련이 있다는 거죠?"

"당연히 있지!"

레길은 한달음에 민아 앞으로 달려와 그녀의 손을 붙잡았다. 갑작스러운 데다가, 다소 흥분한 듯한 그의 행동에 민아는 얼굴을 찌푸린 채 꽤 거칠게 레길의 손에서 자신의 손을 잡아 빼버렸다. 하지만 레길은 민아의 그런 태도에 전혀 신경 쓰지 않은 채 혼자 열을 내며 말을 쏟아내고 있었다.

"마녀 소동이 일어난다면, 제국은 그 소동을 진정시키기 전까진 전쟁 같은 걸 일으킬 수 없어. 이 가이아 사람들의 내면에 있는 마녀에 대한 공포는 결코 무시할 수 있는 것이 아니니까. 애초에 마녀의 위협으로 건국 신화가 시작되는 데다가, 종교조차 수없이 마녀의 재림을 경고하고 있잖아. 만약 전설 속 마녀가 재등장한다면 제국 전체가 혼란에 빠질 텐데, 그때 위험하게 전쟁 같은 걸 할 수가 있겠어?"

"확실히…… 그게 가장 좋은 방법이긴 하군요. 게다가 그렇게 혼란을 일으킨 다음이라면, 대신전에서 성검을 빼 오는 것도 어려운 일이 아닐 거예요."

뒤로 물러나 있던 나디르가 앞으로 한 걸음 나서며 말을 보탰다. 하지만 말을 꺼내는 그녀의 얼굴은 그다지 좋지 못했다. 걱정스러운 얼굴.

민아는 무심코 자신의 얼굴도 저렇게 굳어 있을까 하는 생각을 했다. 결국, 뮤리온의 생각이라는 것은 민아가 푸른 불꽃의 힘으로 파셀에서 소란을 일으킨 다음, 비교적 경계가 느슨해진 대신전에서 성검을 꺼내 온다는 것이었다. 하지만, 아무리 생각해도 그 계획은…….

"말도 안 됩니다! 너무 위험하지 않습니까!"

어느 순간 유루스가 울컥하며 소리쳤다. 민아의 생각을 유루스가 먼저 입 밖으로 내뱉은 것이다. 유루스는 보기 드물게 몹시 흥분한 기색이었다.

유루스가 민아 쪽으로 손을 뻗는가 싶더니, 민아는 어느새 유루스의 등 뒤로 끌려가 있었다. 유루스가 그대로 민아를 당겨 자신의 등 뒤로 숨겨버린 것이었다.

"그런 계획이라면 민아가 너무 위험해집니다. 저는 절대 동의할 수 없습니다."

"하지만, 유루스."

나디르가 유루스를 진정시키려는 듯 그에게로 한 걸음 다가왔다. 하지만 유루스는 그대로 민아를 붙잡은 채 뒷걸음질 쳐 그녀가 자신을 건드리지 못하게 했다. 날이 선 유루스의 모습에 누구도 쉽게 입을 열 생각을 하지 못했다.

그 고착 상황을 깬 건 평소의 장난스러운 기색을 싹 지운 레길이었다.

"하지만 다른 방법이 없잖아."

레길은 퉁명스러운 목소리로 말을 던졌다. 그는 거침없이 걸어와 유루스 앞에 팔짱을 끼고 섰다.

"그럼 네가 말해봐. 다른 괜찮은 방법이 있는지. 황제의 선전포고를 막을 수 있으면서도, 군인들이 대신전 경비에 대해선 생각도 못 할 만큼 그들의 관심을 확 쏠리게 할 다른 방법을 알고 있느냔 말이야."

"그건……."

레길의 말에 유루스는 말끝을 흐렸다. 결국 유루스는 아무런 대꾸도 하지 못했지만, 쉽게 자신의 뜻을 물리지는 않았다. 합의점을 찾을 새 없이 점점 더 날카로워지는 분위기에 결국은 르네긴이 앞으로 나섰다. 그 또한 뮤리온의 말에 동의하는 것 같았다.

"유루스. 자네의 마음이 어떨지 이해가 가네. 하지만 이게 아무리 생각해도 이게 가장 좋은 방법 같네."

"그래요. 다른 방법이 없어요. 최대한 위험하지 않게, 민아와 같은 옷과 같은 가면을 쓴 미끼들을 여러 명 준비한다든가 하면 어떨까요? 얼굴만 드러나지 않으면 민아가 체포될 일은 없을 거예요."

나디르가 이어 말했다. 하지만 민아는 자신의 팔을 붙잡는 유루스의 손길이 점점 더 세지는 것을 느끼며 얼굴을 찌푸렸다. 그는 전혀 납득하지 못한 것 같았다.

하지만 민아 또한 이 말에 어느 정도 동의하고 있었다. 지금은 딱히 다른 방법이 없었다.

평소의 일로덴처럼 폭탄을 터트린다면 사람들의 관심은 끌 수 있어도 황제의 선전포고를 막을 수는 없을 것이었다. 그렇다고 있는 사람들을 다 모아 대신전에 쳐들어간다고 해도 사람들의 관심을 다른 곳으로 돌리지 않는 한 금방 대신전으로 지원군이 몰려와 민아 일행을 체포해버릴 것이었다. 그러므로 이것이 지금 일행이 내놓을 수 있는 최선의 카드였다.

"유루스."

민아는 차분한 목소리로 유루스의 이름을 불렀다. 하지만 들리지 않는 것인지, 아니면 들으려 하지 않는 것인지, 유루스는 민아의 말에 아무런 반응을 보이지 않았다. 고집불통인 그 모습에, 결국은 지금까지 가만히 상황을 지켜보던 뮤리온이 유루스 앞에 나섰다.

"유루스."

"전하."

뮤리온은 다른 어떤 사람들보다도 차분한 모습이었다. 전혀 조급하거나 초조해 보이지 않는 그 모습은 덩달아 다른 사람들도 마음을 가라앉히게 했다.

"상황이 이렇게 된 건 정말 미안해요. 하지만, 유루스. 당신에게 이것만은 확실하게 약속드릴 수 있어요."

아주 잠깐, 뮤리온의 푸른 눈과 민아의 다갈색 눈동자가 마주쳤다. 그렇게 몇 초도 되지 않을 그 짧은 순간, 뮤리온은 무슨 생각을 했는지 이 지하실로 내려온 뒤 처음으로 민아에게 미소를 지었다.

아주 짧은, 스쳐 지나가는 듯한 미소였지만, 그래도 민아는 그의 미소를 똑바로 볼 수 있었다. 그 미소에 민아는 자신의 마음을 꽉 채우고 있던 불안이 아주 약간 사그라지는 것을 느꼈다. 이대로 영락없이 뮤리온에게 미움을 사는 줄만 알았는데, 그래도 그가 잠깐이라도 자신에게 미소를 지어주었으니 곧 관계를 회복할 수 있을 것만 같다는 희망이 생겼다.

뮤리온은 곧 미소를 거두었지만, 그래도 여전히 민아를 바라보며 천천히 입을 열었다.

"민아만큼은, 무슨 일이 있더라도 죽게 하지 않을 겁니다."

담담했지만 힘 있는 목소리였다. 유루스는 그런 뮤리온의 말에 아무런 대꾸도 하지 않고 가만히 맞은편의 그를 쳐다보았다. 민아는 아플 정도로 세게 자신의 팔을 잡고 있었던 유루스의 손에서 천천히 힘이 빠지는 것을 느꼈다. 그사이에 민아는 유루스의 등 뒤에서 빠져나와 그의 옆으로 갔다.

"너무 걱정하지 마요, 유루스. 저도 위험한 일 없도록 조심할 테니까요."

민아는 유루스를 올려다보며 살짝 미소 지었다.

불안하지 않은 것은 아니었지만, 필사적으로 그렇지 않은 척했다. 지금 이 순간, 자신이 나서지 않으면 계속해서 이 고착 상태가 이어질 수밖에 없다.

방법이 하나밖에 없는 이상, 빨리 유루스를 안심시키고 모두와 함께 앞으로의 일을 조금이라도 더 준비하는 게 나을 것 같았다.

유루스는 자신을 보며 웃는 민아의 얼굴을 쳐다보다가, 갑자기 팔을 벌려 민아를 꽉 껴안았다. 있는 힘껏 껴안아 숨조차 쉬기 불편할 정도였다.

"그래. 황태자가 약속한다면……."

민아를 꼭 껴안은 채 유루스는 조용히 혼잣말을 했다. 민아에게도 들릴 듯 말 듯 한 그 작은 속삭임은 어쩐지 굉장히 슬프게 들려서, 민아는 저도 모르게 유루스를 꼭 마주 껴안았다.

"너무 걱정하지 말래도요."

민아가 마주 속삭여주자, 유루스는 마지막으로 한 번 더 힘주어 민아를 꼭 껴안고는 그녀를 놔주었다. 민아가 유루스의 품에서 벗어나기가 무섭게, 레길이 달려와 그녀를 채어가 버렸다.

"벌써부터 너무 부정적으로 생각할 건 없어. 나디르 아가씨의 말처럼, 우리 일로덴도 네 미끼 역의 사람들을 많이 마련해둘 테니까. 그러니까, 어서 와서 앞으로의 계획을 좀 다듬어보자."

레길을 시작으로, 눈 깜짝할 새 민아 주위로 사람들이 몰려들었다.

마녀의 재림 19

앞으로의 계획에 대해 이야기하는 사람이나, 혹시라도 민아가 불안해할까 봐 안심시키려는 사람들 때문에 민아는 금세 유루스에게서 멀어져 버리고 말았다. 사람들에게 휩쓸려가며 잠깐 돌아본 순간, 민아는 어쩐지 괴로워 보이는 유루스의 얼굴을 보았지만, 그에게 왜 그러냐 물어볼 새도 없이 곧 다시 사람들 사이에 휩싸여버리고 말았다.

　

민아와 레길은 작은 테이블을 사이에 두고 마주 앉아 있었다. 속이야 어떻든, 겉으로는 제법 사이좋게 테이블 위로 머리를 맞댔다. 두 사람은 「마녀의 재림」 작전의 성공적인 수행을 위해 이곳 수도 파셀 시가지의 지리를 외우는 중이었다.

레길은 이미 이전에 외운 적이 있던 지도였지만, 민아는 이번에 처음 외우는 것이었기에 레길은 민아가 지리를 쉽게 외울 수 있도록 도왔다. 레길은 평소 일로덴으로 활동하면서 쌓은 경험이 있기에 지도를 쉽게 외우는 편이었지만, 민아는 달랐다.

"그러니까. 황금의 거리에 있는 파셀 의류점에서 오른쪽 골목으로 들어간 다음 나오는 갈림길에서 또 왼쪽으로 꺾어 들어가면 뭐가 나온다고?"

"음……."

"천천히 말해봐. 긴장하지 말고."

레길은 보기에는 한없이 훈훈해 보이는 웃음을 지으며 말했다. 하지만 민아는 그 웃음이 폭발 직전의 억지웃음이라는 것을 누구보다도 더 잘 알고 있었다.

아까부터 민아는 레길의 질문을 일곱 번도 넘게 연달아 틀리고 있었기 때문이다.

게다가 사실 자세히 보면, 레길의 웃는 얼굴은 입술 끝만 위로 올라가 있지 눈은 전혀 웃는 모양새가 아니었다. 한 문제 틀릴 때마다 점점 올라가던 눈꼬리는 이제 더 올라갈 데가 없이 치켜 올라가 있었다.

민아는 저 눈꼬리가 여기서 더 올라갈 수 있을까 궁금해하며 떨리는 목소리로 레길의 질문에 대답했다.

"크림 식당 아니에요?"

"아니라고, 이 멍청아!"

민아의 말에 레길은 절망하며 머리를 테이블 위에 쾅쾅 부딪쳤다. 거의 미친 것처럼 테이블에 머리를 부딪치는 그 모습에 민아는 당황하며 슬쩍 몸을 뒤로 물렸다.

그동안 민아 앞에서 항상 **뺀질뺀질한** 모습만 보여줬던 레길이었기에 그가 이렇게까지 답답해하는 것을 볼 수 있을 거라고는 상상도 해본 적이 없었다.

하지만 몇 시간이 지나도 제대로 지도를 외우지 못하는 민아의 모습에 레길은 아주 미치고 팔짝 뛰기 직전이었다. 조금만 더 민아가 답답하게 굴면 레길은 진짜로 질질 짜기라도 할 기색이었다.

"크림식당은 황금의 거리에 있지도 않단 말이야! 그건 제2주거구역에 있는 식당이잖아!"

"헤, 헷갈렸어요. 그렇게까지 화낼 건 없잖아요!"

"너 같으면 화 안 나겠냐? 내가 이걸 두 시간째 하고 있는데, 너는 물어보는 족족 틀리고 있잖아!"

"전부 틀린 건 아니라고요! 한두 문제는 맞혔어요. 게다가 애초에 직접 보기라도 했으면 몰라도 지도만 보고 외우라는 건……."

"그럼 내가 이 판국에 나가서 친절하게 하나하나 보여주면서 외우라고 하리? 지도 보고 외우는 거 말고 다른 방법이 있어?"

레길의 말에 민아는 별달리 대꾸할 말이 없어서 입을 다물었다. 하지만 그렇다고 레길이 자신에게 성질내는 것을 그대로 듣고 싶은 기분은 아니라, 혼자서 작은 목소리로 불만을 투덜거렸다.

"애초에 저 아니면 배울 사람 없을 줄 아나……. 아니 이렇게 복잡한 지도를 주면서 두 시간 만에 외우기를 기대하는 게 무리 아닌가?"

"야. 너 뭐라고 중얼거려?"

들릴 듯 말 듯 한 작은 목소리였는데, 레길은 어찌 다 들었는지 도끼눈을 뜨고 민아를 타박했다. 그 모습에 민아는 재빨리 화제를 돌렸다. 이대로 계속 말싸움을 해봤자 레길을 이길 수 없을 것 같았기 때문이다.

"아. 그러고 보니까 나 걱정되는 거 있어요."

바로 얼마 전까지 레길과의 관계에서 민아가 우위를 점하고 있었는데, 고작해야 지도 외우는 잠깐 사이에 이렇게 관계가 역전되어버리다니, 민아는 내심 아쉬운 마음이 드는 것을 어쩔 수 없었다.

"뭐? 뭐가 걱정되는데?"

민아가 딴소리를 하자 레길은 말을 돌리려는 수작임을 알면서도 일단 속아 넘어가 주었다. 민아는 레길이 화난 기색을 거두자, 이때다 하고 질문을 꺼냈다. 그러고 보니 정말로 물어볼 것이 있기는 있었다.

"있잖아요. 제가 사람들 앞에서 불꽃을 쓰는 게 이 계획의 핵심이잖아요?"

"그냥 쓰는 거 아니잖아. 뭔가 시설을 무너뜨리거나 사람들을 좀 겁주거나 해서 가능한 한 공포심을 심어줘야지."

"아. 어쨌든요. 근데, 그게 생각한 대로 잘될지 걱정이에요. 모르긴 몰라도, 수호의 힘을 쓰지 못하게 막는 방법이 있던 것 같던데.

오늘 라히드가 내가 불꽃의 힘을 쓰려던 걸 막았었거든요."

민아는 르네긴 저택 앞에서 있었던 일을 이야기하기 시작했다. 라히드가 자신의 불꽃을 막았을 때, 민아는 굉장히 큰 충격을 받았었다.

지금 떠올려도 절체절명의 순간이었다. 때마침 레길이 나타나지 않았더라면, 그 자리에서 민아 일행은 그대로 라히드에게 붙잡혀버리고 말았을 터였다.

"으흠. 그래. 라히드가 네가 힘을 쓰려는 것을 막았다고?"

"네. 당신도 보지 않았나요? 제가 불꽃의 벽을 만들려고 했는데, 그가 손에 쥔 무언가로 제가 힘을 쓰지 못하게 막았어요. 그런 걸로 여기 근위병 같은 사람들이 내가 힘을 쓰지 못하게 막을 수도 있잖아요."

민아는 팔을 공중에 휘저으며 당시에 느꼈던 놀람을 레길에게 전달하려고 애썼다.

하지만 레길은 그녀의 감정에 전혀 공감하지 못하고 시큰둥한 모습이었다. 그는 지도를 손가락 끝으로 두드리며 하품과 함께 입을 벌렸다.

"음. 나는 잘 못 봤어. 그때 우리가 좀 멀리 떨어져 있었어야지. 아무튼. 듣자하니 라히드가 「빛의 돌」을 가지고 있었던 것 같네."

"「빛의 돌」이요?"

"빛의 장벽을 만들어내는 돌이지. 수호자에게서 방출되는 수호의 힘을 먹는 돌이야. 쉽게 말하자면, 네 불꽃은 그 돌 안으로 빨려 들어간 거지."

레길의 말에 민아는 이제야 알겠다는 듯 고개를 주억거렸다. 분명 「은혜의 돌」과 같은 특이한 아이템일 것이라고는 생각하고 있었다. 그래도 레길의 설명으로 그 실체를 분명하게 알게 되니 혼란했던 마음이 조금이나마 가라앉는 것 같았다.

거기에 한술 더 떠서, 레길은 민아의 걱정이 별게 아니라는 듯 태연하게 굴고 있었다. 그 태도에 민아는 자신이 알지 못하는 「빛의 돌」을 무력화시키는 방법이 있는 게 아닌가 하는 생각이 들었다.

"빛의 돌을 깨뜨리는 건 어려운 일이 아니야."

민아의 기대대로, 레길은 빛의 돌 공략방법을 알고 있는 듯했다. 민아는 팔짱을 낀 채 레길의 말에 집중했다. 레길은 민아의 기대 어린 눈빛에 부응해, 옆에서 깃펜을 집어 지도 구석에 그림까지 그리며 설명을 하기 시작했다.

"그건 뭐랄까……. 한도가 정해져 있는 마법 주머니 같은 거야. 한도 이상의 힘을 단번에 넣으면 돌은 그대로 깨지고, 안에 갇혀 있던 힘도 다 한 번에 빠져나오게 돼. 물론 물리적인 힘으로도 돌을 깰 수도 있지만, 웬만한 장사가 아니면 힘들어. 그러니까 너의 경우는 한도까지 돌에 힘을 넣기만 하면 돼."

레길의 펜이 금방 그린 돌 위를 북북 그었다. 아마도 돌이 깨진 다는 말을 그림으로 표현하는 것 같았다. 그의 명료한 설명에 민아는 불안감을 확실하게 줄일 수 있었다.

"그렇군요! 그럼 그 한도라는 걸 어떻게 알아요?"

"그건 간단해. 돌이 깨지는 순간 한도를 넘은 거야."

레길은 웃으면서 말했다. 그의 환한 미소에 민아는 잠깐 할 말을 잃고 말았다. 민아가 듣고 싶던 대답은 그런 것이 아니었기 때문이다.

"아니……. 그게 아니라. 처음부터 한도가 어느 정도인지 알아야 깨뜨릴 수 있는 거 아니에요?"

"창조의 힘을 지닌 능력자가 아니고서야 깨지기 전 돌의 한도 같은 건 알 수 없지."

"네? 그럼 내가 깰 수 있는 돌인지 깰 수 없는 돌인지 어떻게 알아요? 내가 최선을 다해도 안 깨지는 돌일 수도 있잖아요!"

레길의 말에 민아가 황당하다는 목소리를 냈다. 하지만 그녀의 그런 반응에 레길은 자못 진지하게 손가락을 휙휙 내저어 보였다.

"네가 깨지 못하는 돌은 없어."

그의 목소리에는 이상할 정도의 확신이 담겨 있었기에 민아는 더 황당했다. 민아가 생각해도 자신의 힘은 별 볼 일 없었다. 일단 컨트롤 자체가 서툴렀기에 그다지 실용성이 없었다.

민아조차 본인의 힘에 자신이 없는데 왜 별로 친하지도 않은 레길이 근거 없는 자신감을 가지는지 알 수 없었다.

"아니……. 당신이 제 힘에 대해 잘 모르나 본데요……. 저 불꽃 다루는 것 자체도 되게 서툴거든요."

"물론 기술도 중요하지만……. 돌을 깨는 데 중요한 건 힘의 총량이야. 그리고 힘의 총량에 있어서, 너만큼 강한 능력자는 거의 없어."

"그게 무슨……."

"이거 저번에도 말한 적 있었는데……. 넌 무의식중에 강의 반 정도를 불길에 잠기게 한 적이 있어. 무의식중에 그 정도의 힘을 낼 수 있는 건 대단한 거야. 네 안에는 그것보다 몇 배나 되는 힘이 잠자고 있다는 증거라고."

"그렇게 말해봤자……. 그날 이후로 그런 힘을 낸 적은 한 번도 없는걸요. 정말 가능하기는 한 건지……."

"가능하다니까? 네가 열심히만 하면 돼! 젖 먹던 힘까지 쥐어 짜내 보라고!"

레길의 막무가내식 태도에 민아는 못마땅한 얼굴로 입을 다물었다.

그놈의 강에 불붙인 사건은 일로덴에 있을 때 여기저기서 하도 들어서 귀에 딱지가 앉을 것 같았다. 기억도 나지 않았던 일로 기대를 받는 것은 부담스럽기 그지없는 일이었다.

하지만 그때 분명 자신이 그런 힘을 냈던 것은 사실이니, 급하면 그 힘이 나오지 않을까 하는 기대가 민아에게도 조금은 있었다. 게다가 못 할 거라고 생각하는 것보다 할 수 있을 거라고 생각하는 편이 훨씬 더 나았다.

결국 결론은, 누가 자신의 앞에 빛의 돌을 꺼내놓으면 있는 힘을 다해서 수호력을 방출하라는 말이었다.

민아는 무의식중에 자신의 오른손을 쥐었다 펴기를 반복했다. 필요할 때 적절하게 힘을 쓰려면 아직도 많은 연습이 필요했다. 빨리 지도를 다 외운 다음에 다시 힘을 다루는 것을 연습해야겠다는 생각이 들었다.

지금까지 최선을 다하지 않은 것은 아니지만, 그래도 더 힘을 내서 지도를 외우는 것이 좋을 것 같았다. 민아는 다시 지도로 시선을 옮겼다.

"아. 그러고 보니."

하지만 민아가 다시 지도로 시선을 옮기자마자, 레길이 양 손가락을 딱 부딪쳐 소리를 냈다.

"너희 일행 중에 지오라고 있지? 걔가 힘이 엄청 세 보이던데. 어쩌면……. 빛의 돌을 이용해서 작전을 더 편하게 수행할 수 있을지도 몰라."

빛의 돌을 이 작전에 어떻게 이용한단 말인가? 민아는 레길의 말을 잘 이해하지 못해서 그에게 되물었다.

"작전을 편하게 수행한다고요? 어떻게요?"

"음. 지금 생각이 난 건데, 지오가 도와준다면 너는 혼란을 일으킨 뒤에 더 빨리 빠져나갈 수 있을 것 같아. 현장에서 빠져나온 뒤에는 바로 신전으로 와서 우리가 성검을 꺼내는 걸 도와줄 수도 있을 거고. 그래. 이것도 작전에 넣어야겠다."

레길은 묻는 것에는 대답하지 않고 혼잣말만 계속했다. 민아가 계속 말없이 쳐다보는 것으로 눈치를 주자, 뒤늦게 레길이 그의 생각에 대해 자세히 설명하기 시작했다.

"그러니까, 빛의 돌에 폭발 직전까지 힘을 담는 거야. 그런 돌을 여러 개 준비해서, 지오에게 주는 거지. 그가 나중에 그 돌을 힘으로 깬다면, 거기서 갇혀 있던 푸른 불꽃의 힘이 쏟아져 나올 테니까 네가 굳이 계속 소란을 일으키면서 군인들의 시선을 끌 필요가 없다는 거지. 처음에만 네 모습을 확실하게 보여주면 그 이후엔 전부 다 마녀의 소행이라고 믿을 테니까."

"빛의 돌을 그런 식으로 이용할 수도 있어요?"

"음. 보통은 그렇게들 안 쓰지만, 내가 생각해서 개발해낸 방법이야."

레길은 고개를 끄덕이다가, 곧 자기 창의력이 대단하다는 둥의 자화자찬을 늘어놓기 시작했다. 하지만 민아는 그런 레길의 자화자찬엔 전혀 반응하지 않은 채 혼자 골똘히 생각에 잠겼다가, 잠시 후 이해하기 힘들다는 투로 되물었다.

"하지만…… 아까 했던 질문의 반복이긴 한데, 어떻게 「한계 직전」까지 돌에 힘을 담을 수 있죠? 뭐 한계 직전까지 힘을 넣으면 빛이 나기라도 하나요?"

"빛? 그런 게 날 리가 있나? 한계를 알아내는 방법은……."

레길이 뭘 그런 걸 다 물어보느냐는 표정을 지었다가, 곧 어깨를 으쓱이며 대답했다. 대수롭지 않다는 듯한 목소리, 하지만 그의 대답은 전혀 대수롭지 않은 것이 아니었다.

"그거야, 네가 계속해서 힘을 담아보면서 알아내야지. 비슷한 크기의 돌을 가져다 놓고, 몇 번 깨뜨리다 보면 어느 정도가 한계인지 금방 알게 될 거야. 그나저나 다행인 건 르네긴 일가가 부자라 돌값 걱정은 없다는 걸까나!"

레길이 재미있다는 듯 껄껄 웃었다. 하지만 레길이 웃을수록 민아의 표정은 차갑게 굳어갈 뿐이었다. 자기 일 아니라고 깔깔대는 꼴이 얄밉기 그지없었다. 하지만 그의 말 외에 특별히 다른 방도가 있는 것도 아니었기에, 민아는 결국 알겠다며 고개를 끄덕일 수밖에 없었다.

"알았어요. 그건 어떡해서든 제가 알아서 해볼게요. 그나저나 그 빛의 돌을 깨뜨리는 건 지오 말고는 할 수 없는 건가요? 지오 혼자 하기에는 좀 부담스러울 텐데."

민아가 다른 의문을 입 밖으로 냈다. 지오가 아무리 장사라도 돌을 그렇게 연속으로 깨면 힘에 부치지 않을까 걱정이 될 수밖에 없었다. 레길은 민아의 질문에 입을 비죽이더니, 어쩔 수 없다는 투로 말했다.

"물론 지오 혼자 보내진 않을 거야. 하지만 망치 하나 좋은 거 쥐여주면 그렇게 어려운 일은 아닐 것 같은데. 물론 돌 깨는 게 쉬운 일은 아니지만, 적절한 도구가 있고 힘하고 요령만 있으면 그렇게 어려운 것도 아니야. 그도 그럴 게 나도 테바루아에 있을 때 몇 번 해본 적 있거든."

레길의 말에 민아는 한시름 덜 수 있었다.

비실비실한 레길이 할 수 있을 정도라면, 지오 정도면 전혀 걱정 없을 터였다. 그러다 문득, 민아는 작전과 상관없이 순수하게 궁금한 게 생겼다.

"레길은 한 번에 몇 개 정도 깼는데요?"

지금까지 재깍재깍 대답만 잘하던 레길이 처음으로 말이 없어졌다. 그는 어물거리는 소리를 내며 말을 끌다가, 갑자기 다른 이야기를 꺼냈다.

"그나저나 너 고생 좀 해야겠다. 이 작전을 쓰려면 힘을 담은 빛의 돌이 가능한 한 많은 게 좋거든."

레길이 의도적으로 화제를 돌린 것을 알고 있음에도 민아는 그냥 그러려니 넘어가 주었다.

"어쩔 수 없죠. 틈틈이 해야지."

레길의 말에 민아가 고개를 끄덕였다.

작전의 성공률을 높일 수만 있다면, 빛의 돌에 계속 힘을 담는 것 따위는 고생 축에 속하지도 않았다. 과연 레길이 깐죽거리긴 해도 머리가 좋긴 좋았다. 민아가 모처럼 레길에게 칭찬을 하려고 하는데, 갑자기 지오가 나타났다.

지오의 등장에 민아는 거의 입 밖으로 나오려던 칭찬을 다시 목구멍 안쪽으로 쏙 집어넣었다.

"레길님. 뮤리온님께서 다시 협의를 재개하셨으면 하십니다."

지오의 등장에 민아는 레길에게 질문하는 대신 안쪽의 닫힌 문으로 시선을 돌렸다. 지오가 나타났다는 것은, 뮤리온 쪽의 밀담이 끝났다는 이야기였기 때문이다. 일로덴과의 동맹을 문서화하면서 뮤리온 일행은 계약 내용에 대한 내부 협의가 필요해졌고, 다른 사람들은 그것이 끝나기만을 기다리던 중이었다. 시간이 뜬 틈을 타 민아의 암기를 도와주고 있었던 레길이었으나, 뮤리온 측의 내부 회의가 끝났으니 다시 협의를 위해 가봐야 할 터였다. 자기가 나서서 도와주겠다고 했던 주제에, 레길은 억지로 잡혀 있었던 사람처럼 민아의 공부 봐주기가 끝난 것을 기뻐했다.

"아. 마침 잘 왔어. 안 그래도 자네가 도와야 할 부분이 생겼거든. 거기에 대해서 설명해줄게. 그리고 무엇보다도 조금만 더 쟤 공부를 봐줬다간 정말 쟤랑 머리채 잡고 싸웠을 거야."

지오에게 매달려서 징징대는 레길을 보며 민아는 불만 어린 목소리로 중얼거렸다.

"물론 지는 건 당신 쪽이었을 테지만요……."

민아의 말에 레길이 움찔했다. 그는 무어라 반박하려 하다가 결국 꼬리를 내리고 지오의 뒤를 쫓아갔다.

자기가 생각해도 민아에게 이길 것 같다는 생각이 들지 않았던 모양이다. 물론 남자이니 체력적인 면에선 민아보다 우세할지 몰라도, 싸움은 체력으로만 하는 게 아니었다. 게다가 민아는 대적력까지 있으니 진짜 싸움이 붙으면 눈 깜짝할 사이에 바닥에 내뒹구는 것은 레길 쪽일 것이 틀림없었다. 결국 기싸움에서 밀린 레길이 지오의 뒤를 따라가면서 혀를 쭉 내미는 것을 민아는 이 세계 사람들이 모르는 손가락 욕으로 반박해주었다. 레길을 향해 여유롭게 손가락을 흔들고 있는데, 갑자기 옆에서 익숙한 목소리가 들려왔다.

"뭐 하고 있는 거야?"

목소리의 주인은 다름 아닌 유루스였다. 눈치채지 못한 사이 어느새 유루스가 민아의 뒤에 서 있었다. 아마 레길의 시비에 정신이 팔린 사이에 방에서 나온 것 같았다. 갑자기 나타난 유루스에 민아는 흠칫 놀라며 손가락을 접었다. 애인 앞에선 품위 있는 모습만 보이고 싶었는데, 이게 다 레길 탓이었다.

"아, 유루스……. 안에 있던 거 아니었어요?"

"그냥 나왔어. 더는 내가 있어봤자 뭐 도움 될 것도 없고 해서. 이제부턴 은여우랑 황태자 전하가 마무리 지어야 할 부분이지."

다행히도 유루스는 민아의 손가락 욕에 별다른 신경을 쓰지 않는 것 같았다. 민아는 속으로 안도의 한숨을 쉬며 유루스의 얼굴을 살폈다.

이제 보니 그는 꽤 피곤해 보였다. 하기야 지금까지 사미엘한테 쫓기고 지하수로를 통해 여기까지 왔다고 했으니 피곤하지 않으면 이상한 일일 터였다. 민아는 유루스에게 자신의 의자를 권하려고 했다.

하지만 유루스는 민아가 자리에서 일어나기도 전에 민아의 옆바닥에 털썩 주저앉았다. 그뿐만이 아니라 민아의 허리춤에 살짝 머리를 기댔다. 마치 응석을 부리는 듯한 그 모습에 민아는 겉으로 티내지는 않았어도 내심 몹시 당황했다. 자신이 아는 유루스는, 이렇게 기대 오는 일이 거의 없는 사람이었기 때문이다. 하지만 그럼에도 그가 이렇게 새로운 모습을 보이는 것이 기쁘고 조금 두근거리기도 했다.

"민아."

"네?"

"우리, 우리끼리만이라도 도망쳐버릴래?"

"……."

민아는 아무런 대답 없이 유루스를 내려다보았다. 유루스 또한 고개를 살짝 뒤로 젖혀 민아를 올려다보았다. 그의 밝은 갈색 눈동자를 보며 민아는 아주 살짝 눈썹을 찌푸리며 미소 지었다.

"유루스가 보기엔…… 그렇게 위험해 보이나요? 이제 와서 도망쳐버리자고 말할 정도로?"

"위험한 것도 위험한 거지만……. 살아남는다고 하더라도, 잘 된다고 하더라도…… 나는 모든 게 잘될 것 같지만은 않아."

"그런가요……."

민아가 유루스 쪽으로 고개를 기울임에 따라 그녀의 검은 머리칼이 마치 커튼처럼 유루스의 얼굴 쪽으로 흘러내렸다. 유루스의 시선이 민아의 눈에서 그녀의 머리카락 쪽으로 자연스럽게 옮겨갔다. 그는 하늘하늘 흔들리는 머리카락을 말없이 쳐다보다가, 가만히 손을 뻗었다. 그는 커다랗고 거친 손끝으로 조심스럽게 민아의 머리카락을 매만졌다. 민아가 직접 눈으로 보고 있지 않았더라면, 눈치조차 채지 못했을 만큼 조심스럽고 부드러운 움직임이었다.

"한번 마녀로서 사람들 앞에 서고 나면, 그 굴레에서 쉽게 벗어나지 못할 거야. 아무리 황태자나 은여우가 너와 같은 옷, 같은 가면을 쓴 사람들을 미끼로 준비한다고 해도……. 단 한순간이라도 가면이 벗겨져 누군가 너의 진짜 모습을 봐버린다면, 그래서 널 찾아내 고발해버린다면, 그 많은 미끼들도 한순간에 소용없는 것이 되어버릴 수 있어. 모든 것이 잘 끝난다고 하더라도, 너만은 아차 하는 사이에 화형대로 끌려가 버릴 수 있다고. 만약 그렇게 된다면……."

유루스는 잠깐 숨을 골랐다. 그는 몇 초간 숨을 고르다가, 탄식처럼 말을 뱉었다.

"만약 그렇게 된다면……. 나는 평생 오늘을 후회하면서 살게 되겠지."

말하지 않아도 알게 되는 것이 있었다.

타인의 감정, 그것도 사랑하는 사람의 감정은 이상할 정도로 똑바로 자신의 가슴에 와 닿고는 한다. 민아 또한 지금 유루스의 감정을 느낄 수 있었다.

그가 느끼는 불안과 두려움……. 세상 무서울 게 없는 과감하고 대범한 남자라고 늘 생각해왔는데, 그는 종종 이렇게 약한 모습을 보였다. 그리고 그것은 항상 민아 자신에게 관련된 일이었다. 유루스는 그 자신이 위험한 것은 생각하지 않아도, 민아의 안위만은 지나칠 정도로 걱정했다. 그리고 유루스의 그런 감정을 느낄 때마다 민아는 가슴이 아려오고는 했다. 누가 손으로 심장을 쥐고 있는 것처럼 그렇게 저리고 아파왔다. 그의 사랑이 고맙고도 사랑스러워서, 항상 괴로운 행복을 느끼고는 했다.

민아는 몸을 숙여 유루스의 머리를 끌어안았다. 그의 머리가 자신의 품에 온전히 끌어안기고, 그가 약간 답답하다 여길 정도로 그를 꼭 끌어안았다.

"당신이 나를 사랑한다는 거, 저도 잘 알고 있어요."

민아는 그의 머리에 입술을 파묻은 채로 속삭였다.

아무리 작은 속삭임도, 이리한다면 서로에게 온전히 닿을 수 있을 것이었다.

"저도 항상 생각하는걸요. 당신이 제 곁에서 없어진다면, 그렇다면 이 세상 어느 것도 더 이상 제게 의미가 없을 거라고요."

이 세상은 아름다웠다. 푸른 사막도, 온갖 빛깔로 빛나는 폭포도, 하얀 돌로 쌓은 신전들도. 세상에는 가슴 벅차는 웅장한 아름다움이 가득했다. 그러나 사랑하는 사람을 잃는다면, 그 모든 아름다움이 한순간에 아무런 의미도 없어질 게 분명했다. 미지의 행복으로 가득했던 인생은 한순간에 고통으로 변해버릴 터였다. 그래서 서로의 손을 꼭 붙잡고 서로가 먼저 떠나는 일이 없게 해달라고 늘 기도하게 되었다.

"당신이 저를 생각하는 것과 같이 나도 당신을 생각하고 있어요. 그래서 나는 우리 둘 다 함께 행복해지고 싶어요. 더 이상 걱정할 필요 없이, 더 이상 이 불안한 행복을 느낄 필요 없이요."

"김민아."

민아가 하려는 말을 눈치챈 유루스가 고개를 저으며 그녀의 말을 막으려고 했다. 하지만 민아는 그의 입술에 가만히 손가락을 대서 그의 말을 막았다. 유루스가 민아를 지키고 싶은 것처럼, 민아 또한 두 사람의 행복을 지키고 싶었다.

"지금 도망친다면, 우리는 평생 라히드나 사미엘, 일로덴에게 쫓겨야 해요. 우리가 죽기 전까지, 늘 불안하겠죠. 하지만 지금 뮤리온의 계획이 잘만 된다면, 그래서 그가 그의 원래 자리만 되찾을 수 있다면. 그가 카이아의 황태자로서 우리들의 뒤를 봐줄 수 있을 거예요. 그럼 우리 둘 다 죽거나 도망 다닐 걱정 없이 행복하게, 영원히 함께 있을 수 있어요."

유루스가 자신의 생각을 이해해줄까? 민아는 말을 하면서도 그가 자신에게 동의해줄지 확신할 수 없었다. 하지만 그런 생각이 들수록 민아는 유루스를 안은 손에 더욱더 힘을 주었다. 물론 그가 받아들이기 힘들 것이라는 건 알지만, 그래도 그가 자신을 이해해주었으면 했다. 이것이 자신이 생각했던, 온전한 행복을 얻을 수 있는 유일한 방법이었기에. 약간의 위험부담 뒤에 얻을 수 있는 것이 얼마나 아름다운 미래인지 그가 알아주었으면 했다. 민아의 심장은 쉴 새 없이 두근거렸다. 가슴을 뚫고 튀어나와 버릴 것처럼, 그 뛰는 심장소리가 유루스에게 그대로 전달되었다. 민아의 절박한 목소리가 그 심장소리와 함께 녹아 어우러졌다.

"당신은 유명한 도박꾼이잖아요. 내가 잘할 수 있다는 거에 걸어줘요. 당신처럼 유명한 도박꾼이 내게 건다면, 나조차도 안심이 될 것 같으니까."

민아의 말이 끝나고, 유루스는 잠깐 동안 아무런 말도 하지 않았다. 그는 민아의 약간은 거친 숨소리와 그녀의 가슴이 두근거리는 소리를 듣고 있었다. 실제로는 그다지 오래가 아닐 테지만, 체감상으로는 한 시간은 족히 더 될 시간이 두 사람 사이를 흘러

지나갔다. 유루스는 민아의 품에서 벗어나 자리에서 일어났다. 민아는 그가 일어나 자신을 내려다볼 것이라 생각했다. 그랬기에 그녀는 그의 얼굴을 바라보기 위해 숙였던 고개를 조금 들어 올렸다. 하지만 그는 그 자리에 바로 서서 그녀를 내려다보지 않았다. 그는 무릎을 약간 굽혀 앉아 있는 민아와 시선을 맞췄다. 그의 시선이 민아를 향하고, 그의 손끝은 민아의 부드러운 이마에 닿았다. 그의 손가락 끝이, 민아의 이마에서 얼굴선을 따라 턱 끝까지 어루만졌다. 그는 한숨이 나올 정도로 다정한 목소리로 말했다.

"그래. 그렇게 할게."

민아는, 어쩌면 유루스가 자신의 고집에 체념 띤 목소리로 알겠노라 할지도 모르겠다는 생각을 했었다. 그러나 지금 유루스에게 체념의 기색 같은 건 찾아볼 수 없었다. 그는 한없이 다정하고 믿음이 가득한 목소리와 표정으로 민아를 마주 보고 있었다. 그의 그런 모습이 민아에게는 한없이 고맙고 의지가 되었다.

"모든 것이 다 잘 끝나고, 우리가 행복해질 수 있다는 것에 모든 걸 걸게."

결국은 행복해질 거라는 말, 그 말에 민아는 더는 참지 못하고 있는 힘껏 유루스를 끌어안았다. 그에게 매달려 그의 어깨에 이마를 비볐다. 이제 더 무엇을 걱정할 필요가 있을까? 카이아 최고의 도박꾼이 우리의 행복에 모든 것을 걸었는데.

그는 결코 지는 도박은 하지 않는다는 사람이었다. 실제론 그의 말이 미래를 결정할 어떤 힘도 가지고 있지 않더라도, 민아와 유루스에겐 행복한 미래를 꿈꿀 수 있게 해주는 강한 힘이 되었다. 민아에게는 벌써부터, 모든 것이 끝난 뒤의 평온한 미래가 눈앞에 보이는 듯했다.

데이드라트의 장례식 날짜가 공고되었다. 날짜는 그의 죽음이 황궁에 알려지고 바로 닷새 뒤였다. 준비기간이 짧으니 규모가 작을 것이라 여겨질 수 있을 터지만 실상은 전혀 아니었다. 데이드라트의 장례식은 국장으로, 그것도 젊고 아무런 지위도 없는 귀족 남자의 장례식치고는 유례없을 정도로 크고 호화롭게 치러질 예정이라고 했다. 사람들은 그 국장에서 황제의 테바루아를 향한 선전포고가 있을 것이라고 예상했다. 데이드라트가 일로덴에게서 하나뿐인 황태자를 지키다가 전사했다는 소문이 벌써 파다하게 나 있었기 때문이다.

테바루아는 일로덴과 자신들이 연관이 없음을 강하게 주장하고 있었지만, 분노한 황제의 귀에 그런 소리는 전혀 들리지 않았다. 그는 자신의 아들을 찾고자, 또 테바루아에 숨어 있는 모든 일로덴의 조직원들을 말살시키고자 테바루아를 짓밟을 작정이었다. 그야말로 참새를 잡기 위해 대포를 쏘는 격이었지만, 분노한 황제를 말릴 사람은 아무도 없었다.

뮤리온 일행에게 다행인 점이 있다면 황후 납치미수 사건이 있었음에도, 국장을 치루는 데이드라트의 명예를 위해서인지 르네긴 일가에 대한 수배령이 내리지 않았다는 것이었다.

물론 내부에서는 르네긴 일가를 찾기 위해 수색을 벌이는 모양이었지만 철저하게 모든 일들이 비밀에 이루어지는 듯했다. 제국은 데이드라트의 국장을 이용해 반테바루아적 정서를 이끌어낼 작정이었고, 그러기 위해서 르네긴의 추문을 가능한 한 덮어둘 생각인 것 같았다.

데이드라트의 장례식 날짜가 정해지면서 뮤리온 일행도 덩달아 바빠졌다.

국가 내의 주요한 인물과 대중이 모이는 자리, 마녀가 다시 등장하기에 이보다 더 좋은 자리는 없었기에 자연스레 일행의 거사일도 국장 날짜로 맞춰졌기 때문이다.

르네긴과 나디르의 경우 아들과 남동생의 장례식날이 소란스러워지는 것이 불쾌할 수도 있었으나, 그 두 사람이 먼저 그 날짜를 거사일로 제안해준 덕분에 일행은 한결 가벼운 마음으로 거사를 준비할 수 있었다.

　모두가 계획을 재점검하랴, 자신의 역할을 숙지하고 동선을 외우느라 바빴다. 모두가 그날에 대한 마음의 짐을 지니고 있었지만, 사실 민아만큼 부담을 가지고 있는 사람은 없을 터였다. 파셸의 지도를 속속들이 다 외우고, 계획을 시간대별로 빠지지 않고 암기하고, 수호의 힘도 수없이 연습해 어느 정도 안정에 이르렀지만 민아는 계속해서 마음 한구석이 불편했다. 혹시 일이 잘못되면 어쩌나 하는 걱정도 있었지만, 사실 그 외에도 계속해서 걸리는 일이 있었다. 그건 뮤리온의 일이었다.

～

"그럼 가볼게요."
　민아는 뮤리온에게 짧은 인사를 건네고 몸을 돌렸다. 뮤리온의 방, 민아는 레길의 부탁으로 뮤리온에게 서류를 가져다주기 위해 이곳에 와 있었다.

외워야 할 것도 있고, 이것저것 바빠서 서류만 주고 바로 방을 나갈 생각이었는데 민아는 왠지 바로 방을 나서지 못하고 있었다. 그녀는 문고리 앞에서 잠깐 머뭇거리다가, 곧 뮤리온을 향해 몸을 돌렸다.

"저. 리온."

민아는 조심스러운 목소리로 뮤리온을 불렀다. 뮤리온은 민아의 부름에 그녀를 돌아보았다. 두 사람의 눈이 마주치고, 두 사람은 서로를 향해 자연스럽게 웃어 보였다. 딱 보기엔 아무런 문제도 없어 보이는 두 사람이었다.

"왜요? 민아."

"별건 아니고……."

민아는 뮤리온 쪽으로 다가가 손을 뻗었다. 그녀의 손이 뮤리온의 어깨를 한 번 쓸어내렸다. 그 손짓에 뮤리온의 어깨에 앉아 있던 머리카락 한 가닥이 쓸려 바닥으로 떨어졌다.

"어깨에 머리카락이 붙어 있어요."

"아. 고마워요."

뮤리온이 다정한 목소리로 민아에게 고맙다는 말을 했다. 민아는 그런 그의 얼굴을 잠깐 말없이 쳐다보았다. 웃고 있지만, 어딘지 모르게 피곤하고 날이 서 보이는 얼굴.

하기야 그가 지금까지 겪은 일을 생각하면 표정이 좋을 수가 없을 터였다.

마녀의 재림 43

외삼촌의 배신, 오랜 친구의 죽음에 이어 누구보다도 그리워했을 어머니까지 그를 배신해버렸으니 마음의 충격이 상당할 것이 분명했다. 그런데, 그런데도…….

 민아는 속으로 살짝 한숨을 쉬었다. 그런데도, 뮤리온은 애써 웃고 있었다. 뮤리온은 자신이 우울해하거나 화를 내면, 다른 사람들이 불안해할 것을 알고 있는 것이었다. 그가 슬퍼하거나 우울해하더라도 그것은 아주 잠깐에 불과했다. 그는 금세 무슨 일이 있었느냐는 듯 다시 아무렇지 않은 척했다. 실제로는 지금 누구보다도 괴로울 텐데…….

 민아는 속마음을 제대로 내비치지 않는 뮤리온에게 걱정스러운 마음이 들었다. 그렇게 부정적인 감정들을 쌓아두어서 좋을 일이 없었다. 쌓인 감정들은 고이고 또 고이다 언젠가는 독이 되어 마음속을 다 썩게 만들어버릴 터였다.

 "리온. 정말 괜찮은 거예요?"

 민아는 망설이다가 결국 속에 있던 질문을 밖으로 내뱉었다. 그리고 그 질문을 듣는 순간, 뮤리온의 얼굴이 아주 잠깐이지만 굳어졌다. 그는 잠깐 입술을 깨물었다가, 곧 다시 아무렇지도 않은 얼굴로 돌아와 민아의 말을 모른 척했다.

 "하긴……. 조금 피곤해 보이죠? 요새 잠을 잘 못 자서 그래요. 하지만 오늘은……."

 뮤리온이 얼렁뚱땅 화제를 돌려버리려고 하고 있었다.

결국 민아는 에둘러 말하는 것을 멈출 수밖에 없었다.

"아니오. 그거 말고요. 어머니의 일……. 정말 괜찮은 거예요?"

주제넘은 짓일지도 몰랐다. 아니, 주제넘은 짓이 분명했다. 민아는 지금 뮤리온이 숨기고 싶은 것이 분명한 상처를 건드리고 있었다. 하지만 민아는 물어보는 것을 멈출 수 없었다.

아무리 괜찮은 척해도, 민아는 뮤리온이 견딜 수 없을 정도로 괴로워하고 있다는 것을 알 수 있었다. 그의 우울함과 괴로움과 슬픔, 고통이 웃는 얼굴 너머로 너무나도 절절하게 느껴져 그를 그냥 둘 수 없었다.

"민아. 저 이 얘기 하고 싶지 않아요."

뮤리온 또한 이 상황을 대충 모면할 수 없다는 것을 깨달은 모양이었다. 그는 결국 입술을 꾹 다문 채로 민아에게서 고개를 돌려버렸다. 더는 이 화제에 대해 이야기하고 싶지 않다는 것을 확실히 드러냈지만, 민아는 그대로 그만둘 생각이 없었다.

"계속 괜찮은 척만 하잖아요. 계속, 계속……. 왜 다른 사람들이 위로조차 할 수 없게 그렇게 속마음을 꽁꽁 숨기는 거예요? 왜 아무렇지 않은 척하는 거냐고요?"

"아무렇지도 않으니까요. 어차피 남이나 다름없는 사람이에요. 세상에 어떤 모자가 스무 해가 넘도록 서로 보지 않고 산단 말인가요? 애초에 저한테 어머니는 없던 거나 다름없었다고요."

뮤리온은 목을 매만지며 말했다.

무심코 목소리가 높아지지 않도록 신경 쓰는 것 같았다. 그는 민아에게서 시선을 돌리고 문 쪽으로 고개를 돌렸다. 민아를 쫓아낼 생각을 하는 게 분명해 보여, 민아는 저도 모르게 그가 무어라 말을 꺼내기도 전에 발끝에 힘을 주었다. 그럴 리는 없겠지만, 혹시라도 뮤리온이 억지로 밀어내더라도 민아는 이대로 이 방에서 나갈 생각이 없었다.

"계속 혼자서만 아파하고, 혼자서만 괴로워하면 안 돼요. 리온은 괜찮을 거라고 생각할지 몰라도, 그러면 결국은 지쳐버리게 될 거라고요. 제때 아물지 못한 상처는, 계속해서 당신을 괴롭힐 거고요."

"민아."

민아가 말을 멈추려 하지 않자, 뮤리온은 결국 민아의 팔을 붙잡았다. 그는 억지로 민아를 방에서 내보내려고 했지만, 민아가 벌써부터 발에 힘을 주고 있었기 때문에 바로 그녀를 밀어낼 수는 없었다.

민아는 그대로 자신의 팔을 붙든 뮤리온의 손 위로 자신의 손을 얹었다. 움직이지 않을 것 같은 그 손가락을, 자신의 손으로 꼭 붙잡았다. 뮤리온은 얼굴을 찌푸린 채 그녀의 손을 내려다보았다.

그는 실제로 어머니의 일에 자신이 거의 신경 쓰지 않는다고 생각하고 있었다.

간혹, 잠들기 전이나 바쁜 와중에 잠깐잠깐 그녀의 생기 없는 얼굴이 떠오르긴 했지만, 그런 생각 때문에 괴롭다고 느껴지는 일은 거의 없었다.

그랬기에 그에게 지금 민아의 행동은 쓸데없는 오해로 자신을 괴롭히는 것처럼 여겨졌다.

뮤리온은 한숨을 쉬며 다른 손으로 자신을 꼭 붙잡고 있는 민아의 손을 떼어내려고 했다. 하지만 민아는 뮤리온이 다른 손을 뻗자 오히려 그쪽으로 손을 옮겨 그의 손을 마주 잡고 말았다. 있는 힘껏, 떨어지면 죽기라도 할 것처럼 매달려온다. 그 손길을 이해할 수 없어서, 뮤리온은 어느 순간 그녀를 억지로 떼어내는 것을 그만둬버렸다.

얼마나 지났을까, 뮤리온이 지금까지 미처 느끼지 못했던 그 손의 온기를 느끼기 시작했을 때쯤, 그는 민아가 왜 이렇게 자신의 손을 붙잡고 있는지 깨닫고 말았다.

민아는 그날도 자신의 손을 이렇게 꼭 잡아주었다. 데이드라트의 죽음에 잠들지 못하고 괴로워하던 밤. 그날 민아는 아무 말 없이 몇 시간이고 자신의 손을 붙잡고 있어주었다. 그날, 그녀의 손에서 전해져 오는 따뜻한 온기에 뮤리온은 믿을 수 없을 만큼 위로를 받았었다. 그 위로에 뮤리온은 고통과 괴로움도 이겨내고 살아갈 용기를 얻을 수 있었다. 그리고 민아는 지금 그때처럼 자신을 위로하려고 하고 있는 것이었다.

뮤리온은 민아가 쓸데없는 짓, 필요 없는 짓을 하고 있다고 생각했다. 하지만 막상 민아가 있는 힘껏 자신을 위로하려고 하는 것을 알아차린 순간, 어째선지 저도 모르게 볼 위로 눈물이 흘러내렸다.

뮤리온은 갑자기 흘러내리는 눈물에 당황하며 민아의 손을 놓은 채, 재빨리 눈물을 닦아냈다. 하지만 아무리 닦아내도 계속해서 흘러내리는 눈물에 그는 아예 손바닥으로 얼굴을 가려버리고 말았다. 스스로는 이 눈물을 멈출 수 없다는 것을 인정한 순간, 뮤리온은 가슴이 찢어지듯 아파오는 것을 느꼈다. 그제야 뮤리온은 자신이 여전히 어머니의 배신에 고통받고 있다는 것을 알아차렸다. 지금까지 그냥 애써 모른 척해오고 있던 것뿐이었다.

자신은 무어라 표현할 수 없을 정도로, 어머니의 배신에 상처받았다.

"리온……."

민아가 뮤리온의 턱에 맺힌 눈물을 닦아주려고 했다. 하지만 뮤리온은 그대로 거칠게 민아를 밀어내 버렸다.

"당신에게 위로받고 싶지 않아요."

뮤리온의 날 선 말에 민아는 조금 놀라고 말았다. 뮤리온은 거의 항상 민아에게 친절하고 다정했다. 그랬기에 민아는 그가 이렇게 자신을 밀쳐낼 것이라고는 상상해본 적이 없었다.

"당신도 내게 거짓말을 했잖아요."

"아. 하지만, 그건……."

뮤리온의 말에 민아가 당황한 목소리를 냈다.

민아는 뮤리온이 자신의 거짓말을 아직도 이렇게까지 신경 쓰고 있을 줄은 몰랐다. 이전에 뮤리온이 민아의 거짓말을 이해한다고 했었기에, 민아는 그저 그가 자신을 이해해주었을 것이라고만 생각하고 있었다.

"사실은 전혀 이해할 수 없었어요. 당신은 나에게 마녀가 아니라고 했었잖아요. 그때야 사람들이 많으니 어쩔 수 없이 그런 거짓말을 했다고 해도, 나에게 사실대로 말하고 해명할 기회가 얼마든지 있었잖아요. 하지만 당신은 그러지 않았어요. 끝까지 나를 속이려고만 했었죠."

뮤리온의 목소리가 점점 커지고 있었다.

뮤리온도 자신의 목소리가 커지고 있다는 것을 알아차리고, 잠깐 숨을 고르기 위해 말을 멈췄다.

민아는 죄책감과 후회로 어쩔 줄 몰라 했다. 뮤리온에게 했던 거짓말에 대해 더 깊게 생각해봤어야 했다. 그가 받았을 상처에 대해 더 신경 썼어야만 했다. 하지만 그녀는 그러지 못했다. 그가 착하고 다정한 사람이니까, 그가 잘 이해해주었을 것이라고만 생각했다. 그래서는 안 됐는데, 그를 더 신경 썼어야만 했는데.

"제가 어떻게 진심을 드러낼 수 있겠어요? 가장 믿었던 사람들이 제 옆에서 거짓말을 하고 있었다는 걸 알았는데? 기만당했다는 생각에 견디기 힘들었어요. 하지만 그런 걸 드러낼 수도 없었어요. 나는 당신들은 이해한다고 했으니까, 이미 사과를 받았고, 또 용서했으니까. 배신감이나 내가 받은 상처 같은 걸 표현하는 건 너무 유치한 일이니까. 황태자가 할 만한 일이 아니니까!"

결국 뮤리온은 민아를 향해 크게 소리치고 말았다. 그리고 그는 자기가 지른 소리에 놀라 입을 다물었다. 그의 얼굴에 금세 후회의 빛이 떠올랐다. 그가 말하던 「유치한 일」, 결국 그런 유치한 일을 해버렸다는 것에 그는 몹시 당혹해하고 있었다. 한순간에, 뮤리온의 얼굴이 핏기 없이 창백해졌다. 그는 그 창백해진 얼굴로 입술을 더듬거리며 말을 웅얼거렸다.

"이렇게까지 말할 생각은 없었는데……."

"사과하지 마세요."

금방이라도 사과의 말이 나올 것 같기에, 민아는 뮤리온의 말을 가로막아버렸다. 그녀는 지금 자신이 무슨 말을 해야 할지 계속해서 생각했다. 다시 한 번 진심 어린 사과를 하고, 그에게 용서를 빌어야 하나? 하지만 지금 그러는 것은 아닌 것 같았다. 민아는, 뮤리온에게 억지 용서를 받고 싶은 것이 아니었다.

"유치한 게 아니에요. 화나면 화난다고 당연히 말할 수 있는 거니까요. 용서하지 않아도 돼요. 당신이 정말 용서한 게 아니라면, 용서한다고 말하지 않아도 괜찮아요. 전 당신이 저에게 당신의 진짜 마음을 말해줬으면 좋겠어요. 황태자의 입장으로 말하는 게 아니라, 그냥 리온으로서 제게 말해주세요."

"민아……."

"세상에 한 명쯤은, 당신의 진심을 알아도 괜찮지 않을까요?"

민아는 희미한 미소를 띤 채 말했다. 어쩌면 이것도 주제넘은 짓일지 몰랐다. 세상엔 다른 현명한 사람도, 지혜로운 사람도 많은 텐데, 자신이 뭐라고 뮤리온에게 진심을 털어놓으라고 한단 말인가. 어쩌면 뮤리온에게 무시당할 수도 있겠다는 생각을 하고 있을 때, 갑자기 몸이 위로 살짝 끌려 올라갔다. 뮤리온이 민아를 있는 힘껏 끌어안은 것이었다. 발이 살짝 공중에 뜰 정도로, 그는 그 정도로 힘껏 민아를 끌어안았다.

"나는……."

갈라지고 쉰 목소리가 뮤리온의 입에서 나왔다. 그 갈라진 목소리 때문에, 민아는 그가 울기 시작했다는 걸 알 수 있었다.

"당신을 오래도록 용서하지 못할 거예요. 나는 간혹 당신을 미워하고, 또 의심할 거예요."

그가 황태자의 입장을 버리고 「리온」으로서 뱉은 말. 그 말이 솔직히 아프지 않은 건 아니었지만, 그래도 그 마음을 이해할 수는 있었다.

"괜찮아요. 당신이 용서할 수 있을 때까지 계속 기다릴게요."

"어쩌면 계속 유치하게 굴지도 몰라요. 황태자처럼 굴지 않을 지도, 영웅처럼 굴지 않을지도 몰라요. 이해하기 힘들고, 이상해

보일지도 모른다고요."

"별것도 아니네요. 나는 예전에 당신 앞에서 환상을 보면서 미친 사람처럼 울기까지 했잖아요?"

어깨 한쪽이 뮤리온의 눈물로 흠뻑 젖었다. 어디 눈물뿐인가, 그는 어린애처럼 코까지 훌쩍이고 있었다. 그렇지만 전혀 더럽다는 생각이 들지 않았다. 마치 울고 있는 어린애를 끌어안고 있는 기분이었다. 뮤리온은 어린애가 아니었고, 끌어안긴 건 오히려 민아 쪽이었지만, 아무튼 민아는 그런 기분이었다. 그는 한참을 속에만 숨겨놓았던 말들을 늘어놓았다. 그 수많은 말들 중에는 데이드라트에 관한 것들, 라히드에 관한 것들, 그리고 그의 어머니 황후에 관한 것들도 있었다.

"있잖아요. 난 내 어머니를 사랑했어요. 단 한 번도 보지 못했지만…… 그래도 내 어머니였으니까……."

뮤리온이 황후에 대해 말을 시작한 것은 한참을 울고, 더는 눈물조차도 나오지 않을 때였다. 퉁퉁 부은 눈으로 그는 거의 들리지 않을 만큼 작게 중얼거렸다.

"정말로 사랑했었어요……."

◈◈◈

 뮤리온은 완전히 울음을 멈춘 뒤에야 민아를 품에서 놓아주었다. 그는 민망한 표정으로 푸른 눈을 굴리다, 뒤늦게 눈물로 엉망이 된 민아의 어깨를 보고 깜짝 놀라며 옷소매로 민아의 어깨를 문질렀다. 하지만 그런다고 눈물이 닦일 리는 없었고, 더 민망해지기만 할 뿐이었다.

"괜찮아요. 여벌옷은 많으니까요."

"하지만……."

뮤리온이 또 사과를 하려고 하는 것 같아서 민아는 재빨리 익살스러운 말로 그의 말을 막아버렸다.

"정말 괜찮아요. 옷이라면 정말 잔뜩 있으니까. 리온이 열 번, 스무 번을 울어도 괜찮을 정도로 많아요."

민아의 말에 뮤리온은 말문이 막힌 것처럼 입을 다물었다가, 곧 어이가 없다는 듯 가볍게 웃었다. 그 웃는 얼굴을 보며 민아는 어쩐지 가슴이 따갑게 아파오는 것을 느꼈다.

"정말 그 정도로 울어도 돼요?"

"그럼요."

"그럼 울고 싶을 땐, 항상 민아가 옆에 있어줘야겠네요."

"리온이 필요로 한다면, 항상 옆에 있어줄게요."

뮤리온의 말에 민아가 웃는 얼굴로 대답했다. 그 미소에 뮤리온은 더는 아무 말도 하지 못하고 약간 쓸쓸한 얼굴이 되었다. 하지만 민아는 그의 그런 얼굴을 눈치채지 못했다. 바깥 복도에서 레길의 목소리가 들렸기 때문이다. 잠깐 볼일이 있어 나갔던 레길과 유루스가 이제 돌아온 모양이었다. 지도는 다 외웠느냐고 고래고래 소리를 지르는 통에 민아는 귀를 막고 제자리에서 펄쩍 뛰었다.

"아, 진짜. 저 사람, 정말 시끄럽다니까요. 그럼 리온. 전 이제 가볼게요. 더 필요한 거 있으면 불러주세요."

민아는 급하게 인사를 한 뒤에 허둥지둥 뮤리온의 방을 나갔다. 문이 닫히자, 뮤리온은 좁은 방에 혼자 남았다. 민아가 너무 급하게 나가서일까? 방금 전의 일이 모두 꿈처럼 현실감 없이 느껴졌다.

뮤리온은 조금 멍한 얼굴로 주위를 둘러보다가, 천천히 서류가 가득 쌓인 테이블 앞에 앉았다.

잠깐 잊고 있었지만 지금 처리해야 할 일들, 확인해야 할 문서들이 가득이었다.

책상 위의 서류를 뒤적이던 뮤리온의 손이 민아가 이곳에 올 때 가져온 서류에 닿았다. 민아가 가져온 서류라는 걸 깨달은 뮤리온이 잠깐 멈칫하다가, 가만히 그 서류에 손을 올려놓았다.

"항상……."

뮤리온 자신도 모르게 중얼거린 말이었다. 그는 그 무심코 내뱉은 말의 여운을 되씹다가 다시 읽던 서류로 고개를 돌렸다. 이제는 다시 해야 할 일에 집중해야 할 때였다. 하지만, 어째서인지 뮤리온은 자꾸만 민아의 「항상」이라는 말을 떠올리게 되었다.

시신은 파셀 동쪽에 있는 작은 신전에서 대광장까지 운송될 예정이었다. 본디 귀족의 경우 지역 담당이나 평소 그 일가가 자주 가는 신전의 신관이 주도하여 시신을 운송했지만, 데이드라트의 경우 그의 명예로운 죽음을 기리기 위해 대신관이 그 장례 행렬 앞에 설 예정이었다. 그리고 대신관 중에서도, 라히드가 자원해 데이드라트의 시신 운송을 맡게 된다고 했다.

많은 사람들의 시선을 끌려면, 마녀는 시신 운송 도중에 모습을 드러내는 것이 좋았다. 물론 대광장도 사람들의 시선을 끌기엔 좋은 장소였지만, 황제가 광장에서 시신의 도착을 기다리고 있으니만큼 그곳에는 수많은 사람들과 엄청난 군인과 수호자들이 모여 있을 터였다. 따라서 대광장보다는 그곳에 도착하기 전의 길목이 더 나았다.

 물론 운구 행렬에도 상당한 수의 호위가 붙어 있을 것이 분명했지만, 광장같이 탁 트인 공간이 아닌 이상 주변 건물들을 잘 이용하여 소란을 벌이고 탈출하는 것은 어렵긴 해도 불가능한 일은 아니었다. 레길이 주가 되어서 짠 계획은 완벽해 보였고, 큰 이상이 없다면 일행은 계획대로 혼란을 만들고 유유히 그 자리를 빠져나갈 수 있을 터였다. 계획과 준비가 완벽하니, 필요한 것은 기도뿐이었다. 잡을 수 없는 시간은 착실하게 흘러가고 어느덧 장례식 당일이 되었다.

 민아는 눈 밑부터 입 끝까지 가리는 답답한 검은 마스크를 쓴 채 주위를 둘러보았다. 민아와 비슷한 덩치의 사람들이 민아와 같은 망토를 두르고, 같은 마스크를 쓴 채로 모여 있었다. 민아의 도주를 도울 미끼 역의 사람들이었다. 그들은 모두 하나같이 뮤렐교의 여사제 복장을 하고 있었다. 보기에는 깔끔해 보일지 몰라도 장례식용의 정복이라 답답하고 덥기 그지없는 옷이었다. 민아는 그들을 보며 마스크 아래에서 긴장된 숨을 내쉬었다.

이들과 함께 있으니 오늘이 정말 날이긴 날이구나 하는 현실감이 강하게 들었다.

민아는 자신의 얼굴이 마스크와 후드 아래 가려진 것을 다행으로 여기며 얼굴을 찌푸렸다. 부담스러워서 토할 것만 같았다. 마스크를 쓴, 얼핏 보기엔 자신과 구분이 안 되는 사람에게 둘러싸여 있으니 더 그랬다. 이들 전부가 살아남을 수는 없을 것이다. 누군가는 분명히 살아서 내일을 보지는 못하겠지.

그들은 일로덴의 충실한 조직원으로 모두 자신이 뜻하는 바가 있어서 이 일을 하긴 하지만, 그렇다고 해서 죽음이 괴롭지 않은 것은 아니었다. 민아는 자신 대신에 죽을지도 모르는 사람들을 보는 것이 괴롭기 그지없었다. 이렇게 많은 사람들이 오늘을 위해 목숨을 건 만큼 자신이 실수하는 일은 없어야 했다. 그렇게 생각하니 마음은 더 무거워지기만 했다. 민아가 답답한 숨을 한 번 더 내뱉었을 때, 닫혀 있던 문이 열렸다.

"다들 갈아입었어?"

노크도 없이 벌컥 문을 여는 꼴이며, 긴장감 없는 유들유들한 목소리, 보지 않아도 레길임을 알 수 있었다. 민아는 별로 대꾸해 주고 싶은 기분은 아니라, 가만히 그 자리에 서서 레길이 방에 들어오는 것을 쳐다보았다. 문을 연 레길은 저 혼자 흠칫 놀라더니, 방 안을 둘러보며 당황스레 눈동자를 굴리기 시작했다.

"와. 진짜 구분 안 되네. 김민아, 어디에 있어?"

레길이 길 잃은 어린양 같은 목소리로 민아를 찾기 시작했다. 하지만 민아는 아무런 대답을 하지 않았다. 둘 사이는 회복될 만하면 레길이 공부 가르쳐준다고 악화시키고, 회복될 만하면 레길이 웃기지도 않은 개그를 쳐서 악화시키길 반복해서 다시 「상당히 좋지 않은」 수준까지 떨어져 있었다. 민아가 골탕 조금 먹이려는 작정으로 대답하지 않는 동안, 레길의 뒤로 유루스가 모습을 드러냈다.

"은여우, 뭐 하는 거지?"

"아. 잘 왔어. 김민아가 나 골탕 먹이려고 안 나오고 있거든? 아직 바쁜 건 아니지만, 그래도 거사 당일에 이런 장난은 너무하는 것 아니야? 이것 참 내 마음이……."

"또 말장난하려고 그러지? 입 다물어."

유루스는 나불거리는 레길의 입을 다소 거친 손짓으로 막았다. 사실 막았다기보다는 거의 철썩 때린 수준이라서 레길은 얼굴을 팍 찡그린 채 제 입을 감쌌다.

레길이 엄살을 부리는 동안, 유루스는 레길을 지나쳐 방 안으로 들어왔다. 그는 같은 마스크와 망토를 두른 같은 키의 사람들이 가득한 방 안을 한번 둘러보았다. 그 모습을 본 레길이 부루퉁한 얼굴로 중얼거렸다.

"어이구. 뭐 자기라면 찾을 수 있는 줄 아나? 다 똑같이 생겼구먼. 하여간 좋아하는 티는 둘에서 다 내요. 못 찾기만 해봐라……."

유루스는 레길이 뭐라고 하든지 말든지 마스크를 쓴 사람들을 하나씩 빠르게 둘러보았다.

민아는 그런 그의 모습에 조금 마음이 설레는 것을 느꼈다. 하지만 민아 자신조차도, 유루스가 자신을 찾아내리라고는 기대하지도 않았다. 유루스가 투시능력이 있는 것도 아니고, 무슨 수로 이 사람들 사이에서 자신을 찾아낸다는 말인가? 민아는 레길이 더 투덜거리기 전에 스스로 앞으로 나서려고 했다. 하지만 민아가 한 걸음 나서기 전, 유루스가 민아가 있는 쪽을 바라보았다. 그 순간 민아는 유루스가 마치 마스크 너머의 자신의 얼굴을 똑바로 바라보는 것 같다는 느낌을 받았다. 그가 정말로 자신을 빤히 쳐다보고 있었기에, 민아는 의아하다는 생각이 들었다. 유루스가 정말 투시능력이라도 가지고 있었나?

민아가 이상하게 여기는 사이에 유루스가 성큼성큼 다가오더니 민아 앞에 다가와서 섰다.

"민아."

한 치의 망설임도 없는 목소리였다. 민아는 너무 놀라서 미처 대답하지 못했다. 대답이 없자 유루스가 잘못 짚었다고 생각했는지 레길이 신나서 마구 손을 흔들어댔다.

"거봐, 잘난 척은 다 하더니······."

"어떻게 알았어요?"

민아는 레길이 더 떠들기 전에 얼른 대답했다.

유루스가 틀린 줄만 알고 축제 분위기였던 레길은 마스크 너머로 민아의 목소리가 들리자마자 낑낑거리며 꼬리를 내려버렸다.

"내가 알기로, 카이아에서 이렇게 부드러운 검은 머리를 가진 사람은 너 한 명밖에 없거든."

유루스는 다정한 목소리로 망토의 모자 밖으로 삐져나온 검은 머리칼을 안으로 넣어주었다.

꽁꽁 묶어서 보이지 않게 모자 안으로 잘 가린다고 가렸는데도, 몇 가닥이 삐져나온 모양이었다. 삐져나온 머리카락으로 알아차린 것이라도, 민아는 유루스가 이렇게 많은 사람들 사이에서 자신을 찾아낸 것이 기쁘기 그지없었다.

그녀는 살짝 고개를 숙이며 가볍게 웃는 소리를 냈다. 보지 않아도 지금 제 얼굴이 부끄러움과 설렘으로 붉어진 것을 알 수 있었다.

"발라르에르크에서 했던 약속 기억나?"

유루스가 민아의 웃음소리를 마주하며 물었다. 그의 예상치 못했던 질문에 민아는 고개를 갸웃했다. 발라르에르크에서의 약속이라니? 갑자기 물어봐서 당황한 탓인지, 당장은 기억나는 것이 없었다. 민아는 결국 당황한 목소리를 낼 수밖에 없었다.

"네?"

"상인의 집에서, 성모제의 불꽃놀이를 구경하면서 저녁을 먹기로 했었잖아."

"아……."

유루스가 말하고 나서야 기억이 났다. 그러고 보니 그런 약속을 했었다. 마치 데이트 신청을 받은 것 같아서 가슴 떨리던 그런 날이 있었다.

"우리, 이 일이 끝나면 그날 약속처럼 멋있는 저녁을 먹자. 성모제의 불꽃놀이만큼은 못해도, 너만을 위한 불꽃놀이를 열 테니까. 그걸 보면서, 같이 지금까지의 모든 일이 다 거짓말처럼 느껴질 정도로, 그렇게 재미있게 노는 거야."

민아는 웃었다. 크게 소리 내서 웃지는 않았지만, 그래도 환히 웃었다. 그의 그런 제의가 고마웠다.

이 일이 끝나면…… 그의 저녁 제의는 다른 어떤 말보다도 행복하게 들려오는 것이었다.

열심히 하라거나, 잘하라거나, 그런 말을 듣고 싶은 게 아니었다. 그런 말 대신, 모든 것이 끝나면 저녁을 먹자고 말해주는 그가 좋았다.

"그래요. 그렇게 해요. 벌써부터 기대되는걸요."

민아는 그의 어깨에 두 손을 짚고 발끝을 들었다. 그런 그녀의 모습에 유루스는 무릎을 살짝 굽혀 키를 맞춰주었고, 민아는 마스크 너머 그의 입술에 입 맞추는 소리를 냈다. 그 낯간지러운 소리에 유루스는 정말 입술이 닿기라고 한 것처럼 눈가를 접으며 소리 내 웃었다.

짧지만 그래도 달콤한 순간이 지나가고, 이제는 잠깐 헤어져야만 할 시간이었다. 유루스는 유루스가 해야 할 일을, 민아는 민아가 해야 할 일을 해야 했다. 유루스가 그가 들어왔던 문으로 다시 나가고, 레길은 방에 모여 있던 사람들과 함께 마지막으로 계획의 세부사항을 점검하기 시작했다.

 민아는 레길의 목소리를 들으며 가만히 눈을 감았다. 수십 번, 수백 번을 머릿속으로 되뇌고 점검한 계획이었다. 어째선지, 실패할 거란 생각은 들지 않았다.

❦

 저 먼 곳에서 장송곡이 울려 퍼지고 있었다. 장송곡은 처량하거나 괴로운 음색은 아니었다. 그 음악 소리는 정제되어 있었으며, 정돈된 품위를 지니고 있었다.

 사미엘은 눈을 감은 채 그 선율을 감상했다. 젊은 영웅에게 어울리는 딱 맞는 음악이라는 생각이 들었다. 그래, 데이드라트에게 슬프거나 처량한 음악은 어울리지 않았다.

그는 해야 할 일을 하다가 명예로운 죽음을 맞이한 전사였다. 그를 위한 음악은 그에 걸맞은 품위와 무게가 있어야 했다.

사미엘은 자신의 옷깃에 매달린 금단추를 어루만지며 짧은 감상에 잠겨들었다. 사미엘은 친구의 장례식을 맞아 최고 수준의 의장을 갖춰 입고 있었다. 의장을 차려입은 사미엘은 말로 할 수 없이 아름다웠고, 그녀의 가라앉은 금빛 눈동자에선 애써 억누른 슬픔과 고통이 느껴졌다.

실제로도 그녀는 데이드라트의 죽음에 깊은 애도의 감정을 느끼고 있었다. 그녀는 친구의 마지막 가는 길에 어떤 「불미스러운」 일도 없도록, 최선을 다해 시신을 호위할 예정이었다. 어느 순간 그녀의 손이 금단추의 양각 문양을 매만지는 것을 멈추었다. 그녀가 단추에서 손을 떼고 자신의 옆으로 슬며시 고개를 돌리자, 기다리고 있었다는 듯 뒤에 서 있던 그녀의 부하가 그녀의 곁으로 두어 걸음 다가왔다.

"오늘 우리가 가야 할 길을 다시 한 번 잘 살펴보았느냐?"

"예. 몇 번이고 다시 확인해보았습니다. 수상한 자나 숨겨진 폭발물 같은 것은 없었습니다."

"그래. 조객들의 조사도 소홀히 해서는 안 될 것이다. 아무리 무해해 보이는 여자나 아이라도, 경계심을 가지고 조사하도록 해라."

"알겠습니다."

그녀는 부하의 씩씩한 대답에 조용히 고개를 끄덕였다.

그녀의 부하가 다시 한 번 주위를 점검해보기 위해 물러간 뒤, 그녀는 별다른 이유 없이 몸을 틀어 주위를 둘러보았다. 화려한 금세공으로 장식된 돔 형태의 신전 천장과 신전 내부의 아담한 돌기둥들이 눈에 들어왔다.

이곳은 데이드라트 르네긴이 태어나서 처음으로 축복받은 신전이었다. 파셀의 많은 대귀족 아이들이 이곳에서 첫 축복을 받았고, 또 많은 귀족들이 여기에서 장례를 치렀다. 데이드라트의 경우는 국장이기 때문에 대광장에서 영결식을 치를 예정이기는 했지만, 결국 마지막엔 다시 이곳으로 돌아와 가족과 제국에게 안녕을 고하게 되어 있었다. 태어나서부터 죽을 때까지, 많은 귀족들이 거치는 어떠한 과정. 그것을 데이드라트는 조금 먼저 치루는 것이라고 생각하니 사미엘의 마음이 아주 약간 편해졌.

나중에는 사미엘 자신도 데이드라트와 같은 과정을 거쳐 마지막을 맞이하게 될 것이었다. 죽음 뒤에, 두 사람 모두 별이 되어 하늘에서 만난다면, 그때는 데이드라트가 자신의 선택을 이해해줄지도 몰랐다. 사미엘은 데이드라트의 관으로 걸어가 그 표면에 살며시 양손을 대었다.

"데이."

그녀는 가만히 데이드라트의 이름을 불렀다. 대답을 들을 리 만무해도, 그래도. 지금 이 순간 그가 들을 수 있는 것처럼 그의 이름을 부르고 싶었다.

"비록 우리가 생각은 달랐지만, 나는 끝까지 목숨을 바쳐 자신의 의지를 관철한 너를 존경해."

사미엘의 머릿속에 그와 함께했던 추억들이 스쳐 지나갔다. 그 기억들은 사미엘에게 정말 소중하고 즐거웠던 기억들이었다. 그렇게 소중한 추억을 함께했던 데이드라트이기에, 사미엘은 자신이 할 수 있는 모든 것을 그에게 해줄 생각이었다.

"이제 출발할 시간입니다. 사미엘님."

"그래. 그리고 수색대에게 전해라. 만약 나디르 르네긴을 발견한다면 상처 하나 없이 생포하라고."

사미엘은 담담한 목소리로 말했다. 데이드라트 아버지의 처벌은 막을 수 없어도, 어떻게 자신의 힘으로 나디르 정도는 빼낼 수 있을 것이라고 생각했다. 그리고 사미엘은 그것이 자신이 데이드라트에게 해줄 수 있는 최선이라고 생각했다.

사미엘이 새로운 명령은 피치 못할 경우 반역자들의 생사 여부를 불문하고 잡아들이라는 라히드 명령과는 달랐지만, 부하는 사미엘의 명령에 그 어떠한 반문도 하지 않았다. 그저 충성스럽게 고개를 숙일 뿐이었다.

두 사람의 짧은 대화가 끝나고 그들이 있던 신전 기도실의 문이 열렸다. 열린 문 바깥쪽에서는 마찬가지로 의장을 차려입은 라히드와 다른 신관들이 사미엘이 나오기를 기다리고 있었다. 이제 더는 지체할 시간이 없게 되었다.

사미엘은 한번 숨을 고른 다음, 당당한 걸음걸이로 앞으로 나아가기 시작했다.

―

사미엘은 긴장의 끝을 놓지 않고 있었다. 그녀는 길 양옆에 서 있는 수많은 조문객들을 바라보며, 혹 수상한 이가 없나 날카롭게 살펴보고 있었다.

사미엘이 생각하기로 황태자 일행이 나타나 사고를 치기엔 오늘처럼 좋은 날이 없었다. 수많은 인파 사이에 몸을 숨기기도 좋고, 검문을 피하기도 다른 날보다 더 쉬울 터였다. 무엇보다도 오늘은 황궁에서 칩거하던 황제가 대중 앞에 모습을 드러내는 날이었다.

물론 수백의 호위병들이 황제의 주위를 둘러싸고 있기 때문에 그들이 황제의 근처에 다가갈 확률은 한없이 낮았으나, 그래도 인파 사이에 섞여 있는 뮤리온이나 르네긴을 황제가 알아볼 가능성이 있었다.

황제와 뮤리온이 만나는 것은 라히드와 사미엘이 생각하는 최악의 상황이었다. 그런 일을 피할 수 있도록 사미엘과 라히드는 자신들의 입김이 닿는 대부분의 부하를 대광장 근처에 배치했다. 그렇기에 데이드라트의 시신을 호위하는 라히드와 사미엘의 부하는 비교적 적게 배치된 편이었다. 그렇기에 사미엘이 평소보다 두세 배 더 경계에 힘을 써야 했다.

"사미엘, 어깨에 힘이 너무 들어갔구나."

잔뜩 긴장한 사미엘의 어깨를 누군가가 가볍게 쳤다. 사미엘을 부르는 목소리는 한없이 다정하고 인자했다. 일말의 불안도 느끼지 않는 듯한 그 목소리에 사미엘은 조금 혼란스러워졌다.

"하지만…… 상황이 상황이니 조심해야 하지 않겠습니까?"

"네 마음은 알겠지만, 그렇게 처음부터 잔뜩 신경을 쓰고 있으면 정작 필요할 때는 힘을 쓸 수 없는 법이다. 네 부하들도 열심히 경계를 서고 있으니, 너무 네가 다 하려고만 하지 마라."

"예……. 알겠습니다."

라히드의 말 또한 타당하게 들렸기에, 사미엘은 조용히 고개를 끄덕였다. 사미엘이 고개를 끄덕이자, 라히드는 만족한 듯 자신의 자리로 돌아갔다. 하지만 고개를 끄덕였다고 해서 사미엘의 긴장이 한순간에 탁 풀리는 것은 아니었다.

사미엘은 전에 비해 약간 느릿느릿해진 채로 주위를 둘러보게 되었을 뿐이었다.

출발한 지 15분이 지났지만, 아직까지 별다른 이상이 없었다. 대광장까지는 아직 30여 분을 더 가야만 했다.

사미엘이 앞으로 가야 할 길을 속으로 되짚어보고 있는데, 갑자기 하늘에서 무언가가 사미엘의 눈앞으로 날아들었다. 사미엘은 반사적으로 자신의 눈앞으로 날아든 것을 붙잡았다. 그것은 단단한 종이로 만든 작은 매의 모형이었다. 잘 다듬어진 나뭇가지로 뼈대를 잡고, 그 위에 단단한 종이를 모양대로 붙여 만든 모형으로, 공중에 던지면 바람을 타고 날 수 있게 만들어진 장난감 같은 것이었다.

「어린잎을 문 매」, 르네긴가의 문장.

아마도 누군가가 데이드라트를 추모하고자 하는 의미로 던진 모형 같았다. 하기야 르네긴은 몇 세대에 걸쳐 카이아의 번영에 힘써온 가문으로, 제국민들의 무한한 존경을 받는 가문이었다.

사미엘은 이런 추모가 꽤나 색다르고 괜찮다는 생각을 했다. 무엇보다 매의 모형이 하늘을 날고 있으니 보기 좋기도 했다. 사미엘은 자신의 손에 잡힌 매의 모형을 다시 하늘로 날려 보냈다. 매는 사미엘의 손을 벗어나 다시 바람을 타고 멀리로 날아가기 시작했다. 사미엘은 눈가를 찌푸린 채 하늘을 보며 그 매가 어디까지 날아가나 보려고 했다. 하지만 하늘을 올려다보는 순간, 사미엘은 뜻밖의 상황에 당황해서 얼굴을 구기고 말았다. 하늘에 너무 많은 모형이 날아다니고 있었다.

한두 개도 아니고, 수백 개에 달하는 종이들이 날아다니는 것을 보며 사미엘은 무언가 이상하다는 것을 직감했다.

"월라드, 이게 어떻게 된 일인지 알아보도록 해라. 이전의 장례식 때는 이런 것을 날린 적이 단 한 번도 없었지 않느냐? 사람들이 이런 것을 도대체 어떻게 구한 거지?"

사미엘의 날 선 말투에 월라드가 허둥지둥하며 이 상황에 대한 설명을 하기 시작했다.

"그, 그것이……. 제, 제가 알기론 어제부터 여, 여러 상점에서 고, 공짜로 나누어준 것으로 아, 알고 있습니다. 모, 모두 르네긴가에 시, 신세를 진 가게들이어서, 자, 자발적인 추모 행사인 줄만 아, 알고 제지하지 아, 않았습니다."

"이런 것을 수백 개나 공짜로? 말도 안 된다. 지금이라도 당장 모형 날리는 것을 중지시켜라."

월라드가 사미엘의 말을 전달하기 위해 뛰어갔다. 그사이 사미엘은 밀려오는 불안한 기분에 손톱을 뜯으며 주변 건물의 옥상들을 살펴보기 시작했다. 평범해 보이는 사람들이 2층 건물의 창문에서, 또 건물의 옥상에서 모형을 날리고 있었다.

그들을 살펴보던 중, 사미엘의 눈에 띄는 수상한 사람이 있었다. 3층 건물의 옥상에 서 있는 그 사람은 자그만 덩치의 남자였다. 어디가 수상하냐고 하면 사미엘은 대답할 말이 없었다. 그러나 사미엘은 직감적으로, 그 남자가 수상하다는 것을 알았다.

게다가 그의 옆에는 커다란 나무상자가 있었다.

잘 보이진 않았지만, 모형의 꼬리 부분 같은 것이 상자 밖으로 삐져나와 있었다.

사미엘은 그것을 보자마자 타고 있던 말에서 뛰어내려 라히드 쪽으로 달려가려고 했다. 그녀가 땅에 발을 디딤과 동시에 수상한 남자가 라히드 쪽을 향해 매 모형을 던졌다. 모형이 가는 방향과 바람이 부는 방향이 맞아떨어져, 모형은 다른 것보다 훨씬 더 빠르게 하늘을 날아 이쪽으로 오고 있었다.

"라히드님!"

사미엘은 큰 소리를 내며 라히드 앞으로 뛰어갔다. 그녀는 뛰어난 반사신경으로, 전광석화처럼 검을 뽑아 매 모형이 라히드에게 가까이 오기 전에 공중에서 베어버렸다. 수상한 남자가 날린 매 모형은 다른 것들과 달리 다리 부분에 작은 병이 달려 있었고, 사미엘이 그 모형을 베자마자 병도 같이 터지며 큰 소리를 냈다.

펑!

폭탄 파편이 사방으로 튕겨나갔다. 사미엘은 급하게 왼손으로 얼굴을 가려 부상을 피했다. 하늘을 유영하던 매는 순식간에 작은 화염에 감싸여 타오르다 힘없이 바닥으로 떨어졌다. 사미엘은 이를 악문 채 사그라지는 불꽃을 바라보았다.

폭탄을 이용한 테러, 비록 평소보다 규모는 작았지만 전형적인 일로덴의 수법이었다.

"꺄아아아!"

이 상황을 본 시민들이 당황하여 소리를 지르기 시작했다. 사미엘은 라히드가 그의 호위에 둘러싸여 안전하게 뒤로 물러난 것을 확인하고, 동요하는 군중들을 진정시키려 했다.

"여러분, 동요하지 마십시오! 저희 황실기사단이 금방 이 상황을 해결할 것입니다! 모두 흥분하지 마시고, 기사단의 지휘에 따라……."

펑!

하지만 사미엘의 말이 끝나기도 전에 그다음 폭탄이 터졌다. 비록 폭탄의 위력은 작았지만, 그것이 주는 공포는 무시하지 못할 수준이었다. 사람들은 날아다니는 매 모형을 피해 우왕좌왕하기 시작했다. 이대로 상황을 방치했다가는 사람들 사이에 압사사고가 일어날 수도 있었다.

사미엘은 뽑아 든 검을 다시 검집에 넣고, 근처에 있는 부하에게서 활과 화살 통을 빼앗아 들었다. 그녀는 눈가를 찌푸린 채 옥상에서 열심히 매를 날리고 있는 수상한 남자를 활로 조준했다. 여기에 적이 얼마나 있을지는 몰라도, 일단 폭발물을 날리는 것은 저놈밖에 없는 듯했다. 사미엘이 활이 순식간에 괴한을 겨냥했다. 눈 깜짝할 사이에 살이 시위를 떠났다. 사미엘이 쏜 화살은 빗나가는 일 없이 빠르게 괴한의 가슴팍에 꽂혔다. 화살을 맞은 괴한이 크게 몸을 웅크렸다.

사미엘은 거기에 그치지 않고 두 번, 세 번 더 화살을 날렸다.

"관을 지켜라! 라히드님을 지켜라!"

사미엘은 활을 쏘며 악을 썼다. 그녀의 말에 병사들이 허둥지둥 움직이기 시작했다. 사미엘은 마지막 화살을 시위에 걸었다. 옥상 위의 놈은 무슨 재주를 부렸는지 화살 세 개를 맞고도 쓰러지지 않고 서 있었다. 그러나 그것도 이제 끝이었다. 이번 활만 맞는다면 저 괴한은 옥상에서 바닥으로 고꾸라져 떨어질 터였다. 그러나 사미엘이 마지막 활을 쏘기도 전에, 옥상의 남자가 힘없이 픽 쓰러졌다. 하지만 문제가 있었다. 그 남자가 폭발물이 든 상자를 아래로 힘껏 밀면서 쓰러졌다는 것이었다.

"이……. 말도 안 돼!"

폭발물 하나하나의 위력은 작았다. 사미엘이 직접 본 바로 저 폭탄들은 사람을 죽일 목적으로 만들어진 것은 아니었다. 물론 맞으면 부상이야 입겠지만, 한두 달이면 깨끗하게 아물 정도의 수준이었다. 그러나 하나하나의 위력은 약해도 그것들이 모여서 터진다면 이야기가 달랐다. 건물 하나 정도는 우습게 폭파시킬 것이 분명했다.

사미엘은 당황하며 주위를 둘러보았다. 아직 대피하지 않은 사람들이 가득이었다. 이대로 폭발물이 터진다면 수많은 사상자가 발생할 터였다. 사미엘은 어찌할 방도도 없으면서 폭발물을 향해 뛰었다.

어찌할 방도는 없었지만, 그냥 두고만 볼 수도 없어서 몸이 먼저 튀어 나가고 만 것이었다.

"사, 사미엘님!"

사미엘이 폭발물 쪽으로 뛰어가는 것을 본 윌라드가 절망에 찬 비명을 내질렀다. 그는 관을 지키라는 사미엘의 명령조차 지키지 않고 사미엘을 뒤쫓았다. 사미엘이 폭발물을 향해 몸을 던지려고 하는 순간, 윌라드가 사미엘의 팔을 붙잡아 그녀를 막았다.

"이거 놔!"

"아, 안 됩니다!"

둘 사이에 아주 짧은 실랑이가 오갔다. 그리고 그사이에 옥상에서 떨어진 폭발물 상자가 바닥에 닿았다. 그 순간, 앞으로 일어날 참극을 두고 볼 수가 없어서 사미엘은 두 눈을 질끈 감았다. 그러나 눈을 감은 채 아무리 숨을 골라도, 폭발물이 터지는 소리는 들리지 않았다.

"어, 어, 어……."

폭음 대신 들리는 윌라드의 얼빠진 소리에 사미엘은 의아해하며 눈을 떴다. 그리고 눈을 뜬 그녀 또한 윌라드처럼 놀랐다. 하지만 그녀는 얼빠진 소리를 내는 대신 입술을 힘껏 깨물었다. 폭탄은 터지지 않았다. 푸른 불꽃에 휩싸여 있었기 때문이다. 그 불꽃은 불의 형태였으나, 실제로는 엄청나게 차가운 덩어리 같은 것이었다.

사미엘은 직접 당해본 전과가 있으니 누구보다도 저 불꽃의 차가움을 알고 있었다.

"마녀……."

사미엘은 있는 힘껏 팔을 흔들어 아직도 매달려 있는 윌라드를 내쳐버렸다. 그리고 무시무시한 기세로 주위를 살피며 이 불꽃을 소환한 사람을 찾으려고 했다. 사미엘이 누구보다도 증오하는 마녀, 김민아가 이 자리에 있었다.

"으아아아!"

"마녀다! 마녀가 나타났다!"

"전설이 사실이었단 말이야? 어떡하지? 우리는 이제 어떡하면 좋아?"

김민아를 찾는 것은 어려운 일이 아니었다. 사람들의 경악에 찬 비명과 그들의 시선을 쫓아가자 바로 그 자리에 김민아가 서 있었다. 그녀는 검은 마스크와 후드를 눌러쓴 여사제의 복장을 하고 사미엘의 바로 뒤에 서 있었다. 검은 마스크 때문에 얼굴은 보이지 않았다. 그러나 사미엘은 한눈에 그게 민아임을 알아볼 수 있었다. 물론 지금 그녀의 손에 푸른 불꽃이 조각이 되어 흩어지고 있기 때문이기도 했지만, 굳이 그게 아니라도 사미엘은 언제든 민아를 알아볼 수 있을 터였다. 황태자 뮤리온을 꼬이고, 카이아의 멸망을 불러올 마녀. 그 철천지원수 같은 여자가 자신과 고작해야 3미터 정도 떨어진 곳에 서 있었다.

사미엘은 반사적으로 들고 있던 활을 민아에게 겨누었다. 그러나 활을 쏘지는 못했다. 화살 통이 비어 있었기 때문이다. 폭발물을 보고 뛰는 사이에 화살들이 모두 바닥으로 떨어져버린 모양이었다. 그녀는 짜증스러운 몸짓으로 들고 있던 활과 화살 통을 내던지고, 허리춤에서 검을 뽑아 들었다. 날카로운 검 끝이 민아를 향해 겨누어졌다.

"이 마녀! 나 사미엘 나다이드가 카이아의 영광과 안전을 위해 너를 여기서 처단하겠다!"

사미엘은 매서운 기색으로 소리쳤다. 그러나 그 소리를 듣고도 민아는 눈 하나 깜짝하지 않았다. 그녀는 보라는 듯이 푸른 불꽃 기둥을 사방에서 솟아오르게 하고 있었다.

불꽃 기둥은 사람이 없는 곳에서만 솟아올라 다행히 다치는 사람은 없었다.

그러나 부상자가 없을지언정 푸른 불꽃이 나타난 것만으로도 사람들은 혼란에 빠져들었다. 불꽃 기둥은 점점 더 높이 치솟아 올라, 이 거리가 아닌 다른 거리에서도 보일 정도가 되었다.

사미엘은 더 기다리지 않고 검을 든 채 민아에게 돌격했다. 하지만 그전에 누군가가 옆에서 튀어나와 사미엘의 옆구리에 있는 힘껏 몸통박치기를 했다. 평소 같으면 그런 것쯤 눈 감고도 피했을 사미엘이었지만, 분노로 이성을 잃은 상태였기 때문에 그 갑작스러운 공격을 피하지 못했다.

그녀는 휘청거리며 바닥에 넘어졌다. 그리고 사미엘을 공격한 상대는 사미엘이 넘어지기가 무섭게 그녀의 손에서 검을 빼앗아 멀리 던져버렸다. 사미엘은 기습을 허락했다는 수치에 젖 먹던 힘을 다해 자신을 깔고 있는 괴한을 밀어냈다. 코 밑을 하얀 수건으로 가린 금발 남자. 드러난 것은 두 눈뿐인데도 사미엘은 그가 레길임을 단번에 알아 볼 수 있었다.

"너…… 감히 네놈 따위가……."

사미엘은 단숨에 몸을 일으켜 레길의 옆구리를 발로 힘껏 걷어찼다. 타격음이 강하게 울려 퍼지고, 레길은 고통에 얼굴을 찌푸리며 몸을 동그랗게 말았다. 그러나 사미엘은 레길이 고통스러워하건 말건 악을 쓰며 발길질을 계속했다.

"일로덴인 것도 용서할 수 없는데, 감히 마녀와 손을 잡아? 네놈들은 어디까지 바닥으로 떨어질 셈이냐!"

사미엘은 멈추지 않고, 아예 끝내버릴 작정으로 레길의 목을 짓밟으려고 했다. 그러나 그녀가 그러기 전에, 그녀의 신경이 다른 곳으로 쏠렸다. 사람들이 크게 비명 지르는 소리가 들렸기 때문이다.

"꺄아악! 라히드님!"

라히드란 이름에 사미엘의 눈이 뻔쩍 뜨였다. 김민아와 레길의 등장 때문에 순간 라히드를 잊고 있었다. 사미엘은 라히드 쪽으로 시선을 돌렸다.

어느새 월라드가 그쪽으로 달려가 라히드의 호위병과 함께 그를 보호하고 있었지만, 주위 괴한의 숫자가 많아 힘에 부치는 것이 명확해 보였다.

움직임이 제법 날렵할 것을 보니 일로덴 같은데, 왜 지금에 와서 그들이 이런 습격을 벌였는지는 알 수 없었다.

순간, 혹시 라히드를 납치하려고 하는 게 아닌가 하는 생각이 사미엘의 머릿속을 스치고 지나갔다. 마녀와 레길이 같이 있는 것을 보아하니 두 사람이 손을 잡은 것은 틀림없어 보였다. 마녀라면 당연히 라히드가 자신의 사악한 계획을 막으려고 하는 것을 알고 있을 테고, 그것을 방해하기 위해 당연히 라히드를 잡으려고 할 터였다. 그리고 일로덴은 마녀에게 모종의 대가를 받기로 하고 마녀를 돕고 있는 것이 분명했다. 이 모든 것은 어디까지나 사미엘 머릿속 추측에 불과한 것이었지만, 그 순간만큼은 사미엘에게 꽤 설득력 있는 가설로 여겨졌다. 사미엘은 레길의 숨통을 끊는 것은 뒤로하고 라히드 쪽으로 뛰어갔다.

"어쩌면 관을 훔치려는 것일지도 몰라!"

시민들 중 누군가가 큰 소리로 외쳤다. 그 사람은 상황을 더 혼란시키려는 레길의 끄나풀이었지만, 지금 이 상황에서 그런 것을 눈치채는 사람은 아무도 없었다.

"당연하지! 마녀의 부하들이니까! 혹시 영웅의 시신으로 사악한 술수를 부리려는 게 아닐까?"

근거 하나 없는 말이었지만, 사람들을 선동하기는 충분했다. 이미 마녀의 푸른 불꽃을 눈앞에서 본 사람들이었다. 그들은 이미 이성적인 판단을 하기 어려웠다. 순식간에 혼란이 사방으로 퍼져 나갔다.

그 혼란 속에서 라히드는 이를 악물었다. 그 또한 이 상황을 제대로 이해할 수는 없었다. 일로덴 찌끄러기 놈들이 자신을 노리는 것인지, 아니면 관을 훔쳐 가려는 것인지 알 수 없었다. 하지만 혹시라도 그들이 관을 훔쳐 가려고 한다면 막아야만 했다. 이 장례 행렬의 총책임자는 라히드 자신이었다. 만약 시신을 잃어버리는 일이 생긴다면 미친 황제가 자신을 어떻게 할지 몰랐다. 복수를 하기 전까지, 황제에게 꼬투리를 잡힐 만한 일을 벌여서는 안 됐다. 그는 어떻게든 관만은 지키려고 수를 썼다.

"사미엘! 나는 괜찮으니 관을…… 관을 지키도록 해라!"

라히드가 사미엘을 향해 외친 말이었다. 듣지 못한 사람이 있을까 봐, 더 크게 관을 지키라고 소리쳤다. 라히드의 외침에 사람들의 시선이 관으로 한 번에 쏠렸다.

"영웅의 관은 어떻게든 지켜야 한다!"

자신의 목숨은 괜찮으니 관을 지키겠다. 그의 그런 자기희생적인 말이 사람들의 가슴을 두드린 모양이었다.

지금까지 멀찍이 서서 상황을 지켜보고 있거나 도망가던 사람들이 그 자리에 멈춰 섰다.

그들이 자리에 멈춰 서자, 라히드는 다시 한 번 결연한 목소리로 외쳤다.

"여러분, 모두 이 자리를 피하십시오! 저희들이 일로덴을 막을 동안……. 빨리!"

라히드의 도망치라는 말에도 사람들은 도망가기를 멈추고 관과 라히드가 있는 쪽으로 다가오기 시작했다. 그들은 관은 물론 라히드도 지키려고 그 둘을 온몸으로 막아섰다.

"이놈들! 르네긴가의 도련님을 죽인 것도 모자라, 이제는 장례식까지 망치려고 하느냐? 이 나쁜 놈들!"

"관을 가져가려거든, 우리를 죽이고 가져가라!"

가만히 있던 사람들이 나서자, 사미엘은 타는 속을 어찌할지 모르게 되었다. 사람들의 마음은 고맙지만, 이런 상황에서 어떤 훈련도 받지 않은 민간인이 끼어들면 방해만 될 뿐이었다. 게다가 일로덴이나 마녀가 일반인이라고 봐줄 리도 없으니 괜한 시체만 늘어날 것이었다.

사미엘은 잠시 고민에 휩싸였다. 지금 상황을 보아하니 일로덴과 황태자 일행이 손을 잡은 것은 뻔해 보였다. 그렇다면 아무래도 이 괴한들은 데이드라트의 시신을 건드리지 않을 가능성이 높았다. 라히드는 자신에게 관을 지키라고 했지만, 아무리 생각해도 지금 이 순간 자신은 관이 아닌 라히드를 지켜야만 했다.

사미엘은 결국 라히드 쪽으로 몸을 돌렸다.

어느새 라히드를 둘러싸고 있던 많은 호위병들이 쓰러져 있었다. 윌라드가 분투하고 있기는 했지만, 그가 쓰러지는 것은 시간 문제 같았다. 사미엘이 막 라히드를 보호하기 위해 달려가는 순간, 윌라드가 막지 못한 방향에서 일로덴의 단원이 라히드를 향해 검을 휘둘렀다.

"라히드님!"

군중들 속에서 비명이 터져 나왔다. 짧은 순간, 사미엘 또한 라히드가 베인 줄로만 알았다. 하지만 예상과는 달리 라히드는 베이지 않았다. 오히려 그는 아주 안전한 상태였다. 사람들이 웅성거리기 시작했다. 그들은 자신이 보는 것을 쉽사리 믿지 못하는 눈치였다. 그리고 그것은 사미엘도 마찬가지였다. 라히드의 주위를 푸른 불꽃이 감싸고 있었다. 마치 그를 감싸는 것처럼, 불꽃의 장벽은 일로덴의 단원들이 라히드에게 가까이 다가가지 못하게 하고 있었다. 그리고 그 넘실거리는 불꽃 안쪽에서 라히드를 꼭 끌어안고 있는 여사제의 모습이 보였다. 사미엘이 어찌해야 할지 고민하는 새, 어느새 민아가 사람들 사이에 섞여 라히드의 곁까지 간 것이었다.

"이게 무슨……."

라히드는 당황하며 하나뿐인 왼손으로 자신에게 달라붙은 마녀를 떼어내려고 했다.

하지만 민아는 그에게서 떨어지지 않았다.

"어떻게 된 거지?"

"푸른 불꽃이 신관님을 보호하다니?"

"잠깐만, 저 마녀, 여사제 복장을 하고 있는데?"

사람들이 웅성거리기 시작했다. 아예 처음처럼 멀찍이 서 있었으면 불꽃 안쪽에 있는 두 사람의 모습이 잘 보이지 않았을 수도 있었겠지만, 지금 사람들은 관을 보호한다며 라히드와 사미엘 바로 옆에 서 있었다. 그랬기에 그들은 라히드를 보호하는 마녀의 모습을 아주 확실하게 볼 수 있었다. 마녀는 여사제 복장을 하고 있었고, 라히드를 꼭 껴안고 있었다. 그것으로 모자라 푸른 불꽃은 마녀와 라히드를 보호하는 형상으로 활활 불타오르고 있었다. 웅성거림이 커지자, 사미엘은 그들을 진정시키기 위해 소리쳤다.

"현혹되지 마라! 함정이다! 신관님의 명예를 실추시키려는 작전이야!"

하지만 사람들은 사미엘의 말을 쉽게 받아들이지 못하고 고개를 갸우뚱거렸다. 바로 옆에서 마녀가 라히드를 보호하는 걸 보았으니, 쉽게 의심을 거두지 못하는 것이었다. 게다가 사람들 사이에 미리 섞어놓은 일로덴의 끄나풀들이 자꾸만 라히드와 마녀의 연합을 의심케 하는 말들을 외치고 있었다.

"말도 안 돼! 마녀가 라히드님의 명예를 실추시켜서 뭘 얻는단 말이야?"

"그래! 말도 안 돼!"

"바보같이! 당신들 아까부터 왜 그래? 라히드님이 누군지 몰라? 라히드님의 기적을 모르냐고!"

계속되는 일로덴의 선동에 사람들 사이에서 싸움이 벌어졌다. 사람들의 웅성거림과 말싸움 소리가 점점 더 커졌다. 이제 더 미끼를 던져줄 필요가 있었다. 민아 일행은 이곳에서 혼란을 일으키는 것 외에도 라히드와 마녀의 결탁에 대한 의심을 심어놓는다는 목적이 있었다. 그래야 황제가 직접 라히드에 대한 조사에 들어갈 가능성이 생기기 때문이다.

만약 오늘 성검을 훔치지 못하더라도, 황제가 직접 라히드에 대해 조사한다면 무언가 이상한 것을 눈치채고 라히드의 음모를 저지할 수도 있었다. 그런 목적을 달성하기 위해, 웅성거림 속에서 민아가 연극적으로 손을 높이 쳐들었다. 그리고 그와 동시에 라히드를 보호하던 푸른 불꽃 장벽이 사라졌다.

민아는 그 장벽이 사라지자마자 보란 듯이 우아한 동작으로 라히드 앞에 무릎을 꿇고 앉았다. 그리고 순식간에, 라히드의 발끝에 입을 맞췄다. 카이아의 전통적인 충성의 맹세였다. 경악의 비명이 이곳저곳에서 울려 퍼졌다.

"마녀가 라히드에게 충성의 맹세를 했어!"

"이럴 수가……. 그렇다면 정말 라히드님이."

충성의 맹세에 사람들 사이의 의심은 더욱더 걷잡을 수 없는 수준으로 커져갔다.

민아는 마지막 쐐기를 박기 위해, 있는 힘을 다해 소리를 쳤다.
"준비되신 분이시여, 약속된 날이 다가옵니다! 그날을 기다리십시오!"

청천벽력 같은 말이었다. 마녀가 말하는 「약속된 날」이라니. 그게 도대체 무슨 날이란 말인가? 혹 예언대로 마녀가 이곳 카이아를 멸망시켜버릴 날은 아닌가? 당황스러운 웅성거림과 혼란이 퍼져 나갔다.

"이건…… 아닙니다. 여러분, 아닙니다!"

지금까지 청산유수처럼 말을 잘하던 라히드가 처음으로 당황하며 말을 더듬었다. 하지만 그의 부정은 사람들에게 잘 전달되지 않았다. 이 충격적인 소식은 금세 카이아 전역에 퍼질 것이 자명해 보였다.

라히드의 부하들이 겨우 자신들에게 붙어 있던 일로덴의 졸개들을 떼어내고 민아 쪽으로 다가왔다. 라히드도 뒤늦게 민아를 붙잡기 위해 손을 뻗었다. 하지만 민아는 그들의 손이 닿기 전에 푸른 불꽃으로 몸을 가린 채 여사제들 사이에 뛰어들었다. 수많은 여사제들 사이에 섞여들자, 금세 누가 누군지 알아볼 수 없게 되었다. 게다가 민아가 숨어든 여사제들은 그녀를 잡으려는 노력도 하지 않았다. 그들 또한 일로덴의 일원이기 때문이었다.

"그러고 보니, 황태자께서 사라지시면 가장 이득을 볼 사람은 라히드님이 아닌가?"

"그게 무슨 소리야? 라히드님은 신관이라고……. 신관은 속세의 그 어떤 지위도 가질 수 없어."

"하지만…… 황녀들에게 황위가 가는 것도 안 될 일이지. 이런 상황에선 법을 바꿀 수도 있을 거야."

사람들 사이에서 의혹과 불신이 들끓기 시작했다. 사미엘은 이 황당한 상황을 어떻게든 수습해보려고 애썼다.

"조용히 해라! 어디서 감히 그딴 망발을 지껄이느냐? 너희들이 정녕 라히드님을 의심하는 거냐? 뮤렐께 자신의 팔을 바친 분을?"

사미엘의 일갈에도 웅성거림은 더 커지기만 했다. 사미엘은 통제할 수 없는 상황에 씩씩거리며 이제 막 도망치려고 하는 민아 쪽으로 뛰어갔다.

여사제들 사이에 숨어 있는 자신을 어떻게 알아보는지 알 수 없었다. 그러나 사미엘은 한 치의 망설임도 없이 민아 쪽으로 뛰어오고 있었다. 그녀는 자신의 앞길을 막는 여사제들을 종이 인형이라도 되는 듯 내던지며 민아와의 거리를 좁혀왔다. 자신에게로 다가오는 사미엘을 보며 민아는 필사적으로 뛰었지만, 평생 운동만 해온 군인을 이길 수는 없는 노릇이었다. 민아는 금방 사미엘에게 붙잡혔다.

"꺄악!"

사미엘이 민아의 팔을 거칠게 잡아끌었다. 하지만 민아는 금세 침착함을 되찾고, 사미엘을 향해 푸른 불꽃의 힘을 개방했다.

민아의 팔 끝에서 푸른 불꽃이 넘실넘실 타오르더니 금세 사미엘 쪽으로 넘어갔다. 하지만 사미엘 또한 같은 수법에 두 번 당할 사람은 아니었다. 사미엘은 의장의 안주머니에서 아기주먹만 한 빛의 돌을 꺼냈다. 푸른 불꽃의 힘은 금세 빛의 돌 안으로 빨려 들어갔다.

"잔재주를 부리려고 해도 소용없다! 너는 오늘 이 자리에서 죽는다!"

 사미엘은 돌을 쥔 손으로 민아의 마스크 쓴 얼굴을 때렸다. 민아가 아슬아슬하게 고개를 뒤로 젖혀서 피해는 최소화했지만, 마스크 끝이 사미엘의 주먹에 걸려 가면이 벗겨지고 말았다. 마스크가 벗겨지면서 후드도 흘러내려가, 군중 앞에 민아의 하얀 얼굴과 검은 머리칼이 그대로 드러났다. 마스크가 벗겨짐과 동시에, 사미엘은 겁에 질린 민아의 표정을 볼 것이라 예측했다. 그러나 그녀의 예측과 다르게 민아는 전혀 겁먹지 않은 기색으로 사미엘을 노려보고 있었다. 그 눈빛이 마음에 들지 않은 사미엘이 다시 한 번 주먹을 치켜들었다.

"농담인 줄 아는 거냐? 검이나 활 따위는 필요 없다! 너 같은 건 맨손으로도 끝장낼 수 있으니까!"

 하지만 민아에게 주먹을 휘두르기 전에 사미엘은 갑자기 자신의 몸에 엄청난 한기가 도는 것을 느꼈다. 그리고 그 한기가 도는 것과 동시에 쥐고 있던 빛의 돌이 부들부들 떨리기 시작했다.

사미엘은 지금 이 상황을 믿을 수가 없어서 얼굴을 찌푸렸다. 자신이 가지고 있는 것은 최고급 빛의 돌이었다. 웬만해선 깨지는 일이 없을 것이라고 판매자가 장담하던 제품이었다. 그러나 손 안의 돌은 심상치 않게 떨리고 있었다. 금방이라도 돌이 깨지고 푸른 불꽃의 힘이 튀어나올 것 같아서 사미엘은 당황하며 들고 있던 돌을 공중에 집어던져 버렸다.

콰앙!

그리고 그 순간, 굉음이 울려 퍼졌다. 공중에서 돌이 깨지며 푸른 불이 마치 비처럼 사방에 떨어지기 시작했다. 자신을 향해 떨어지는 불꽃을 보고 사미엘은 놀라 두 팔로 머리를 감쌌다. 그리고 민아는 그때를 놓치지 않았다.

"당신 같은 거, 더는 무섭지 않아!"

민아의 단호한 목소리가 들리더니, 갑자기 사미엘의 턱이 크게 흔들렸다. 민아가 주먹을 꽉 쥔 채 사미엘의 턱을 날려버린 것이었다. 턱이 흔들리자, 뇌까지 흔들리는 기분이었다. 사미엘이 비틀거리자 그사이에 민아는 바닥에 떨어진 가면을 주워 쓰곤 도망쳐버렸다. 사미엘은 흔들리는 시야 때문에 민아를 쫓아가지도 못하고 그녀가 멀어지는 것을 보고만 있어야 했다.

"으아, 으아아아아!"

불과 2분도 되지 않아 사미엘은 제정신을 차릴 수 있었지만, 이미 민아는 사라진 뒤였다.

사미엘은 분함에 악을 쓰며 머리를 쥐어뜯었다. 그녀는 곁에서 어쩔 줄 몰라 하는 윌라드에게 소리를 지르며 물었다.

"마녀는? 마녀는 어디로 도망갔어? 왜 쫓아가지 않은 거지?"

"그, 그게……."

사미엘은 급하게 주위를 둘러보았다. 민아에게 턱을 맞고 휘청거리는 사이에 일로덴도 벌써 다 도망쳐버린 모양이었다. 이곳에는 부상을 입은 자신과 라히드의 부하들, 그리고 의심스러운 눈으로 자신들을 바라보는 사람들만이 가득했다. 사미엘을 빠드득 소리가 날 정도로 이를 갈면서 윌라드의 허리춤에서 검을 빼앗아 들었다.

"됐다! 내가 가서 잡겠다! 마녀는 어느 방향으로 갔지?"

"그, 그게……. 저, 저도 지켜보려고 해, 했지만, 마녀가 여사제의 복장을 하고 있어서 알아보기가……. 게다가 여사제들이 멋대로 사람들을 이 방향 저 방향으로 대피시키며 길목을 막고 있어서 추격이 어려웠습니다."

"이 바보 같은! 그녀들은 가짜 사제라고! 가짜는 죽여서 혼란을 막아야지!"

"하지만 진짜일 경우엔……."

"그럼 일단 묶어놓기라도 하든가! 혼자서는 그런 것도 생각 못 해?"

사미엘이 거의 피를 토하는 것같이 악을 썼다.

보다 못한 라히드가 그녀를 진정시키려고 나섰다.

"사미엘…… 진정해라. 네가 불안해하면 지켜보는 사람들도 불안해한다. 일단 그들이 갈 만한 장소를 떠올려 보는 게……."

하지만 분노에 휩싸인 사미엘의 귀에는 라히드의 말이 잘 와닿지 않았다. 게다가 라히드의 말이 끝나기도 전에 그들은 마녀가 향한 방향에 대한 단서를 얻을 수 있었다.

펑!

저 멀리서 하늘을 향해 푸른 불꽃이 치솟아 올랐다. 대광장으로 가는 길목 쪽이었다. 그것을 본 사미엘이 이것저것 따질 것 없이 바로 푸른 불꽃이 일어난 쪽으로 몸을 돌렸다. 걱정했던 일이 사실이 되고 만 것이었다. 이러다 황태자가 황제에게 모든 사실을 고하게 된다면, 지금까지 해왔던 모든 일이 헛수고가 되고 말 터였다.

자신의 안위가 걱정되는 것이 아니었다. 뮤렐의 흐름에서 벗어난 황태자가 이 카이아를 잘못된 방향으로 이끌 것이 두려웠다.

그녀는 주인 없이 사건 현장에 돌아다니는 말을 붙잡아 그 위에 올라탔다. 그리곤 대광장 쪽으로 말을 재촉하여 달리기 시작했다.

⟡ 16 ⟡
영원한 것

"지오가 잘하고 있을까요?"

"괜찮아. 그 사람 보기보다 날렵하니까……. 잘 도망 다니면서 해야 할 일 잘할 거야."

민아와 레길은 사람이 없는 골목을 달리고 있었다.

이제 얼굴을 숨겨야 할 만큼 사람도 없고, 뛸 때도 방해가 되기 때문에 민아는 귀에 걸려 있던 마스크와 망토를 벗어 바닥에 버리고 뛰었다.

중간에 사미엘에게 잡히기는 했지만, 잘 벗어날 수 있어서 다행이었다.

민아는 지금 임무를 잘 수행했다는 기쁨과, 잠깐이나마 군중 앞에서 얼굴을 드러내고 말았다는 불안으로 가슴이 터질 것만 같았다. 지금까지 일행이 짠 계획은 차질 없이 다 잘 이뤄지고 있었다. 사람들 앞에서 마녀의 존재를 드러냈고, 사람들에게 라히드에 대한 의심을 심어주었으며, 힘을 가득 담은 빛의 돌을 지오에게 맡겨 그가 그것을 폭파시키게 하면서 사미엘의 추적을 피할 수 있게 되었다.

아직까지 사미엘과 그 부하들이 쫓아오지 않는 것을 보아하니 지오의 유인도 제대로 작용하고 있는 것 같았다.

시내에서 마녀가 나타났다느니 하는 소란을 벌였으니 대신전에 이상이 생기더라도 도시 경비대는 쉽게 눈치채기 힘들 터였다. 이 틈을 타서 빨리 대신전에서 카자흐의 성검을 꺼내야만 했다. 민아와 레길도 혹시 모를 상황에 대비해 예비 전력으로서 대신전에 합류하기로 했고, 지금까지 아무런 이상 없이 대신전으로 향하고 있었다.

한참을 뛰다 보니, 중간지점에서 기다리고 있는 나디르의 모습이 보였다.

그 모습을 보자마자 민아는 살 것 같은 기분이 들었다. 그녀가 자신과 레길의 말까지 데리고 나왔기 때문이다. 더 뛰었다가는 정말 그대로 쓰러져 기절해버릴 것 같았기 때문에 민아에게 나디르의 모습은 구세주와도 같이 보였다.

"다 잘됐나요?"

나디르가 두 사람에게 말의 고삐를 건네며 다급한 목소리로 물었다. 민아는 숨이 차 말로는 못 하고 고개만 끄덕였다.

레길과 민아 둘 다 헥헥거리고 있으니, 나디르가 두 사람에게 물통을 하나씩 건넸다. 그러나 이들에게 여유 있게 멈춰 물을 마실 시간은 없었다. 그들은 말을 재촉하면서 안장 위에서 물을 마셨다. 반은 흘리면서 마셨지만, 그래도 물을 마시니 좀 살 것 같은 기분이 들었다.

한참 말을 몰다가, 민아는 나디르 또한 말을 탄 채 그들 뒤를 따라오고 있다는 것을 알아차렸다. 민아는 놀란 목소리로 나디르를 말렸다.

"나디르님, 뭐 하시는 거예요? 지금부터는 정말 위험하다고요! 숙소로 돌아가 계세요!"

민아는 나디르를 생각해서 한 말이었지만, 나디르는 민아의 말에 크게 놀라며 당황스러운 목소리를 냈다.

"모르시나요? 숙소는 막 계획이 시작됐을 때 사미엘의 수하들에게 발각됐어요."

숙소가 발각되었다니, 금시초문이었다. 민아는 눈을 동그랗게 뜬 채 레길을 노려보았다. 레길은 그녀의 시선을 피하며 조금 핑계 대는 듯한 목소리로 상황을 설명했다.

"보고는 받았는데, 너한텐 일부러 말 안 했어. 괜히 너 마음 싱숭생숭해져서 연기하는 데 방해될까 봐."

"그럼, 르네긴님은? 르네긴님은 괜찮으신 거예요?"

민아는 걱정스러운 목소리로 물었다. 르네긴에 대해 물어보자 나디르의 표정이 금세 어두워졌다.

"일로덴 쪽의 다른 분들과 같이 도망가기는 하셨지만……. 어찌 되셨는지는 잘……."

나디르의 말에 민아 또한 표정을 굳힐 수밖에 없었다. 레길이 말을 붙이지 않는 것을 보니 레길도 르네긴이 잘 피신했는지 어쨌는지에 대해서 아직 보고를 받지 못한 모양이었다. 민아는 마음 같아서는 안전한 곳에 나디르를 두고 가고 싶었지만, 안전하다고 생각한 곳이 발각당하니 도대체 나디르에게 어디에 숨어 있으라 해야 할지 막막했다. 민아의 고민을 눈치챈 나디르가 재빨리 말을 꺼냈다.

"방해가 되지 않을게요! 저도 따라가고 싶어요! 어쩌면 도움이 될 수도 있고요."

나디르는 혼자 남겨지기 싫어 필사적이었다. 그리고 민아 또한 그 마음을 이해했다.

솔직히 나디르는 어디까지나 일반인 여성에 불과하니 데려가 봤자 방해만 될 가능성이 높았지만, 혼자 놔뒀다간 소란에 휩쓸려 사고를 당할 수도 있었다.

데이드라트를 생각해서라도, 나디르만은 자신이 끝까지 지키는 것이 맞는 것 같았다.

"그래. 그냥 데려가자. 잔뜩 열 받은 군인들이 사방에 가득하다고. 이 아가씨 그냥 뒀다가 사고라도 당하면 어떡해."

다행히도 꼬투리를 잡을 것 같았던 레길 쪽이 먼저 나디르를 데려가자고 말을 꺼냈다. 오랜만에 싸움 없이도 두 사람의 의견이 일치하는 순간이었다.

"그래요. 같이 가요. 대신, 위험할 것 같으면 바로 도망쳐야 돼요."

"걱정하지 마요."

나디르는 결연한 목소리로 말했다. 민아는 그 모습을 보고 고개를 끄덕이곤 다시 정면으로 시선을 돌렸다. 이왕 이렇게 된 것, 한시라도 빨리 대신전에 도착해 나디르를 뮤리온의 곁에 두고 안전히 지키는 것이 좋았다. 세 사람은 대신전을 향해 말을 더 재촉하기 시작했다.

일행이 15분 정도 더 말을 달리자, 드디어 건물들 사이로 대신전의 고아한 자태가 드러나기 시작했다. 그 아름다운 옥색과 금색의 지붕을 보며 민아는 마른침을 꿀꺽 삼켰다.

드디어 여기까지 왔다. 이제 카자흐의 성검만 찾으면 일행의 고생은 모두 끝날 터였다. 그렇게 생각하니 아직 신전 안으로 들어가지도 않았는데 모든 것이 끝난 것 같은 기분이 들었다. 신전의 커다란 문은 그들을 향해 활짝 열려 있었고, 바닥에는 재갈이 물린 채 꽁꽁 묶인 경비병들이 쓰러져 있었다.

첫 번째의 푸른 불꽃 기둥이 보이면 행동하겠다고 한 뮤리온 일행도 작전을 잘 성공시킨 모양이었다. 민아 일행은 나는 듯이 말에서 내리고는, 대신전의 열린 문 안으로 들어갔다.

⚜

 신전 안은 생각보다 깔끔하게 정리되어 있었다. 물론 이걸 깔끔하다고 말해도 될지는 모르겠지만, 딱히 다르게 표현할 방법이 없었다. 바깥쪽과 같이 안쪽 또한 신관들과 경비병들, 수호자로 보이는 사람들이 재갈이 물린 채 꽁꽁 묶여 있었다. 덕분에 뒤늦게 도착한 민아 일행은 아무런 방해도 받지 않고 신전 안을 돌아다닐 수 있었다.

 넓은 신전의 안으로 계속해서 들어가자, 일행은 무언가 심상치 않은 문을 발견할 수 있었다. 초승달을 감싼 에텔꽃 덩굴이 새겨진 문이었다. 카이아 왕실의 문장은 「초승달을 감은 에텔꽃 덩굴과 검」인데, 검은 쏙 빼놓고 에텔꽃 덩굴과 초승달만 있다니 수상하기가 그지없었다.

민아는 조심스럽게 닫힌 문을 열어보았다.

문은 잠겨 있지 않았다. 아무런 저항 없이 부드럽게 문고리가 돌아가고, 문 안의 광경이 보이기 시작했다. 불 하나 켜져 있지 않은 깜깜한 공간이었다.

민아는 조심스레 문 안쪽으로 손을 뻗었다. 그녀의 손끝에서 푸른 불꽃이 나와 안을 밝히기 시작했다. 문 안쪽에는 둥그렇게 원의 형태를 그리며 수없이 내려가는 계단이 있었다. 아무래도 올바른 길을 찾은 것 같았다.

검만이 빠진 카이아 왕실 문장이 그려져 있는 문, 그리고 한 치 앞도 보이지 않을 만큼 어둡게 만든, 지하로 끝없이 내려가는 계단. 아무리 봐도 카자흐의 성검을 있을 법한 장소였다.

일행은 서로의 얼굴을 보며 고개를 끄덕였다. 눈빛 교환이 끝나자마자 민아가 일행의 맨 앞을 자처했다.

"여기 어두우니까 발 밑 조심하시고, 저만 따라오세요."

민아는 마치 횃불처럼 한쪽 손을 들어 불꽃이 크게 일어나게 했다. 민아가 불꽃의 크기를 키우자, 어두웠던 문 안쪽이 마치 낮처럼 환하게 밝아졌다. 일행은 앞장선 민아를 따라 조심스레 지하로 내려가기 시작했다.

얼마나 내려왔을까? 드디어 계단의 끝이 보이기 시작했다. 그리고 저 멀리서 사람의 말소리 또한 들려왔다. 일행에게 익숙한 목소리들이었다. 민아는 유루스의 목소리를 단번에 알아듣고, 화색이 되어 서두르며 남은 계단을 내려갔다. 민아가 마지막 계단을 내려왔을 때, 저 너머에서 격양된 뮤리온의 목소리가 들려오기 시작했다.

"제가 카이아의 정당한 후계자입니다. 어째서 제게 문을 여는 방법을 알려주지 않으시는 겁니까?"

"모든 일에는 절차가 있는 법이지요. 선생님께서 정말 황태자 전하이건 아니건, 이것과는 하등 관계가 없는 문제입니다. 카자흐의 성검은 정해진 때 정해진 절차를 따라 밖으로 나옵니다. 그리고 지금은 성검이 나올 때가 아닙니다."

지하에는 수많은 사람들이 서 있었다. 일로덴의 단원들로 보이는 사람들이 수명, 그리고 유루스, 이람, 뮤리온과 흰 신관복을 입은 노인 또한 있었다. 뮤리온 앞에 서 있는 노인은 구부정하게 허리가 굽어 지팡이를 짚어야만 겨우 서 있을 수 있었는데, 이상하게도 작게 굽은 몸이 전혀 작아 보이지 않는 사람이었다. 그는 뮤리온이 목소리를 높여도 전혀 동요하는 기색을 보이지 않고 고개만 저을 뿐이었다.

뮤리온은 얼굴을 가린 채 고개를 마구 흔들었다.

"어리석기는! 지금 그런 걸 따질 상황이 아니란 말입니다! 라히드가 아덴 연합과 손잡고 이 나라를 부수려고 하고 있는데!"

뮤리온은 답답해서 더는 견딜 수 없다는 듯 소리쳤다. 그러나 뮤리온의 말은 늙은 신관에게 어떠한 감흥도 주지 못한 것이 분명해 보였다. 신관은 조개처럼 입을 다문 채 그 자리에서 영원히 움직이지 않을 듯 서 있을 뿐이었다.

"진정하십시오, 전하. 대신관께서 길을 알려주지 않으셔도, 분명 다른 방법이 있을 겁니다."

유루스가 지나치게 흥분한 뮤리온을 진정시키려고 했다. 하지만 그렇게 말하는 그에게도 딱히 좋은 생각이 떠오르는 것은 아니었다. 유루스는 무슨 좋은 생각이라도 떠오르길 바라는 듯 주위를 둘러보았다. 그러다 그는 이 지하층의 입구 부분에 지금 막 도착한 민아 일행을 발견했다. 그 순간 유루스에게 어떤 생각이 떠올랐고, 그것은 민아 또한 마찬가지였다. 두 사람은 서로 짜기라도 한 것처럼 동시에 레길을 쳐다보았다.

갑작스레 두 사람의 시선을 받게 된 레길이 당황해하며 미간을 구겼다.
"뭐?"
"문을 폭파시키는 건 어떻습니까?"
"문을 폭파시켜요."
두 사람이 한마음 한뜻으로 생각했던 말을 꺼냈다. 그리고 그와 동시에 두 사람을 제외한 다른 모두의 눈이 당황으로 커졌다. 대신전 안에서 폭탄을 쓰자니, 두 사람이 그렇게 위험하고 정신 나간 생각을 했다는 것을 믿을 수 없다는 눈빛이었다. 하지만 당황도 잠시, 뮤리온은 지금 이 순간 그것 외에 딱히 괜찮은 방법이 없다는 것을 인정할 수밖에 없었다.
"그래요. 지금은…… 그 수밖에 없겠군요."
"이런……. 모두 제정신입니까? 이 신성한 장소에서 폭탄을 터뜨리겠다고요? 몇백 년의 역사가 살아 숨 쉬는 곳입니다. 저를 죽이기 전까지는 절대로 폭파 같은 건 할 수 없습니다!"
두 사람의 말은 지금까지 마치 오래된 고목처럼 감정의 흔들림을 보이지 않던 늙은 대신관마저 화나게 했다.
대신관은 화가 나서 지팡이를 바닥에 마구 부딪치며 소리를 내기 시작했다. 하지만 그런 행동이 민아 일행의 마음을 바꿀 리 만무했다.
그들은 대신관을 무시한 채 레길의 주위로 모여들었다.

"저 문만 부술 정도의 폭약이 있습니까? 다 부술 필요는 없습니다. 사람이 드나들 정도로만 부술 수 있으면 됩니다."

"글쎄……. 저 문 좀 튼튼하게 보이는데……. 근데, 걱정하지 마. 혹시 쓸 데가 있을까 봐 폭약을 종류별로 하나씩 챙겨 왔거든. 그중에 쓸 만한 거 하나는 있겠지. 그나저나, 나를 믿고 맡겨도 되겠어? 내가 실수라도 했다간 우리 다 같이 여기서 깔려 죽을 텐데?"

레길이 깐죽거리는 목소리로 나불대며 등에 메고 있던 가방을 뒤지기 시작했다. 하지만 가방을 뒤지는 손이 벌벌 떨리는 것을 보니 천하의 레길도 긴장하고 있는 모양이었다. 지금까지 말없이 서 있던 이람이 가장 먼저 레길의 긴장을 눈치채고 그의 어깨에 손을 얹었다.

"괜찮습니다. 이 대륙 내에서 은여우님만큼 폭약을 잘 다루는 사람은 없으니까요. 당신만이 할 수 있는 일이라고 믿고 있습니다."

"허허……. 그래도 한솥밥 먹는 식구가 제일이구먼."

이람의 응원에 레길은 너털웃음을 지으며 가방 안에서 폭약 하나를 꺼냈다.

"이걸로 충분할 거야."

레길은 조심스럽게 손에 폭탄을 들고 굳게 닫힌 문 앞으로 다가갔다. 지상의 문에는 초승달과 에텔꽃 넝쿨 문장만 그려져 있었지만, 이 지하의 문에는 검의 문장만이 그려져 있었다.

이곳이 카자흐 성검이 보관된 장소가 틀림없었다. 레길은 바닥에 폭약을 내려놓고는 일행을 향해 고개를 돌린 채 말했다.

 "다들 멀리 떨어져서 머리 감싸고 웅크려 있어. 아예 계단 위쪽으로 올라가는 것도 좋겠다. 파편 잘못 맞으면 정말 죽는 수가 있거든?"

 레길의 말에 일행은 고개를 끄덕였다. 그리고 그들은 하나같이 손으로 머리를 가린 채 재빨리 계단 위로 올라가기 시작했다. 대신관이 석상처럼 움직일 생각을 하지 않기에, 이람이 그를 번쩍 들어 올린 채 계단 위로 올라가기 시작했다. 레길은 사람들이 어느 정도 멀리 떨어진 것을 확인하자, 주머니에서 작은 성냥갑을 꺼내 성냥에 불을 붙였다. 칙, 칙 몇 번 성냥 그어지는 소리가 나고, 성냥에 자그만 불꽃이 붙었다.

 "자……. 그럼 불붙인다?"

 레길이 몸을 숙여 폭약에 불을 붙이려고 했다. 그러나 폭약에 불이 붙기 전에, 계단 위에서 누군가 악을 썼다.

 "그만! 그만두시오! 내가 문을 열어줄 테니, 제발 이 신전에서 폭약을 터트리지 마시오!"

 이람에게 붙잡혀 있던 대신관이 갑자기 악을 쓰며 발버둥을 치기 시작했다. 그는 다급할 때의 괴력을 발휘해 이람에게서 벗어난 뒤 레길에게 달려왔다. 그의 갑작스러운 행동에 놀란 레길이 맨손으로 불을 쥐어 껐다.

"앗, 뜨거!"

레길은 비명을 지르며 마구 손을 흔들었지만, 지금 이 순간 레길을 걱정해주는 사람은 한 명도 없었다. 지팡이도 내버리고 헐레벌떡 달려온 늙은 신관은 발을 헛디뎌 바닥에 쾅 넘어진 채 울분을 터뜨렸다.

"으……. 이 마녀 같은 놈들! 달의 괴물에게 잡아먹힐 놈들! 감히 이 대신전을 터뜨릴 생각을 하다니……. 너희들이 정말 인간이냐?"

늙은 대신관은 체통도 잃고 팔다리를 허우적거리며 악을 썼다. 하지만 일행은 그가 자신들에게 욕을 하든 말든 전혀 신경 쓰지 않았다. 중요한 것은, 그가 드디어 문을 열어준다고 한 것이었다. 유루스가 조심스레 바닥에 넘어져 있는 대신관을 일으켜 세웠다. 그는 대신관의 옷에 붙은 먼지를 털어주며 조심스레 물어보았다.

"정말 문을 열어주실 겁니까?"

"안 그러면 네 놈들이 이 신전을 부술 것 아니냐! 이 늙은 몸 죽는 게 두려운 것은 아니지만, 이곳에 몸을 의탁하고 있는 수많은 사람들의 목숨을, 수백 년 카이아의 역사를 지키기 위한 선택이다. 이 악독한 괴물들아!"

대신관은 씩씩거리며 닫힌 문 쪽으로 걸어갔다. 그리고 아직까지 자기 손바닥을 쥔 채 뜨겁다며 요란을 떨고 있는 레길의 등을 지팡이로 세게 때렸다.

"으……."

꽤 아팠는지, 레길은 비명도 제대로 지르지 못했다. 평소 같으면 깐죽대는 말 한마디 정도는 했을 텐데, 지금은 대신관을 괜히 자극시킬까 봐 아무런 말도 못 하고 등만 손으로 문질렀다. 레길이 기가 죽어 아무런 말도 못 하자, 대신관은 더 화가 나는지 펄펄 뛰었다.

"네놈이 제일 나쁜 놈이다! 빨리 안 비키냐?"

지금의 대신관에게선 처음의 품위는 전혀 느껴지지 않았다. 대신관은 품위고 뭐고 다 버리고 계속해서 욕지거리를 중얼거리며 문에다 손바닥을 댔다. 그는 두 손바닥으로 문의 이곳저곳을 매만지기 시작했다. 중얼중얼 무슨 주문을 외우며 문을 순서대로 매만지자, 문이 천천히 흔들리기 시작했다. 저절로 흔들리는 문을 보며 민아는 이제야 이 커다란 문이 창조의 힘으로 만들어진 특별한 문이라는 것을 깨달았다.

문이 저절로 열리고, 문 안쪽에서 빛이 뿜어져 나오기 시작했다. 햇불 하나 없던 계단과 달리, 문 안쪽은 항시 불을 켜두고 있는 것 같았다.

마침내 대신관의 주문도 끝나고, 닫혔던 문도 활짝 열렸다. 드디어 일행은 카자흐의 성검 획득을 눈앞에 둔 것이었다.

일행은 잠깐 숨을 돌린 뒤, 조심스레 열린 문 안쪽으로 발을 내디뎠다.

시가지에서 푸른 불꽃 기둥은 계속해서 올라왔다. 사미엘과 그 부하들은 필사적으로 불꽃 기둥을 쫓았다. 그러나 그들이 겨우 불꽃이 터진 곳에 도착하면 더 멀리 떨어진 곳에서 다시 푸른 불꽃 기둥이 치솟아 오르기를 계속 반복하고 있었다. 그 길이 너무나도 확실하게 대광장을 향하고 있어서, 사미엘은 숨 돌릴 새도 없이 말을 몰 수밖에 없었다.

황제가 마녀의 등장을 보고받았는지, 대피는 했는지 알 수 없었기 때문에 사미엘의 마음은 급하기 그지없었다. 물론 지금 같은 상황이면 이미 상황이 보고되어 황제가 몸을 피했겠지만, 그러지 못했을 가능성이 있기 때문에 사미엘은 말을 멈출 수 없었다. 겁에 질린 사람들 사이를 말을 타고 달리는 것은 몹시 어려운 일이었다.

사람들이 아슬아슬하게 말이 가는 길을 비켜주기는 했지만, 이대로라면 사람 하나 치는 것은 시간문제 같았다.

사미엘은 혼란스러운 거리를 달리며 심장이 터질 것 같은 기분을 느꼈다. 만약 황제 쪽으로 아직 보고가 가지 않았다면? 그래서 이대로 황태자 일행이 대광장으로 가 황제를 보게 된다면? 그래서 라히드와 자신의 계획이 모두 수포로 돌아간다면? 사미엘은 자꾸만 최악의 상황을 상상하게 되었다. 그녀는 어떻게든 이 불안한 생각을 그만하고, 마녀를 쫓는 데만 집중하고 싶었다.

"마녀가 대광장 쪽으로 향하고 있대!"

"무서워! 황제 폐하는 괜찮으실까?"

말을 타고 달리다 보니 사람들의 목소리가 바람처럼 귀를 스치고 지나갔다.

사미엘은 잠시 잠깐 들은 사람들의 목소리를 되새김질해보았다. 「황제 폐하는 무사하실까?」 사미엘은 황제의 안전에 대한 걱정은 그다지 하지 않고 있었다.

황태자 일행이 원하는 것은 분명 황제를 만나 자신들의 상황을 전하는 것일 터였다. 그런 그들이 황제를 해칠 리가 없었다. 그뿐만 아니라, 제국에서 손꼽히는 기사들이 황제를 겹겹이 둘러싸고 호위하고 있었다. 중간에 일로덴이 딴 맘을 먹더라도, 호위기사들에게 막혀 그들은 황제에게 작은 상처도 낼 수 없을 것이 분명했다. 또, 그리고 또…….

불현듯 떠오른 생각에 사미엘은 고삐를 안쪽으로 세게 당겼다. 무언가 이상했다.

애초에 그들이 정말 황제와 접촉할 예정이었다면, 굳이 일찍부터 이런 소란을 일으켰을까? 대광장에서 소란을 일으키는 게 낫지 않았을까? 이렇게 대광장에서 멀리 떨어진 곳부터 소란을 일으킨다면, 소란이 대광장까지 향하기 전에 황제의 호위대가 황제를 황궁 안으로 모시고 들어가 버릴 것이 분명했다. 지금의 상황으론, 그들이 여간 빨리 도착하지 않는 이상 황제의 머리카락도 보기 힘들 것이었다.

그들이 정말 황제를 만나고 싶어 이런 일을 벌인 것일까? 레길과 뮤리온은 바보가 아니었다. 유루스라는 그 건방진 상인도 결코 머리가 나쁜 자는 아니었다. 이 상황을 예측하지 못했을 리가 없었다. 사미엘은 이제 와서야 그들이 이 소란으로 얻고자 하는 다른 무언가가 있다는 것을 눈치챘다. 그러나 그것이 무엇인지까지는 쉽게 짐작할 수 없었다.

"사미엘님. 사미엘님의 검을 가져왔습니다."

사미엘이 멈춰 있는 사이, 그녀를 멀리서 쫓아오던 부하들과 라히드가 겨우 그녀를 따라잡았다.

뒤에서 쫓아오던 부하가 숨을 헉헉거리며 앞으로 나서더니, 사미엘의 은빛 검을 그녀에게 내밀었다. 그러고 보니 잠깐 잊고 있었지만, 사미엘은 자신의 검을 떨어뜨려 임시방편으로 월라드의 검을 빼앗아 차고 있었다.

사미엘은 자신의 앞에 내밀어진 검을 빤히 쳐다보았다.

마치 예술품처럼 조각된 아름다운 검, 그녀는 아무 생각 없이 손을 뻗어 검 손잡이를 잡으려고 했다. 하지만 그녀의 긴 손가락이 검 손잡이에 닿기 전에, 그녀는 충격을 받은 듯 몸을 조금 뒤로 물렸다.

"설마……."

사미엘은 휙 소리가 날 정도로 몸을 돌려 저 멀리 대신전이 있는 방향을 쳐다보았다. 자신의 검 손잡이를 보는 순간, 그녀의 머릿속에 성검에 대한 생각이 떠올랐다. 성검, 만약 그들의 손에 성검이 들어간다면, 그들은 이 모든 상황을 뒤집을 수 있을 것이다. 그제야 모든 상황들이 사미엘의 머릿속에서 퍼즐처럼 맞춰져 이해가 됐다. 그들이 이 소란을 피운 이유는 성검 때문이 틀림없었다. 모든 것이 사람들을 혼란에 빠뜨리고, 그사이 성검을 가져가려는 마녀의 수작이었다. 그녀의 돌발행동에 라히드 또한 그녀가 바라보는 방향으로 몸을 돌렸다. 사미엘을 따라, 곧 라히드의 얼굴 또한 백지장처럼 하얗게 질렸다.

"왜, 왜 그, 그러십니까?"

윌라드가 당황해하는 두 사람을 보며 의아한 목소리로 질문했다. 하지만 사미엘에겐 친절하게 대답해줄 여유 따윈 없었다. 그녀는 재빨리 대신전 방향으로 말 머리를 돌렸다.

"남은 인원들은 전부 어디에 있지?"

"전부 광장 쪽으로 미리 보냈습니다. 그런데 그건 왜……."

"세 명 정도만 우리를 따라오고, 나머지는 다른 인원을 모아 대신전으로 쫓아오도록 해라."

사미엘의 명령에 그녀에게 검을 건넸던 부하가 고개를 갸우뚱했다. 그녀의 행동이 이해가 가지 않는 듯한 모습이었다.

"저, 죄송합니다만……. 도대체 왜?"

"멍청하긴! 우리가 속았어! 대신전이 공격받고 있단 말이다!"

사미엘은 부하의 모습이 답답한지 소리를 버럭 지르고는 말을 재촉했다.

사미엘의 재촉에 그녀의 말이 다시 뜀박질을 시작했다. 그 뒤를 라히드와 그의 두 호위병, 그리고 윌라드를 포함한 그녀의 부하 세 명이 뒤따랐다.

남겨진 부하들은 조금 멍한 얼굴로 그들의 뒷모습을 바라보다가, 몇 초 후 정신을 차리고 동료 기사들을 모으기 위해서 허둥지둥 움직이기 시작했다. 그러나 그들이 몇 걸음 움직이기도 전에 누군가가 그들을 불러 세웠다.

"나다이드 경은 도대체 어디를 저렇게 바쁘게 가는 건가? 마녀가 대광장 쪽으로 향하는 마당에……."

자신들을 향한 심술궂은 목소리에 사미엘의 부하들은 벼락이라도 맞은 듯 몸을 굳혔다. 그들은 마치 귀신이라도 보는 듯한 얼굴로 천천히 고개를 돌렸다. 마치 거인처럼 덩치가 큰 남자가 그들의 뒤에 산처럼 서 있었다.

파셀의 수비대장 막심, 사미엘과 견원지간으로 유명한 남자였다. 사미엘 쪽은 막심에게 별생각이 없었지만, 막심은 사미엘에게 깊은 열등감을 가지고 있었다. 그는 자신과 비슷한 나이대의 사미엘이 자신보다 고평가를 받는 이유를 그녀가 명문가인 나다이드가의 사람이기 때문이라고 믿고 있었다.

 그렇기 때문에 그는 사미엘의 실제 실력이 형편없다는 둥, 연애를 하느라 연습을 소홀히 한다는 둥의 악의 어린 유언비어를 퍼뜨리고 다닌 전적까지 있었다. 그러나 1년 정도 전, 무투대회에서 벼르고 있던 사미엘에게 엉망으로 얻어터진 뒤 더는 입을 함부로 놀리지 못했다. 그러나 그렇다고 해서 막심의 질투가 멈춘 것은 아니었다.

 막심은 더 이상 직접적으로 나서진 않아도 사미엘을 항상 음침한 시선으로 주시하고 있었다.

 "얼핏 듣기로는…… 대신전이 공격받고 있다고 들었는데, 그게 사실인가?"

 "아니, 그게……. 그런 게 아니라……."

 사미엘의 부하가 말끝을 흐렸다. 자세히 설명을 듣지는 못했지만, 정황으로 보아 대신전을 습격한 것은 황태자 일행이 분명했다. 사미엘 측 입장에선 황태자 일행이 일로덴에 감금된 것도 아니고, 멀쩡한 모습으로 돌아다니는 것을 다른 이들에게 보일 수 없었다.

그들이 무어라 대답해야 할지 몰라 입술만 달싹이고 있자, 무언가 수상한 냄새를 맡은 막심이 험상궂은 얼굴로 그들은 노려보았다.

"그럼 도대체 뭐란 말인가? 이런 위급한 상황에 나다이드가 황제 폐하와 국민의 안전을 지킨다는 자신의 임무를 잊어버리고, 독단적인 판단으로 움직이고 있단 말인가?"

"그런 게 아닙니다. 우리 단장님께서는……."

"사실대로 말하는 게 좋을 거다. 나는 거짓말쟁이를 구별할 줄 알거든."

막심은 사미엘의 부하가 무어라 제대로 설명하기도 전에 그의 말을 자르며 그를 압박했다. 하지만 그가 그런다고 해서 사미엘의 부하가 사실대로 모두 뱉어낼 수는 없는 노릇이었다. 부하는 더듬거렸지만, 그래도 나름 자연스러운 목소리로 이 상황에 대해 어렴풋하게만 설명했다.

"그것이…… 웬 불한당들이 대신전을 습격했다는 보고를 받아서……. 그러나 수비대장님께서 걱정하실 필요는 전혀 없습니다. 우리 쪽 인원만으로 충분히 제압 가능합니다."

"불한당들이 대신전을?"

막심은 자신의 수염을 매만지며 의심스러운 눈빛으로 사미엘의 부하들을 바라보았다. 그들이 자신을 속이고 있지는 않나 의심하는 눈빛이었지만, 사미엘의 부하들은 그의 그런 눈빛 앞에

거리낄 것이 없었다. 모든 것을 다 말하지는 않았어도, 그래도 막심에게 거짓말은 하지 않았기 때문이다. 그들의 당당한 모습에 막심은 콧방귀를 뀌며 고개를 돌렸다.

"하긴. 우린 마녀와 일로덴 때문에 지금 당장 그쪽을 신경 쓸 여력이 없긴 하지. 나다이드가 나서서 궂은일을 처리해준다니 고마운 일이군. 그래도, 이 파셀의 수비는 우리 쪽의 일이니 우리 쪽 사람들도 몇 명 보내주겠네."

"아니, 굳이 그러실 필요는……."

"방해가 될까 걱정할 필요는 없어. 실력이 뛰어난 자들을 보낼 테니."

막심은 사양은 말라며 그의 솥뚜껑 같은 손을 휘휘 저어 보였다. 나름대로는 친절을 베푼다고 한 제안이었지만, 사미엘 쪽으로서는 전혀 반갑지 않은 일이었다.

막심이 쿵쿵거리며 멀어지는 꼴을 보며 사미엘의 부하들은 머리를 쥐어뜯었다.

"어떡하지? 그놈들이 뮤리온 전하가 멀쩡하게 살아서 돌아다니고 있는 걸 보면……."

"어쩔 수 없지. 아만 부인 사병들 때처럼 기회를 봐서 처리할 수밖에……."

부하들은 투덜거리며 황급히 그 자리를 떴다. 하필이면 막심에게 잡혀버려서 일이 복잡해져 버리고 말았다.

하지만 투덜거린다고 문제가 해결되지 않으니, 나중 일은 나중에 해결할 마음으로 당장 해야 할 일을 할 수밖에 없었다. 그들은 흩어진 동료를 찾기 위해 군중 속으로 섞여 들어갔다.

자신들의 일에 너무 집중한 까닭일까? 그들은 떠났던 막심이 제자리에 멈춰선 채 자신들을 주시하고 있다는 것을 미처 눈치채지 못했다.

열린 문 안으로 들어간 뮤리온 일행은 잠시 말을 잃었다. 열린 문 안쪽이 생각보다 넓었기 때문이다. 거의 작은 광장 정도 크기의 넓은 공간이 일행의 눈앞에 펼쳐져 있었다. 그 공간은 전체적으로 매끄럽고 커다란 원의 형태였으며, 이곳저곳에 커다란 기름등이 세워져 있어 복도와 달리 굉장히 밝은 편이었다. 하지만 가장 중요한 카자흐 성검의 모습은 좀처럼 찾아볼 수가 없었다.

잠깐 머뭇거리던 뮤리온은 천천히 앞으로 걸어갔다. 확인해보아야 할 곳이 있었기 때문이다.

영원한 것 113

이 공간은 특이하게 가운데가 큼직하고 둥그렇게 뻥 뚫려 있었고, 그 뚫린 공간 주위로 기름등이 제법 촘촘하게 세워져 있었다. 아마도 사람들이 구멍을 인지하지 못하고 빠지는 일을 방지하기 위해서인 것 같았다. 뮤리온은 그 기름등 사이로 걸어가서 아래를 내려다보았다. 구멍 아래를 내려다본 뮤리온이 작게 한숨을 내쉬었다.

"저기 있네요. 하지만……."

그의 한숨에 다른 일행들도 조심스레 다가와 구멍 아래를 내려다보았다. 민아 또한 아래를 내려다보았고, 뮤리온의 한숨을 이해했다. 구멍 아래가 거의 5미터는 넘을 정도로 깊었다. 그리고 그 구멍 한가운데 아름다운 수정 장식대가 있었고, 그 장식대에는 커다랗고 웅장한 검이 걸려 있었다. 그 검의 신비로운 분위기는, 누구든 검을 보는 즉시 그것이 카자흐의 성검이라는 것을 직감하게 했다.

"저걸 어떻게 가지고 올라오죠?"

나디르가 당황스러운 목소리로 말했다. 하지만 누구도 나디르의 질문에 쉽사리 대답하지는 못했다. 내려가는 것은 어떻게 뛰어 내려갈 수 있다고 쳐도, 검을 가지고 올라오는 것이 문제였다. 민아는 몸을 숙여 구멍의 벽면을 매만져보았다. 벽면은 매끄럽게 잘 다듬어져 있어 어디 하나 파인 데가 없었다. 즉, 뭐 잡고 올라올 만한 데도 없다는 소리였다.

"밧줄을 써볼까요?"

유루스가 이마를 매만지며 말했다. 딱히 묶어놓을 만한 단단한 기둥이 없다는 것이 문제였지만, 다른 사람들이 잡아주면 충분히 올라올 수 있을 터였다. 유루스의 말에 사람들이 고개를 끄덕였다. 지금은 그것 외에 딱히 괜찮은 방법이 떠오르지 않았다. 이람이 앞으로 나서더니 자신의 가방 안에 들어 있던 밧줄을 꺼냈다.

"제가 내려갈게요."

이람이 밧줄을 꺼내자, 뮤리온이 이람의 곁으로 다가와 한 말이었다. 그 말에 이람이 잠깐 당황하며 고개를 저었다.

"굳이 전하께서 고생하실 필요는……. 저희 단원들이 금방 가져다 드리겠습니다."

이람의 말에 지금까지 묵묵히 그림자처럼 서 있던 일로덴의 단원들이 앞으로 나섰다. 그러나 뮤리온은 고개를 흔들며 이람의 제안을 거절했다.

"제가 가는 것이 좋을 것 같습니다. 카이아 황실의 검이니까요."

뮤리온은 단호한 목소리로 말했다.

뮤리온이 웬만해선 그의 말을 번복할 것 같지 않았기에, 이람은 어쩔 수 없다는 듯 물러섰다.

"예. 그럼 조심하셔야 합니다."

이람은 들고 있던 밧줄을 뮤리온의 허리춤에 단단히 묶었다. 그리고 반대편의 끝을 다른 남자들이 단단하게 잡았다.

장정 여럿이 달라붙었으니 혹시라도 놓쳐서 떨어질 일은 없을 법했다.

 그들이 뮤리온을 아래로 내려보낼 준비를 하는 사이에 나디르와 민아는 재빨리 구멍 주위의 기름등을 몇 개 치워 내려가는 데 불편이 없도록 준비했다.

 "리온. 조심해야 해요."

 준비가 끝나고, 막 구멍 아래로 내려가려고 하는 뮤리온을 보고 민아가 걱정스러운 목소리로 말했다. 그런 민아의 걱정에 뮤리온은 아무것도 아니라는 듯 미소를 지어 보였다.

 짧은 미소 뒤에 뮤리온은 밧줄을 붙잡고 벽에 발을 댄 채 천천히 구덩이 아래로 내려가기 시작했다. 하지만 몇 걸음 정도 내려갔을까, 겨우 1미터 정도 내려간 뮤리온은 더 내려가지 못하고 당황한 표정을 지어 보였다. 그의 그런 얼굴에 일행 또한 당황할 수밖에 없었다.

 "왜 그래요?"

 보기엔 아무런 문제도 없어 보였다. 하지만 뮤리온은 계속해서 구덩이 벽에 발만 구를 뿐, 더 이상은 내려가지 못했다. 의아해하는 사람들 앞에서 뮤리온은 천천히 공중으로 발을 뻗었다. 그의 그런 행동에 사람들은 놀랄 수밖에 없었다.

 "조심하십시오! 공중에서 균형을 잃으면 다칠 수도 있어요!"

 이람이 걱정스러운 목소리로 외쳤다.

하지만 뮤리온은 이람의 그런 주의가 들리지 않는 듯, 나머지 한 발마저 벽에서 뗀 체 공중으로 가져다 댔다. 밧줄에 매달린 탓에 떨어지지 않을 테지만 그래도 위험한 행동이었다. 아차, 하는 사이에 흔들려 벽에 머리를 부딪칠 수도 있었다. 보는 사람들은 불안한 나머지 얼굴을 찌푸렸다.

 그러나 그들은 곧 뮤리온이 공중에서 전혀 흔들리지 않고 있다는 것을 깨달았다.

 "어째서?"

 누군가 믿을 수 없다는 목소리로 중얼거렸다. 그리고 민아 또한 그 말에 공감했다. 마치 보이지 않는 유리벽이 있는 것처럼, 뮤리온은 마치 평지에 서 있는 것처럼 공중에 서 있었다.

 "거기에 유리벽 같은 게 있습니까?"

 유루스가 당황스러운 목소리로 질문했다. 그의 질문에 뮤리온이 몸을 숙여 자신이 디디고 있는 공중을 매만져보았다. 몇 번 허공에 손짓을 한 뮤리온은 다시 몸을 일으킨 뒤 유루스를 보며 고개를 내저었다.

 "아니요. 아무것도 없습니다. 그렇지만…… 어쩐지 통과할 수가 없어요."

 뮤리온의 말에 레길이 그의 금발머리를 잠깐 갸웃하더니, 주머니에서 무언가 꺼내 구덩이 안쪽으로 던졌다. 그가 던진 것은 꼬질꼬질한 포장지에 쌓여 있는 사탕 같은 것이었다.

그가 던진 사탕은 아무런 저항도 받지 않고 그대로 구덩이 아래쪽 바닥으로 떨어졌다. 뮤리온이 더 가지 못하고 막혀 있던 부분도 아무런 이상 없이 통과했다. 탁, 사탕이 구덩이 바닥에 떨어지는 소리를 들으며 일행은 더 의아한 기분에 휩싸일 수밖에 없었다. 레길만이 말없이 바닥에 떨어진 사탕을 빤히 쳐다보더니, 그의 생각을 말했다.

"아무래도…… 여기에 특별한 장치가 되어 있는 것 같은데? 아마도 일정 무게 이상은 아래로 내려가지 못하게 되어 있는 것 같아. 침입자가 성검을 훔쳐 가는 걸 막기 위해서겠지. 하여간 카이아 창조 능력자들 지랄 같은 건 알아줘야 된다니까……. 뭔 이상한 걸 만날 만들어내요."

레길의 말에 뮤리온이 일단 밧줄을 붙잡고 다시 위로 올라왔다. 그대로 있어봤자 아무것도 해결되지 않으니 차라리 한데 모여 생각을 나누는 것이 더 나았다. 밧줄을 타고 올라오는 뮤리온을 유루스가 붙잡아 편히 올라오도록 끌어주었다. 그런 그들의 모습을 지켜보던 민아가 황망한 목소리로 중얼거렸다.

"그럼…… 이제 뭘 어떻게 해야 되죠?"

사람이 들어갈 수 없다면 성검을 꺼내 올 방법이 없었다. 뭐 다른 방법이 없나 생각해보고 있는데, 구석에서 못마땅한 얼굴로 서 있는 대신관이 보였다. 그러고 보니 닫힌 문도 대신관이 주문 같은 것으로 열었었다.

분명 이 보호막도 해제할 특별한 방법이 있을 것 같았다. 사람 생각이 다 같은지, 일로덴의 조직원 하나가 대신관에게 다가가 그 어깨를 거세게 흔들었다.

"신관님. 신관님께서는 저 장치를 해제할 방법을 알고 계시지 않습니까? 이왕 여기까지 온 것 끝까지 알려주시지요."

일로덴의 조직원은 거의 깡패처럼 보일 정도로 험악한 기색으로 말했다. 그러나 대신관은 눈 하나 깜짝하지 않았다. 꾹 닫힌 그의 주름진 입은 열릴 생각이 전혀 없어 보였다. 대신관이 모르는 척 입을 열지 않자, 레길이 그의 금발을 벅벅 긁으며 나섰다.

"자꾸 그러시면 진짜 폭탄 터뜨려버릴지도 몰라요?"

그러나 대신관에게 이번 협박은 통하지 않았다. 그는 아예 두 눈을 감아버리고, 고개를 푹 숙여버렸다.

폭탄을 터뜨리던 말든 신경 쓰지 않겠다는 그 모습에 일행은 어찌할 줄을 몰라 했다. 하기야 그에겐 뮤리온 일행의 두 번째 요구를 들어줄 이유가 하나도 없었다. 정말 여차하면 문을 폭파시킬 수도 있었던 방금 전과는 다르게, 이번엔 이 불한당들도 폭탄을 터뜨릴 수 없는 상황이었기 때문이다. 폭탄을 터뜨리면 성검이 훼손될 가능성이 있었다. 그리고 이놈들은 그 성검을 훔쳐 가려고 하고 있었다. 이들이 필요한 건 부러진 성검이 아니라 온전한 성검이니, 이들 또한 성검이 부서질 수 있는 모험을 할 리가 없었다.

때문에 그는 이제 더 신전이 망가질 걱정을 하지 않아도 됐고, 이 괴한들을 도와 보안장치를 해제할 이유도 없었다.

그러고 보니 대신관이 문을 열어준 것도 다 이유가 있었던 것이었다. 어차피 내부는 특별한 보호막으로 보호되고 있으니, 침입자들이 성검을 훔쳐 가지 못할 것이라 생각하고 문을 열어준 것이 틀림없었다.

레길은 긴 한숨을 내 쉬었다.

대신관의 생각대로, 이 상황에선 성검이 훼손될 가능성이 있으므로 정말 폭탄을 터뜨릴 수도 없었다.

"어떡하지? 이런 식의 창조의 돌은 특별한 방법이 아니면 해제하지 못해."

레길의 말에 민아가 조심스레 손을 들었다.

"제가 저 구덩이에 제 불꽃을 쏟아부으면 어떨까요? 어쩌면 빛의 돌처럼 힘의 한계를 넘으면 깨질 수도 있잖아요."

"그건 빛의 돌이 수호의 힘을 저장하는 성질을 가지고 있어서 그렇지. 다른 도구들은 달라. 다른 도구는 수호의 힘을 저장하지 않기 때문에, 거기다가 힘을 쏟아부어도 깨지거나 하지 않아."

일행은 난관에 봉착했다. 레길과 유루스가 눈빛을 주고받기 시작했다. 이렇게 된 이상, 힘들어 보이긴 해도 어떻게든 대신관에게 「정보를 짜내는 것」밖에 달리 방법이 없다고 생각되었기 때문이다.

그러나 다행히 그들이 최후의 방법을 쓰기 전에 나디르가 무언가를 발견했다.

"아! 잠깐만요. 저 수정 장식대 좀 보세요. 뭐가 쓰여 있는 것 같은데요?"

사람들의 시선이 나디르의 손끝을 향했다. 민아 또한 나디르의 손끝이 가리키는 쪽을 바라보았다. 그녀의 손끝은 저 아래의 수정 장식대를 향해 있었고, 그녀의 말대로 장식대에는 작은 글씨로 무언가가 **빽빽**하게 쓰여 있었다.

민아는 눈가를 찌푸리며 장식대에 쓰여 있는 글씨를 읽으려고 했다. 그러나 분명 카이아의 글임에도, 무언가가 달라 민아로서는 제대로 읽을 수가 없었다.

마치 한국의 고전시가처럼, 익숙한 글자지만 소리 내 읽을 수도, 뜻도 알 수도 없는 글자들이 가득했다.

"고어군요."

유루스가 난처한 목소리로 중얼거렸다. 아는 것이 많고 공부 량도 많은 유루스였지만, 그 또한 고어에는 자신이 없는 듯했다. 이람도 레길도 남의 나라 고어까지는 모르는 것 같았다. 민아를 비롯한 고어를 읽을 줄 모르는 사람들은 뭔가 구불구불한 게 글씨겠거니 하는 마음으로 멍하게 수정 장식대를 바라보았다. 다행히 나디르와 뮤리온은 고어를 읽을 줄 아는 듯, 두 사람을 저 멀리에 있는 글씨에 눈을 고정한 채 중얼중얼 입으로 글을 읽고 있었다.

어느 정도 수정 위의 글을 읽은 나디르가 사람들을 향해 기쁜 듯 두 손을 흔들어 보였다.
 "저건 카자흐 전설이에요! 아마도 수정 위의 카자흐 전설을 다 읽으면 보호마법이 해제되는 것 같아요! 제가 금방 읽을 수 있어요. 어릴 때부터 쭉 낭독을 했으니까요."
 나디르는 말을 끝내자마자 바로 수정 위의 카자흐 전설을 낭독하기 시작했다. 그녀의 목소리는 몹시 빠르지만, 막히는 것이 없었다. 이대로라면 그녀의 말대로 금방 전설을 낭독할 수 있을 것 같았다. 나디르의 말대로라면, 이제 곧 보호마법이 해제될 터였다. 사람들은 내심 안도의 한숨을 쉬었다. 모두가 안도하는 가운데, 입을 다물고 있던 대신관만이 마음의 평정을 잃고 지팡이를 두드리며 화를 냈다.
 "이런……. 자네는 어째서 이런 불한당들은 돕는단 말인가? 고어를 읽을 줄 아는 것을 보니 고등교육을 받은 귀족 영애인 듯한데……. 나라를 위한."
 대신관은 나디르를 꾸짖으려고 했지만, 그의 말은 도중에 끊겨 버리고 말았다. 일로덴의 수하 중 하나가 더는 이용가치가 없어진 대신관의 입에 재갈을 물려버리고 말았기 때문이다. 나름 조심스럽고 정중하게 행동하려고 했지만, 그래도 결과적으로 대신관은 신전 1층의 사람들처럼 꽁꽁 묶인 채 운신의 자유를 빼앗겨 버리고 말았다.

나디르는 그런 대신관을 힐끔 쳐다보고는 다시 수정석 쪽으로 시선을 돌렸다. 그녀는 더욱더 집중하려는 듯 마치 기도하는 것처럼 두 손을 모은 채 수정석 위의 글을 읽기 시작했다. 낮고 부드러운 나디르의 목소리가 지하실 안에 울려 퍼졌다.

"아……."

　이람이 놀람을 감추려는 듯 입을 가렸다. 나디르의 목소리가 울림과 동시에 놀라운 일이 일어났기 때문이다. 그녀가 수정 위의 한 글자, 한 글자를 읽을 때마다 그 위의 글자가 빛나기 시작했다. 민아 또한 눈앞에 펼쳐지는 신비한 광경에 말을 잃고 말았다.

　그녀는 이 광경을 조금 더 가까이에서 보기 위해 구덩이 가까이로 더 다가갔다. 가까이에서 아래를 내려다보니, 더 신기한 것을 발견할 수 있었다. 나디르의 낭독이 계속될수록 글자가 빛나는 것뿐만 아니라, 구덩이 바닥에서 하얀 계단이 천천히 올라오고 있었다. 올라오는 속도를 보아하니 낭독이 끝날 때쯤에는 일행이 서 있는 높이까지 계단이 올라올 것 같았다. 계단만 올라온다면 번거롭게 밧줄 같은 것을 이용할 필요도 없었다.

"후……. 내가 저 아가씨 데려오자고 했었잖아. 안 데려오면 정말 어떻게 했을 뻔했니?"

　놀라서 입을 떡 벌린 채 있는 민아의 옆에 레길이 다가와 헛소리를 나불거렸다.

민아는 레길의 헛소리에 이골이 난 상태라 가볍게 그를 무시하고 유루스에게 다가갔다. 모든 것이 다 잘되고 있는 것을 보니 긴장이 풀려 유루스에게 기대 있고 싶어졌기 때문이다. 하지만 민아가 몇 걸음 걷기도 전에 갑자기 유루스가 그녀를 향해 고개를 돌리더니, 날카롭게 소리를 질렀다.

"조심해!"

그의 외침에 민아는 당황해서 그 자리에 멈춰 섰다. 당황스러운 것도 잠시, 민아는 조금 전 자신이 걸음을 멈추지 않았다면 있었을 자리에 무언가 바람 소리를 내며 스쳐 지나가는 것을 보았다. 코앞에 날아드는 칼날을 본 민아는 너무 놀라 그 자리에 딱딱하게 굳어버리고 말았다. 민아가 뒤로 물러서면서, 목표를 놓친 칼날은 그대로 민아를 스쳐 지나가 구덩이 아래쪽으로 떨어지고 말았다. 민아는 날카로운 쇳소리를 내며 바닥에 구르는 칼날을 잠깐 쳐다보았다가, 그것이 날아온 쪽으로 고개를 돌렸다. 그리고 어느 정도는 예상했다시피, 방의 입구 쪽에는 격노한 사미엘이 거친 숨을 몰아쉬며 서 있었다.

"모두 꼼짝 마!"

사미엘이 검을 뽑으며 뮤리온 쪽으로 겨누었다. 그런 사미엘의 옆으로 그녀의 부하들이 양 날개처럼 퍼져서 섰다. 그들은 뮤리온 일행을 포위하려는 듯 천천히 간격을 넓히며 일행의 곁으로 걸어오기 시작했다.

민아는 그들에게서 눈을 떼지 않은 채, 그러나 재빠른 움직임으로 나디르 쪽으로 이동했다.

 나디르는 소란에도 전혀 동요하지 않고, 계속해서 수정에 새겨진 문구들을 읽고 있었다. 그녀의 목소리는 이 긴박한 상황과 어울리지 않게 침착하고 평온했다. 이 순간 사미엘 쪽의 접근을 막는 것도 중요하지만, 가장 중요한 것은 나디르가 끝까지 수정에 새겨진 글의 낭독을 끝내도록 보호하는 것이었다. 민아와 레길이 나디르 주위를 둘러싸고, 나머지 인원은 전부 사미엘 쪽을 향해 검을 뽑아 들었다. 흉흉하고 긴장된 분위기가 방 안을 감쌌다. 두 집단은 서로를 경계하며 마주 서 있었다.

 "황태자란 사람이 마녀와 손을 잡은 것으로도 모자라, 일로덴과 손을 잡기까지 하다니! 전하께서는 부끄러움이라는 것을 모르십니까?"

 사미엘은 부드득 이를 갈며 뮤리온을 향해 외쳤다. 그녀의 외침에 비교적 얌전한 편이었던 이람이 발끈하며 앞으로 나섰다.

 "도대체가! 애초에 이런 상황을 만든 사람들이 무슨 염치로 그런 말을 하시는 겁니까! 게다가 먼저 저희와 손을 잡고 뒤통수를 친 게 누군데요? 황태자 전하를 비난하기 전에 가짜 돈으로 우리를 기만한 것이나 부끄러워하십시오!"

 이람의 목소리에는 분하고 기막혀하는 감정이 절절하게 실려 있었다.

그러고 보니 라히드에게서 직접 자금을 받아 운반했던 것이 이람과 공주라고 했었다. 직접 돈을 운반해온 만큼 가짜 돈으로 받은 스트레스가 상당했던 모양이었다.

"뭐? 어디서 반군 나부랭이 주제에 건방지게……. 애초에 너희 같은 놈들을 우리가 진심으로."

이람의 말에 사미엘도 할 말이 있는지 버럭했다. 하지만 언제까지 검을 마주한 채 말싸움만 할 수는 없는 노릇이었다. 대치 상태를 깬 건 막 열린 문 안으로 들어온 한 남자의 인영이었다.

이 모든 것을 시작한 사람, 라히드의 등장에 유루스는 저도 모르게 힐끔 자신 옆 뮤리온의 상태를 살폈다. 지금껏, 지치고 힘들었기 때문이었는지 뮤리온의 눈동자는 이상할 정도로 가라앉아 있던 경우가 많았다. 하지만 이 순간, 뮤리온의 푸른 눈동자는 명백한 적의를 가지고 불타오르고 있었다.

찰나의 순간이지만 유루스는 검을 든 뮤리온의 손 또한 간헐적으로 떨리는 것을 보았다.

그러나 바로 뒤, 뮤리온은 언제 그랬느냐는 듯 검을 고쳐 쥔 채로 라히드를 향해 태산 같은 일갈을 토했다.

"라히드!"

지하실 안에 뮤리온의 피를 토하는 듯한 외침이 울려 퍼졌. 한때 너무나도 사랑했던, 피를 나눈 친부모보다 더 가까이 여겼던 사람이었다.

어린 뮤리온의 머리를 쓰다듬어주며, 동화책을 읽어주었던 사람. 뮤리온의 부모조차 해주지 않았던 일들을 뮤리온에게 해주었던 사람이었다.

그러나 그 모든 아름다운 추억들은 한순간에 퇴색되고 부패하고 말았다. 더는 그들 사이엔 빛나는 추억 같은 것은 남아 있지 않았다. 그들 사이에 남은 것이 있다면 서로를 증오하는 마음뿐일 터였다. 자신을 향한 증오 어린 외침에 라히드는 비웃듯 한쪽 입꼬리를 옆으로 비스듬하게 올렸다. 그 삐뚤어진 입술은 라히드가 뮤리온에게 그 어떤 미안한 감정도 가지고 있지 않다는 것을 단적으로 보여주었다.

"이것 참……. 쥐새끼처럼 잘도 숨어 다니더니……. 어느새 이곳까지 기어 들어왔구나. 하지만 도망 다니는 것도, 추하게 발악하는 것도 이것으로 끝이다."

라히드의 추한 말에 민아는 얼굴을 찌푸렸다. 그의 말은 사람의 말이 아니라 마치 뱀의 독 같았다. 그런 독을 계속 마신다면, 가슴 깊은 곳부터 독이 퍼져 온몸을 썩게 할 것이 분명했다.

민아는 뮤리온에게 두 귀를 막아버리라고 외치고 싶었다. 하지만 지금 이 둘 사이의 공기는 다른 누구의 접근도 허락하지 않고 있었다. 뮤리온은 라히드의 말에 찌푸린 얼굴을 더욱더 찌푸렸다. 그의 두 눈에서, 온몸에서 지금까지 본 적이 없는 선연한 분노의 기색이 뚝뚝 떨어지고 있었다.

마치 보이지 않는 불이 뮤리온의 온몸에 붙어 타오르는 것 같았다.

"닥쳐라! 오늘이야말로 네 악행이 온 세상에 드러날 날이다. 너는 땅에 엎드려 자비를 구할 테지만 신도, 황제 폐하께서도, 그 누구도 너에게 자비를 베풀지 않을 것이다."

뮤리온의 말에 라히드는 콧방귀를 뀌었다. 조소의 기색이 묻어나는 목소리가 다시 한 번 뮤리온을 향해 살처럼 쏘아졌다.

"리온! 내 어린 조카야! 잠꼬대는 잘 때만 하는 거란다! 네가 어찌 여기서 살아 나갈 수 있단 말이냐? 곧 있으면 우리 쪽 지원병이 더 도착할 것이다. 너희의 수배가 넘는 병력을 어떻게 할 수 있단 말이냐? 저 마녀 하나만을 믿고 까불고 있는 거냐? 멍청하긴, 정말 저 계집의 힘은 무한하지 않아! 제법 능력이 뛰어난 것 같다만 그 힘에도 한계는 있어! 너희가 쓰러지는 것도 결국 시간 문제란 말이다!"

라히드는 자신만만했다. 그리고 그의 말엔 어느 정도 일리가 있었다. 지금은 뮤리온 측이 더 많은 전투인원을 가지고 있었지만, 곧 라히드와 사미엘의 부하들이 몰려온다면 금방 수세에 몰릴 것이었다.

민아의 힘 또한 무한한 것이 아니었다. 더욱이 민아의 경우 지난 며칠간 지오가 쓸 미끼인 「한계 직전까지 힘을 불어넣은 빛의 돌」을 계속 만드느라 더 힘을 소진한 상태였다.

하지만…… 아무리 열악한 상황이라도, 포기할 수는 없는 노릇이었다.

"아까부터 도대체 뭘 그렇게 나불대는 거야? 아직 너네 지원병은 도착도 하지 않았잖아! 너네 지원병이 도착하기 전에 상황을 끝내면 되는 거잖아! 이람, 빨리 정리해버려!"

레길이 라히드에게 짜증스러운 목소리로 버럭 소리를 질렀다. 레길이 손을 확 앞으로 저으며 이람에게 신호를 주자, 이람과 그의 부하들이 단숨에 앞으로 뛰어나갔다. 눈 깜짝할 사이에 검과 검이 맞부딪쳤다.

민아는 맨 처음의 쇳소리가 들리자마자 급하게 나디르와 자신 앞에 낮게 불의 장벽을 만들었다. 힘의 소모를 최소화하면서 상대방과 거리를 둘 수 있는 방어 전략이었다. 민아 또한 불꽃의 힘으로 전투를 도울 수 있으면 좋을 테지만, 이렇게 사람들이 얽혀 있는 가운데에서는 자신의 불꽃에 아군까지 피해를 입을 가능성이 높았다. 이 경우 괜히 위험을 무릅쓰고 공격하기보다는 나디르의 보호에 집중하는 것이 현명한 선택이었다.

민아는 긴장으로 숨이 막히고 온몸이 떨리는 것을 느꼈으나, 어떻게든 용기를 내려고 애썼다. 사랑하는 사람이, 사랑하는 친구들이 목숨을 걸고 싸우고 있었다. 그들이 목숨까지 걸고 이뤄내려고 하는 것을 민아 또한 최선을 다해 돕고 싶었다. 그러기 위해서는 민아 자신이 할 수 있는 일을 잘 해내야만 했다.

"마침내…… 카자흐의 검이……."

몇 분이나 지났을까? 체감 상 한 시간도 넘는 시간이 흘렀을 것 같지만, 실제로는 그보다 더 적은 시간이 흘렀을 터였다. 어쨌든 하나둘 쓰러지는 사람들이 생겼을 무렵, 나디르의 낭독이 끝을 향하기 시작했다. 민아는 안도와 초조함을 동시에 느끼며 나디르 너머의 구덩이 안쪽을 바라보았다. 바닥에서 올라오던 계단은 이제 거의 다 올라와 있었다. 이제 저 계단만 다 올라오면, 카자흐의 성검을 가지러 갈 수 있었다.

"김민아! 정신 똑바로 차려!"

민아가 잠깐 뒤를 돌아본 사이, 기사 두 명이 소란을 뚫고 바로 민아 앞까지 달려왔다. 그들은 두려운 기색도 없이 푸른 불꽃 장벽을 넘어 통과했다. 한 명은 레길이 소지하고 있던 검으로 어떻게든 막았으나, 한 명이 남아 있었다. 남은 한 명은 기회를 놓치지 않고 민아의 머리를 향해 검을 치켜들었다.

"꺄아악!"

민아는 비명을 지르며 두 손을 앞으로 뻗었다. 자기방어 본능 탓인지 의식하지 않았음에도 반사적으로 불꽃이 손에서 뻗어 나갔다. 푸른 불꽃이 공중에서 둥그렇게 뭉치더니, 큰 소리를 내면서 폭발했다. 기사는 피할 새도 없이 그 폭발에 휘말렸다. 기사의 몸이 공중에 뜨더니, 그대로 저 멀리까지 날아가 버렸다. 그는 우당탕하는 소리와 함께 입구 쪽 바닥에 쓰러졌다.

그 소란에 사람들의 시선이 입구 쪽으로 잠깐 쏠렸다. 그리고 입구 쪽을 바라본 모두가, 찰나의 순간이지만 몸을 굳혔다.

"하……."

사미엘의 목구멍에서 헛웃음 소리가 올라왔다. 그사이 그녀와 검을 맞대고 있던 뮤리온이 검에 힘을 주어 그녀를 뒤로 밀어냈다. 잠깐이지만 한눈을 판 대가로 사미엘의 손등에 작은 생채기가 났다. 그러나 그 생채기에도 사미엘은 전혀 불쾌한 기색을 내비치지 않았다. 그리고 뮤리온 또한, 사미엘에게 잠깐이나마 확실한 우위를 점했음에도 전혀 표정이 좋지 않았다.

남자가 쓰러진 문에서 황실기사 단복을 입은 남자들이 들어오고 있었다. 지금까지 뮤리온 쪽이 분발하여 우세를 취하고 있었으나, 지금부터는 그 양상이 달라질 것이었다. 민아를 비롯한 모두의 머릿속에, 얼마나 버틸 수 있을까라는 의문이 떠올랐다.

"이제 모든 것을 마무리할 때가 됐습니다."

사미엘은 의기양양하게 말했다. 뮤리온은 그녀의 말을 무시하고, 그녀를 향해 맹렬한 기세로 검을 휘둘렀다. 하지만 사미엘은 지금까지와 다르게 계속해서 뒤로 물러나기만 했다. 그러나 두 사람의 표정만을 보면, 오히려 수세에 몰린 쪽은 뮤리온인 것만 같아 보였다.

"모든 것이 뮤렐의 인도대로 흘러가는 법……. 너무 억울하게 생각하지 마십시오."

사미엘은 흰 송곳니를 드러내며 웃었다. 그런 사미엘의 곁으로 이제 막 열린 문으로 들어온 기사들이 달려왔다. 그 모습에 뮤리온은 일단 뒤로 물러났다. 아무리 뮤리온이라도 다수를 상대로는 불리했다.

  뮤리온이 물러나고 자신의 부하들이 자신의 뒤를 맡듯 서자, 사미엘은 마치 날개를 얻은 사자처럼 어깨를 꼿꼿이 폈다. 그 모습을 보며 뮤리온은 얼굴을 찌푸렸다. 무언가 이상했기 때문이다. 사미엘은 너무나도 당당한데, 그녀의 부하들은 그렇지가 않았다. 무엇보다도 가까이서 본 그들의 모습은…….

"사, 사미엘님."

  이제 도착한 기사가 떨리는 목소리로 사미엘의 이름을 불렀다. 사미엘은 부하의 목소리에 의아함을 느꼈다. 그의 목소리는 아군이 승기를 잡은 이 상황과 전혀 어울리지 않았기 때문이다. 그 목소리는 불안했으며, 무언가를 두려워하는 듯했다. 사미엘은 당황하며 자신의 부하를 돌아보았다. 그리고 가까이서 본 그의 모습에 경악할 수밖에 없었다. 그들의 단복은 엉망으로 찢어져 있었으며, 그들 모두가 각각 크고 작은 부상을 입고 있었다.

"도대체 이게 무슨……."

  사미엘이 당황하며 말끝을 흐렸다. 그녀는 지금 이 상황을 이해하기가 힘들었다. 이들이 왜 이런 모습으로 이 자리에 있단 말인가? 그들은 마치 적에게서 겨우 도망친 패잔병 같았다.

사미엘은 다시 한 번 그들을 돌아보았다.

이제 보니, 어찌 된 일인지 지원병이라고 도착한 이들이 겨우 세 명밖에 되지 않았다. 사미엘과 라히드는 그 모습을 보고 기함할 수밖에 없었다.

비교적 안전한 곳으로 피해 있었던 라히드가 이들의 곁으로 뛰어오며 당황한 목소리를 냈다.

"이게, 이게 어찌 된 일이란 말이냐? 도대체 왜 이런 꼴이냐? 설마 일로덴 무리가 온 것이냐? 하지만…… 너희들을 이렇게 만들 수 있을 만큼의 병력이 파셀에 숨어 있었을 리가 없을 텐데? 도대체 어떻게? 어떻게……."

"막심이 냄새를 맡았습니다. 어떻게든 막으려고 했습니다만……."

"막심이? 갑자기 그 돼지 놈의 이름이 왜 나온단 말이야?"

사미엘이 이해할 수 없다는 투로 외쳤다. 막심은 이곳 파셀의 수비대장이었다. 한참 마녀의 등장과 그에 따른 소란으로 바쁠 사람이 도대체 어떻게 이곳의 상황을 눈치챘단 말인가. 이해할 수 없었다.

"막심의 부하가 대신전의 상황을 보고 말았습니다. 막심은 사미엘님께서 일로덴의 양동작전을 홀로 진압해 공을 차지하려는 걸로 오해하고 있는 듯했습니다. 그놈은…… 그놈은 이 혼란을 틈타 사미엘님을 죽이고, 우리들도 모두 죽여 공을 독차지하려고 합니다. 사미엘님, 피해야 합니다! 이곳에 곧 막심의 부하들이 들이닥칠 겁니다! 다른 동료들이 1층에서 필사적으로 저항하고 있으니, 그사이에 몸을 피하십시오!"

"말도 안 돼……. 어떻게, 어떻게 이럴 수가……."

라히드는 황망해하며 마른 왼손으로 얼굴을 수없이 쓸어내렸다. 어떻게 다 된 밥상을, 갑자기 튀어나온 돼지가 망칠 수 있단 말인가. 권력의 개, 자신 앞에서 비굴하게 아양을 떠는 모습에 별 볼 일 없다 여겨 신경도 쓰지 않던 인물이 자신들의 계획을 망쳐버리다니…….

막심이 이곳으로 쳐들어온다면, 사미엘은 물론이고 라히드라 해도 살아남을 수 없을 터였다. 막심은 신심이라곤 찾아보려야 찾아볼 수 없는 자였다. 그는 모두에게 존경받는 신관을 일로덴의 위협에서 구하는 것보다, 차라리 라히드를 죽여 자기 악행의 목격자를 제거하는 것이 더 중요한 사람이었다.

라히드는 급히 사미엘 쪽으로 고개를 돌렸다. 더는 어떻게 할 도리가 없었다. 이렇게 된 이상 라히드만이라도 몸을 피해 후일을 도모하는 것이 나았다. 하지만 사미엘은 라히드와 생각이 다른 듯했다. 사미엘은 이를 악문 채 고개를 치켜들고 있었다. 부하들의 말대로, 저 멀리에서 검이 부딪치는 소리가 나고 있었다. 소리가 점점 가까워지는 것을 보니 정말 얼마 지나지 않아 막심과 그 부하들이 쳐들어올 게 분명해 보였다.

하지만 지금 이 순간 사미엘에겐 자신의 알량한 목숨을 구하는 것보다 더 중요한 게 있었다. 그것은 뮤리온이 황궁으로 돌아가는 것을 막는 것이었다. 이대로 자신들이 자리를 피한다면, 뮤리온은 카자흐의 성검을 꺼내 자신이 황태자임을 증명하고 황궁으로 돌아가 버릴 터였다. 뮤렐의 흐름을 거스른 자가 이곳 카이아의 황제가 되도록 내버려둘 수 없었다. 그것은 뮤렐의 뜻에 어긋나는 일이고, 일어나서는 안 되는 일이었다. 이대로 죽는 한이 있어도 뮤리온이 카자흐 성검을 얻는 것을 막아야 했다. 그리고 사미엘은 한 치의 의심도 없이 라히드 또한 자신과 같은 의견일 것이라고 믿고 있었다.

"라히드님……. 우리는 뮤렐의 뜻을 받드는 자들입니다. 적어도 저는, 이대로 도망칠 수 없습니다. 저 혼자만이라도 남아 뮤리온을 처단하겠습니다."

"뭐? 그게 무슨 소리냐?"

사미엘의 말에 라히드가 황당해했다. 라히드는 어떻게든 사미엘을 설득시키기 위해 그녀의 팔을 잡았다. 그러나 사미엘과 눈이 마주쳤을 때, 라히드는 그 어떤 말로도 사미엘을 설득시킬 수 없음을 깨달았다.

라히드는 그동안 사미엘의 순수한 신앙심을 이용해 사미엘을 수족으로 부려왔다. 사미엘이 자신의 말을 뮤렐의 뜻으로 믿고 성심을 다해 따랐기에, 라히드는 그동안 착각하고 있던 것이었다.

라히드는 사미엘이 자신의 뜻을 무조건 따른다고 믿고 있었다. 그러나 사미엘은 단 한 번도 라히드를 따른 적이 없었다. 그녀는 라히드 너머에 뮤렐이 있을 것이라 믿고, 뮤렐의 뜻이라고 믿는 것을 따르고 있었다.

라히드는 말문이 턱 막히는 것을 느꼈다. 사미엘은 너무나도 유용한 말이었다. 그녀를 여기에서 잃을 수는 없었다. 그러나 어떻게 해야 그녀를 설득할 수 있을지 당장은 떠오르지 않았다.

"다 끝났어요! 계단이 생겼다고요!"

기쁨에 가득 찬 민아의 목소리가 울렸다. 그리고 그건 두 집단의 운명을 가르는 말이었다. 카자흐의 성검은 황태자의 신분에 대한 무엇보다도 확실한 증거가 될 것이고, 행방불명된 황태자를 찾아낸 막심은 희희낙락하며 뮤리온 일행을 황궁으로 데려갈 것이다. 그 결과 황태자와 지금까지 황태자를 따르던 모든 인물들, 심지어 마지막에 운이 좋아 황태자를 찾은 막심까지도 커다란 부귀영화를 누리게 될 터였다.

그러나 라히드 쪽은? 그들의 목엔 반역 혐의가 걸리고, 평생 도망을 다녀야만 할 터였다. 붙잡혀 죽기 전까지 그들에게 평온 따위는 없을 터였다. 새로 생겨난 계단 쪽으로 달려가는 민아와 나디르, 레길을 보며 사미엘은 이를 악물었다. 검을 다시 쥐고 발끝에 힘을 주는 모습이 금방이라도 민아 쪽을 향해 달려들 것 같았다.

그 모습을 본 뮤리온은 새로 생겨난 계단 쪽으로 몸을 옮겼다. 혹시라도 사미엘이 계단을 막을까 대비하는 행동이었다. 하지만 사미엘은 계단을 향해 뛰어가지 않았다. 그녀는 잔뜩 경계를 하고 있는 뮤리온 쪽으로는 다가가지도 않았다. 그녀는 오히려 계단과는 한참 떨어진 오른편으로 달려갔다.

"도대체 무슨……."

사미엘의 예상치 못한 행동에 뮤리온뿐만 아니라 사미엘의 부하들마저 당황했다. 사미엘은 눈 깜짝할 사이에 구덩이 바로 앞까지 뛰어갔다. 도대체 어쩌려는 것일까? 바닥까지 뛰어내리려는 것일까? 하지만 아무리 사미엘이라도 뛰어내리긴 무리라고 생각될 정도의 높이였다. 사미엘은 구덩이 앞에 도착하자마자 뜀박질을 멈추고 뒤를 돌아봤다. 그녀는 입을 벌리고 어찌할 줄 몰라 하는 자신의 부하들을 향해 소리쳤다.

"불을 내라! 저놈들이 성검을 가져가지 못하게 해라!"

사미엘의 말에 부하들이 잠깐 멈칫했다가 곧 각자 다른 방향으로 뿔뿔이 흩어져 뛰기 시작했다. 그 모습에 조금 뒤늦게 사미엘의 말을 깨달은 뮤리온이 민아 쪽을 향해 소리쳤다.

"위험해요! 지금 계단에 내려가면 안돼요!"

뮤리온의 외침에 막 계단을 내려가려던 민아와 나디르가 멈칫했다. 이제 겨우 성검을 가지고 올 수 있게 되었는데 뮤리온은 도대체 왜 만류하는 것일까?

하지만 주위를 둘러본 민아는 곧 뮤리온의 멈추란 말을 이해할 수 있게 되었다. 사미엘이 공중을 향해 발을 들어 올리고 있었다. 그리고 그 행동이 뜻하는 바는 명확했다. 그녀의 발 앞에는 기름이 가득 든 기름등이 있었다. 사미엘은 그 기름등을 구덩이 아래에 떨어뜨릴 생각임이 분명했다. 사미엘의 행동에 민아가 경악하며 손을 뻗었다. 하지만 그녀가 미처 불꽃을 쏘아내기 전에 사미엘은 일을 내고야 말았다.

 쾅, 콰쾅!

 무거운 쇠뭉치가 바닥에 떨어지는 소리가 울렸다. 그리고 그 소리는 처음의 한 번으로 그치지 않고 계속 이어졌다. 사미엘과 그 부하들은 구덩이 주위에 있던 커다란 기름등을 연달아 바닥으로 차 떨어뜨리고 있었다. 기름등이 바닥에 떨어지며 깨져 기름이 새어 흐르고 흐른 기름 위로 불이 빠르게 옮겨붙었다. 구덩이 안이 불바다가 되는 것은 순간이었다. 새빨간 불이 한순간에 기세를 키우더니 계단 앞에 서 있던 나디르와 민아 앞에까지 그 빨간 혀를 날름거리기 시작했다. 불이 구덩이를 넘어 사람까지 덮칠 기세이기에 민아는 나디르를 감싸 안은 채 재빨리 뒤로 물러났다.

 "거짓말, 거짓말이야······."

 나디르가 눈앞의 불을 보며 망연자실한 표정으로 중얼거렸. 거짓말, 거짓말이었으면.

그것은 민아 또한 내뱉고 싶은 말이었다. 차라리 꿈이었으면 좋을 광경이었다. 겨우 죽을힘을 다해 여기까지 왔는데, 이렇게 눈앞에 성검을 두고도 가져갈 수 없게 되다니. 민아는 온몸이 벌벌 떨리는 것을 느꼈다. 민아가 다릿심이 풀려 주저앉으려는 것을 근처에 있던 유루스가 겨우 붙잡았다.

"유루스……. 이걸 어떡해요? 어떡하면 좋아요?"

민아가 유루스의 가슴을 붙든 채 황망한 목소리로 물었다. 하지만 유루스라고 민아의 물음에 대답해줄 수 있는 것은 아니었다. 유루스가 할 수 있는 것은 떨고 있는 민아를 꼭 끌어안아 주는 것뿐이었다.

"이대로 있을 수는 없어! 어떻게든 해야 할 것 아니야! 이대로 성검을 못 꺼내면 우리는 여기서 다 죽는다고!"

절망해 어쩔 줄 몰라 하는 사람들 사이로 레길이 신경질적으로 소리를 지르며 나섰다. 그는 이람에게서 긴 후드 망토를 빼앗아 머리에 쓰고 불 속으로 뛰어 들어가려고 했다. 그러나 불 속으로 몇 걸음 들어가기 무섭게 비명을 지르며 바로 뒤로 물러섰다. 그는 고통스러운 기색으로 계단 앞바닥에 불붙은 망토를 벗어던졌다. 망토에 붙은 불은 곧 꺼졌으나 레길은 두 번 불 속에 뛰어들 결심을 하지는 못했다. 불은 이미 계단 바로 코앞까지 넘실거리고 있었다. 평범한 사람이라면 얼마 가지도 못해 불에 타 쓰러지고 말 것이 분명했다.

이람이 발을 동동거리다가 민아를 보고 외쳤다.

"민아님! 어떻게든 좀 해보십시오!"

"하지만…… 도대체 어떻게?"

이람의 재촉에 민아가 당황해하며 유루스의 품속에서 고개를 들고 자리에서 일어났다. 민아도 어떻게 하고 싶은 마음이야 굴뚝같았다. 하지만 민아라고 해서 저 불 속에서 아무렇지도 않게 걸어 다닐 능력이 있는 것은 아니었다. 아무리 마녀라고 불린다 해도 민아는 평범한 사람에 불과했다.

"푸른 불꽃이요! 민아님의 불꽃은 차갑지 않습니까. 어쩌면 민아님의 불로 이 불을 끌 수 있을지도 몰라요!"

이람의 말에 민아는 깜짝 놀라며 고개를 끄덕였다. 그의 말대로, 민아의 푸른 불꽃은 마치 얼음처럼 차가운 성질을 지니고 있었다. 어쩌면 자신의 불꽃으로 이 불을 끌 수 있을지도 몰랐다. 민아는 정신을 집중한 채 타오르는 불 앞에 섰다.

민아의 손에서 푸른 불이 일렁이더니 곧 민아의 팔까지 타고 올라갔다. 불을 뿜어내는 민아의 이마에서 식은땀이 흘러내렸다. 이 불을 끄려면 상당한 양의 힘을 한 번에 내야만 할 터였다. 절체절명의 상황에서 민아는 온 힘을 다해 집중했다. 곧 민아의 손에서 거대한 푸른 불꽃이 마치 화염방사기의 불꽃처럼 불구덩이를 향해 뻗어 나갔다. 하지만…….

쾅!

민아의 푸른 불꽃이 구덩이 아래의 불과 맞부딪치자 갑자기 쾅 하는 커다란 소리와 함께 커다란 폭발이 일어났다. 지옥 불 같은 열기가 지하실 안을 한순간에 채웠다. 불꽃 앞에 서 있던 민아는 폭발과 함께 일어난 바람에 뒤로 한참을 날아가고 말았다.

"꺄악!"

민아가 바닥에 내팽개쳐지자 사미엘이 깔깔대며 웃었다. 그녀는 배를 움켜쥔 채 민아의 꼴을 우스워하고 있었다. 사미엘은 그것만으로 부족한지 여보라는 듯 손가락질까지 하며 소리쳤다.

"멍청하긴! 이건 그냥 불이 아니라 성화다! 신관들이 백일을 기도하여 만들어낸 성유로 붙인 불인데, 뮤렐의 힘이 아닌 다른 힘이 통할 것 같으냐? 심지어 뮤렐의 흐름을 벗어난 황태자에게 성화가 길을 비켜줄 리가 없다!"

사미엘의 말에 민아 일행은 더욱더 당황하고 절망할 수밖에 없었다. 성유로 붙인 불은 수호의 힘이 통하지 않는다니, 미처 알지 못했던 사실이었다. 헛된 시도의 결과로 구덩이 안의 불은 조금 전보다 더욱 크게 번져 이글대고 있었다. 어찌나 그 기세가 매서운지 이제는 가까이 다가가기도 힘들 정도였다.

"말도 안 돼……. 이렇게, 이렇게 끝낼 수는 없어……."

지금까지 겨우 버티고 있던 뮤리온이 결국 절망하며 그 자리에 주저앉아버렸다. 뮤리온뿐만이 아니었다. 이렇게 절망스러운 현실을 누구도 바로 바라보지 못했다.

민아는 뜨거운 불의 열기 앞에 눈물이 흐르다 말라붙는 것을 느꼈다. 비록 눈물 흘리는 것은 민아뿐이었지만, 다른 모두의 심정도 그녀와 다를 것이 없을 터였다.

"하하하! 이제 어찌할 테냐? 어떻게 수비대장 앞에서 네놈들이 진짜 황태자임을 증명할 거냐? 아무런 방법이 없겠지, 어떻게 할 도리가 없겠지. 너희들은 이제 도착한 파셀 수비대에게 일로덴 잔당으로 몰려 모두 죽을 것이다!"

절망하는 민아 일행을 보며 사미엘이 진심으로 즐겁다는 듯이 웃어 보였다. 그녀의 웃음소리는 마치 칼날처럼 뮤리온과 그 동료들의 가슴 속에 파고들었다. 민아는 눈물로 범벅이 된 시야 너머로 사미엘을 노려보았다. 그녀는 이 땅에 신의 뜻을 실현시켰다며 희희낙락하고 있었다. 하지만 정작 사미엘은 중요한 것을 알지 못하고 있었다. 그녀가 신의 대리자라며 따르고 있는 라히드가 실은 신을 믿지 않고 있다는 것을. 민아는 자기 앞에서 신을 부정하던 라히드의 모습을 똑똑히 기억하고 있었다.

결국 사미엘이 신의 뜻이라고 믿고 따르던 것은 라히드의 개인적인 욕심일 뿐이었다. 자신이 신의 뜻은커녕 라히드의 손바닥 위에서 놀아나고 있었던 것을 안다면, 그것을 안다면 그녀가 이렇게 지금처럼 웃을 수 있을까?

민아는 악에 받쳐 자리에서 일어났다.

"사미엘!"

민아는 사미엘을 향해 달려갔다. 상당했던 두 사람의 거리가 좁혀지고, 둘 사이를 방해하는 것이 없어졌을 때, 민아는 사미엘을 향해 손을 내뻗었다. 푸른 불꽃이 바닥을 타고 맹렬한 기세로 사미엘을 향해 날아갔다. 하지만 사미엘의 바로 코앞에서, 불꽃은 다른 이의 손에 막히고 말았다.

"어딜!"

빛의 돌을 든 라히드가 사미엘 앞을 막아섰다. 무서운 기세로 사미엘을 향해 날아들던 푸른 불꽃은 그대로 빛의 돌 안에 빨려 들어가 버렸다. 민아는 얼굴을 찌푸리며 정신을 집중했지만, 빛의 돌을 깨뜨릴 만큼의 힘을 단번에 내지는 못했다. 지금까지 너무 무리해서 힘을 쓴 탓이었다.

"사미엘, 어서 이 자리를 피하자꾸나! 여기 있다가는 막심이 우릴 일로덴 잔당으로 몰아 죽여버릴 게 분명하다."

라히드는 여유롭게 민아의 공격을 막은 뒤 사미엘을 돌아보며 말했다. 라히드의 말에 사미엘은 고개를 끄덕였다. 사미엘과 라히드, 그 부하들은 빠르게 움직이기 시작했다. 그들이 문을 향해 달려가는 것을 보며 민아가 소리쳤다.

"사미엘! 네가 정말 뮤렐의 뜻을 따르고 있다고 생각하는 건 아니겠지?"

도망가던 사미엘이 민아의 말을 듣고 잠깐 걸음을 멈췄다. 사미엘은 얼굴을 찌푸린 채 민아를 돌아봤다.

방금 전까지 주체할 수 없을 정도로 환희에 젖어 있던 사미엘의 얼굴이 벌레라도 씹은 듯 일그러져 있었다. 민아의 말에 라히드 또한 얼굴을 찌푸렸다. 그는 상관 말고 어서 가자며 사미엘의 어깨를 잡아당겼으나, 사미엘은 민아를 노려보며 좀처럼 움직이지 않았다.

"넌 단 한 번도 이상한 걸 눈치채지 못했단 말이야? 네가 믿고 따르는 라히드, 그가 정말 뮤렐의 대리자라고 생각해? 그는 비열한 사기꾼에 불과해. 네 신앙심을 이용해 너를 속이고 있는 거라고!"

"듣지 마라, 사미엘! 저 마녀가 우리를 이간질시키는 거다! 혼자 죽을 수 없어 우리를 이 자리에 묶어두려는 게야!"

라히드의 얼굴이 시뻘겋게 달아올랐다. 매사 크게 흥분하지 않던 라히드이기에 붉게 달아오르고 일그러진 얼굴이 더욱더 괴이하게 보였다.

"그 사람의 밑에서 일하면서 한 번도 이상하다고 생각해본 적이 없어? 정말 라히드가 신의 뜻으로 일하는 사람 같았느냔 말이야! 신의 뜻으로 일하는 사람이 무고한 사람들을 수없이 죽이는 게 가당키나 해?"

"입 닥쳐라! 이 마녀야! 커다란 뜻을 위해서 작은 희생은 어쩔 수 없는 법이다!"

라히드가 민아의 말에 큰 소리로 반박하며 사미엘을 끌고 가려고 했다. 사미엘은 더는 고집부리지 않고 라히드가 이끄는 대로 쫓아갔다. 민아의 말로는 사미엘의 라히드에 대한 믿음을 깨뜨릴 수 없었던 모양이다.

자신을 향해 등을 돌리고 멀어지는 사미엘을 향해 민아는 마지막이라고 생각하고 있는 힘을 다해 소리쳤다.

"정말 데이드라트의 죽음이 신의 뜻이라고 생각하냐고!"

통한에 찬 외침이 이 공간을 흔들었다. 민아의 외침에 이곳에 있는 모든 사람들이 멈칫하며 그 자리에 멈춰버렸다. 데이드라트 르네긴, 그 이름이 사람들에게 주는 무게는 그만큼 무겁고 괴로운 것이었다.

"네가 말해봐! 데이가 어떤 사람이었는지! 네가 말하는 그 신의 뜻을 거슬렀다는 이유로, 그렇게 사라져야 할 사람이었는지!"

"입 닥쳐!"

사자의 울음 같은, 무겁고 커다란 외침이 내질러졌다. 사미엘이 붉어진 얼굴로 소리 지른 것이었다. 데이드라트의 이야기는 사미엘의 역린인 듯했다. 그 이름을 들은 것만으로도, 사미엘은 머리를 감싸 쥔 채 비명을 질렀다.

"너 따위가 감히 내게 데이에 대해서 말하다니! 너 따위가! 아무것도 알지 못하는 너 따위가! 나라고 아무렇지도 않게 받아들였는지 알아? 나라고 괴롭지 않았는지 아냐고!"

몸부림치는 사미엘을 그녀의 부하들이 달라붙어 붙잡았다.

하지만 성인 남성 두 명이 달라붙었음에도, 사미엘을 그들을 마치 어린아이처럼 휘두르며 민아에게 다가오려고 했다. 한 명의 기사가 더 붙어서야 겨우 그들은 사미엘을 막고 다시 문 쪽으로 그녀를 끌고 갈 수 있었다.

그 사이에도 사미엘은 견딜 수 없다는 듯 머리를 쥐어뜯으며 악을 썼다.

"우리같이 작은 존재들이 감히 뮤렐의 흐름을 짐작할 수나 있을 거라고 생각하는 거냐? 우리는 따를 뿐이야! 뮤렐의 흐름은 감히 인간이 이해할 수도 없고, 감히 의심해서도 안 되는 거야!"

"아니야, 사미엘. 넌 잘못 생각하고 있어."

사미엘의 난동을 멈춘 건 여리고 연약한 목소리였다. 들려오는 목소리에 사미엘은 금빛 눈을 동그랗게 뜬 채 믿을 수 없다는 표정을 지어 보였다. 그동안 뒤로 물러서 있던 나디르가 단호한 표정으로 민아 앞으로 나섰다.

"우리가 감히 신의 뜻을 이해할 수 없다는 건 맞아. 하지만, 항상 의심해야 해. 우리가 정말 올바른 길로 가고 있는지 항상 궁금해하고 의심해야 한다고. 잘못된 길에 들어, 자신이 잘못된 길을 가고 있다는 것도 알지 못한 채, 그 길을 맹목적으로 쫓아선 안 되는 거야."

"나디르……."

나디르의 말에 사미엘은 차마 말을 잇지 못했다.

어릴 때부터 가깝게, 친자매까지는 아니어도 가까운 친척처럼 가깝게 지낸 사람이었다. 사미엘은 나디르를 사랑하고 존중하고 있었고, 그랬기에 그녀의 말에 동요할 수밖에 없었다.

"네 스스로 생각해봐. 정말 라히드의 말이 옳은지. 평화로웠던 제국을 분란의 길에 빠뜨려, 수많은 무고한 피해자들을 만드는 것이 정말 뮤렐의 뜻인지."

나디르는 사미엘의 눈앞에서 얼굴을 가린 기다란 레이스를 벗었다. 그녀의 떨리는 손끝이 레이스를 벗겨내고, 흉이 지고 벗겨진 피부가 불빛 아래 드러났다. 드러난 그녀의 얼굴에 모두가 기함할 수밖에 없었다.

얼굴을 가리고 두문불출하기 전, 나디르 르네긴은 뛰어난 미녀로 알려져 있었다. 곱실거리는 금발에 보석 같은 녹색 눈동자를 가진 미인이라고. 하지만 지금의 나디르를 보고 예의상으로도 아름답다고 말할 수 있는 사람은 없을 터였다. 껍질이 벗겨져 붉은 생살이 보이는 피부는, 묘령의 여인의 것이라기보다는 괴담 속 괴물의 것 같았다. 하지만 나디르는 그런 피부를 밖에 드러내고도 전혀 부끄러워하거나 꺼리는 것이 없었다. 나디르는 오히려 등을 펴고 당당하게 모두 앞에 섰다.

"난 뮤리온 전하가 뮤렐의 뜻에 어긋나는 사람이라고 생각하지 않아. 그가 카이아의 멸망을 가져올 거라고 생각하지도 않고, 나는 뮤리온 전하가 카이아의 정당하고도 합당한 후계자라고 믿어.

내 동생의 선택을 믿는 거야. 내 동생이 마지막까지 지키려고 했던 사람을 나 또한 믿는 거라고."

나디르는 손을 가린 장갑마저 벗어버렸다. 민아를 비롯한 모두는 의아해할 수밖에 없었다. 그녀가 지금 도대체 왜 자신의 상처 입은 피부를 바깥으로 드러낸단 말인가. 하지만 그 의문은 곧 나디르의 행동으로 풀렸다.

"네가 말했지. 이 불은 성화라고. 뮤렐의 뜻으로 피어오르는 불이라고. 그렇다면, 정녕 뮤렐의 뜻을 행하기 위해서라면 저 불 속에서도 무사할 수 있을 거야. 난 뮤리온 전하가 황위에 오르는 것이 뮤렐의 뜻이라고 생각하고, 지금 그걸 증명하겠어."

"설마……."

뮤리온이 불안한 생각에 나디르 쪽으로 달려왔다. 그는 나디르를 붙잡으려고 손을 뻗었지만, 그의 손은 나디르의 옷깃만을 잠깐 잡았다가 놓치고 말았다. 나디르는 믿을 수 없을 정도로 빠르게 계단을 향해 뛰었다. 그녀는 레길이 조금 전 바닥에 버렸던 망토를 머리부터 뒤집어쓰고, 한 치의 망설임도 없이 불 속으로 뛰어들었다.

"안 돼! 돌아와요!"

뮤리온은 절박한 외침과 함께 나디르를 따라 불 속으로 따라 들어가려고 했다. 하지만 뮤리온이 그 안으로 뛰어들기 전에 유루스와 이람이 그를 붙잡았다.

뮤리온이 심하게 몸부림을 치는 통에 그들은 뮤리온이 움직이지 못하도록 바닥에 짓눌러 올라타야만 했다.

"으아아아아!"

뮤리온은 마치 짐승처럼 거세게 오열했다. 그로서는 그럴 수밖에 없었다. 그의 오열에 민아도 가슴 아파할 수밖에 없었다. 너무나도 사랑했던 데이드라트를 잃은 지 얼마 되지도 않아, 그의 누이조차 이런 식으로 떠나보낼 수는 없는 노릇이었다.

정말 신이 있다면, 이들 남매를 이런 식으로 데려갈 수는 없는 것이었다.

민아는 이 모든 것을 두고 볼 수 없어 양손으로 두 눈을 가렸다. 믿을 수 없었다. 나디르가 불 속으로 뛰어들다니. 기적이 아니고서야 그녀가 살아 돌아올 방법은 없어 보였다. 충격을 받은 것은 사미엘도 마찬가지인 듯했다. 그녀는 엄청난 힘으로 자신을 붙잡고 있는 기사들을 밀어내고, 두 팔을 허우적거리며 구덩이 앞까지 뛰어갔다. 그녀는 불에 금방이라도 뛰어들 것처럼 불 앞에서 몸을 흔들며 비명을 질렀다.

"가지 마! 나디르! 나디르 르네긴!"

"사미엘을 끌고 와라! 전부 가서 끌고 와!"

사미엘의 이상 행동에 라히드가 짜증 섞인 외침을 뱉었다. 그는 믿을 수 없다는 듯 연신 혀를 차며 욕지거리를 해댔다. 그 또한 눈앞에서 벌어진 일이 충격일 수밖에 없었다.

"이런 미친……. 지독한 년! 끔찍한 년! 불 속으로 뛰어들다니!"

라히드를 비롯한 라히드 측의 모두가 사미엘을 억지로라도 끌고 가기 위해 불구덩이 가까이로 다가갔다. 그들이 날뛰는 사미엘을 붙잡았을 때, 저 멀리서 반갑지 않은 소리가 들려오기 시작했다. 계단 위에서 검이 부딪치는 소리, 남자들의 억센 비명과 욕설이 들려왔다. 막심의 부하들이 바로 앞까지 왔다는 것을 알리는 소리였다.

이제는 정말 더는 여기서 미적거릴 시간이 없었다. 빨리 자리를 피해야만 했다. 다행히 라히드는 고위신관으로서, 내려온 계단이 아닌 다른 통로를 알고 있었다. 막심의 부하들이 들이닥치기 전에 그곳으로 도망쳐야만 했다. 라히드는 자기 옆에 있는 부하에게 다른 통로를 알려주기 시작했다. 사미엘을 끌어내자마자 막힘없이 움직여야 했기에, 가능한 한 많은 사람들이 길을 아는 것이 좋았다.

"사미엘, 제발 정신 차려라! 제발!"

사미엘이 더 몸부림친다면 그녀를 버려야만 할 판이었다. 그러나 라히드로서는 쉽게 사미엘을 버릴 수 없었다. 사미엘만큼 행동력 있게 자신의 계획을 실행시키는 사람은 그 어디에도 없었다. 게다가 다른 욕심 없이 오로지 신심으로 자신을 따르고 있기 때문에 배신당할 염려도 없었다.

라히드가 사미엘을 정신 차리게 하기 위에 그녀의 뺨을 거세게 때렸을 때, 사미엘이 갑자기 비명을 질렀다. 맞은 뺨이 아파서 지르는 비명은 아니었다. 그녀는 오히려 자기가 지금 뺨을 맞았다는 것조차 모르고 있는 것이 분명했다.

"나디르가! 나디르가!"

사미엘의 손이 불 속을 가리켰다. 보라는 듯 불 속을 손가락질하는 모습에 모두가 의아해했다. 충실한 월라드만이 사미엘의 손끝을 향해 고개를 돌렸다. 곧 월라드마저 놀라 뜻 모를 말을 외치기 시작했다.

"저, 저것 조, 좀 보십시오! 저, 정말……."

월라드의 행동은 아군뿐만 아니라 적까지 움직이게 했다. 민아는 놀라서 불구덩이 옆으로 뛰어가 사미엘이 가리키는 방향을 바라보았다. 그리고 민아는 놀란 나머지 한 손으로 입을 가렸다. 정말 그들의 말대로 나디르가 저 멀리에 서 있었다. 구덩이의 경계 부분엔 불이 매섭게 타오르고 있었지만, 그 중앙 부분에는 아직 불이 옮겨붙지 않았다.

타오르는 불꽃 너머로, 그 중앙 부분에 서 있는 나디르의 모습이 보였다. 나디르는 수정 장식대 아래에서 자기 몸집만 한 검을 끌어 내리고 있었다.

"정말이에요! 나디르님이 살아 계세요! 살아 계신다고요!"

민아가 기쁨에 찬 비명을 지르자 레길이 그녀의 옆으로 뛰어왔다. 유루스와 이람도 머뭇거리면서 뮤리온을 짓누르기를 멈췄다.

레길이 마지막으로 환호를 지르면서, 모두가 나디르가 살아 있다는 것을 정말 믿을 수 있게 되었다.

"살아 있다고! 나디르 르네긴은 죽지 않았어!"

레길의 환호를 들으며, 사미엘은 천천히 라히드 쪽으로 고개를 돌렸다. 마치 귀신처럼 목을 늘어뜨리고, 이해할 수 없다는 눈빛으로 라히드를 바라보았다.

"라히드님. 나디르 르네긴이 성화를 지났습니다. 죽지 않았어요."

"그, 그건……."

나디르의 생존 소식에 라히드의 얼굴이 하얗게 질렸다. 나디르가 그 불바다를 살아서 지날 수 있었던 것은 그저 기적이라고밖에 말할 수 없는 일이었다. 심지어 그녀는 그 불바다를 살아 지난 것뿐만 아니라 거의 상처 입지 않은 모습이었다. 그녀의 망토만이 불에 그슬려 있었을 뿐, 그녀는 화상 같은 것을 거의 입지 않은 듯 자유롭게 움직이고 있었다.

사미엘은 잠깐 말없이 불 아래에서 움직이는 나디르를 빤히 쳐다보았다. 그러다가 그녀는 천천히 발끝을 움직이기 시작했다. 그녀는 지금 무언가에 홀린 사람처럼 보였다.

"우리도 내려가야만 해요. 성검을 가져와야죠. 뮤리온을 황위에 오르게 둘 수는 없잖아요. 그게 뮤렐의 뜻이라고 하셨잖아요."

사미엘은 비척거리며 라히드를 지나쳐 걸어가려고 했다. 그냥 두면 그대로 불 속으로 걸어 들어갈 것이 분명했기에 라히드는 재빨리 그녀의 어깨를 붙잡았다.

"안 된다. 너무 위험해."

라히드의 만류에 사미엘이 그녀의 금빛 눈동자를 동그랗게 떴다. 라히드의 말을 전혀 이해하지 못하는 듯한 얼굴이었다. 라히드는 어린아이를 달래듯 차분한 목소리로 한 단어씩 말을 끊어서 했다.

"우리는 계단 앞에서 기다리고 있다가, 나디르가 성검을 가져오면 그때 빼앗도록 하자. 그렇게 하도록 하자."

"그게 무슨 말씀이세요?"

사미엘은 라히드의 말을 전혀 이해하지 못한 것처럼 보였다. 두 사람의 시선이 잠깐 얽히더니, 곧 사미엘의 금빛 눈에 잠시 혼란의 기색이 감돌았다. 그녀의 두 눈동자가 불안하게 흔들리기 시작하는 것은 순간이었다.

"우리도 당연히 불 속으로 들어갈 수 있어요. 왜냐면 우리야말로 뮤렐의 뜻을 실현하는 사람들이니까. 왜 저를 막는 거죠? 제 믿음이 부족하다는 건가요? 저는 불 속을 뛰어넘을 수 없다는 건가요?"

사미엘의 질문에 라히드는 대답할 수 없었다. 그가 말을 잃은 채 기가 질린 듯한 얼굴로 자신의 시선을 피하는 것을 사미엘은 멍하니 쳐다보았다. 그러다 어느 순간, 사미엘은 손뼉을 쳐 명쾌한 소리를 내더니 라히드의 팔목을 매서운 기세로 잡았다.

"그렇죠! 제 믿음은 아직 한참 부족해요. 하지만 괜찮아요. 우리에겐 라히드님이 계시잖아요. 신불에 오른팔을 태우셨을 때처럼, 그때처럼 저 불을 뛰어넘으시면 돼요. 그때처럼 다시 한 번 기적을 보여주시면 돼요. 당신은 이미 한 번 이 땅에 기적을 불러일으킨 분이니까요."

사미엘은 라히드를 힘으로 질질 끌고 가기 시작했다. 그녀의 걸음이 향하는 곳이 분명했기에 라히드는 얼굴을 굳힌 채 발버둥을 쳤다.

"잠깐, 잠깐만!"

"걱정하실 것 없어요. 당신이 누구보다 충실한 뮤렐의 종인 것은 모두가 알고 있는 사실입니다. 당신은 이 카이아에서 가장 존경받는 신관이 아니십니까?"

라히드는 있는 힘을 다해 사미엘에게서 벗어나려고 했다. 그러나 아무리 애를 써도 혼자 힘으로는 무리였다.

라히드는 고개를 돌려 자신의 부하들을 노려보았다. 그의 다급한 눈빛에 라히드의 부하들이 주춤거리며 다가와 사미엘에게서 라히드를 떼어내려고 했다. 몇 번의 실랑이 끝에 라히드는 겨우 사미엘의 손에서 벗어날 수 있었다. 사미엘은 라히드의 행동에 당황스러운 목소리를 냈다.

"라히드님!"

"아니야, 아니라고! 존경 같은 건 상관없어! 그런 게 불을 막아줄 수 있을 리가 없다! 나는 저 불 안으로 뛰어들지 않을 거다! 우리 중 누구도 불 안에는 뛰어들지 않을 거야!"

사미엘은 저도 모르게 실망스러운 기색을 얼굴에 드러냈다. 그러나 곧 고개를 저으며 그런 기색을 감추었다. 라히드 또한 인간이었다.

인간인 이상, 확신할 수 없는 것에 두려워하는 것은 어쩔 수 없는 것이었다. 한 번 기적을 일으킨 인간이라도 그런 약한 모습이 있으리라 이해하는 수밖에 없었다. 사미엘은 라히드에게 다시 용기를 불어넣는 것이 자신이 해야 할 일이라고 생각했다.

"겁내지 마십시오. 라히드님. 십수 년 전, 신심으로 불치의 병을 이겨냈던 것처럼, 그때처럼만 용기를 내신다면……."

사미엘이 다시 자신에게 다가오는 모습에 라히드는 질색을 하며 뒤로 물러섰다. 라히드는 미칠 노릇이었다. 이제야 뮤리온을 완벽한 궁지에 몰아넣어, 카인에 대한 자신의 복수를 어느 정도 이뤄냈다고 생각했는데 일이 이렇게 꼬일 줄은 상상조차 하지 못했다. 믿음직하다 믿고 있던 사미엘이 쓸데없는 고집을 부리며 일을 망치는 것도 그에게는 더없는 스트레스였다.

그는 빨리 이 상황을 정리해야만 했다. 여기서 사미엘과 실랑이를 하는 대신, 나디르에게서 성검을 빼앗을 궁리를 해야만 했다. 그 시간적 압박감이 라히드로 하여금 내뱉어서는 안 될 말을 내뱉게 했다.

"바보 같긴! 그게 정말 불치의 병이라면, 불에 팔을 태운다고 나을 리가 있겠느냐!"

라히드가 벼락같이 토해낸 말에 사미엘이 그 자리에 굳어버렸다. 사미엘의 반응을 보고 라히드는 자신이 말실수를 했다는 것을 깨달았지만 이미 뱉어낸 말을 주워 담을 수는 없는 노릇이었다. 사미엘의 입술이 벌벌 떨리는 것을 보며 라히드는 한숨을 쉬며 자신의 목을 주물렀다.

"하지만…… 기적이라고 하셨잖아요. 모두가 당신이 기적을 이뤄냈다고……."

"나는 그런 말을 단 한 번도 하지 않았어. 그저 남들이 멋모르고 지껄인 말이지……. 됐다. 이제 됐어. 이제 됐으니까. 사미엘, 빨리……."

라히드는 사미엘의 등을 떠밀려고 했다. 그러나 사미엘은 라히드의 손이 자신에게 닿기 전에, 무서운 기세로 그의 팔을 쳐내 버렸다. 라히드는 당황하며 사미엘을 쳐다보았다. 사미엘은 고개를 숙이고 있었는데, 지금까지의 고생 때문인지 하나로 단정하게 묶었던 머리칼이 다 풀려 엉망진창으로 흩어져 있었다. 사미엘은 고개를 숙인 채 몇 번이고 숨을 다듬는 듯한 소리를 냈다.

그러나 아무리 진정하려고 애써도, 점점 더 격해지는 숨을 어쩔 수가 없었다. 어느 순간 사미엘이 더는 참지 못하고 고개를 치켜들었다.

드러난 사미엘의 두 눈이 그녀의 등 뒤에서 타오르는 불보다도 더 매섭게 타올랐다.

"거짓말 마……."

사미엘이 지금까지와는 전혀 다른, 철판을 손톱으로 긁는 듯 갈라진 목소리로 중얼거렸다. 그리고 그 목소리는 곧 점점 더 커지더니 광기 어린 외침이 되었다.

"거짓말 마! 나한테, 나한테 분명히 그랬잖아! 당신의 병든 팔을 태울 때, 뮤렐께서 당신을 선택하셨다고! 분명히 나한테 그렇게 말했잖아!"

사미엘은 거친 손짓으로 라히드의 한쪽 어깨를 밀었다. 라히드가 넘어질 듯 밀려 비틀거렸지만 사미엘은 전혀 신경 쓰지 않았다. 그녀는 다른 쪽 어깨도 마저 밀었다. 라히드는 겨우 넘어지지 않고 버티고 있었다.

"이제 와서 아니라고? 다른 사람들이 멋대로 지껄인 말이라고?"

라히드는 무어라 말을 하려고 했지만, 그럴 때마다 사미엘의 손이 매섭게 자신을 뒤로 밀었기에 아무런 말도 하지 못했다. 이대로 두면 큰 일이 날 것 같았지만, 아무도 사미엘을 말리지 않았다. 라히드의 부하들까지도, 차가운 눈으로 그를 지켜보고만 있을 뿐이었다.

"그게 거짓말이면, 그게 거짓말이면! 지금까지 내가 믿고 따른 말은 도대체 뭐란 말이야?"

어느 순간 라히드는 불구덩이 바로 앞까지 밀려갔다. 정신없이 뒷걸음질을 치다가, 순간 뒤로 기우는 몸에 라히드는 기겁했다. 그는 곁눈질로 자신 뒤의 불구덩이를 확인하고, 다시 사미엘 쪽으로 고개를 돌렸다. 지금 이 순간, 어떻게 해서든 다시 사미엘을 구슬려야만 했다.

라히드는 이를 악물었다. 불구덩이에 빠져야 할 것은 카인이었다. 증오스러운 카인, 증오스러운 반쪽짜리 형, 그가 지은 죄를 열 배, 백 배, 천 배로 갚아주기 전까지 라히드는 죽을 수가 없었다. 지옥 불에 빠져야 할 것은 카인이었다!

"사미엘, 내 말을, 내 말을 들어라……."

"가서 당신의 말을 증명해! 우리가 뮤렐의 뜻을 따르고 있음을 증명하란 말이야!"

하지만 라히드가 무어라 말하기 전에 사미엘이 더는 듣기 싫다는 듯 히스테릭한 비명을 질렀다. 그리고 그녀의 비명과 함께, 커다란 타격음이 울려 퍼졌다.

라히드의 벌린 입은 더 말을 잇지 못하고 뻐끔거렸다. 라히드는 허공에 팔을 저었다. 사미엘의 모습이 점점 멀어져만 가고 있었다.

다시 보니, 사미엘뿐만 아니라 다른 모두가 다 자신에게서 점점 멀어져만 가고 있었다. 그는 왜 그들이 자신에게서 멀어지는지 알 수 없었다.

그러다 어느 순간, 라히드는 자신이 불 속으로 떨어지고 있다는 것을 깨달았다. 사미엘이 그의 배를 발로 차버렸기 때문이다. 그는 자신의 배에 퍼져가는 끔찍한 통증을 느끼며, 그대로 불구덩이 속으로 떨어졌다. 새빨간 화마 안으로 자신이 잠겨 들어감을 보면서도 라히드는 마지막까지 자신이 보는 것을 믿지 않았다. 자신이 보고 있는 것은 있을 수 없는 일이기 때문이다. 아직 자신의 복수는 끝나지 않았다. 그렇기 때문에…… 자신이 죽는 일도 있을 수 없는 일이었다. 자신이 죽을 리가 없었다.

 라히드의 귓속으로 불이 타오르는 소리가 빨려 들어갔다. 점점 더 커지는 그 소리 속에서, 라히드의 눈앞은 시꺼멓게 변해버리고 말았다.

―

 라히드가 불 아래로 떨어졌을 때, 그와 동시에 많은 일들이 일어났다. 막심과 막심의 부하들이 결국 지하실 아래까지 내려왔고, 나디르가 타오르는 불꽃을 헤치고 카자흐의 성검을 가져왔다.

막심과 그 부하들은 지하실에 내려오자마자 믿을 수 없는 장면들을 연달아 목격했다. 첫 번째는 신심 깊기로 소문난 사미엘이 고명한 신관 라히드를 불구덩이 아래로 차 떨어뜨리는 모습이었고, 두 번째는 불 속에서 웬 여인이 카자흐의 성검을 들고 걸어 나오는 모습이었다. 여인이 쓰고 있는 망토엔 아직 시뻘건 불덩이가 붙어 타오르고 있었고, 여인은 성검을 들고 계단 위로 올라오자마자 바닥으로 쓰러져버렸다.

계단 위에서 여인이 올라오기만 기다리고 있던 이들이 여인이 입은 망토를 얼른 벗겨 불을 끄는 것을, 막심은 입을 벌린 채 쳐다보았다. 그는 지금 자신이 보는 것이 도대체 어떤 상황인지 쉽사리 이해할 수 없었다. 막심의 부하들이 당황하면서도 일단 안에 있는 사람들을 제압하기 위해 나서려고 했지만, 막심은 웬일인지 곰 같은 손을 들어 그들을 막았다.

"뭔가 이상하다. 저들이 정말 일로덴 무리란 말이냐? 잠깐 상황을 지켜보는 것이 좋겠다."

막심은 산적 같은 외양과는 다르게 약삭빠르고 눈치 빠른 인물이었다. 그가 보기에 이 상황은 무언가 석연치 않았다. 조금 두고 보는 것이 좋을 듯했다.

"나디르!"

뮤리온이 나디르를 끌어안은 채 필사적으로 그녀의 이름을 부르고 있었다.

지금 이 순간, 뮤리온은 카자흐의 성검 따위에는 눈곱만치도 관심이 없었다. 그는 나디르의 가녀린 어깨를 붙들어 안고 나디르의 두 눈이 뜨이기만을 간절히 기다리고 있을 뿐이었다. 사실 지금 이 순간, 성검 그 자체에 관심이 있는 사람이 얼마나 있을지도 알 수 없었다. 모두 성검보다는 눈앞에 일어난 기적에 집중하고 있었다. 그리고 그것은 민아 또한 마찬가지였다.

"맙소사……."

민아는 망토에 붙은 불을 발로 밟아 끄면서도, 자신의 뒤에 있는 나디르와 뮤리온에게서 눈을 떼지 못하고 있었다. 맙소사, 맙소사, 맙소사. 민아의 입에서 감탄사가 수없이 반복되고 있었다.

어떻게 나디르는 저 불 속을 살아서 건널 수 있었단 말인가. 마법 같은 일이었다. 정말 이 자리에 기적이 일어난 것일까? 민아는 이 상황을 쉽사리 받아들일 수가 없었다. 푸른 불꽃 같은 마법은 금세 받아들였으면서도, 이상하게도 기적은 쉽사리 믿기가 힘들었다.

"전……하."

나디르의 메마른 입술에서 실낱같이 여리디여린 목소리가 흘러나왔다. 뮤리온은 그 목소리를 놓치지 않았다.

"나디르, 정신이 듭니까? 정신이 들어요?"

나디르의 금빛 눈꺼풀이 천천히 열리고, 그 눈꺼풀 아래로 녹음을 닮은 녹색 눈동자가 드러났다.

나디르의 흉 진 피부는 지금 진물과 핏물로 온통 범벅이 되어 있었는데, 뮤리온은 거리끼는 기색도 없이 그녀 눈가의 진물을 닦아내 주었다.

나디르는 멍한 눈으로 뮤리온을 빤히 바라보다가, 곧 두 눈가를 찌푸리며 눈물을 흘렸다. 뮤리온은 그녀가 화상 때문에 고통스러워하는 것으로만 알았지만, 사실 그녀의 눈물은 고통에서 비롯된 것이 아니었다.

나디르는 불꽃 속에서도 놓치지 않고 안고 있었던 카자흐의 성검을 더욱더 세게 끌어안았다.

성검의 날은 몹시 날카로웠지만, 어째서인지 나디르에게 상처를 입히지는 않았다.

"전하. 저는 보았습니다. 저 불 속에서……."

나디르의 목소리는 거의 속삭임 같았다. 그녀의 말은 몰아쉬는 숨 속에 마치 꿈결같이 섞여 있었다. 그러나 그 작은 소리를 이상하게도 이 자리에 있는 모두가 들을 수 있었다.

귀를 쫑긋 세우지 않아도, 그녀의 목소리는 사람들 안으로 바로 들어왔다. 마치 나디르가 모두의 심장에 직접 입술을 대고 말하는 것만 같았다. 그런 기이한 느낌 때문에, 모두가 그녀의 말에 집중할 수밖에 없었다.

"그 아이가 불 속에 있었어요."

"나디르……. 저는 당신이 무슨 말을 하는지……."

뮤리온은 얼굴을 찌푸리며 나디르 쪽으로 더욱더 고개를 숙였다. 나디르의 말을 이해하고 싶은 마음은 굴뚝같지만, 좀처럼 그녀가 무슨 말을 하는지 알아들을 수가 없었다. 저 불 속에 도대체 누가 있었단 말인가.

살아 있는 사람이라면, 저 타오르는 불 속에서 도저히 견딜 수가 없을 텐데.

어쩌면 나디르가 불 속에서 자신이 본 환상에 대해 이야기하고 있을지도 모르겠다는 것에 생각이 미쳤을 때, 나디르가 긴 숨을 내쉼과 함께 방금 전 미처 하지 못했던 말을 쏟아놓았다.

"데이드라트, 당신에게 영원한 충성의 맹세를 바친, 나의 동생이요."

심장이 내려앉는 것 같다는 게, 바로 이런 것일까?

뮤리온은 저도 모르게 숨을 멈춘 채, 두 눈을 크게 뜬 채 몸을 굳히고 있었다.

그야말로 누군가가 자신의 심장을 손에 쥐고 높이 쳐들었다가 그대로 바닥에 던져버린 것 같은 기분이었다. 데이드라트, 살아서도 죽어서도 결코 잊지 못할 그 이름을 설마 지금 여기서 듣게 될 줄은 꿈에도 상상하지 못했었다.

"그 애가 불을 헤쳐주었어요. 살아 있었을 때와 전혀 다르지 않은 모습으로. 불길 사이로 나를 위한 길을 만들어줬어요."

나디르는 떨리는 눈꺼풀을 아프게 감았다.

감은 눈으로, 자신이 본 광경을 계속해서 되뇌어보았다.

그것은 환상이었을까? 아니, 환상일 리가 없었다. 살아 있는 것과 전혀 다르지 않은 그 빛나는 모습이, 어떻게 환상일 수 있단 말인가.

세상 무엇보다도 사랑하는 동생은 불꽃 속에서, 어머니와 꼭 닮은 녹색 눈을 빛내며 자신을 끌어주었다. 그의 흰 손은 불길을 걷어 누이를 위한 길을 만들어주었고, 그녀가 위험한 곳을 지나지 않도록 앞서 성검을 향한 길을 걸었다.

동생이 자신을 앞서 걷는 그 순간만큼은, 나디르도 동생이 살아 돌아왔다고 굳게 믿을 수밖에 없었다. 역시 동생은 죽지 않았다며, 울면서 웃으면서 그의 뒤를 따랐다. 말 같지도 않은 말을 들었다며 동생에게 그런 주저리를 계속해서 늘어놓았다.

하지만 성검을 가지고 마지막 계단을 오를 때, 동생은 나디르를 따라 올라오지 않았다. 그는 불 속에서 누이의 뒷모습을 아프게 미소 지으면서 바라볼 뿐이었다.

나디르는 그 미소를 보고 난 뒤에야, 뒤늦게 데이드라트의 죽음을 완전히 받아들일 수 있었다. 불 속에서도 아무렇지 않게 서 있는 동생, 차라리 그 동생 대신에 자신이 저 불 속에 들어갈 수 있다면 얼마나 좋을까? 나디르가 동생을 두고 걸음을 떼지 못하자, 데이드라트가 어쩔 수 없다는 듯 계단을 올라 나디르의 곁에 다가왔다.

그의 손이 나디르의 머리를 쓰다듬다가 그녀의 머리칼에 가만히 입 맞추었다. 그리고 그것이 마지막이었다. 나디르가 눈물에 젖은 눈을 잠깐 감았다 뜨자, 거짓말처럼 동생은 사라져버리고 말았다.

누이를 향해 작은 말을 속삭이고는, 그는 그렇게 영영 사라져버리고 말았다.

"마지막 순간에, 그 애가…… 나한테 사랑한다고 해줬어요. 나도 사랑한다고, 그렇게 말해주고 싶었는데, 그 애는 그것도 기다려주지 않았어요."

데이드라트의 마지막 말을 이야기하면서, 나디르는 북받치는 감정을 갈무리하려는 듯 고개를 살짝 아래로 숙였다. 그러나 그 아픈 감정을 차마 다 갈무리할 수 없는 일이었다. 그녀의 어깨가 잘게 떨리는 것을 보면서, 민아도, 뮤리온도 눈시울이 붉어지는 것을 어떻게 할 수 없었다.

믿을 수 없는 이야기였다. 그러나 또 믿지 않기도 힘들었다. 그렇지 않다면, 도대체 나디르가 어떻게 저 불 속에서 경미한 화상만을 입고 살아나올 수 있었단 말인가. 뮤리온은 고개를 돌려 저 먼 불꽃 아래를 바라보았다.

그 타오르는 불 안 쪽에서 너무나도 그리운 금발 청년의 모습을 찾으려고 애썼다. 그러나 아무리 바라봐도, 그리운 사람의 모습은 보이지 않았다.

"그 애를 단 한 번만 다시 보게 해달라고, 단 한 번만 다시 보게 해달라고. 그렇게 빌었었는데. 그런데…… 어째서 그 애를 보고 나서도 기쁘지가 않을까요. 어째서 눈물을 멈출 수가 없는 걸까요……."

나디르는 말끝을 흐렸다. 그녀의 두 눈에서 다시 눈물이 흐르기 시작했다. 고장 난 수도꼭지처럼, 그녀의 눈물은 멈출 줄 몰랐다. 뮤리온은 그녀를 위로하려고 했다. 그러나 좀처럼 아무런 말도 나오지 않았다. 그의 목조차도 간지럽게, 너무나 뜨겁게 끓어오르고 있었기 때문이다.

누구보다도 더 가까이 있던 사람이었다. 누구보다도 사랑하고 좋아했던 사람이었다. 늘 생의 마지막 순간까지 너를 지키겠노라 말하던 사람이었다. 그리고 그 사람은, 생의 마지막뿐만 아니라, 죽음 이후에도 자신을 지켜주고 있었다. 가슴을 두 주먹으로 내리쳐도, 결코 씻겨 내려가지 않을 것 같은 먹먹함이 가슴을 가득 채우고 있었다.

뮤리온은 나디르의 머리를 있는 힘껏 끌어안았다. 그는 누구도 자신의 얼굴을 보지 못하게 깊이 고개를 숙였다. 그리고 터져 나올 것 같은 울음을 겨우 삼킨 채 한 줄기 눈물을 흘렸다.

사미엘은 멍하니 불 앞에 서 있었다. 그녀의 텅 빈 눈동자는 사미엘을 마치 정신이 나간 사람처럼 보이게 했다. 사미엘의 부하들 또한 그녀와 별다를 바가 없었다. 그들은 허망한 기색으로 황태자 일행의 기적을 지켜보다가 천천히 사미엘 쪽으로 고개를 돌렸다. 그들은 이미 자신들이 막심과 그 수하들에게 포위되어 있음을 알고 있었다. 그들은 목적도 잃고, 사기 또한 잃어버린 기사들이었다.

그렇지 않아도 수적으로 불리한 이 포위망을 이런 상태로는 결코 뚫고 도망갈 수 없음을 알고 있었다. 그들은 힘없는 목소리로 사미엘의 이름을 불렀다.

"사미엘님."

사미엘은 자신을 부르는 소리에도 돌아보지 않았다. 그녀는 한참 동안 침묵을 지켰다. 그녀가 완전히 제정신을 잃어버린 것은 아닌가 부하들이 의심을 가질 때까지 그녀는 미동도 하지 않았다.

사미엘의 부하들이 어떻게 해야 하나 안절부절못할 때쯤, 그녀는 비로소 입을 열었다.

"나오시지 않는구나."

"예?"

"정말 나오지 않아……."

 사미엘의 부하들은 처음엔 그녀의 중얼거림을 이해하지 못하다가, 곧 그녀가 라히드 이야기를 하고 있음을 깨달았다. 사미엘은 어리석게도 최후의 최후까지 희망을 가지고 있었던 모양이다. 자신이 속지 않았을 거라는, 저 불꽃을 헤치고 라히드가 걸어 나올 것이라는. 그리하여 결국 그들이 틀리지 않았음을 증명할 것이라는, 그런 희망을 꿈꾸었던 모양이었다.

 그러나 마지막 한 조각의 희망은 결국 산산조각으로 깨어져 버리고 말았다. 이제는 꿈에서 깨어나야만 할 시간이었다.

 사미엘은 크게 심호흡을 한 채 고개를 들었다. 모든 것은 엎질러진 물과 같았다. 사미엘은 이제 와 바꿀 수 있는 것이 하나도 없다는 것을 잘 알고 있었다. 지금까지 라히드의 꼭두각시로 저지른 죄가 너무나도 많았다. 그의 실에 매달려 엉망으로 춤추고 있었다. 아무리 잘못했다 빌어도, 이제는 뮤리온은 물론 세상 그 누구도 사미엘을 용서해주지 않을 터였다.

 사미엘은 이 순간 자신이 할 수 있는, 해야만 하는 일이 무엇인지 생각했다.

사미엘의 눈이 아주 천천히, 지금까지 자신을 믿고 따르던 부하들을 향했다.

"정말 미안하구나."

사미엘은 고개를 숙인 채 낮은 목소리로 말했다.

그녀의 내리깐 속눈썹은 그녀의 참담한 심정을 대변하듯 괴롭게 떨리고 있었다.

"내가 라히드의 거짓된 말에 속아, 너희들까지 이 지옥에 끌고 오고 말았어."

그녀는 허리춤에서 천천히 검을 뽑아 들었다. 검이 검집에서 빠져나오며 스치는 소리가 어째서인지 평소보다도 더 처연하게 울렸다.

"도저히 말로는 갚을 수 없는 죄지만, 그래도…… 정말, 정말 미안하다……."

사미엘은 검을 바로 쥔 채 몸을 돌렸다. 그녀는 하얀 이로 붉은 입술을 거세게 짓누르며 앞으로 성큼성큼 걸어갔다. 그녀는 어느새 자신의 부하들을 지나쳐, 막심의 부하들을 바로 마주해 섰다.

"너희들에게 마지막으로 해줄 수 있는 게 이런 것밖에 없구나. 내가 길을 뚫을 테니, 너희들이라도 도망가라."

사미엘의 심상치 않은 태도를 보고 막심과 그 부하들도 사미엘을 경계하기 시작했다. 분명 수적으로는 막심 쪽이 절대적으로 유리했다.

그러나 사미엘에게는 그럼에도 설마 하게 만드는 무언가 있었다. 여러 무투대회에서 승리하고, 각종 무기술과 체술에서 믿을 수 없는 실력을 보여왔던 사미엘이기에 그녀의 검날이 자신들을 향하자 막심의 부하들은 저도 모르게 뒤로 주춤거렸다. 막심은 부하들의 그런 겁내는 마음을 눈치채고 일부러 더 매서운 목소리로 말했다.

"너희들 겁내는 거냐? 고작해야 젊은 여자 하나를? 이 정도 수가 되고서도 저 여자를 죽일 자신이 없는 거야?"

막심의 말에 주춤거리던 부하들이 다시 몸을 바로 했다. 이제 수십의 남자들이 자신에게 검을 겨누고 노려보고 있음에도 사미엘은 전혀 두려워하지 않았다. 사미엘의 부하들은 사미엘의 군홧발 끝에 힘이 들어가는 것을 보았다. 그녀는 금방이라도 적들을 향해 튀어 나갈 듯한 모습이었다. 그녀는 뛰어나가기 전에 자신의 부하들을 향해 마지막 말을 남겼다.

"만약 오늘의 일을 추궁 받는다면, 전부 나의 강요로 했던 일이라고 해. 내가 너희들의 가족을 두고 협박했다고, 그래서 어쩔 수 없었다고 해."

"사, 사미엘님, 그, 그럴 수는……."

"에잇! 시끄럽게 뭔 말이 저렇게 많아! 자랑스러운 파셀의 수비대원들! 어서 저 대신관 살해범과 그 일당들을 다 붙잡아 죽여 버려라!"

사미엘이 발을 떼기까지의 긴장감을 견디지 못한 막심이 크게 소리쳤다. 그의 외침과 동시에 그 부하들이 거센 파도에 등 떠밀리듯 앞으로 휩쓸려 달려오기 시작했다. 그 무지막지한 모습에 사미엘의 부하들도 뛰어가 엉거주춤 사미엘을 필두로 한 대열을 맞췄다. 그러나 대열을 제대로 맞춰 서기도 전에, 그들은 사람의 파도에 뒤덮여버리고 말았다.

───※───

갑작스러운 소란에 민아를 비롯한 사람들이 소란이 이는 곳으로 고개를 돌렸다. 바로 가까운 곳에서 큰 소란이 일어나고 있었다. 이 소란에 휩쓸리기보다는 얼른 자리를 피하는 것이 나을 것 같았다. 다행히도 저들은 저들끼리 싸우느라 뮤리온 일행에 별 관심이 없는 것 같았다.

"전하. 빨리 자리를 피하십시다. 여기 있다가 휩쓸려 성검을 잃어버리면 그땐 정말 답이 없습니다."

레길이 뮤리온의 어깨를 급하게 두드렸다.

그 손길에 아직까지 나디르를 끌어안고 있던 뮤리온이 천천히 고개를 들었다. 뮤리온과 나디르가 감정적으로 굉장히 불안하고 놀란 상태인 것을 알고는 있었지만, 이대로 계속 앉아 있을 수는 없는 노릇이었다. 레길이 뮤리온을 일으켜 세우고, 민아가 재빨리 달려와 나디르를 부축했다. 나디르는 재빨리 눈물 젖은 얼굴을 가리며 민아에게 몸을 기댔다. 그녀는 완전히 몸을 일으킨 다음, 지금껏 두 팔로 꼭 끌어안고 있었던 카자흐의 성검을 뮤리온에게 건넸다.

"전하. 이 성검을 받으세요. 당신이야말로 이 성검의 합당한 주인이십니다."

나디르는 검날을 붙잡아 검의 손잡이 부분이 뮤리온을 향하게 했다. 뮤리온은 에텔꽃 덩굴이 세심하게 조각된 손잡이 끝을 빤히 바라보다가, 어느 순간 입술을 꾹 다문 채 검을 향해 손을 뻗었다.

그 모습을 보며 민아는 시선을 살짝 피하며 눈을 감았다. 눈이 부실까 걱정이 되었기 때문이다. 나디르의 말로는 카자흐의 성검은 주인을 따라 빛나는 검이라고 했었다. 게다가 카자흐의 피가 짙으면 짙을수록 더 밝게 빛난다고도 했었다. 태어나기 전부터 영웅이란 예언이 있었던 뮤리온이라면 분명 카자흐의 피를 짙게 이어받은 축에 속할 터였다. 그러니 민아의 생각으로는 분명 뮤리온의 손에 검이 닿자마자 눈부시게 빛날 것만 같았다.

그러나…… 눈을 감은 채 아무리 기다려도 아무런 소리도 들리지 않았다. 갑자기 예기치 못하게 빛이 쏟아진다면 사람들이 놀라 수군거리고 할 텐데 그런 기색이 전혀 없었다. 민아는 의아함에 감았던 눈을 살짝 떴다.

"아직……."

민아는 아직 검을 붙잡지 않았느냐고 물어보려고 했었다. 그러나 미처 그 질문을 다 꺼내지 못하고 입을 다물고 말았다. 눈을 뜨자마자 보이는 모습은 민아로 하여금 그런 질문을 꺼내지도 못하게 했다. 민아의 두 눈 앞에, 두 손으로 카자흐의 성검을 두 손으로 힘껏 잡고 있는 뮤리온의 모습과 주위 사람들의 경악한 모습이 보였다.

민아는 너무 놀라 몇 번이고 눈을 깜빡여보았지만, 그럴수록 자신이 제대로 보고 있다는 것만 확인하게 되었다. 뮤리온은 분명 두 손으로 검을 잡고 있었다. 성검과 그의 손 사이에는 얇은 종이 한 장조차 존재하지 않았다. 카자흐의 후손이 붙잡으면 빛이 난다는 검, 그 검이 지금 아무런 반응조차 보이지 않는 것을 도대체 어떻게 해석해야 하는 것일까?

"당신, 황태자가 아니었던 거야?"

어느 순간, 일로덴의 대원 중 하나가 어이없고 분한 목소리로 소리쳤다. 그의 외침을 시작으로 사람들 사이에 웅성거림이 빠르게 퍼지기 시작했다.

"믿을 수 없어……. 우리는 무엇을 위해 여기까지 온 거냐고."
"말도 안 돼! 여기서 이렇게 아무런 의미도 없이 죽는 거야?"

여기저기서 원망과 미움의 소리들이 터져 나왔다. 레길과 이람 또한 낭패한 기색을 숨기지 못했다. 민아는 당황한 나머지 아무런 말도 못 한 채 입술만 달싹이다가 아직까지 자신에게 기대어 서 있는 나디르를 쳐다보았다. 나디르 또한 그녀의 녹색 눈동자를 크게 뜬, 이 상황을 이해할 수 없다는 듯한 얼굴이었다. 하지만 민아 또한 당황한 것은 마찬가지였기에, 나디르를 뭐라 달래주거나 진정시켜줄 생각조차 하지 못했다.

나디르는 비틀거리면서도 민아의 손에서 벗어나 뮤리온 쪽으로 다가갔다. 아마도 그를 위로해주기 위해서일 터였지만, 막상 나디르도 어느 정도까지 갔다가 더 다가가지 못한 채 그 자리에 멈춰 서버렸다. 지금 이 순간, 그 누구도 쉽게 뮤리온을 위로할 수 없을 터였다.

민아는 멈춰 선 나디르의 등을 잠깐 쳐다보다가, 곧 다른 쪽으로 고개를 돌렸다.

너무 놀란 탓일까, 민아의 눈이 저절로 가장 믿을 수 있는 사람을 찾고 있었다. 조금 떨어져 있던 곳에 있던 유루스였지만, 민아와 눈이 마주친 순간 바로 그녀에게로 다가왔다.

유루스가 민아의 곁으로 다가오고, 괜찮으냐는 듯 민아의 어깨를 붙잡았다.

민아는 유루스의 그 팔에 기댄 채, 이 상황에 대해 무슨 말이라도 꺼내려고 했다. 그러나 막상 입을 열어도 민아는 쉽사리 그 어떤 말도 꺼낼 수가 없었다.

뮤리온은 분명한 황태자였다.

다른 누구도 아닌 카이아의 명문가 출신인 데이드라트가 그를 호위하고 있었고, 그는 정말 황태자라는 이유로 20년가량을 시작의 신전에 갇혀 있어야만 했다.

저 낡은 검 따위가 빛나지 않는 것을 두고 어떻게 사람들이 자신의 친구를 의심할 수 있단 말인가. 그건 너무 잔인한 짓이었다. 유루스 또한 민아와 같은 감정인지 아무런 말도 꺼내지 않고 다만 민아의 어깨를 꼭 껴안았다.

"아니야. 이럴 리가 없다고. 난, 난 정말······."

비난의 외침들 사이에서 실낱같은 목소리가 들려왔다. 그 혼란스러운 목소리에 민아는 뒤늦게 이 혼돈의 중심에서 있는 뮤리온 쪽으로 고개를 돌렸다. 마주하면 어떤 얼굴을 지어야 할지 알 수 없어서, 민아는 그 잠깐 사이에도 뮤리온의 눈을 피하려고 하고 있었다.

하지만 다시 생각해보니 자신은 그래서는 안 되는 것이었다. 뮤리온의 편이 되어주어야만 하는 것이었다. 뮤리온은 창백하게 질린 얼굴로 고개를 젓고 있었다. 그의 얼굴에는 당황과 혼란, 의심과 괴로움이 뒤범벅되어 있었다.

"내가, 내가 황태자가 아니라고……. 내가, 아버지의 아들이 아니라고? 그럴 리가 없어……. 그럴 리가 없다고!"

그의 떨리는 목소리가 그가 얼마나 큰 충격을 받았는지 알려주는 듯했다. 그의 어머니는 그를 배신했다. 자신의 어머니가 자신에게 독을 먹이려고 한 것으로도 이미 그는 큰 충격을 받았는데, 지금은 그의 어머니의 부정마저 의심해야 할 상황이라니……. 그건 그에게 너무 잔인한 일이었다.

민아는 뮤리온이 고통 받는 모습을 더는 보기가 힘들었다. 만일 자신이 그의 입장이었더라면 생각해보는 것조차도 너무 괴로웠다. 이게 다 저 낡은 검 때문이다. 애초에 검이 스스로 빛을 내는 것이 가당키나 한 일인가? 어쩌면 모든 것이 황실에 대한 국민들의 신뢰와 경외심을 높이기 위한 연극이었을지도 모르는 일이었다.

"리온. 그건 그냥 낡은……."

"어쩌면 우리가 알지 못하는 다른 방법이 있는 걸지도 모릅니다. 어쩌면 검을 빛나게 하는 발동조건이 따로 있을 수도 있어요."

유루스는 민아의 손을 가볍게 붙잡으며 그녀의 말을 끊었다. 민아의 말을 끊고 꺼낸 유루스의 말은, 참담한 분위기를 조금 바꿔놓았다.

"그래. 그럴 수도 있지. 우리가 성검에 대해 잘 아는 건 아니니까."

가장 먼저 레길이 유루스의 말에 고개를 끄덕였다. 반군의 정신적 지주인 레길이 그런 반응을 보이자, 사람들의 조금씩 의심을 거두기 시작했다.

민아 또한 그랬다. 그래, 어쩌면 그냥 붙잡는 것이 전부가 아닐지도 몰랐다. 보통 사람들의 경우 멀리서 검이 빛나는 것을 지켜볼 뿐이었다. 그들이 보기엔 그냥 검을 잡자마자 빛이 나는 것처럼 보였을지 몰라도, 사실 다른 방법이 있을지도 몰랐다. 그리고 그것을 알 만한 사람은…….

거기까지 생각이 미친 사람들이 무언가 깨달은 듯 깜짝 놀라며 황급히 고개를 돌리기 시작했다. 누군가를 찾는 모양새였다. 그들이 한마음 한뜻으로 찾는 것은 한참 전에 재갈을 물리고 온몸을 묶어 방치해놓은 대신관의 모습이었다. 현 파셀의 대신관은 수십 년 전 카인의 대관식 행사를 주도했던 인물이었다. 그가 이곳에서 유일하게 젊은 카인이 검에서 빛을 내는 것을 가장 가까이에서 본 인물이었다. 만약 카자흐의 성검을 빛나게 하는 특수한 조건이 있다면, 이곳에서 그것을 알 만한 인물은 그밖에 존재하지 않았다.

"저기! 저기, 저기 계십니다."

한참 뒤, 누군가가 소리를 치며 한곳을 가리켰다. 사람들의 시선이 그의 손끝을 따랐다. 그가 가리키는 곳은 사미엘과 막심의 부하들이 한창 싸움을 벌이는 곳의 뒤편이었다.

언제 저기까지 간 것인지, 늙은 대신관은 그 구석에서 죽은 듯 몸을 웅크리고 있었다. 사람들이 급한 마음에 다들 검을 뽑았다. 잘못했다간 대신관이 싸움에 휘말릴 것 같았기 때문이다.

 지금 절대적인 약세로 보였던 사미엘 쪽이 엄청난 기세로 문을 향해 막심의 부하들을 몰아치고 있었다. 막심의 부하들은 점점 뒤로 물러나고 있었고, 그들 중 누구도 자신들의 뒤에 대신관이 있다는 것을 눈치채지 못하는 듯했다. 이대로라면 대신관이 싸움에 휘말려 위험해지는 것은 시간문제였다.

 "빨리! 당장 전부 달려가서 대신관을 보호해!"

 이람이 부하들을 향해 다급한 목소리로, 팔을 크게 휘두르며 명령했다.

 그 말에 너나할 것 없이 다들 대신관의 쪽으로 뛰어갔다. 영리하게 작전 같은 걸 세울 틈도 없었다. 조금이라도 망설이다 대신관이 죽으면 그나마 생겨났던 희망마저 다 사그라질 판이었다. 몸이 성치 않은 나디르를 빼고 모두가 달려갔다. 그들은 눈 깜짝할 사이에 대신관과의 거리를 좁혔지만, 그대로 대신관을 빼 올 수는 없었다. 결국은 뒤로 계속 밀리던 막심의 부하들과 맞부딪쳐 버렸기 때문이다.

 "뭐야? 뒤에 일로덴 잔당들이 있어!"

 "이놈들이 우리 뒤를 치려 하다니!"

 뭐라 오해를 풀 새도 없었다.

막심의 부하들은 당연하게도 일로덴이 자신들이 사미엘 쪽에게 밀리는 틈을 타 뒤를 치려고 했다고 믿고 있었다. 그들은 그대로 일로덴의 대원들에게 달려들었다.

민아 또한 자기 바로 옆에서 검이 부딪치는 쇳소리를 들었다. 자신 옆에서 뛰고 있었던 사람들이 공격당하고 있었다. 그러나 그럼에도, 민아는 그 자리에서 도망치지 않았다. 민아는 대신관을 향해 달리던 사람들의 선두 쪽에 서 있었고, 조금만 더 달리면 대신관이 있는 곳까지 갈 수 있었다. 이대로 그가 죽게 내버려둘 수는 없었기에, 민아는 그 순간 자기 목숨 같은 것은 생각하지 않고 달렸다.

"조금만 더……."

바로 몇 미터 앞에 대신관이 있었다. 민아는 그를 향해 힘껏 손을 뻗었다. 조금만 더 달리면 그를 이곳에서 구해낼 수 있었다. 그를 구하는 것이 뮤리온의 정당성을 입증할, 또 데이드라트의 죽음과 희생을 헛되지 않게 할 유일한 방법이었다. 선두 그룹에 서 있었던 민아는 어느새 가장 앞에 서 있었다. 그사이 같은 선두 그룹에 있었던 다른 사람들은 전부 막심의 부하들에게 공격당했기 때문이다.

이제 조금만 더, 조금만 더……. 민아가 속으로 그렇게 되뇌고 있을 때, 갑자기 뒤에서 누군가가 날카로운 외침을 내질렀다.

"전하!"

그 외침에 민아는 저도 모르게 멈칫하며 뒤를 돌아봤다. 자신의 바로 뒤를 뮤리온이 뒤따르고 있었다. 하지만 그뿐이라면 그런 절박한 외침은 터져 나오지 않았을 터였다. 뮤리온의 양옆을 적이 공격하려고 하고 있었다. 이미 적들의 검은 위로 치켜들어져 있었고, 뮤리온이 양쪽 방향에서의 공격을 전부 방어할 수 없는 것은 너무 자명해 보였다.

"리온!"

바로 몇 걸음만 가면 대신관을 구할 수 있었다. 하지만 민아는 대신관을 구하는 것을 포기하고, 뮤리온을 향해 손을 뻗었다. 하지만 모든 힘을 다 소진해버린 모양인지, 손에서는 조금의 불꽃도 일지 않았다. 어쩔 수 없이 민아는 등에 매달아 두었던 단검을 뽑아 그대로 뮤리온 쪽으로 달려갔다. 그건 생각에서 나온 것이 아닌 반사적인 행동이었다.

그만큼 상황이 절박했다. 민아가 당장 달려가지 않으면, 그대로 뮤리온이 한쪽에서는 공격당했을 것이 분명했기에 나온 결정이었다.

그 순간, 뮤리온에게 달려가는 순간, 민아는 갑자기 모든 것이 아주 느리게 흘러가는 것 같은 기분을 느꼈다. 시간이 갑자기 느리게 흘러가, 모든 것들이 천천히 움직이는 것 같았다. 민아 자신조차도 그랬다. 있는 힘껏 다리에 힘을 주고 있는데, 아무리 해도 다리가 제대로 움직이지 않았다.

아주 천천히, 아주 천천히 움직였다.

그러나 그럼에도, 민아는 자신이 뮤리온을 구할 수 있을 거라는 걸 직감했다. 다만, 자신은 무사하지 못할 거라는 것도 직감했다. 상대의 검은 양손 검이었다. 그것도 보통 양손 검보다도 훨씬 커다란 양손 검. 굳이 붙어보지 않아도 알 수 있었다. 자신의 단검으로는 그 양손 검을 제대로 막아낼 수 없을 터였다. 막기는 막되, 그대로 밀려 검은 자신의 몸에 파고들겠지. 그러나 이미 멈추기엔 너무 늦었다. 이미 여기까지 온 이상, 멈춘다 해도 적의 검에 당하는 것은 마찬가지일 터였다.

민아는 이를 악물었다. 죽지만 않는다면, 죽지만 않는다면, 아무리 큰 부상이라도 견뎌낼 수 있었다. 자신은 화살을 맞고도 살아 이겨낸 적이 있었으니까. 그러니까……. 하지만, 그렇게 생각하고 마음을 굳게 먹으려던 순간, 머릿속에서 스쳐 지나가는 얼굴이 있었다. 유루스. 만약 운이 나빠서 결국 죽어버리고 만다면, 그 사람은 어떡하지? 성모제의 도시에서 무너지는 신전을 보며 자신이 가진 모든 것을 가져가도 좋으니, 나를 살려달라고 빌었던 그 사람은, 그 사람은 어떡하지?

유루스의 얼굴이 떠오르자마자 심장이 미친 듯이 뛰었다. 그에게 상처 주고 싶지 않았다. 그를 너무 사랑하니까. 그가 아파하는 모습을 보고 싶지 않았다. 그러나…… 이제 와서 어떻게 할 수 있는 것이 없었다. 피하기에는 너무 늦어버렸으니까.

그래도 단 한 가지 안도되는 것이 있었다. 만약 자신이 죽더라도, 그 희생이 헛되지 않으리라는 것이었다. 자신은 죽으나 마나 이 카이아에 아무런 상관이 없는 방문자에 불과했다. 그러나 뮤리온은 그렇지 않았다. 뮤리온이 살아남아 황태자로서 자신의 위치를 되찾아야만 유루스 또한 살아남을 수 있었다.

가슴이 아팠지만, 자신의 희생으로 유루스가 살아남을 수 있다고 생각하니 견딜 수 있을 것도 같았다. 하지만……. 그래도……. 그래도, 완전히 견딜 수는 없었다. 이제 더는 그를 보지 못할지도 모른다는 게 역시 가슴 아팠다.

"김민아! 안 돼!"

그때, 거짓말처럼 그의 목소리가 들렸다. 너무나도 걱정하는 그 목소리, 그 목소리를 더 들을 자신이 없어 민아는 미간을 찌푸렸다.

"유루스! 안 돼!"

유루스의 목소리 너머로, 레길의 다급한 외침이 들렸다. 그리고 그 외침과 동시에, 민아의 몸이 오른쪽으로 크게 쏠렸다.

"안 돼! 안 된다고!"

레길의 절망스러운 비명이 울려 퍼졌다. 그와 동시에 민아는 자신의 시야가 갑자기 바닥으로 급격하게 떨어지는 것을 느꼈다. 민아는 그 상황에 당황하다가, 어느 순간 자신을 누군가가 꼭 끌어안고 있다는 것을 인지하게 되었다.

그 짧은 순간, 뮤리온과 적 사이로 달려들려고 하던 민아를 유루스가 밀어 넘어뜨려버린 것이었다.

유루스가 자신을 온몸으로 밀어 넘어뜨린 덕분에, 자신은 공격당하지 않을 수 있었지만…….

"왜, 왜……."

민아의 두 눈에 눈물이 고였다. 자신은 무사했지만, 다른 이는 이제 무사하지 못할 것이었다. 민아는 고개를 들어 올려, 자신이 뛰어들려고 했던 곳을 바라보았다. 뮤리온은 몸을 오른쪽으로 틀어, 오른쪽에서 오는 공격은 막을 수 있었다. 그러나 민아가 막아주려 했었던 왼쪽은 무방비 상태로 그 등이 적에게 드러나고 말았다.

민아는 뮤리온의 어깨로 커다란 양손 검이 파고드는 순간을 목격했다. 새빨간 피가 뮤리온의 어깨에서 분수처럼 쏟아지는 것을 보고, 민아는 더 볼 수 없어서 이를 악물며 고개를 다시 아래로 내렸다.

"왜……. 리온이 죽으면, 당신도……."

민아는 괴로운 목소리로 중얼거렸다. 뮤리온이 죽으면, 그때부턴 유루스의 안전 또한 장담할 수 없었다. 라히드는 죽었어도, 그와 뜻을 같이했던 이들이 모든 것의 목격자인 유루스를 살려둘 리가 없을 터였다. 또 국외로 도망친다 해도 카라한이 눈에 불을 켜고 유루스를 죽이려 할 것이었다.

그의 안전을 위해서라면, 아무리 생각해도 민아 자신이 이 자리에서 뮤리온 대신 죽었어야 했다.

민아는 떨리는 눈으로 유루스를 내려다보았다.

 민아는 그가 화를 낼 거라고 생각했다. 그렇지만 막상 마주한 눈은, 온전한 안도와 감사로 가득 차 있었다. 그의 눈에 눈물은 고여 있지 않았지만, 민아는 왠지 그도 자신처럼 우는 것 같이만 보인다고 생각했다.

 "말했었잖아. 내가 정말로 원했던 건, 그냥……."

 ─마주 웃어줄 사람이 있는 평온한 땅.

 유루스는 말을 끝까지 하지 않았지만, 민아는 그래도 그가 무슨 말을 할지 다 알고 있었다. 이미 그에게 들은 적이 있던 말이었으니까. 그가 원하는 것은 금도 권력도 아닌, 사랑하는 사람과, 그 사람과 함께하는 평온함뿐이었다.

 눈물인지 뭔지 모를 것으로 목이 메여오는 순간, 갑자기 그들의 머리맡에 빛이 비추기 시작했다. 그 빛에 민아와 유루스는 고개를 위로 들어 올렸다. 뮤리온의 왼쪽 어깨에는 여전히 양손 검이 박혀 있고, 그 어깨선을 따라 피가 흐르고 있었다.

 어깨를 타고 내려간 피는, 아래로, 아래로, 그의 손까지 흘러내려갔다. 그 붉은 피가 성검에 닿는 순간, 검이 거짓말처럼 빛을 뿜어내기 시작했다. 어느 순간, 울컥하고 쏟아진 피가 검을 완전히 적셨다.

 그리고 그 순간, 시야가 닿는 모든 곳을 빛이 채웠다. 너무 밝아, 오히려 한 치 앞도 보이지 않을 정도로 밝은 빛이었다.

17
우리의 기억만이 남아

 그날 성검에서 쏟아진 빛은 카이아의 역사에 크게 기록될 만한 것이었다. 그뿐이랴, 앞으로 백 년은 거뜬히 사람들의 입에 오르내릴 만한 기적이었다.
 뮤리온의 빛은, 단순히 대관식에서 밝게 빛나기만 했던 이전과는 전혀 달랐다. 그 빛은 성검에서 쏟아져 나옴과 동시에, 그대로 카이아의 유서 깊은 대신전을 무너뜨려버렸기 때문이다. 그러나 그보다도 더 놀라운 것은, 신전 안에 있던 사람들이 단 한 명도 건물의 잔해에 깔려 죽지 않았다는 것이다. 목격자들의 말에 의하면, 빛의 구가 한 사람 한 사람을 감싸듯, 그렇게 사람들을 감싸고 있었다고 했다.

진실을 밝히고, 사람의 생명을 구하는 빛. 카이아 전역에 이 기적이 퍼져 나가는 것은 한순간의 일이었다.

 ∽

 뮤리온은 두 눈을 감고 있었다. 새카만 어둠 속, 그는 완전히 잠에 빠진 것도 아니고, 완전히 정신을 차린 것도 아닌 채로 계속 어둠 속을 헤매고 있었다. 그의 팔과 다리는 수렁에 빠진 것처럼 무겁고 무기력했으며, 머릿속은 아무런 생각도 할 수 없이 몽롱하기만 했다.

 손가락 하나도 자기 마음대로 움직일 수 없는 상황에서, 뮤리온은 어떤 목소리를 들었다. 아주 희미해, 바람이 속삭이는 것처럼 들리던 목소리는 어느 순간 거짓말처럼 커져 그의 귀를 아프게 했다. 뮤리온은 그 시끄러운 소리에 미간을 찌푸렸다. 누군가가 크게 소리치고 있었다. 그 소리가 너무 시끄러워서 뮤리온은 어둠 속에 완전히 잠기려고 해도 잠길 수가 없었다.

"조금만……."

뮤리온은 입술을 웅얼거리며, 무거운 눈꺼풀을 힘들게 들어 올렸다. 누군지 모를 이 시끄러운 사람에게 조용히 해달라고 부탁하고 싶었기 때문이다. 그러나 눈을 뜨기가 무섭게, 그의 시계(視界)가 엉망으로 흔들렸다. 뮤리온은 온몸이 믿을 수 없을 만큼 아파오는 것을 느끼며 얼굴을 찌푸렸다. 무엇보다 숨을 뱉을 때마다 갈빗대와 어깨가 불타는 듯이 아파와서 뮤리온은 하려던 말을 마무리 짓지도 못했다.

"뮤리온! 정신이 드느냐?"

뮤리온은 얼떨떨한 기분으로 두 눈에 힘을 주었다. 방금 전 겨우 눈을 떴기 때문에 눈앞이 제대로 보이지 않았다. 누군가의 얼굴이 눈앞에서 흔들리는데, 뮤리온은 그게 누군지 도저히 알아볼 수가 없었다. 맨 처음 뭉그러진 살색으로만 보이던 얼굴이, 그가 눈을 깜빡일 때마다 제 형태를 찾아갔다. 마치 그림 속의 얼굴 같은, 현실감이 없을 정도로 아름다운 얼굴이 자신을 내려다보고 있었다. 마주하고 있는 가을 하늘처럼 파란 눈동자에는 진심 어린 안도의 기색이 서려 있었다.

뮤리온은 문득, 자신과 마주하고 있는 그 눈동자가 거울 속 자신의 눈동자와 같다는 것을 눈치챘다. 뮤리온은 믿을 수 없는 기분에 눈을 크게 떴다. 모르는 새, 자신은 황제를 마주하고 있었다. 뮤리온은 카인이 자신을 내려다보고 있다는 것을 인지하자마자 거의 반사적으로 몸을 일으키려고 했다.

누운 채로 황제를 알현할 수는 없는 노릇이었기 때문이다. 그러나 일어나려고 몸에 힘을 준 순간, 누군가 어깨를 도끼로 내리찍는 듯한 통증이 그의 몸을 덮쳤다.

"으으……."

뮤리온이 비명조차 제대로 지르지 못하고 몸을 움츠리자, 황제가 직접 손을 뻗어 뮤리온의 등을 쓰다듬었다. 그뿐만 아니라 옆에 서 있던 시녀에게서 물수건을 빼앗아 들기까지 했다.

"지금은 무리해서 움직이면 안 된다."

황제는 서툴기 그지없는 손짓으로 직접 아들 얼굴의 식은땀을 닦아주기 시작했다. 차가운 수건이 얼굴에 닿자, 그제야 뮤리온은 자신이 꿈속이 아닌 현실에 있다는 것을 깨달았다.

두꺼운 칼날이 어깨를 부수며 살갗을 파고드는 순간, 뮤리온은 영락없이 모든 것이 끝났다고만 생각했다. 심지어 그는 그때 자신이 죽었다고까지 생각했는데, 정신이 희미해지는 가운데 눈앞이 빛으로 하얘졌기 때문이다.

그땐 영락없이 죽어서 간다는 하늘의 문이 열린 줄만 알았다. 하지만 지금 자신은 이렇게 살아서, 황제를 보고 있었다. 도대체 이게 어떻게 된 일일까? 자신은 왜 여기에 누워 있으며, 성검은 도대체 어떻게 되었으며, 황제는 도대체 왜 자신의 앞에 있단 말인가?

뒤늦게야 뮤리온은, 어쩌면 자신이 정신을 잃은 사이 당면하고 있던 커다란 문제들이 어느 정도 해결된 것은 아닐까 하는 생각을 했다. 하지만……. 하지만 도대체 어떻게? 이 상황에 대한 의문이 쉴 새 없이 떠오르고 있는 가운데, 뮤리온의 생각이 자신의 동료들에게 미쳤다. 그는 황제의 만류에도 몸을 일으켜 주변을 살펴보았다. 수많은 사람들이 있는 화려하고 넓은 방, 하지만 아무리 보아도 익숙한 얼굴은 보이지 않았다.

"저……."

뮤리온은 자신의 친구들은 어디에 있는지, 어떻게 됐는지에 대한 질문을 꺼내려고 했다. 하지만 그가 그런 말을 꺼내기 전에, 그의 고개가 갑자기 앞쪽으로 크게 쏠렸다. 황제가 자리에서 일어나 뮤리온의 머리를 조심스레 끌어안았기 때문이다. 황제는 뮤리온의 부상을 의식해서인지, 결코 세게는 아닌, 그러나 꼭 껴안았다는 것을 인지할 수 있을 정도의 힘으로 아들을 끌어안았다.

"뮤리온, 내 아들아. 너를 잃을까 봐 무서웠다……."

황제가 혼잣말을 하듯, 작은 목소리로 안도의 감정을 드러냈다. 그 떨리는 목소리에, 또 자신을 끌어안은 그 떨리는 손에, 그제야 뮤리온은 자신이 다른 누구도 아닌 「아버지」와 만났다는 것을 실감했다. 이 순간만큼은, 「황제」가 아닌 「아버지」를 만나고 있었다. 계속해서 황제를 만나야 한다고 생각하고 있었으면서도, 자신도 모르게 아버지를 만난다고는 생각하지 않고 있었다. 아버지를 그리워하지 않았던 것은 아니었지만…….

우리의 기억만이 남아

어머니의 일 때문에, 저절로 「아버지」란 존재에 대해서는 무의식중에 생각하지 않으려고 하고 있었다. 아버지마저 자신에게 상처를 준다면, 견딜 수 없을 것 같다고 생각하고 있었기 때문이다. 하지만 그런 불안감이 무색하게, 아버지는 자신을 향한 사랑을 숨김없이 드러내고 있었다.

"아버지……."

뮤리온은 눈시울이 뜨거워지는 것을 느꼈다. 하지만 주위에 사람이 많았기에 그는 필사적으로 눈물을 흘리지 않으려고 했다. 하지만 한 마디 한 마디 꺼낼수록 점점 더 눈물이 흐르려는 것을 참아내기 힘들어졌다.

"죄송합니다. 아버지의 뜻을 어기고, 멋대로 신전을 나와 이리 실망시켜드려서……."

"아니다. 아니야. 나야말로 미안하구나. 그깟 예언 때문에, 너를 그렇게 외롭게 자라게 해서……. 너를 잃었다고 생각한 순간에야, 내가 그래서는 안 됐다는 걸 깨달았다. 예언 따위를 지키는 것보다도, 너를 옆에 두고 사랑해주며 길렀어야 했다. 그랬어야만 했어."

황제의 말에 뮤리온은 결국 허겁지겁 두 눈을 가리며 흐르는 눈물방울을 훔쳐낼 수밖에 없었다. 황제가 자신에게 이런 말을 할 줄은 정말 상상도 하지 못했다. 황제의 말이, 자신이 누구도 모르게 혼자 원망하고 있었던 사실이기에 더 그랬다.

아주 가끔은, 잠이 오지 않는 밤에는, 나라의 영웅보다는 부모 곁에서 자라는 평범한 소년이고 싶었다. 지금 황제가 그랬어야 됐다며 미안해하는 것만으로도, 그 수많은 외로운 밤들을 위로받은 것 같은 기분이었다. 고맙고 고마운 기분이었지만, 이대로라면 정말 사람들 앞에서 울음을 터뜨려버릴 것 같았기에, 뮤리온은 일부러 화제를 돌리며 황제의 품에서 조심스레 벗어났다.

"저……. 다른 사람들은 어떻게 됐습니까? 제 일행들은?"

"전하의 일행은 지금 모두 르네긴 본가에서 치료를 받고 있습니다."

뮤리온이 겨우 말을 꺼내자마자, 뒤에서 기다리고 있었다는 듯 곰 같은 남자가 튀어나와 대답했다. 모르는 얼굴이었다. 사실 뮤리온과 막심은 대신전의 지하에서 서로를 본 적이 있기는 했으나, 당시 상황이 혼란스러웠던 고로 뮤리온은 막심의 얼굴을 기억하지 못했다.

"그럼……."

"사미엘을 비롯한 역도의 무리들도 저 막심이 모조리 잡아 수감해두었습니다. 더는 걱정하지 않으셔도 됩니다."

막심이 자랑스러운 듯 그의 두꺼운 가슴을 앞으로 내밀며 말했다. 일행은 모두 안전하게 르네긴 저택에 있고, 사미엘도 잡혔으니 이제 정말 걱정할 것이 없는 모양이었다. 이해할 수 없는 상황이었지만, 일단 민아 일행이 무사하다니 다행이었다.

뮤리온이 안도의 한숨을 내쉬자, 둘 사이의 이야기를 가만히 듣고 있던 황제가 무거운 목소리로 말을 꺼냈다.

"르네긴에게 그간 있었던 일을 다 들었다."

말을 꺼내면서도, 황제는 속이 상하는 듯 얼굴을 찌푸리고 이를 악물고 있었다.

"설마 라히드가 그런 짓을 하다니……. 이해할 수 없구나. 수많은 형제들 중 가장 아끼던 동생이었거늘……."

황제는 침울한 기색으로 말했다. 아버지의 그런 기색에 뮤리온은 조금 당황스러운 기분이 될 수밖에 없었다.

그도 그럴 것이, 뮤리온이 지금까지 본 바에 의하면 라히드는 황제에게 엄청난 원한을 가지고 있는 것 같았기 때문이다. 그러나 정작 원한의 대상인 황제는 라히드가 왜 그런 짓을 저질렀는지 전혀 이해가 가지 않는 듯한 얼굴을 하고 있었다. 원한을 가진 자는 있는데, 정작 원한의 당사자는 아무것도 모른다니. 어떻게 그럴 수가 있단 말인가?

"혹시 짐작 가시는 일이라도 없으십니까?"

뮤리온은 아픈 목을 쥔 채 띄엄띄엄 말을 뱉었다. 뮤리온의 질문에 황제가 기억을 더듬듯, 한손으로 입가를 가린 채 시선을 아래로 내렸다. 한참 뒤에야 그는 어깨를 으쓱이며 짧은 이야기를 꺼냈다.

"글쎄……. 아주 오래전에 다른 형제가 한 명 죽은 적이 있었지.

어쩌면 라히드가 그 일을 내가 했다고 오해했을지도 모르겠다. 하지만 그렇다고 해서 이런 일을 저지를 수 있었겠니? 그는 라히드와 동복형제도 아니었는데."

 황제는 모르겠다는 듯 고개를 저으며 이야기를 끝냈다. 뮤리온은 우울한 표정으로 황제의 이야기를 되새김질했다.

 황제의 이야기는 이전 르네긴에게 들었던 이야기와 상이한 데가 있었다. 르네긴은 옛날에 황제가 갓난아기였던 라히드 친형을 죽였다는 소문이 돌았었다고 했었다. 하지만 지금 황제가 이야기하는 것은 라히드의 친형이 아닌 이복형제를 죽였다는 소문을 말하고 있었다.

 뮤리온은 두 사람의 이야기 사이에 묘한 간극을 느꼈지만, 더는 캐묻지 못했다. 황제와 자신이 비로소 아버지와 아들로서 처음으로 이렇게 화목하게 있게 되었는데, 지금 지난 일을 들추어 괜히 분위기를 망치고 싶지 않았다. 어차피 이제 라히드가 죽어버렸으니 이젠 더 이상 라히드의 진심을 알 방법이 없어져 버렸기도 했다.

 뮤리온은 라히드가 깊은 불 속에 잠긴 것처럼, 둘 사이의 일도 시간에 잠기게 두기로 했다.

 "라히드는 이미 죽어 처벌할 수 없지만, 그 녀석에게 동조한 자들은 확실히 처벌할 생각이다. 너의 둘째와 넷째 누이, 그리고 황후까지 말이다."

우울한 생각에 잠긴 뮤리온을 현실로 돌려놓은 것은 황제의 덤덤한 목소리였다. 그 목소리에 뮤리온은 놀라 눈을 동그랗게 뜬 채 고개를 들었다.

놀란 뮤리온의 얼굴을 본 황제는 손짓을 해 방 안의 다른 사람들을 물렸다. 막심과 시녀들을 비롯한 많은 사람들이 썰물처럼 방을 빠져나가고, 한순간에 이 넓은 방에는 황제와 뮤리온만이 남았다.

뮤리온은 모두가 나간 것을 확인하자마자, 당황스러운 목소리로 입을 열었다.

"황후마마 일은 알고 있지만……. 설마 저의 누이들도 이 일에 관여한 겁니까?"

"그래. 혐의를 찾아낸 것은 두 명뿐이지만, 어쩌면 더 있을 수도 있겠지. 이건 명백한 내 실수다. 나머지는 계집아이들이라서 너에게 방해가 되지 않을 거라고만 생각했어. 안일한 생각이었다."

"어떻게 그런 일이……."

설마 누이들마저 라히드에게 동조했을 것이라고 생각지도 못했던 뮤리온이었기에, 그가 지금 받은 충격은 상당했다.

지금까지 본 적도 없고 가까이 지내지도 못한 누이들이었지만, 뮤리온은 그래도 항상 누이들을 소중하게 생각하고 있었다. 그러나 그것은 뮤리온만의 생각이었던 듯했다. 뮤리온의 충격을 위로하듯, 황제가 뮤리온의 손을 단단히 붙잡았다.

"그래. 놀란 마음 충분히 이해한다. 그러나 마음을 단단히 먹어라. 핏줄이라도 믿어서는 안 돼. 벌써 너의 누이들과 라히드가 우리를 배신했지 않니? 너는 더 강해져야만 한다."

"폐하."

황제는 뮤리온의 손을 꼭 잡고 있었다. 그 손이 무척이나 따뜻해서, 뮤리온은 가슴 속이 간지러워지는 것을 느꼈다. 따뜻하게 맞잡은 손, 그것이 자신들이 가족에게 바란 전부였는데, 그렇게 뮤리온의 손을 잡아주는 것은 오로지 황제밖에 없었다. 그것이 슬프고도 고마웠다. 황제는 뮤리온을 다정한 눈빛으로 바라보고 있었다. 그는 뮤리온에게 시선을 고정한 채, 천천히 입을 열었다.

"그리고 이번 일로 나는 마음을 먹었다. 너는 가능한 한 빨리 황위를 이양받아야 해."

그의 목소리는 그 눈빛만큼이나 다정했다. 그러나 그 내용은 충격적이었다. 뮤리온은 황제의 말에 저도 모르게 손을 뒤로 빼려고 했다. 그러나 황제는 뮤리온의 손을 꼭 붙잡은 채 놔주지 않았다.

"폐하. 그럴 수는 없습니다. 폐하께서 이리 정정하신데, 제가 어찌 황위를 이어받는단 말입니까?"

"이럴 때니까 이어받아야 한다는 거야."

황제는 붙잡은 뮤리온의 손을 그대로 자신 쪽으로 끌어당겼다. 뮤리온의 손이 황제의 상의 위에 닿았다.

뮤리온은 당황스러운 나머지 얼굴을 찌푸렸다. 닿은 손 너머로 옷 아래 갈비뼈가 그대로 만져지고 있었다. 황제는 그 정도로 말라 있었다. 풍성한 옷감과 본디 널찍한 뼈대에 그 마른 몸이 숨겨져 있었을 뿐이었다. 자주 앓으신다는 말은 들었지만, 이 정도로 마른 것은 이상했다.

그리고 그 순간, 뮤리온은 황후가 황제에게 독을 먹이고 있었다는 것을 기억해냈다. 뮤리온의 얼굴에 경악의 빛이 스쳐 지나갔다. 황제는 뮤리온의 경악한 얼굴을 보며 너털웃음을 지었다. 그러나 그것도 잠시뿐, 그는 더없이 진지하고 무거운 목소리로 입을 열었다.

"나는 황후의 술수로 독에 중독된 몸이다. 이제 해독이 가능하게 되었다고 하지만, 이미 썩은 장기들의 일부만이 원래대로 돌아올 수 있을 뿐이다. 그 말은, 내가 언제 죽어도 이상하지 않다는 거다. 내가 모든 일을 제대로 정리하기 전에 죽으면 어찌 될 것 같으냐? 네가 시작의 신전에 갇혀 있는 동안, 공주들은 유력가에 시집을 가 세력을 기르고 있었다. 나는 그들이 너의 힘이 될 것이라고 생각했었지만, 이번 일로 아니라는 것을 깨달았다. 내가 일찍 죽는다면, 네 누이들이 가장 먼저 네 자리를 뺏으려고 들 거다. 만약 그들에게서 황위를 지켜낸다 해도, 내부의 혼란으로 황권은 땅에 떨어진 뒤일 테지. 나는 죽어서도 그 꼴을 볼 수 없다. 내가 살아서 너의 뒤를 봐줄 수 있는 동안, 네가 황위를 잇고 황권을 다져야 한다."

황제의 말에 뮤리온은 아무런 대답을 하지 못했다. 그의 눈동자만이 불안하게 떨고 있을 뿐이었다. 그는 이제 20대 초반의 젊은이일 뿐이었다. 황위를 잇는 것은 먼 훗날의 일로만 알았기 때문에, 황제의 말은 그에게 불안하고 두렵게만 들릴 뿐이었다. 황제는 아들이 불안해하고 있다는 것을 알 수 있었다. 하지만 그렇다고 해서 이 일을 미룰 수는 없는 노릇이었다. 황제는 아들의 다친 어깨를 피해 그를 꼭 껴안았다.

"나는 항상 너를 사랑했다. 내 유일한 아들. 나의 제국을 온전히 물려받을 사람이 있다면, 그건 오로지 너뿐이다. 항상 네가 다 자란 모습을 그렸었는데, 이리 보니 내 생각보다 훨씬 더 잘 컸구나. 내 젊은 날과 꼭 닮았어. 아니, 그보다도 더 강하고 씩씩해 보인다."

황제의 따뜻한 목소리에 뮤리온은 눈시울이 붉어지는 것을 느꼈다.

"아버지……."

뮤리온은 울고 싶은 기분이었다. 슬퍼서가 아니고, 기쁘고 고마워서였다.

며칠 전만 해도, 황제와 자신의 이런 모습은 상상하기 힘들었다. 하물며 「황제 폐하」도 아닌, 「아버지」라 격의 없이 부를 수 있을 거라고는 정말 상상하지도 못했다.

그러나 황제가 숨김없이 자신의 아들을 향한 사랑을 드러냈기 때문에, 뮤리온 또한 자신의 아버지에게 솔직하게 고맙고 감사한 마음을 드러낼 수 있었다.

뮤리온은 황제를 마주 껴안았다. 자신은 부모에게 완전히 버림받은 아이가 아니었다. 적어도 아버지에게만은 자신이 온전히 사랑받는 아들이었다는 것이, 뮤리온에게 더없이 큰 위로가 되었다. 아들이 자신을 마주 껴안자 황제는 더욱더 세게 아들을 껴안았다. 그 바람에 뮤리온은 울지 않기 위해 숨을 더 길게 들이마셔야 했다.

한참의 포옹 끝에 황제가 뮤리온을 품에서 놓았다. 그는 더는 치료가 지체되어서는 안 된다며 내보냈던 사람들을 다시 불러들였다.

치유의 능력자들의 뮤리온의 곁에 앉고, 황제는 그들이 더 편하게 뮤리온을 보살피게 하기 위해 뒤로 물러섰다. 물러선 황제의 곁으로 막심을 비롯한 신하들이 다가섰다. 그들이 황제에 귀에 무어라 속삭이자, 황제는 옷깃을 정리하고 방을 나설 준비를 했다. 뮤리온은 그 모습을 지켜보다가, 황제가 뒤돌아서기 직전에야 겨우 입을 열었다. 그러고 보니 이 일이 모두 끝나면 물어보고 싶던 것이 있었다. 황제가 이렇게 자신을 사랑해주니 더욱더 궁금해질 수밖에 없는 문제였다. 황후는, 자신의 어머니는 도대체 왜 그런 짓을 저질렀을까?

"폐하."

"왜 그러느냐?"

뮤리온의 작은 목소리에 황제가 바로 그의 곁에 다가왔다. 황제는 아들의 목소리를 더 잘 듣기 위해 몸을 숙였다. 그랬기에 뮤리온은 다른 이들에게 들리지 않을 정도로 작은 목소리로 말할 수 있었다.

"어머니는, 어머니는 도대체 왜 그러신 걸까요?"

뮤리온의 말에 황제는 잠깐 얼굴을 찌푸렸다.

"아. 황후 말이구나……."

황후의 이야기에, 황제는 잠깐 망설이다가 한숨과 함께 입을 열었다.

"내게 배신감을 느꼈다는구나. 20년도 더 전에."

20년도 더 전. 황제는 정확히 말하지는 않았지만, 뮤리온은 그 시기가 황후가 자신을 임신했을 무렵이라는 것을 짐작할 수 있었다. 황후의 모국인 테바루아와 카이아가 전쟁을 벌일 무렵, 그 무렵이라면 확실히 황후가 배신감을 느꼈을 무언가가 있을 법도 한 시기였다. 황제는 미간을 찌푸린 채, 황당한 기색을 담은 목소리로 말했다.

"그거야말로 이번 일에서 가장 이해가 안 되는 거야. 우린 정략결혼이었거든. 애초에 배신감을 느낄 사이가 아니었는데."

황제의 말에 뮤리온은 입을 다물고 말았다.

황제는 아무렇지도 않게 한 말이었지만, 그가 내뱉은 말은 뮤리온에게는 커다란 무게를 가지고 있는 말이었다.

"폐하. 이제 가실 시간입니다."

뮤리온이 무어라 다시 입을 열기 전에, 황제의 뒤에서 신하들이 먼저 초조한 목소리로 입을 열었다. 황제가 가야 할 시간이 되었음을 안 뮤리온은 결국 아무런 말도 하지 못하고 말았다.

"저녁에 다시 오마. 앞으로의 일을 더 얘기하자꾸나."

황제는 마치 어린아이에게 하듯 아들의 이마에 입을 맞추고는 몸을 돌렸다. 뮤리온의 마음 같은 건 전혀 짐작하지 못하는 모습이었다. 황제가 떠난 뒤, 뮤리온은 아무런 말도 하지 않은 채 눈을 감았다.

황제의 말은, 그가 황후를 전혀 사랑하지 않았음을 암시하고 있었다. 황후 또한 황제를 사랑하지 않았을까?

뮤리온은 차라리 두 사람 모두 서로를 사랑하지 않았으면 하는 생각을 했다. 두 사람 중에 한 사람만 상대를 사랑했다면, 그건 너무 슬픈 일이니 말이다. 그러나 사랑하지 않는 상대에게 굳이 배신감을 느낄 이유가 무엇이 있단 말인가. 뮤리온은 어쩌면 황후만이 황제를 사랑했었을지도 모르겠다는 생각도 했다. 그저 생각뿐이었지만, 그래도 뮤리온은 자신을 배신한 어머니에게 처음으로 동정심을 느꼈다.

르네긴은 신전에서 다친 민아와 그 일행을 위해 기꺼이 자신의 집을 내주었다. 그날 뮤리온을 위해 싸우다 다친 사람이라면, 하다못해 일로덴의 말단까지 좋은 방에서 최고의 진료를 받게 해주었다. 그리고 물론 민아 또한 그들 중의 하나로 저택에서 치료를 받고 있었다.

"황제 폐하께서는 곧 대관식을 거행하겠다 하셨어요. 그래도 뭐 제대로 준비하려면 아무리 빨라도 석 달은 더 걸리겠지요. 아무튼 그래서 카이아 전체가 대관식 얘기로 떠들썩하답니다. 거리가 어찌나 활기차고 아름다운지, 사람들의 얼굴에 생기가 넘쳐나요."

나디르는 턱을 손바닥으로 괸 채 꿈을 꾸는 듯한 목소리로 말하고 있었다. 그녀가 말하는 동안 하녀가 과일을 한입 크기로 자르고 있었고, 그 과일은 그대로 민아의 입에 들어가고 있었다. 민아는 새끼 새처럼 하녀가 주는 과일을 받아먹으며 나디르의 말에 집중했다. 대신전이 폭파된 지 벌써 한 달 정도가 지났다.

다쳤던 사람들도 많이 회복하고, 이제 모두 슬슬 일상으로 돌아갈 준비를 하고 있었다.

"본래 황제 폐하가 살아계실 때 후대에게 제위를 물려주는 일은 드문 일이지만, 현 황제 폐하께서는 몸이 안 좋으시기도 하고, 또 민심이 기적을 불러일으킨 황태자 전하의 즉위를 기다리고 있기 때문에 모든 일이 잘 진행되고 있는 것 같아요."

나디르는 검은 레이스로 얼굴을 가리던 이전과 달리, 얼굴과 몸을 바깥으로 훤히 드러내고 있었다. 살갗 여기저기에 붉고 검은 딱지가 붙어 있었지만, 나디르는 그런 것에 전혀 신경 쓰지 않았다. 오히려 그녀는 자신의 현재 상황을 몹시 반기고 있었다. 진물이 진 딱지 너머로 하얗고 고운 새살이 돋고 있었기 때문이다.

그 성화에 들어갔다 나온 이후로, 놀랍게도 나디르의 병은 씻은 듯이 나았다. 딱지 진 자리에 곱고, 더는 무르지 않은 새살이 돋아나온 것을 안 나디르는 너무 놀라 잠옷 차림으로 온 저택 안을 뛰어다녔었다.

귀족 영양이 그리 잠옷 차림으로 돌아다닌다면 체통 없다 욕을 먹을 일이었지만, 그 누구도 그런 말을 하지 않았다. 그 모습을 본 모두는 눈앞의 기적에 감동해 놀라워할 뿐이었다.

딱지가 조금씩 떨어지기 시작하면서 나디르는 하루가 다르게 아름다워지고 있었다. 그리고 그 모습은 모두에게, 특히 아버지 르네긴에게 큰 감동을 주었다.

뮤리온의 기적이 너무나도 놀라웠기에 이 일은 세간에 거의 알려지지 않았지만, 그래도 이 사건 또한 그날 일어났던 또 하나의 기적임은 틀림없었다.

"대관식 준비 때문에 거의 알려지지 않았지만, 이번 사건에 연루되었던 인사들의 숙청 작업도 제대로 이어지고 있는 모양이고요. 즉결재판을 하고 있는데, 대부분 바로 사형이 나온다고 해요."

나디르의 말로는, 이번 라히드의 반역 모의에 연루된 사람들도 다 제대로 처벌하고 있다는 모양이었다. 하지만 일로덴의 경우 마지막에 라히드를 배신하고 뮤리온을 도운 공을 인정받아 반역 가담에 대한 아무런 보복도 없을 것이라 공표되었다. 그뿐이랴? 황태자와의 약속도 있으니 일로덴은 곧 그들의 염원인 테바루아의 완전 독립을 성취할 것 같다는 이야기가 세간에 돌고 있었다.

다만 아덴 연합은 확실한 증거에도 라히드를 도왔다는 것을 부정하고 있어서 황제가 여간 노하는 것이 아니라고 했다. 따라서 아덴 연합과는 이 일에 관련하여 무력 충돌이 있을지도 모른다는 예상이 있었지만, 곧 대관식이 열리는 만큼 무력 충돌이 있더라도 조금 먼 훗날의 일이 될 터였다.

"황후께서는…… 당신에게 걸린 모든 혐의를 인정하셨다고 해요. 태자 전하의 친모이시긴 하지만, 사건도 사건이니 엄벌을 피할 수는 없다고 합니다. 하지만 뮤리온 전하가 가능한 한 약한 처벌을 받도록 애쓰고 있다고 하니, 최악의 판결은 나오지 않을 거예요."

황후의 이야기가 나오자 방의 분위기가 숙연해졌다. 그녀의 이야기는 항상 주위를 가라앉게 만들었다. 어머니가 아들을 배신하고, 부인이 남편을 배신하는 이야기는 아무리 들어도 받아들이기 힘든 것이었기 때문이다.

"이건 재판부에 아는 사람이 있어서 들은 얘기인데요. 황후 전하의 일기장이 발견되었다고 해요. 일기장의 내용으로는 황후께서 뮤리온 전하를 임신하셨을 때, 황제께서 하신 말을 훔쳐 들었던 게 이 사달이 난 이유라고들 하더라고요. 당시 황제 폐하께서 테바루아와 전쟁 중이던 상황을 고려해 만약 황후마마 뱃속의 아이가 아들이 아니라면, 황후마마를 독살하고 새 황후로 제국의 유력 귀족의 딸을 들일 거라 말하셨나 봐요. 그걸 훔쳐 듣고 황후마마는 황제 폐하에 대한 배신감에 사로잡힌 거죠. 황후마마는 모국과 카이아가 전쟁 중인 것과 전혀 상관없이 정말 순수한 마음으로 황제 폐하를 사랑했는데, 황제 폐하는 자신을 전혀 사랑하지 않았다는 것에 분노하신 거죠. 그래서 라히드가 자신을 도와달라고 할 때 기꺼이 도우신 거고요."

민아는 황후의 이야기를 듣고 속으로 깊은 한숨을 쉬었다. 그녀의 이야기를 들으면 들을수록 답답해지고 뮤리온이 걱정되어서 견디기가 힘들었다.

자신이 할 수 있는 것은 뮤리온이 잘 이겨내도록 기도하는 것밖에 없다는 것도 괴로웠다.

민아의 표정이 어두워진 것을 눈치챘는지, 나디르가 잠깐 당황하다가 다른 이야기를 꺼내기 시작했다.

"그나저나, 민아. 갈비뼈에 금 간 것은 어때요? 의사 선생님이 한 달 정도 지나면 괜찮을 거라고 했는데, 이제 한 달 지났잖아요."

나디르의 말에 민아가 조금 민망한 미소를 지었다. 벌써 한 달이나 안정한다고 누워 있었던 것을 생각하니 조금 부끄러워졌기 때문이다. 하지만 정말 어쩔 수가 없었다. 일어나서 뭣 좀 하려고 들면, 갈비뼈 있는 데가 욱신욱신 쑤셔서 견디기 힘들어졌기 때문이다.

대신전이 무너지던 날, 유루스가 마지막 순간 민아를 밀쳤을 때 유루스에게 눌리고 또 바닥에 부딪힌 충격으로 갈비뼈에 금이 가고 말았다. 당시엔 상황이 상황이라 그래선지 갈비뼈에 금이 간 것도 눈치채지 못하고 있었기에, 갑자기 아파왔을 때 얼마나 놀랐는지 모른다. 아무튼 그래서 이런저런 일로 사람들이 바쁘게 돌아다닐 때에도 민아는 부상 때문에 지금처럼 침대에 누워 과일이나 먹거나, 가볍게 운동 삼아 천천히 르네긴가의 정원을 돌아다닌 것밖에 한 일이 없었다.

"이제 많이 괜찮아졌어요. 의사 선생님도 다 나은 것 같다고 하셨고요. 앞으로도 좀 조심하긴 해야겠지만요."

"그래요. 잘됐네요. 그럼 유루스를 따라 벨로드에 갔다 와도 되겠어요."

"예? 벨로드요? 유루스가 벨로드로 다시 간대요?"

나디르의 말에 민아가 놀라서 질문했다. 유루스야 항상 벨로드로 돌아가고 싶어 했지만, 뮤리온과 르네긴이 놔주지 않는 통에 계속 여기 남아 카이아의 일을 처리하고 있었다. 어제도 일이 산더미같이 남았다기에 벨로드로 갈 날은 멀었을 거라고만 생각했는데, 벌써 돌아가겠다고 할 줄은 몰랐다.

"네. 안 그래도 유루스가 내일이나 내일모레쯤 벨로드로 돌아가 봐야 한다고 했거든요. 정말 더는 자기 친구한테만 상단 일을 맡겨둘 수 없다고. 사실 이건 지오한테 들은 얘기인데, 그 이카루스란 사람이 상단을 맡은 이후로, 조금씩이긴 하지만 매출도 떨어지고 온드로드 꽃 원액 품질도 떨어져서 불만사항도 엄청나게 늘어났대요. 그래서 이젠 정말 유루스가 직접 가서 처리해야 한다고……."

나디르의 말에 민아는 씁쓸한 표정으로 이카루스의 얼굴을 떠올렸다. 꽤 자신만만한 남자이기에 유능한 줄 알았더니, 상단을 그렇게 운영하고 있었다니…….

아니, 어쩌면 이카루스도 노력하긴 했지만, 유루스가 지나치게 유능했었는지도 모르겠다. 아무튼 상단 일이 그렇게까지 안 좋아졌다니 가보기는 해야 할 것 같았다.

이카루스의 얼굴을 떠올리니, 자연스럽게 떠오르는 사람도 있었다.

밀빛 곱슬머리의 노예, 라일라. 그러고 보니 라일라가 자신을 배신한 날 이후로 그녀가 어떻게 됐는지 소식을 들은 적이 없었다. 라일라를 떠올리니 안 그래도 불편했던 민아의 마음이 더 불편해지고 말았다.

라일라가 자신을 배신하긴 했지만, 그래도 어째서인지 그녀가 미워지지는 않았다. 그녀의 입장에서 생각해봤을 때 어쩔 수 없는 일이라는 것을 이해했기 때문이다. 자신의 아들이 나다이드가에 남아 있는 이상, 라일라가 사미엘의 명령을 거부하기는 힘든 일일 터였다. 애초에 자신이 라일라가 사자 문양의 낙인을 가지고 있었다는 것을 빨리 떠올렸어야 했는데…….

아픈 과거를 잠깐 돌이켜 보던 민아는 한숨을 쉬며 고개를 저었다. 이제 와 이랬었으면 생각해보는 것은 의미 없는 일이었다. 자신은 그냥 라일라가 어디로 갔건 행복하고 건강하게 살았으면 하고 기도하는 것밖에 할 수 있는 일이 없었다.

민아의 복잡한 속마음은 눈치채지 못한 채, 나디르는 밝은 얼굴로 이야기를 이었다.

"아무튼, 두 사람 벨로드로 갈 거라면, 도중에 묶어야 할 숙소가 필요하겠죠? 아버님이랑 제가 두 분께 신세진 것도 많고 해서, 괜찮으시다면 레단스크에 있는 저희 별장을 빌려드리려고요."

"레단스크의 별장을요?"

나디르의 권유에 민아가 깜짝 놀란 목소리를 냈다.

레단스크의 별장이라니? 민아는 자신과 유루스, 뮤리온과 데이드라트가 맨 처음 여행을 시작했던 그 별장을 떠올렸다. 아름다운 담쟁이덩굴이 감싸여 있던 그 동화 속의 집 같던 곳. 그런 별장을 빌려주겠다니 정말 감사하긴 했지만, 한편으론 너무 부담 주는 것 아닌가 미안한 마음이 드는 것도 사실이었다.

"아. 그러시지 않아도……. 저희는 괜찮아요. 괜히 부담 주는 것 같기도 하고……."

"하하하. 부담이요?"

민아가 머뭇거리면서 사양의 말을 꺼내자 나디르는 재미있다는 듯 밝은 웃음소리를 냈다.

"저랑 아버지가 대체 누구라고 생각하시는 거예요? 저희는 르네긴이라고요. 이 카이아의 개국공신 가문. 별장이 스무 개도 넘으니 얼마든지 빌려 쓰셔도 돼요. 별장도 비어 있는 것보단 손님이 자주 가는 편이 더 좋을 거고요."

나디르의 웃음소리에 민아는 더 거절하기 힘들어졌다. 결국 민아는 고맙다고 고개를 끄덕이며 나디르의 호의를 받아들였다.

"네. 그러면…… 감사하게 쓸게요."

민아가 알겠노라 말하자마자, 누군가가 닫혀 있는 방문을 두드렸다.

나디르는 누구냐고 물어보지도 않고 바로 민아가 누워 있는 침대 옆의 하녀에게 눈짓했다.

하기야 어차피 이 저택에 들어온 이상 모두 르네긴 집안의 사람이거나 르네긴 집안과 관련이 있을 사람이 분명했다. 게다가 이 방 문을 두드렸으니, 민아와 관련된 사람일 가능성이 높았다.

하녀가 종종걸음으로 달려가서 문을 열자, 문 밖에 서 있던 사람이 문이 다 열리기 기다리지 못하고 불쑥 머리 먼저 들이밀었다. 들어오는 사람은 다른 누구도 아닌 유루스였다.

"유루스!"

민아가 반가워하며 누워 있던 자리에서 일어났다. 혹시라도 갈비뼈 부근이 아플까 봐 나디르가 다가와 부축해주었지만, 민아의 움직임에는 한 치의 불편함도 없어 보였다. 과연 의사 말대로 거의 다 낫기는 나은 모양이었다.

"민아!"

칠월칠석, 1년에 단 하루 만나는 견우와 직녀가 이런 모습일까. 두 사람은 오랫동안 못 만난 사이라도 되는 것처럼 반가워하며 서로의 이름을 불렀다. 그러나 두 사람이 만나지 못한 지 겨우 사흘이라는 것을 알고 있는 나디르는 씁쓸한 미소를 지었다. 연인끼리 사이가 좋은 것은 좋은 일이다. 그렇지만…… 어째서인지 민아와 유루스는 종종 다른 사람들만 놔두고 두 사람만의 세계로 가버린 것처럼 보일 때가 있어서 제삼자인 나디르는 이들 사이에 끼어 있으면 왠지 늘 씁쓸한 기분이 들었다.

"주치의한테 들었어! 다 나았다며?"

"네. 뛰거나 하면 사실 조금 살짝 아프기는 한데, 그것도 좀만 지나면 완전히 없어질 거래요."

"그래. 그건 참 다행이네."

유루스가 다크서클이 볼까지 내려온 얼굴로 환히 웃었다. 유루스는 사실 본인 체력에 상당한 자신이 있었는데, 지난 한 달 동안 르네긴과 뮤리온의 부탁으로 산더미 같은 공무를 처리하느라 잠을 거의 자지 못했더니 이전과 다르게 꽤 수척해지고 말았다. 민아는 피곤해 보이는 유루스의 모습이 안타까워 어쩔 줄을 몰라 했다.

"유루스, 이렇게 말라서 어떡해요? 나디르님한테 들었는데, 우리 벨로드로 잠깐 돌아간다면서요? 벨로드에 가는 걸 조금 미루더라도 며칠 쉬는 게 어때요? 이대로라면 정말 큰일 나겠어요. 정말, 과로사가 걱정된다고요."

"아니야. 이 정도는 괜찮아. 나 상단 막 차렸을 때는 이것보다도 훨씬 더 일했었으니까. 게다가 하루라도 빨리 벨로드로 돌아가는 게 더 나아. 여기서는 도저히 쉴 수가······."

유루스는 횡설수설 무슨 말을 하려다가 뒤늦게 나디르가 민아의 옆에 있는 것을 눈치채고 입을 다물었다. 하지만 나디르는 유루스가 입을 다무는 것을 보고 그가 하려던 말이 무엇인지 눈치채고 만 모양이었다. 그녀는 보기 드물게 당황한 듯한 유루스의 얼굴에 다시 하하하 웃었다.

"그렇죠. 쉬려야 쉴 수가 없겠죠. 하지만 제 아버님을 너무 미워하지는 말아주세요. 그것도 다 유루스님이 너무 유능하셔서 그러는 거니까요. 저희 아버님은 인재를 쉽게 놔두지 않으신답니다."

나디르의 말에 유루스도 힘없이 허허허 따라 웃었다. 민아는 잘은 모르지만 유루스의 그런 기운 빠진 모습을 보니 르네긴이 정말 유루스를 부려먹긴 부려먹었다는 걸 알 수 있었다.

유루스가 잠깐 웃는 사이에, 갑자기 누가 또 방문을 두드렸다. 이번엔 하녀가 열지 않고 바로 유루스가 가서 문을 열었다. 민아는 도대체 또 누가 오나 궁금증에 고개를 슬쩍 뺐다가, 막 들어오는 별로 반갑지만은 않은 사람과 눈이 마주쳤다. 하얀 곱슬머리를 막 기르기 시작한, 지오였다.

민아는 머리가 있는 지오를 계속 보는 것이 조금 부담스러워서 은근슬쩍 고개를 돌렸다. 남에게는 별일 아닐지 몰라도 민아에게는 정말 엄청나게 놀랐던 일이었다. 민아는 지오가 탈모로 인해 스킨헤드를 하고 있다고만 생각했기 때문이다. 지오가 사실은 탈모가 아니었다니……. 계속 스킨헤드였던 그를 보다 이제 머리가 있는 그를 보니 왠지 자꾸 모르는 사람을 마주하는 것처럼 당황스러운 기분이 들었다. 지오는 유루스를 향해 정중히 고개를 숙여 보였다.

"유루스님. 시키신 대로 짐을 다 쌌습니다. 민아님만 준비되시면 바로 떠날 수 있습니다."

우리의 기억만이 남아 213

"네? 뭐라고요? 유루스, 내일이나 내일모레 떠난다고 했잖아요?"

지오의 말에 나디르가 깜짝 놀라며 물어봤다. 그녀의 목소리에는 놀람과 아쉬움의 기색이 가득 묻어났다. 민아 또한 지오의 말에 놀란 것은 마찬가지였다. 이렇게 갑작스레 일이 진행될 거라고는 생각하지 못했기 때문이다. 바로 몇십 분 전에 벨로드로 떠날지도 모른다는 말을 들었는데, 그게 바로 오늘이었다니. 마음의 준비를 할 시간이 너무 부족했다.

"벨로드 쪽 일 대충 마무리하고 뮤리온 전하 대관식 전까지 돌아오려면 하루라도 빨리 출발하는 게 좋을 것 같아서 말입니다."

"하지만…… 이렇게 갑자기. 뮤리온 전하한테 인사도 하지 않고……."

나디르는 계속 아쉬운 기색을 드러냈다. 그녀 또한 마음의 준비조차 하지 않은 채 헤어진다는 것을 받아들이기 어려운 모양이었다. 어차피 돌아올 사람들이래도, 왠지 이렇게 헤어지는 것은 아쉬웠다.

"안 그래도 미리 인사하는 게 좋을 것 같아서 뮤리온 전하 측에 몇 번이고 알현 신청을 해봤지만, 바쁘신 모양인지 번번이 거절되어서……. 일단 르네긴님을 통해 조만간 벨로드에 다녀온다는 것은 말씀드렸으니, 이대로 가도 괜찮을 겁니다."

유루스 또한 뮤리온의 얼굴을 보고 가지 못하는 것이 아쉬운 듯했다.

그러나 알현 신청이 계속 거부되는 것은 어쩔 수 없는 일이었다.

대관식을 준비하는 뮤리온은 그야말로 엄청나게 바빴다. 유루스 또한 바빴던 모양이지만, 뮤리온은 그보다 더 바빴을 터였다. 시작의 신전에서 배우지 못했던 것들도 배워야 했고, 어깨의 치료에도 하루에 몇 시간씩을 보내야 했고, 황태자로서의 공무도 처리해야 했고, 남는 시간에는 국내외의 주요 인사들과도 만남을 가져야 했다. 공적이거나 아주 중요한 사항이 아닌 이상, 사적으로 뮤리온을 만난다는 것은 거의 불가능에 가까웠다.

민아의 경우도 한 달에 두 번밖에 뮤리온을 보지 못했다. 그것도 하루는 새벽에, 하루는 자정 전에 뮤리온이 겨우겨우 없는 시간을 쪼개서 병문안을 온 것이었다.

민아는 슬쩍 고개를 돌려 벽에 걸린 드라이플라워 꽃다발을 바라보았다. 저번에 뮤리온이 병문안 왔을 때 선물해준 이름 모를 분홍색 꽃다발을 하녀가 드라이플라워로 만들어둔 것이었다.

민아는 그 드라이플라워를 보며 뮤리온이 병문안 왔을 때를 떠올려보았다. 한눈에 봐도 자신의 부상보다는 뮤리온의 부상이 더 심했기에, 뮤리온의 병문안을 받으면서 미안한 기분이 들었던 것이 가장 기억에 남았다. 뮤리온의 어깨에 파고든 검은 뮤리온의 쇄골 뼈까지 부러뜨렸다. 창상에 뼈까지 부러지고 한눈에 봐도 심하게 다친 뮤리온이었지만, 뮤리온은 단 한 번도 민아 앞에서 아픈 기색을 보이지 않았다.

늘 붕대를 매고 있었지만 그래도 환히 웃고 있었고, 의사가 24시간 옆에서 지켜본다고 해도 절대안정이 필요한 시기에 계속해서 무리하며 공무를 보고 있었다.

다행인 점은 그가 황태자이니만큼 치유의 능력을 지닌 신관 수십이 붙어서 그의 치료에 집중하고 있었다는 것이었다. 본디 그 정도로 많은 인원이 붙어 치료한다면, 환자의 상태는 빠르게 호전되기 마련이었다. 하지만 뮤리온의 경우, 이번에 빈사 직전까지 다쳐서인지 자연 치유력이 몹시 떨어져 있어 그러지는 못했다. 치유의 능력이 본인의 치유력을 일시적으로 상승시켜 치료하는 것이니만큼 자연 치유력이 떨어진 상태에서는 치료에 더 시간이 걸리고, 인력도 더 필요한 모양이었다. 덕분에 파셀에 치유의 힘을 지닌 신관들이 부족해져서 아주 심각한 사람들을 제외하고는 치유의 힘을 사용한 치료를 받지 못하게 되었지만······.

민아 또한 부족해진 의료 인력의 영향으로 이번에는 신관의 치료를 받지 못했다. 물론 르네긴의 권력이나 유루스의 재력을 이용하면 충분히 치유의 힘을 지닌 능력자를 구할 수 있었지만, 민아 스스로 자신보다 더 심각한 부상을 입거나 병이 든 사람들을 위해 치료 기회를 양보한 것이었다. 아무튼 민아의 경우는 일반 의사의 치료로도 깨끗이 다 나았으니 다행스러운 일이었다.

"그렇군요······. 하기야 전하께선 요새 많이 바쁘시긴 하지요······."

결국은 나디르도 이해했다는 듯 고개를 끄덕였다.

나디르에게서 납득의 말이 나오자마자 유루스는 민아 쪽으로 고개를 돌렸다.

"역시 너무 급하게 결정한 건가?"

그는 미안한 마음에 얼굴을 조금 찌푸렸다. 가능한 한 빨리 떠나고 싶은 마음에, 민아의 의사조차도 물어보지 않고 독단적으로 출발을 결정한 것이 마음에 걸렸기 때문이다. 유루스는 조심스러운 목소리로 말을 꺼냈다.

"민아. 혹시 아직도 몸이 안 괜찮으면 남아 있어도 되지만……. 그래도 웬만하면."

"갈게요!"

혹시라도 유루스가 자신을 떼놓고 갈까 민아는 얼른 대답했다. 물론 오늘 출발하는 것에는 조금 놀라기는 했지만, 그래도 민아 자신은 유루스와 함께라면 어디든지 상관없었다. 민아가 생각보다도 더 자신의 결정을 반겨주자 유루스는 잠깐 찌푸렸던 얼굴을 펴고 안도의 기색을 내비쳤다.

"그래. 잘됐다. 그럼 준비해야겠네. 뭐 도와줄 거 있어?"

"괜찮아요. 뭐 챙길 짐도 없는데요. 그나저나 옷은 갈아입어야겠어요. 아직 잠옷 차림이니까요."

그러고 보니 비록 커다란 숄을 걸치고 있다고 해도 민아는 아직 잠옷 차림이었다.

이곳 카이아의 여성들은 가족이나 하녀, 혹은 특별한 사람 외에는 잠옷 입은 모습을 드러내지 않았다. 유루스는 뒤늦게 민아가 잠옷 차림인 것을 알아차리고 천천히 뒤로 고개를 돌렸다.

그 모습에 민아는 처음 유루스가 웬일로 부끄러워하나 싶어 했지만, 알고 보니 자신의 뒤에 있는 지오를 바라보는 것이었다. 하지만 지오는 유루스의 지긋한 눈빛에도 아무것도 눈치채지 못하는 모양이었다. 눈치 없이 눈만 끔벅끔벅하고 있는 그 모습에 결국 유루스는 한숨을 푹 내쉬며 몸을 아예 돌렸다.

"그래. 그럼 이제 우리는 나가야겠다. 준비 다 되면 불러."

유루스는 지오의 팔뚝을 아프게 꼬집으며 그대로 그 큰 덩치를 끌고 문 밖으로 나갔다. 지오가 무슨 일인지도 모르고 아픈 걸 꾹 참는 모습이 안타까워 보였지만, 뭐 어쩔 수 없는 일이었다. 두 사람이 나가고 문이 닫히는 문소리가 나기 무섭게, 르네긴가의 하녀가 한숨을 쉬며 부러운 목소리를 냈다.

"민아 아가씨는 좋으시겠어요."

"네?"

갑작스러운 말에 민아는 조금 놀란 소리를 냈다.

"약혼자분이 저렇게 잘생기고 다정하시다니······. 정말 부러워요. 사실 잘생기면 다 얼굴값 할 거라고만 생각했는데, 유루스님은 전혀 그러지 않으시잖아요."

하녀의 말에 민아는 어떻게 대답해야 할지 몰라 그냥 허허 하는 웃음소리를 냈다. 갑자기 유루스 칭찬을 들으니 괜히 민망한 기분이 들었다. 괜히 다른 데로 화제를 돌려보려는데, 나디르가 거기에 말을 더 보탰다.

"그러게. 저 사람 처음 봤을 땐 저런 이미지가 아니었던 것 같은데. 좀 날카롭고 냉정해 보이는 느낌이었거든. 근데 너한테 하는걸 보니까 꽤 다정하네. 의외야."

나디르의 말에 민아도 무심코 유루스를 처음 봤을 때를 떠올렸다. 냉정한 목소리가, 무심한 목소리가 얼마나 무서웠던지. 게다가 퉁명스러웠던 말투도 이젠 민아 앞에선 거의 보이지 않았다. 민아는 괜히 아니라고, 원래는 퉁명한 면이 있는 사람이라고 좀 빼는 말을 하려다가, 결국은 그러지 못했다. 입을 열자마자 그녀의 입에서 말 대신 웃음소리가 삐져나와 버렸기 때문이다. 그야말로 전형적인 좋아 죽겠다는 웃음소리였다.

"하하. 지금까지 알지 못했는데, 이게 바로 얄밉다는 거구나. 민아. 얄미워 죽겠네!"

민아의 웃음소리를 들은 나디르가 웃는 게 웃는 게 아닌 표정으로 민아의 볼을 살짝 꼬집어 흔들었다. 민아는 꼬집히면서도 좋은지 계속 웃었다. 그러고 보니, 벨로드로 가면 이제 또 전처럼 매일 가까이서 볼 수 있었다. 그걸 생각하면 웃음을 멈추려야 멈출 수가 없었다.

민아는 벌써부터 벨로드에서의 휴가가 기다려지기 시작했다.

신세를 지고 있는 르네긴 일가에게만 인사를 남기고, 민아와 유루스는 파셀을 떠났다. 시간적 여유가 많지는 않았기에 하루의 대부분을 말 위에 앉아 있어야 했지만, 그래도 두 사람은 휴가라도 떠난 것 같은 기분을 만끽하고 있었다. 바쁘다면서도 지나가는 마을이나 도시의 토속음식은 꼭 먹어보고, 같은 길을 가더라도 유명 관광지를 골라 지나갔다.

　지난 한 달 동안 애써 만나더라도 조금밖에 같이 시간을 보내지 못했던 두 사람이기에 무리해서라도 같이 있는 시간을 즐기려고 했다. 비록 무리한 이동 스케줄로 몸은 피곤했지만, 그래도 하루하루가 행복한 민아였다.

　유루스와의 유람 아닌 유람 여행은 민아에게 유루스와 하는 가까운 미래뿐만 아니라, 아주 먼 미래까지 상상하게 해주었다. 아주 오랜 시간이 지나 할아버지와 할머니가 되어버리더라도, 이렇게 둘이 같이 여행을 하면서 즐거운 노후를 즐길 수 있을 것 같았다.

또 한편으론 굳이 여행을 다니지 못하더라도 유루스와 함께라면 마냥 좋을 것 같았다. 이건 사랑에 빠진 지 오래되지 않은 사람들이 꿈꾸는 흔한 망상일까? 하지만 망상이라도 좋았다. 중요한 것은, 자신의 옆에 있는 이 사람이 그렇게 먼 미래까지 꿈꿀 수 있게 해주는 사람이라는 것이었다. 시간은 빠르게 지나갔다.
 눈 깜짝할 사이에 일주일이 지나가고, 유루스와 민아 일행은 어느새 푸른 사막에 맞닿은 마을, 레단스크에 도착했다.

"날씨가 매우 좋지 않습니다. 사막에서는 푸른 폭풍이 하루에 십수 번씩 불고 있다고 합니다. 이대로 푸른 사막을 건너는 건 자살 행위나 다름없습니다."
 레단스크에 도착한 날은 비가 추적추적 내리는 날이었다. 이올라긴 상점 레단스크 지부에 준비된 넬룸을 찾으러 간 지오는 넬룸과 함께 나쁜 소식도 가져왔다. 민아와 유루스는 내리는 비를 피할 생각도 없이 그대로 맞으며, 지오가 가져온 소식을 곱씹었다.

우리의 기억만이 남아 221

아무리 바빠도, 날이 좋지 않다는 것에는 어쩔 도리가 없었다. 유루스는 비가 내리는 어두운 하늘과 좋지 않은 날씨 때문에 사람이 끊긴 거리를 잠깐 쳐다보다가 무겁게 입을 열었다.

"어쩔 수 없지. 그럼 여기서 사막 사정이 좋아질 때까지 좀 쉬다가 가야겠군."

"나디르님이 별장을 빌려주셔서 다행이에요. 이왕 쉬는 거 편하게 쉴 수 있겠어요."

민아는 이왕 이렇게 된 거 좋게 좋게 생각하기로 마음먹었다. 비록 벨로드에 도착하는 날은 며칠 미뤄지겠지만, 그래도 좋은 별장에서 그동안 쌓인 여독을 풀 수 있게 되었으니 잘된 일인 것 같았다. 민아는 갑자기 온몸으로 몰려오는 피로를 느끼며 크게 기지개를 켰다. 팔을 하늘 위로 들어 올리며 굳어 있던 근육들을 풀어주고 있는데, 어디서 짐승 우는 소리가 들렸다.

푸르르.

그 울음소리가 어쩐지 익숙하게만 들려서 민아는 지오 너머, 울음소리가 들리는 곳을 빤히 쳐다보았다. 어두운 날씨와 내리는 비 탓에 시야가 뚜렷하지는 않았지만, 그래도 지오가 있는 곳까지는 별다른 무리 없이 잘 보였다. 민아는 더 잘 보기 위해 살짝 눈가를 찌푸렸다가, 어느 순간 깜짝 놀라 몸을 뒤로 젖혔다.

"마오!"

민아의 넬룸, 마오가 지오가 끌고 온 넬룸들 사이에 섞여 있었다.

그 영리한 짐승은 벌써 제 주인을 알아보고 푸르르, 푸르르 울음소리를 내며 발을 구르고 있었던 것이다. 민아는 반갑기도 하고, 감동스럽기도 해서 바로 마오의 곁으로 다가갔다.

"이게 웬일이니? 정말 오랜만이다. 어떻게 나를 다 기억하고 있는 거야?"

민아는 마오의 머리를 붙잡은 채 반가움을 표현했다. 마오 또한 말은 하지 못해도, 민아의 볼을 핥으며 반가운 기색을 드러냈다. 그렇게 한참을 마오를 매만지고 있으려니 어느새 유루스가 민아의 뒤에 와서 섰다. 그는 긴 옷소매를 펼쳐 민아가 비를 맞지 않게 가려주며 마오와 민아를 떼어냈다. 민아는 이미 비에 다 젖었는데, 이제 와 비를 가려봤자 무엇하나 싶었지만, 그래도 그가 비를 막아주는 게 기분이 썩 나쁘지는 않아 그냥 내버려두었다.

"자. 여기서 언제까지 비를 맞으며 서 있을 수는 없잖아. 그 넬룸은 지오한테 맡겨두고 들어가자."

"네. 이제 들어가요."

민아는 아쉬운 눈으로 잠깐 마오를 바라보다가, 결국은 마오의 갈기털에서 손을 뗐다. 마오가 아쉬운 듯 앞발을 구르며 민아의 옷자락을 입으로 물어 당기려고 했지만, 그전에 지오가 얼른 다가와 마오의 고삐를 잡았다.

민아는 어렵게 마오에게서 고개를 돌린 뒤, 시선을 멀리로 뻗어 유루스의 소매 아래에서 내리는 비를 바라보았다.

빗물에 뿌옇게 흐려진 거리가 무척이나 생소하게 보였다. 아주 오랜만에, 이곳이 자기가 태어나 자란 곳과는 아예 「다른 세계」라는 것을 인지했다. 커다란 차양은 이곳저곳에 보이면서도, 비를 가리는 우산은 거의 보기 힘든 세계. 민아는 어쩐지 뚱하면서도 우울한 기분이 들어 고개를 숙인 채 유루스의 발걸음만 조용히 따라갔다.

거세게 내리는 비가 일행이 잊고 있던 피로를 상기시켜준 듯했다. 일행은 짐을 풀자마자 너나할 것 없이 자신의 방에서 거의 기절하다시피 잠들었다. 애초에 늦은 저녁에 레단스크에 도착했었기에, 일행은 식사를 한다거나 해서 중간에 깰 필요 없이 그대로 아침까지 푹 잠들 수 있었다.

꿈

다음 날, 민아는 평소보다 두어 시간 더 일찍 일어났다. 어젯밤 일찍 잔 탓일까? 그동안 일어나본 적이 없는 새벽 시간이었다. 닫힌 창 너머에는 아직도 빗방울 부딪치는 소리가 들리고 있었다.

꽤 거센 그 소리에 고개를 돌려 창밖을 보니 빗발이 어제와 같이 거세었다. 오늘도 하루 종일 비가 올 모양이었다. 아직 카이아에 우기가 오려면 아직 멀었기에, 이렇게 이틀 연속으로 거센 비가 내리는 것은 굉장히 드문 일이었다.

민아는 내리는 비를 멍하니 쳐다보다가 한숨을 푹 내쉰 뒤 침대 아래로 발을 내렸다. 침대 밖으로 빠져나온 흰 발이 공중에서 몇 번 지루한 기색으로 흔들거리다, 몇 분이 지나서야 겨우 바닥에 닿았다.

민아는 실내용 슬리퍼를 신고 천천히 닫힌 문 쪽으로 다가갔다. 그녀는 잠시 머뭇거리다 고풍스러운 디자인의 문고리를 힘주어 열었다. 열린 문 너머로 언젠가 본 적이 있는 복도가 드러났다. 민아는 복도를 잠식한 어둠 앞에서 잠시 조그맣게 입을 벌린 채 서 있었다.

언젠가 이 복도를 이런 식으로 나온 적이 있었다. 작은 촛대를 들고, 그때는 한없이 무섭고 불편했던 남자를 만나기 위해 방을 나섰었지.

지금도 민아는 그 남자를 만나기 위해 방문을 나서고 있었다. 그러나 그 옛날의 무섭고 불편했던 마음은 어디로 가버렸는지 다 사그라들어 버렸고, 그를 향한 따뜻하고 소중한 마음이 가슴속 깊은 곳에 뿌리를 내리고 자라고 있었다.

같은 장소, 다른 상황.

민아는 많은 것이 변해버렸음을 느끼며 천천히 복도를 걸어갔다. 과거와 현재 사이의 많은 일들을 돌이켜 보며 걷다 보니 민아는 어느새 목적했던 곳까지 와 있었다. 굳게 닫힌 문. 민아는 그 문 앞에서 조그맣게 보고 싶은 사람의 이름을 불렀다.
"유루스."
 숨소리 같은 목소리였다. 도무지 두꺼운 나무 문 너머까지 갈 도리 없을 만큼 작은 목소리. 그럼에도 민아는 그런 작은 목소리로 다시 한 번 그의 이름을 불렀다. 어쩌면 민아는 자신은 지금 이 순간 그의 대답을 바라지 않고 있을지도 모르겠다는 생각을 했다.
"유루스. 유루스 이올라긴."
 너무나도 작은 목소리였기에 당연히도 문 안에선 아무런 대답도 들리지 않았다. 민아는 아주 잠시 동안 문 앞에서 숨을 골랐다가, 유루스의 방 문고리를 잡았다. 그의 방 문고리는 찰각하는 작은 소리와 함께 걸리는 것 없이 부드럽게 돌아갔다.
 문이 열리자 민아는 천천히 방 안으로 들어갔다. 방을 가로질러 걷는 동안 그녀는 기척을 거의 내지 않았다. 어느새 그녀는 유루스가 잠자고 있는 침대 바로 옆까지 다가와 있었다. 민아는 잠든 유루스의 얼굴을 빤히 쳐다보다가, 살그머니 침대 위에 앉아 그의 머리칼을 매만지기 시작했다. 그의 검은 머리가 우스운 모양으로 뻗어 있었다.

어디 그것뿐이겠는가? 그동안 피곤했던 탓인지 얼굴도 아주 살짝 부어 있었다.

민아는 이때가 기회다 싶어 평소에는 거의 볼 수 없는 유루스의 망가진 모습을 실컷 구경했다. 이 사람, 자기관리는 마냥 완벽한 사람인 줄 알았더니, 이제 보니 그렇지도 않았다. 하지만 평소처럼 완벽하게 다듬어진 모습이 아니더라도, 지금 이 모습도 사랑스러웠다.

민아는 가만히 손을 뻗어 그의 잘 뻗은 콧대를 붙잡았다. 처음에는 부드럽게 매만지다가, 나중에는 제법 힘을 주어 꼬집었다. 자는 사이 난데없는 봉변을 당한 유루스가 미간을 찌푸리며 감겨 있던 눈을 뜨려고 했다. 민아는 그가 눈꺼풀을 다 들어 올리기 전에, 그대로 그의 코를 붙잡은 채 고개를 기울여 그의 입술에 입을 맞췄다.

"……!"

민아는 이제 막 일어난 유루스가 흠칫 놀라 살짝 몸을 뒤로 물리는 것을 느낄 수 있었다. 그러나 익숙한 향기 때문인지 입맞춤 때문인지 그는 금방 이 이상한 침입자의 정체를 알아차렸다. 두 사람의 입술이 잠깐 달콤하게 맞닿았다가 떨어졌다. 민아는 입술이 떨어지고 나서야 붙잡고 있던 유루스의 코를 놔주었다. 슬슬 벌어지는 입꼬리를 하고 아래를 내려다보니 유루스가 새빨개진 코를 하곤 어이없다는 얼굴을 하고 있었다.

"옛날에……."

그는 어이가 없어서 헛웃음 소리만 계속 내고 있었다. 민아도 그의 그런 얼굴을 마주 보며 실없이 웃었다.

"바로 이 방에서, 내가 이러다가 당신에게 **뺨**을 맞은 적이 있었던 것 같은데……."

유루스가 옛날 얘기를 했다. 하지만 그가 말을 꺼내는 순간, 민아는 그가 말하는 옛날을 마치 어제 일처럼 생생하게 떠올릴 수 있었다. 유루스가 자신에게 갑자기 키스하려고 했었고, 민아는 그런 그의 **뺨**을 있는 힘껏 내리쳐버렸다.

지금 생각해보니 그렇게 세게 때린 게 미안하기도 했지만, 한편으론 유루스가 맞을 만하기도 했다는 생각이 들었다. 얼마 전까지 서로 죽어라고 싸우던 사람이 갑자기 그렇게 입술을 들이대면 당연히 놀라 손이 나가지 않겠는가. 민아는 킥킥 웃으며 입을 열었다.

"글쎄요."

민아가 금방이라도 다시 입 맞출 것처럼 얼굴을 유루스의 가까이로 가져다 댔다. 한순간에, 두 사람의 얼굴의 서로의 숨결마저 닿을 정도로 가까워졌다.

"그때랑 지금은 별로 비슷한 상황이 아닌 것 같은데……. 게다가 그때와 지금은 전혀 다르잖아요."

"그래. 그렇지."

두 사람의 눈이 서로를 응시했다. 유루스는 손을 뻗어 아래로 흘러내린 민아의 머리칼을 귀 뒤로 넘겨주었다. 그는 머리칼을 넘겨주고 나서도 한참 동안 그녀의 머리칼을 쓰다듬다가, 조심스레 고개를 들어 그녀의 이마에 입을 맞췄다.

"우울해?"

유루스가 여전히 그의 입술을 민아의 이마에 가져다 댄 채 물었다. 그의 말에 민아는 약간 쓸쓸한 미소를 지었다.

"그렇게 티가 났나요?"

"그런 건 아니지만……. 그냥 네가 우울한 것 같아서."

민아는 아직도 자신의 머리칼을 매만지는 유루스의 손을 붙잡아 자신의 볼로 끌어갔다. 민아는 그의 단단한 손바닥에 자신의 볼을 비비며, 힘겨운 듯한 표정으로 두 눈을 감았다.

"왜일까요? 이제 괜찮다고 생각했었는데……. 이렇게 한순간에 우울해져 버리고 마네요."

"고향 생각 때문에?"

그의 말에 민아는 쓰게 웃었다. 이 사람은 자신의 속마음에 들어갔다 나오기라도 한 걸까? 고향 얘기는 단 한 자도 꺼내지 않았는데, 그는 벌써 자신이 고향 때문에 우울해하고 있다는 것을 눈치채고 있었다.

그랬다. 민아는 갑작스레 찾아드는 고향 생각 때문에 우울했다. 가고 싶어도 갈 수 없는 세계.

자신이 태어나 지금까지 자라온 세계. 이제는 그 세계를 잊고 유루스의 곁에서 살아갈 마음의 준비가 되었다고 생각했는데, 우울함과 그리움은 그런 민아의 생각을 비웃듯 눈치채지 못한 순간 크게 그녀의 마음에 자리 잡고 말았다.

"당신한텐 거짓말도 못 치겠네요······."

"거짓말은 내 전문 분야니까. 누가 뭘 숨기고 있으면 금방 알아채 버리는걸."

그의 말에 민아는 조그맣게 웃음소리를 냈다.

그러고 보니 그는 예전에는 전문 도박꾼으로 활동한 적이 있는 사람이었다. 매일 다른 이의 표정과 거짓말을 살피는 도박꾼에게 일반인의 거짓말만큼 간파하기 쉬운 것이 어디 있을까. 애초에 민아가 그에게 자신의 감정을 숨기는 것은 불가능에 가까운 일이었던 것이다.

우울한 기색을 되도록 숨기려고 했지만, 이제 더 숨길 수 없다는 것을 깨달았으니 민아는 이제 마음껏 우울해하기로 했다. 오늘만, 오늘 하루만 더 우울해하고 내일부터는 다시 마음을 잘 갈무리하면 될 터였다.

어차피 오늘은 이 빗속에 잠겨 하루를 보내야 하니 딱 좋은 날이었다. 내일 해가 뜨면 이 기분도 햇살에 깨끗하게 씻겨 내려가리라 믿는 수밖에.

"언젠가······ 너의 세계로 갈 수 있었으면 좋겠다. 우리 둘이."

유루스가 조곤조곤한 목소리로 내놓은 말에 민아는 고개를 저었다. 그 같은 현실주의자가 왜 그런 꿈같은 이야기를 내놓는지 이해할 수 없었기 때문이다.

분명 자신을 위로해주기 위한 말일 테지만, 민아는 그런 말에 그다지 위로받고 싶은 기분이 아니었다.

"내 세계로요? 이보세요. 당신이 이미 예전에 말했었잖아요. 불가능한 일이라고. 성공한 사람이 없는 일이라고."

"성공한 사람이 없다고 불가능한 일은 아니잖아."

언젠가와 같은 대화가 반복되었다. 다만 지금은 서로가 그때와 주장이 바뀌어버렸지만 말이다. 민아는 유루스의 말에 코웃음 쳤다. 그녀는 뺨을 비비던 그의 손을 밀어 떨어뜨리곤, 그대로 그의 옆에 파고들어 누워버렸다.

"됐어요. 이제 갈 수 있더라도, 나는 그곳으로 가지 않을 거예요. 그곳에 가면 나는 몰라도 당신은 정말 처음부터 시작해야 하는걸요. 저 세계에서 나는 당신처럼 부자도 아니고, 사회적 영향력도 없어요. 그야말로 모든 걸 버려야만 하는걸. 당신에게 그런 고생을 시킬 수는 없어요."

"아무것도 없이 시작해도 상관없어. 나는……."

그대로 뒀다가는 유루스가 계속 꿈같은 이야기를 할 것 같기에 민아는 검지로 유루스의 입술을 꾹 눌러버렸다. 그리고 그가 완전히 입을 다물어버릴 때까지 쉿 소리를 반복했다.

결국 유루스의 입을 다물게 한 민아는 만족한 듯한 얼굴로 그의 팔에 머리를 기댔다.

"됐어요. 이 얘기는 그만해요. 우리 오늘은 하루 종일 낮잠이나 자요. 우울할 땐 자는 게 최고니까……."

유루스가 자신을 바라보는 시선이 느껴졌지만, 민아는 꿋꿋하게 모른 척하며 두 눈을 감아버렸다. 두 눈을 감고 아주 조금 있었을 뿐인데, 민아는 곧 졸음이 몰려오는 것을 느꼈다.

평소보다 더 일찍 일어나버린 탓일까? 아니면 주변의 소리를 먹어버리는 빗소리 탓일까? 어쩌면 유루스의 품 안이 지나치게 따뜻해서일지도 몰랐다. 아무튼 민아는 자신도 모르는 사이에 다시 잠에 빠져들어 버렸다.

푸르르.

먼 곳에서 희미하게 들리는 넬룸의 울음소리에 민아는 잠에서 깼다.

일어나보니 언제 옮겨졌는지 민아는 자신의 방 침대 위에 누워 있었다.

유루스에게 했던 말 그대로 민아는 오늘 하루 종일 잠만 잤다. 자다가 유루스가 깨우면 일어나서 아침 먹고, 점심 먹고, 저녁 먹고만 반복하고 그 외의 시간은 정말 충실하게 잠을 잤다. 사람이 정말 하루 종일 잘 수도 있구나 하는 걸 깨달은 날이었다.

민아는 머리를 긁적이다가 침대에서 내려와 방의 테라스가 있는 곳까지 걸어갔다. 테라스 유리창 너머에는 바람 소리와 풀벌레 소리밖에 들리지 않았다. 그러고 보니 더는 비가 내리지 않고 있었다. 늦은 밤이 되고 나서야 비가 그친 모양이었다. 비가 그쳤으니 내일이면 다시 길을 떠날 수 있을 터였다.

민아는 길게 하품을 하며 다시 침대로 돌아갔다. 무엇 때문에 깨긴 깬 것 같은데, 도대체 무엇 때문에 깬 것인지 기억이 나지 않았다. 틀림없이 별일 아니겠지 하고 생각하며 다시 침대 위에 누우려는 순간, 갑자기 민아의 귀에 다시 희미한 소리가 들려왔다.

푸르르.

틀림없는 넬룸의 울음소리였다. 민아는 정신이 번쩍 드는 것을 느꼈다. 여기서야 작게 들리는 소리지만, 실제로는 크게 우는 소리일 터였다. 민아는 몸을 길게 뻗은 채 주위를 둘러보았다.

이 밤에 도대체 넬룸이 왜 우는 것일까? 혹시 마오의 울음소리는 아닐까? 어디 아프거나 한 것은 아닐까? 다른 사람들도 넬룸의 울음소리를 들었을까?

민아는 넬룸이 왜 우는지 알아보기 위해 방을 나가보려고 했다. 그러나 무슨 일일까? 대충 잠옷 위에 가운을 걸쳐 나갈 준비를 하고 문까지 달려갔는데, 왜인지 방문이 열리지 않았다. 철컥철컥 소리만 나고 끝까지 돌아가지 않는 문고리는 문이 밖에서 잠겨버렸다는 사실을 알려주었다. 민아가 당황해서 문고리만 계속 두드리고 있는 사이에 다시 한 번 넬룸의 울음소리가 들려왔다.

푸르르!

이번에는 이 방에서도 제법 크게 들릴 정도의 울음소리였다. 민아는 당황해서 이번에는 주먹을 쥔 채 문을 두드리기 시작했다.

"이봐요! 밖에 누구 없어요? 여기 문이 잠겼어요! 유루스! 지오! 아무나 좀 여기에 와줘요!"

하지만 아무리 세게 문을 두드리고 소리쳐봐도 밖에서는 아무런 반응도 없었다.

민아는 본능적으로 무언가 이상하다는 것을 직감했다. 민아는 당장 옷장 앞으로 달려가 스스로도 믿을 수 없는 속도로 외출복으로 갈아입었다. 그리고 옷장 옆에 걸어뒀던 단검을 챙겼다.

이제 보니 모르는 새 바뀐 모양인지 자신의 검이 아닌 유루스의 단검이었지만, 지금 그런 것은 큰 문제가 아니었다. 민아는 신발도 챙겨 신고, 돈주머니도 챙겼다. 꼭 필요할 만한 것들을 다 챙긴 다음, 민아는 테라스 쪽으로 뛰어갔다.

테라스 문을 열고, 민아는 테라스의 난간 바로 앞까지 달려갔다.

예전에 이 별장에 들렀을 때, 뮤리온이 건물의 덩굴을 타고 이 방 테라스까지 올라온 적이 있었다. 올라올 수 있다면 분명 내려갈 수도 있을 터였다. 민아는 마른침을 한번 꿀꺽 삼킨 뒤, 테라스 밖을 내려다보았다. 테라스에서 바닥까지의 거리는 잘못 떨어지면 부상을 입을 정도로 높았지만 덩굴은 무성하게 자라 있어, 줄기만 제대로 잡는다면 안전하게 내려갈 수 있을 것 같았다. 분명 머릿속으로는 어떻게 내려가야 할지 생각이 되어 있었지만, 막상 바닥만 내려다보면 식은땀이 줄줄 흘렀다.

그러나 여기서 내려가지 않고 계속 있을 수는 없는 노릇이었다. 무언가가 이상했다. 모르는 새 방문은 잠겨 자신은 감금된 상태나 다름없었고, 밖에는 아무런 기척도 없었다. 심지어 유루스와 지오조차 대답이 없는 것을 보아 밖에 무슨 일이 생긴 것이 틀림없었다. 한시라도 빨리 이곳에서 나가, 무슨 일이 생긴 건지 확인하고 그에 따른 대비를 해야 했다.

민아는 마음을 굳게 먹은 뒤, 테라스까지 타고 올라온 덩굴을 꼭 잡고 테라스 밖으로 몸을 내밀었다. 천천히 발을 디딜 곳을 찾고, 한 걸음 한 걸음 아래로 내려갔다. 한 걸음 내디딜 때마다 땀이 비 오듯 쏟아지고 떨어질 듯 휘청거릴 때가 많았지만, 그럴수록 민아는 더 이를 악물고 힘을 냈다. 밖에서 유루스가 무슨 일을 당하고 있을지 모른다는 생각이 민아로 하여금 더 용기를 내게 했다.

한참을 끙끙댄 후에야 민아는 드디어 바닥까지 내려올 수 있었다. 비틀거리는 발을 땅 위에 올려놓은 뒤, 민아는 바로 후원을 돌아 건물 안으로 다시 들어가려고 했다. 하지만 막상 어두운 후원 위에 발을 들이고 나니, 도대체 어디로 가야 건물 안으로 통하는 문이 나올지 감을 잡을 수 없었다.

 그리고 보니 지난날 겨우 한번 왔던 저택이었다. 눈으로야 익어 보였지만, 건물구조 같은 걸 전부 기억할 리 만무했다. 민아가 잠깐 망설이다가 결국 한 방향을 정해 그곳으로 가보려고 할 때, 저 멀리서 갑자기 풀이 쓸리는 소리가 들려왔다. 사람이 풀을 헤치고 다가오는 소리였다. 민아는 화들짝 놀라 어쩔 줄 몰라 하다가 일단은 근처의 나무 뒤로 몸을 숨겼다. 다가오는 이가 적인지 아군인지 알 수 없었기 때문에 일단 몸을 숨기는 것이 안전했다.

 민아가 나무 뒤에 몸을 숨긴 채 숨을 죽이고 있으려니 저 멀리서 불빛이 이쪽으로 다가왔다. 세 명 정도 되는 성인 남자 무리였다. 그들은 군화를 신은 무리들이었고, 걸음걸이에 절도가 있었다. 훈련된 군인 같아 보이는 사람들이었다. 민아는 눈을 가늘게 뜬 채 그들이 더 가까이 다가오기까지 기다렸다. 그들의 얼굴이 보이지 않았다.

 도대체 어떤 사람들일까? 마침내 그들이 얼굴을 확인할 수 있는 거리까지 다가왔다. 민아는 깜짝 놀라 입을 가렸다. 보이는 것은 익숙한 얼굴이었다.

갈색의 부드러운 머리칼, 왼쪽 뺨을 가로지르는 흉터. 이 밤, 후원에 나타난 이는 수도 파셀에 있을 것이라고만 생각했던 황태자 뮤리온이었다.

"리온!"

여기 있으리라 상상조차 하지 못했던 사람의 모습에 민아가 당황하며 나무 뒤에서 뛰어나왔다. 갑자기 뛰어나온 민아를 보자 뮤리온의 뒤에 있던 군인 둘이 민아를 향해 무시무시한 기세로 장검을 빼 들었다. 검이 울리는 소리와 함께 민아를 향해 두 개의 검이 겨누어졌다. 그 흉흉한 기세에 민아는 반사적으로 두 손을 내밀어 손바닥을 보이며 몇 걸음 뒤로 물러났다.

"그만해."

뮤리온이 한 손을 들어 자신 뒤의 부하들을 저지했다. 뮤리온의 명령에 부하들은 지체 없이 다시 검을 검집에 집어넣었다. 민아는 의아한 눈으로 자신 앞에 마주 선 이들을 바라보았다. 자신은 뮤리온의 모습에 아무런 경계심 없이 뛰어나오고 말았었다. 그러나…… 지금 뮤리온의 모습은 어딘가 이상했다.

민아는 자신이 뮤리온의 무엇을 이상하게 느끼고 있나 알기 위해 다시 한 번 뮤리온을 살펴보았다. 뮤리온은 깨끗한 정복을 갖춰 입고 있었고, 더는 어깨에 붕대도 감고 있지 않았다. 아마도 그를 담당한 수많은 치료의 신관의 영향으로 벌써 어깨가 다 나은 모양이었다. 겉보기엔 아무런 수상함도 없는 모습이었다.

하지만 민아는 곧 자신이 이상하게 여기는 것은 외적인 모습이 아니라는 것을 깨달았다. 이상하게 여겨지는 것은 뮤리온의 침착함이었다.

그는 지나칠 정도로 침착했다. 갑자기 민아가 예고도 없이 튀어나왔는데 뮤리온은 전혀 동요가 없었다. 민아는 속에서 고개를 내밀기 시작한 불안한 생각을 애서 무시하며 뮤리온에게 조심스러운 물음을 던졌다.

"리온, 뭔가 이상해요. 뭔가가……."

"어떻게 방 밖으로 나온 거예요?"

하지만 민아가 물음을 미처 다 끝마치기도 전에 뮤리온은 민아의 질문을 도중에 끊어버렸다. 오히려 자신에게 질문을 건네는 뮤리온의 모습에 민아는 당황하며 몸을 뒤로 물렸다. 민아에겐 그의 질문이 하염없이 이상하게만 들렸다. 어떻게 방 밖으로 나왔느냐니, 그런 질문을 하면 마치…… 마치 뮤리온이 자신을 방에 가둔 것처럼 들리지 않는가.

"그게 무슨……."

민아가 대답을 망설이자 뮤리온은 아무렇지도 않은 표정으로 주위를 살펴보았다. 곧 그는 벽과 테라스를 잇고 있는 나무 덩굴을 발견했다. 그의 얼굴에 한순간에 그리운 듯한 표정이 떠올랐다가, 곧 사라져버렸다.

"아. 그렇군요. 여기에 나무 덩굴이 있었지."

"리온. 나 이게 무슨 상황인지 이해하기 힘들어요. 리온이 도대체 왜 여기에 있는 거예요? 유루스는 왜 불러도 대답이 없는 거고?"

민아의 물음에 뮤리온은 바로 대답하지 않았다. 그는 잠시 숨을 고르다가, 조금은 미안한 기색으로 말을 꺼냈다.

"딜라우 가문의 윌라드가 당신들을 고발했습니다. 혐의는 마녀 숭배와 사회혼란 유발입니다. 그는 당신이 마녀라는 주장도 했습니다만……. 그 혐의는 받아들여지지 않았습니다."

"뭐라고요?"

뮤리온의 말에 민아는 당황할 수밖에 없었다. 윌라드라니, 도대체 그가 누구기에 자신들을 고발했단 말인가? 민아는 기억을 곱씹고 곱씹다가 곧 윌라드가 누구인지 떠올릴 수 있었다.

사미엘의 부하. 발라르에르크에서 자신을 고문했던 바로 그 남자였다.

"상황이 상황이니만큼 다른 사람이 오는 것보단 제가 오는 게 나을 것 같았기에……."

뮤리온이 민아 쪽으로 한 걸음 더 다가왔다. 그가 민아 쪽으로 올 때마다 그의 뒤에 있는 군인들도 같이 움직였다.

민아는 군인들이 자신에게 다가오면 다가올수록 공포감을 느낄 수밖에 없었다.

"그럼 리온은 여기에……."

"네. 저는 당신들을 체포하기 위해 온 겁니다."

민아는 뮤리온의 말에 정말 번개라도 맞은 듯 놀라고 어안이 벙벙했다. 가는 곳마다 마녀로 의심받았다. 이제 마녀로 의심받는 것은 당연하게 느껴질 정도였다. 하지만 그걸로 재판까지 받게 될 줄은 몰랐다. 왜냐하면, 자신들은 황태자 뮤리온을 도운 사람들이니까. 정말 목숨을 바쳐서 그를 위해 일한 사람들이니까. 그렇기에 가슴속 한구석에, 웬만한 논란쯤은 뮤리온이 덮어주겠지 하는 마음이 있었던 것이었다. 하지만 그런 생각은 모두 헛된 것이었다.

"그럼 유루스는요? 전부 체포당한 건가요? 나머지 사람들까지?"

"유루스 이올라긴과 그 수하들은 모두 얌전히 체포당했습니다. 우리는 혹시 체포하지 못한 잔당이 있나 저택을 한번 돌아보는 중이었습니다."

"그냥 체포당했다니? 어째서?"

민아의 질문에 뮤리온 뒤의 군인 중 하나가 대답했다. 유루스가 얌전히 체포당했다니……. 민아는 다리에 힘이 풀리는 것을 느꼈다. 민아는 그대로 더 서 있지 못하고 바닥에 풀썩 주저앉고 말았다. 그냥 재판이 아니었다. 마녀숭배 혐의가 걸린 재판이었다. 분명 사형이나 운이 좋더라도 그에 못지않은 큰 벌이 내려질 게 틀림없었다. 그런데 아무렇지도 않게 체포당하다니, 유루스가 도대체 무슨 생각을 하는지 알 수 없었다.

"어차피 도망친다 해도 이 대륙 안에서 카이아의 수색을 피하기는 어려우니까요. 고생하며 도망치다 잡혀 가중처벌을 당하느니 얌전히 잡히는 것이 현명한 선택입니다."

다른 군인이 당연하다는 듯한 목소리로 민아의 의문에 대답했다. 뮤리온이 천천히 민아에게 다가와 그녀에게 손을 내밀어주었다. 민아는 잠시 머뭇거리다가 그가 내민 손을 잡았다. 뮤리온은 잡은 손에 힘을 주어 단번에 민아를 일으켜 세웠다.

"다른 이들을 체포할 때 혹시라도 모를 폭력사건이 일어날까 걱정되어 당신의 방을 잠근 겁니다. 설마 당신이 방을 빠져나오리라고는 생각하지 못했지만."

그가 일으켜 세워주는데, 민아는 눈앞이 뿌옇게 흐려지는 기분을 느꼈다. 무엇인가 했더니 눈에 눈물이 고인 것이었다. 그리고 그 순간, 민아는 더는 참지 못하고 울음 섞인 목소리로 소리쳤다.

"재판이라니? 어째서요? 당신을 위해 우리가 어떻게 했는데! 그 정도는 당신이 막아주실 수 있는 거 아닌가요?"

물론 죄가 있으면 달게 심판을 받을 터였다. 그러나 유루스와 민아는 정말 죄가 없었다. 그들은 정말 마녀숭배자가 아니었고, 마녀도 아니었다. 그러나 한 번 이런 혐의를 쓰게 되면 그 혐의를 벗는 것은 불가능에 가까웠다. 그 사실은 뮤리온 또한 잘 알고 있을 터였다.

"저도 그러고는 싶었지만……. 데이드라트의 장례식에서 마녀를 봤다는 사람이 너무 많았고, 또 푸른 불꽃의 목격자들도 너무 많았기에 일을 완전히 덮는 것은 불가능했습니다."

"데이드라트의 장례식에서……."

민아는 허망한 목소리로 중얼거렸다. 그 순간, 민아는 자신의 마스크가 잠깐 벗겨졌던 순간을 기억했다. 하지만 아주 잠깐이었는데……. 게다가 한 달이나 지나서 괜찮을 것이라고만 생각하고 있었다. 그래, 단지 윌라드의 주장뿐이었다면, 반역의 죄를 뒤집어쓴 자가 눈이 돌아가 내뱉는 헛소리라고 치부해버릴 수 있을 터였다.

그러나 이번 사건은 파셀 내에서의 목격자가 너무 많았다. 아무리 뮤리온이 황태자라고해도 그 많은 사람이 본 것을 없었던 것으로 하는 것은 무리였을 터였다. 그래, 이성적으로는 그가 이 사건을 막지 못한 것이 이해가 갔다. 하지만 감정적으로는 전혀 이해할 수 없었다. 파셀에서 자신이 모습을 드러낸 것이 다 누구 때문이었는가. 다 뮤리온이 세운 작전 때문이다.

답답하고 괴로운 기분에 숨이 턱 막히는데 말로는 도대체 이 기분을 무어라고 말해야 할지 알 수 없었다. 민아가 괴로운 얼굴로 입술만 달싹이고 있으니, 뮤리온이 그녀를 자신이 왔던 방향으로 이끌었다.

"잠깐 앉아서 얘기할까요?"

민아는 아무런 저항 없이 뮤리온이 이끄는 대로 따라 걸었다. 잠깐 얘기하자는 말에 혹시 하는 희망이 솟는 것은 부정할 수 없는 사실이었다.

잠깐 얘기할 것이 있다면, 분명 그가 이 상황을 피할 다른 방안을 마련해뒀다는 것일 것 같았다.

민아와 뮤리온은 어두운 후원을 한참이나 말없이 걸었다.

⊱⊰

두 사람은 1층의 작은 응접실에 들어왔다. 뮤리온의 호위로 보이는 군인들이 따라 들어오려고 했으나, 뮤리온이 단호히 저지하는 통에 그들은 따라 들어오지 못했다. 문이 닫히고, 먼저 방에 들어온 뮤리온이 민아에게 자리를 권했다.

"앉으세요. 차라도 마시면서 얘기할까요?"

"아니요. 차는 괜찮아요."

금방이라도 차를 타줄 것 같은 뮤리온의 모습에 민아는 고개를 저었다. 지금은 느긋하게 차 같은 걸 마시고 싶은 기분이 아니었다.

민아는 뮤리온이 권한 소파에 앉은 뒤, 저도 모르게 손톱을 이로 깨물며 다리를 덜덜 떨기 시작했다. 아무리 노력해도 불안한 기분을 감출 수 없는 탓이었다.

민아의 불안한 듯한 모습에 뮤리온은 씁쓸한 표정을 지었다.

그는 민아의 거절에도 방의 장식장에서 목이 긴 병 하나와 컵 두 개를 가지고 민아가 앉아 있는 소파 앞으로 왔다. 그가 가지고 온 건 도수가 거의 없는 과실주였다. 술이라기보다 그냥 주스에 가까운 음료로, 이전에 넷이서 여행할 때 식당 같은 데서 자주 마셨던 카이아의 대중적인 음료 중 한 가지였다.

그는 컵을 테이블 위에 내려놓고 민아의 맞은편 소파에 앉았다. 그리곤 민아의 조급한 마음도 모르고 천천히 병의 마개를 땄다. 가벼운 소리와 함께 병의 마개가 떨어져 나갔고, 뮤리온은 느긋하게 컵 두 개에 음료를 따랐다. 그가 음료를 따르는 동안 민아의 다리는 더 세차게 떨리기 시작했다.

"자. 드세요. 목마르죠."

뮤리온이 주홍빛 액체가 찰랑이는 잔을 민아 쪽으로 내밀었다. 하지만 민아는 그 잔은 쳐다보지도 않은 채 고개를 가로저었다.

"마시고 싶지 않아요."

"그래요? 목마르지 않아요?"

민아가 거절하자 그는 대수롭지 않은 듯 어깨를 으쓱이곤 자신의 잔의 음료를 마시기 시작했다. 민아는 조급한 얼굴로 그가 음료를 마시는 것을 빤히 쳐다보았다. 꿀꺽, 꿀꺽. 그의 목울대가 움직일 때마다 민아의 속에서 타오르는 불은 더 커져만 갔다.

"리온."

결국 민아는 뮤리온이 음료를 다 마실 때까지 기다리지 못하고 말을 꺼냈다.

"무언가 방법이 있는 거죠? 그러니까 우리끼리만 따로 얘기하는 거죠? 그렇죠?"

민아의 재촉에 뮤리온이 마시던 잔을 내려놓았다. 그는 고개를 숙인 채 빈 잔을 한 쪽으로 치웠다. 민아는 그가 곧 고개를 들어 자신을 쳐다보리라 생각했다. 뮤리온은 자신과 대화할 때는 항상 아름다운 푸른 눈을 반짝이며 자신을 바라봤었으니까. 그러나 웬일인지 지금의 뮤리온은 고개를 들지 않고, 그대로 숙인 채 테이블만 바라보고 있었다.

"재판은 해야만 해요."

마침내 뮤리온이 입을 열었다. 민아는 뮤리온의 말을 듣고도 입을 꾹 다문 채 기다리고만 있었다. 그녀는 저 말이 끝이 아닐 거라고 굳게 믿고 있었다.

"다만, 재판대에는 유루스만 오를 거예요."

마치 최후통첩처럼, 뮤리온이 무거운 목소리로 뱉어낸 말이었다. 민아는 뮤리온의 말을 듣고도 한참을 눈만 깜빡였다.

분명 고발당한 건 유루스와 민아 두 사람 모두였다. 그리고 그 중에 더 죄가 중한 인물을 따지고자 하면 그것은 분명 민아 자신일 터였다. 자신은 실제로 푸른 불꽃의 힘을 지니고 있었으니까. 그러나 지금 뮤리온은, 재판대에는 유루스만이 오른다고 하고 있다.

도대체 그게 무슨 소리지?

"리온. 그건."

"당신은 중요참고인 자격으로 재판에 참여하게 될 겁니다."

"아니, 그러니까. 그게 대체 무슨 소리냐고요? 윌라드는 저와 유루스 모두를 고발했다고 했잖아요."

민아가 혼란스러워하며 두 팔을 흔들었다. 그녀가 당황한 만큼 크게 흔들리는 두 팔을 어느 순간 뮤리온이 잡아채 더는 움직이지 못하게 했다. 민아의 두 손목이 잡히고 나서야, 그제야 뮤리온이 고개를 들어 민아를 마주 보았다. 자신을 바라보는 뮤리온의 눈빛에 민아는 순식간에 옴짝달싹도 못 하게 되었다. 그의 푸른 눈이 마치 자신을 잡아 쥐는 듯한 느낌이 들었기 때문이다.

"잘 들어요. 민아."

뮤리온이 차분한 목소리로 말했다.

"난 둘 중에 한 사람밖에 살릴 수 없어요."

그의 목소리는 무척이나 단호하고 잔인하게 들렸다. 민아는 뒤늦게 붙잡힌 팔을 빼려고 했다. 그러나 붙잡힌 손목은 아무리 애를 써도 뮤리온의 손에서 벗어날 수 없었다. 그럼에도 민아는 끙 끙대며 팔을 빼려고 자꾸 시도했다. 뮤리온의 말을 듣고 싶지 않았기 때문이다. 그의 말을 마지막까지 듣고 싶지 않았다.

"그리고 내가 누군가를 끝까지 감싸게 된다면, 그건 바로 당신이 될 거예요."

결국, 뮤리온은 민아가 그토록 듣고 싶어 하지 않았던 말을 했다. 그 순간 민아는 이를 거세게 악물었고, 뮤리온은 붙잡고 있던 민아의 손목을 놔주었다. 손목이 풀림과 동시에 민아는 두 팔로 자신의 어깨를 감싸 안았다. 작은 동물이, 몸을 더 작게 감싸는 듯한 행동이었다. 그리고 그녀의 두 눈에 고여 있던 눈물이 그녀의 볼을 타고 떨어지기 시작했다. 둘 중의 한 사람, 그 자체로도 잔인했지만, 자신이 그 한 사람이 될 거라는 사실이 민아에게는 더 잔인하게 들렸다.

"정말…… 정말 그 방법밖에 없는 거예요? 다른 방법이 있을 거예요. 우리가 재판대에 서지 않아도 될 다른 방법이……. 리온, 당신이 우리의 신분을 보장해줄 수 없나요? 우리가 위험한 사람들이 아니라고 말해줘요. 사람들은 당신의 말이라면 믿을 거예요. 당신은 황태자잖아요."

민아는 계속 어깨를 감싸 안은 채로, 뮤리온에게 애걸했다. 그의 손에, 발에 매달려 자비라도 구하고 싶었지만 그럴 수가 없었다. 어깨를 붙잡은 손을 떼면, 몸이 주체할 수 없을 정도로 떨릴 것 같았기 때문이다. 하지만 뮤리온은 민아의 애걸에도 어쩔 수 없다는 듯 고개를 가로저을 뿐이었다.

"정말 어쩔 수 없어요. 그렇게 많은 사람들이 푸른 불꽃을 목격했잖아요. 그중에는 제국의 귀족이나 고위인사도 많았고요. 이 일을 완전히 묻을 수는 없어요. 누군가는 재판을 받아야 한다고요."

민아는 눈물을 흘리며 뮤리온의 얼굴을 **빤**히 바라보았다.

이렇게 단호하게 유루스를 재판대에 세울 수밖에 없다고 말하는 사람은 도대체 누구일까? 이 사람이 정말 내가 알고 있던 황태자 뮤리온이 맞을까? 정말 내 사랑스럽고 다정했던 친구가 맞는 걸까? 민아는 새파랗게 질린 입술을 파르르 떨었다. 가슴 속에서 용암이 흘러 그대로 목구멍을 타고 올라와 쏟아지는 것 같았다. 그렇기에 민아는 혹시나 하며 생겨난 의혹을 더는 가슴속에 숨겨둘 수 없었다.

"이렇게 될 거…… 알고 있었죠? 뮤리온. 당신은 알고 있었던 거죠?"

민아는 너무 어리석어서, 모든 것이 잘될 것이라고만 생각하고 있었다. 그러나 다른 사람들은 자신과는 달랐다. 특히 뮤리온이 그랬다. 그처럼 영리한 사람이 이런 일을 예상하지 못했을 리가 없었다. 그는 아마도 처음부터, 이렇게 될 수도 있다는 걸 알고 있었을 터였다.

그럼에도 그는 유루스와 민아 자신을 사지에 몰아넣었다. 민아가 눈물을 흘리면서 쏟아낸 말에, 뮤리온의 푸른 눈동자가 잠깐이나마 떨렸다. 그러나 말 그대로 잠깐뿐이었다. 그 잠깐의 떨림 사이에 그는 도대체 무슨 생각을 하고 있었던 걸까? 뮤리온은 그 어떤 양심의 가책도 느끼지 못하는 듯한 차분한 눈빛으로, 목소리로 입을 열었다.

"네. 하지만 당신도 알다시피, 그 순간엔 그럴 수밖에 없었어요."
"그럴 수밖에……."

하. 민아는 크게 헛웃음 소리를 냈다. 아마 유루스도, 이런 상황이 올 수 있으리라는 것을 처음부터 알고 있었을 터였다. 그랬기에 아무런 반항도 없이 뮤리온에게 체포당했겠지. 그뿐이랴? 레길도, 나디르도 짐작하고 있었을 터였다. 유루스는 아무도 자신들을 고발하지 않을, 그 낮은 가능성에 희망을 걸고 있었던 것이었다. 그 한없이 제로에 가까운 가능성에.

민아는 어깨를 붙잡은 두 손을 떼고, 그 손으로 얼굴을 가려버렸다. 자신의 앞에 앉아 있는 이 남자에게 더는 눈물을 보이고 싶지 않았다. 민아가 금방이라도 자리를 박차고 나가버릴 것 같았기에, 뮤리온은 말을 서둘렀다. 그는 이 자리에서 민아를 설득할 생각인 것 같았다.

"당신은 어쩔 수 없었다고만 말하면 돼요. 그가 강요하는 바람에 원치 않는 마녀 연기를 해야만 했다고. 그 사람은 아직 당신에게 카이아 제국민 등록도 안 해주었으니 공식적으로 당신은 아직 그 사람의 노예예요. 노예가 주인을 거역할 수 없다는 건 세 살 어린아이도 아는 사실이에요."

"말도 안 되는 소리 하지 마세요. 그래요. 뮤리온 말대로 마녀 연기를 했다고 증언한다고 쳐요. 그러면 푸른 불꽃은? 그건 어떻게 설명할 건데요? 어차피 재판대에 올라가면 답이 없어요."

"완벽하진 않지만, 레길이 무슨 돌을 써서 푸른빛에 가까운 불을 만들 수 있다고 해요. 사실 보랏빛이긴 하지만, 그 정도면 충분해요. 유루스가 보랏빛 불꽃을 만드는 방법으로 폭탄을 만들었다고 하면 돼요. 그는 평소 월장석을 소지하고 있었다는 기록까지 있으니, 마녀숭배를 위해 그런 일을 벌였다고 하면 되고요."

결국 혼자 살기 위해 유루스를 죽이라는 말이었다. 민아는 더는 참지 못하고 주먹을 쥐고 테이블을 크게 내리쳤다.

"어떻게 그런 말을 하라고 할 수 있죠? 그 사람은 내게 강요를 한 적이 단 한 번도 없어요. 오히려 내가 마녀로 의심받을까 봐 내가 힘을 가진 걸 끝까지 숨겨주려고 했던 사람이란 말이에요!"

"나라고 해서 그러고 싶겠어요? 저도 어떻게든 해보려고 했어요. 하지만 아무리 찾아도 다른 방법이 없었다고요!"

비교적 침착한 모습이었던 뮤리온이 결국 참지 못하고 괴로운 기색을 드러냈다. 그는 참담한 감정을 겨우 억누르고 있었던 듯했다. 그 또한 분하고 슬펐다. 하지만 다른 방법이 없었기에, 민아라도 구하기 위해 악역을 자처할 수밖에 없었다.

"저도 유루스를 소중하게 생각해요. 그는 내게 너무 고마운 사람이고, 저 또한 그가 죽지 않았으면 좋겠어요. 하지만 이렇게 해야만, 당신이라도 살릴 수 있다고요!"

뮤리온이 답답한 듯 소리쳤다. 뮤리온이 큰 소리를 내자 민아는 눈을 크게 뜨고 그를 바라보았다.

그녀의 속눈썹이 비극의 무게에 잘게 떨리고 있었다. 민아 또한 뮤리온의 말을 이해하지 못하는 것은 아니었다. 하지만 이해는 할 수 있었지만, 가슴으로 받아들일 수는 없었다. 민아는 어느 순간 질끈 두 눈을 감았다. 다시 눈을 떴을 때, 그녀는 자신이 대답해야 할 말이 무엇인지 알 수 있었다.

민아는 뮤리온을 보며 천천히 고개를 가로저었다. 그리고 그녀는 그 어떤 흔들림도 없이 단호하게 입을 열었다.

"아니요. 저는 그렇게 살고 싶지 않아요."

뮤리온은 민아가 자신을 바라보는 눈빛에 약간의 충격을 받았다. 그녀가 자신을 그런 식으로 바라보리라고는 상상도 해본 적 없었기 때문이다. 날 서고 차가운 눈빛, 약간의 경멸마저 담은 그 눈빛에 뮤리온은 잠깐 할 말을 잃어버리고 말았다.

"유루스가 없는 삶은 제게 아무런 의미도 없어요."

민아는 담담한 목소리로 말했다. 그리고 그것은 한 치의 거짓 없는 진심이었다. 그를 희생해 살아남고 싶은 생각은 추호도 없었다. 그를 잃는다는 건, 민아의 모든 것을 잃는 것과 같았다.

"부탁이에요. 둘 중에 한 사람밖에 살릴 수 없다면, 부디 유루스를 살려주세요. 저는 어떤 벌을 받아도 상관없으니까……."

민아의 절실한 부탁에 뮤리온은 얼굴을 찌푸렸다. 그는 더는 듣기 싫다는 듯 앉은 자리에서 일어났다. 금방이라도 방을 떠날 듯 문을 향해 걸어갔던 그이지만, 결국 문 밖으로 나가지는 않았다.

이를 악문 채 아무런 말도 하지 않고 서 있는 그의 뒷모습을 민아는 자리에서 일어선 채 물끄러미 쳐다볼 수밖에 없었다. 한참의 시간이 흐른 뒤에야 뮤리온은 감정에 무겁게 억눌린 것 같은 목소리를 냈다.

"왜 그런 말을 해요?"

뮤리온이 고개를 다시 돌려 민아를 바라보았다. 그는 금방이라도 울 것 같은 얼굴이었다.

"전 당신을 구하려고 애쓰고 있는데, 왜 그렇게 아무렇지도 않게 죽음을 자처하는 거냐고요?"

그는 가슴에 손을 대고, 괴로운 기색을 드러내며 민아에게 다가왔다. 그러나 그의 괴로움이 민아의 마음을 바꿀 수는 없었다. 민아는 뮤리온의 말에 아무런 반응도 보이지 않은 채 아까와 같은 자세로, 미동도 없이 묵묵히 서 있을 뿐이었다. 그런 그녀의 모습에 뮤리온은 더 견딜 수 없어지는 것 같았다. 그는 타는 가슴을 두드리며, 우는 듯 말했다.

"난 당신이 필요해요."

어느새 뮤리온은 민아의 바로 코앞까지 다가와 있었다. 그는 잠깐 머뭇거리다가, 민아를 향해 손을 뻗었다. 민아가 놀라거나 거부하는 기색을 보이지 않자 그는 아주 조심스럽게 민아의 머리칼을 매만졌다. 멈칫하며 이마 옆의 머리칼에 닿은 손은 곧 애달프게 민아의 얼굴선을 타고 미끄러졌다.

"약속했잖아요. 제가 당신을 필요로 하게 되면, 그때 나를 도와주겠다고. 그렇게 약속했잖아요."

뮤리온의 말에 민아는 쓰게 눈을 감았다. 분명 그에게 그런 약속을 하기는 했었다. 자신이 푸른 불꽃의 힘을 지니고 있는 것을 미리 말하지 않은 게 미안해서. 어머니와 삼촌의 배신으로 힘들어하는 그를 조금이라도 위로해주고 싶어서.

하지만 뮤리온이 그 약속을 지금 언급할 줄은 몰랐다. 민아는 뮤리온을 도와주겠다고 약속했었지, 유루스를 배신하겠다는 약속을 한 적은 없었다.

"난 지금 당신이 필요해요. 당신이 내 곁에 있어주길 바란다고요. 당신이 영원히 내 곁에 있어주었으면 좋겠어요."

민아는 그의 말이 울음소리 같다고 생각했다. 그리고 결국은, 그의 푸른 하늘을 닮은 눈동자에서 눈물 한 방울이 비처럼 떨어졌다.

"저조차도 이해가 되지 않을 정도로, 당신을 사랑하고 있어요. 푸른 모래 속에 잠겨 있던 당신을 처음 본 순간부터 지금까지, 계속 당신을 사랑하고 있었어요."

민아는 자신 앞에서 눈물 흘리는 남자를 바라보았다. 세상에는 민아보다 아름답고 현명한 여자들이 얼마든지 있었다. 더 고귀한 신분을 가진 여자도 많았고, 뮤리온을 더 행복하게 해줄 여자도 많았다. 그런데 왜 그는 하필 민아를 사랑하게 된 것일까?

그가 괴로운 만큼, 민아 또한 괴로워할 수밖에 없었다. 민아는 그가 아무리 자신을 사랑한대도, 그 마음에 보답해줄 수가 없었다. 민아는 아주 천천히 자신에 턱 끝에 닿은 뮤리온의 손을 잡았다. 민아의 손이 뮤리온의 손을 잡는 순간, 뮤리온의 손은 아주 잠깐, 애처롭게 떨렸다. 민아는 그런 그의 손을 떼어낼 수밖에 없었다.

"미안해요. 저는 당신을 사랑할 수 없어요."

"왜요? 유루스를 사랑하고 있어서? 그 사람 때문에?"

민아는 뮤리온의 물음에 대답하지 않았다. 굳이 자신이 대답하지 않아도 그는 이미 대답을 알고 있었기 때문이다. 뮤리온은 믿을 수 없다는 듯 고개를 저었다. 고개를 세차게 젓고, 또 젓다가 고개를 들었다. 민아가 눈물에 젖은 뮤리온의 얼굴을 마주한 순간, 그는 손을 뻗어 민아의 어깨를 붙잡았다.

"그 사람은 잊어버리고, 제 곁에 있어줄 수는 없는 거예요? 정말 그럴 수는 없는 거예요?"

그는 격양된 목소리를 쏟아냈다. 처음에는 겨우 차분하려 애썼던 목소리는 시간이 지날수록 점점 커지고 갈라졌다.

"그는 도박꾼에 마약상, 노예상이에요. 그런 사람이 당신을 행복하게 해줄 수 있을 리가 없어요. 하지만 난 달라요. 당신을 행복하게 해줄 수 있어요. 당신이 나의 곁에서 화관을 쓰기만 한다면, 우리는 영원히 행복해질 수 있다고요."

"리온, 뮤리온."

민아는 뮤리온의 이름을 부르며 그를 진정시키려고 했다. 그가 두서없는 말을 멈추고 어느 정도 숨을 고르게 되자, 민아는 천천히 자신의 어깨를 잡은 뮤리온의 손을 떼어냈다. 불편한 상황이었지만 민아가 자신의 마음을 한 번 더 확실하게 말해야 할 필요가 있을 것 같았다. 민아는 뮤리온이 이해해주기를 바라며, 그의 눈을 조심스레 마주 보았다.

"리온. 제 마음은 변하지 않을 거예요."

민아는 진심을 다해 자신의 마음을 설명하면, 뮤리온도 이해해주리라고 생각했다. 그녀는 자신이 얼마나 유루스를 사랑하는지, 그리고 그 마음이 변하지 않으리라는 것을 뮤리온에게 이해시키려고 노력했다.

"유루스와 나는 서로 사랑하고 있고, 이미 함께할 미래도 약속했어요. 만약 이번 일로 우리 둘 중의 하나가 큰 벌을 받아 떨어지게 되더라도, 나는 내 남은 시간 동안 평생 그를 그리워하면서 살게 될 거에요. 다른 누구를 사랑할 수도 없을 거고요. 그러니까 제발. 당신이 우리의 친구라면 제발 그런 말을 하지 말아주세요."

"민아……."

그러나 뮤리온은 민아의 말을 좀처럼 들으려고 하지 않았다. 뮤리온은 납득이 되지 않는 기색으로 다시 민아의 손목을 붙잡으려는 했지만, 이번에는 민아가 살짝 뒤로 물러나 피했다.

말로는 하지 않았지만 그 단호한 거절의 의사표시에 뮤리온은 고개를 푹 숙였다. 민아가 자신을 거절한 것이 꽤 충격인지 그는 한참 동안이나 그렇게 고개를 숙이고 서 있었다.

"리온."

위로의 말을 건네기도, 건네지 않기도 곤란한 상황이었다. 민아가 난감한 목소리로 그저 그의 이름을 한 번 불렀을 때, 뮤리온이 떨리는 숨과 함께 말을 내뱉었다.

"어쩌면……. 아니, 사실은 처음부터."

긴 창으로 들어오는 달빛이 어느새 뮤리온의 발치까지 길게 뻗어 있었다. 어젯밤에는 보이지 않던 달이, 비가 그치자마자 겨우 기지개를 펴며 얼굴을 내민 모양이었다. 민아는 그의 발치를 살짝 적시고 있는 달빛을 내려다보았다. 차마 뮤리온을 바로 보기 힘들었기 때문에 그의 발치를 보는 것이었다.

"나는 당신이 그렇게 말할 거라는 걸 알고 있었어요. 내가 무슨 말을 하더라도, 유루스를 향한 당신의 마음을 돌릴 수 없으리라는 걸. 그리고 당신이 유루스 대신 희생하려고 하리라는 걸."

민아가 지금 이 순간 뮤리온을 마주하기 어려운 만큼, 뮤리온 또한 민아를 보기 힘든 모양이었다. 그는 계속해서 고개를 숙이고 얘기하고 있었다. 민아는 그의 뒤로 진 그림자 손끝이 잠깐 파르르 떨렸다가 다시 원래대로 돌아오는 것을 보았다.

"하지만……."

뮤리온이 갑자기 민아를 향해 고개를 들었다. 민아도 엉겁결에 뮤리온을 마주보았다. 그의 눈은 이번엔 눈물로 젖어 있지 않았다. 오히려 무언가 결심한 듯 단호한 빛을 드러내고 있었다.

"하지만 그렇다고 해서 제가 당신의 부탁을 들어드릴 수는 없어요. 누군가는 이 논란을 잠재우기 위한 희생양이 되어야 하고, 저는 그게 당신이 되도록 두고 보지 않을 거예요."

"리온!"

뮤리온의 말에 민아가 당황하며 뮤리온의 팔을 붙잡으려고 했지만, 뮤리온은 그렇게 놔두지 않았다. 그는 두어 걸음 뒤로 물러난 다음, 바로 문을 향해 걸어갔다. 민아가 어떻게 말릴 새도 없이 그는 닫혀 있던 문을 열었고, 그가 문을 열자마자 밖에서 대기하고 있던 그의 호위기사들이 바로 안으로 들어왔다.

"시간이 촉박하지만, 분명 당신의 대역을 찾을 수 있을 거예요. 비슷한 사람을 잘 찾는다면, 대신 재판장에 내보내더라도 아무도 눈치채지 못할 거예요. 그리고…… 죄송하지만, 유루스의 재판이 끝날 때까지, 제가 당신을 안전하게 보호하겠어요."

미리 얘기가 되어 있던 상황인지, 방 안으로 들어온 호위기사들은 별다른 명령 없이 바로 민아의 곁으로 다가왔다. 민아는 갑작스러운 상황에 도망도 치지 못하고 그대로 기사들에게 양팔이 붙들리고 말았다.

"이거 놔! 뮤리온, 당신이 나한테 이럴 수는 없어요!"

민아는 기사들에게서 양팔을 빼내려고 몸부림쳤지만, 민아에게는 역부족인 일이었다. 민아는 배신감에 젖은 얼굴로 뮤리온을 쳐다봤다. 하지만 뮤리온은 민아의 그런 시선에도 눈 하나 깜짝하지 않았다.

"아가씨를 다락방에 따로 모셔라. 덩굴을 타고 나갈 수 있으니 창에는 못질을 하고."

"예, 전하."

기사들이 그대로 민아를 방문 쪽으로 끌고 갔다. 민아는 끌려가지 않으려고 발버둥을 쳤지만, 그런 저항도 의미 없이 그들은 아예 민아의 옆구리를 끼고 그녀를 공중으로 번쩍 띄워 끌고 가려고 했다.

민아는 두 눈을 감고 이를 악물었다. 대신전이 무너진 날 이후, 실수로라도 푸른 불꽃을 내는 일이 없도록 주의했었지만, 이렇게 된 이상 별다른 방법이 없었다. 민아는 미간에 힘을 준 채 정신을 집중했다. 몇 초가 지나자 바로 민아를 붙들고 있는 기사들의 양팔에 푸른 불꽃이 옮겨붙었다.

"윽!"

갑작스러운 공격에 기사들은 신음을 내며 민아를 붙잡은 손을 놓았다. 그사이에 민아는 그들 사이에서 빠져나왔다. 그녀는 몇 걸음 뛰어 그들과 거리를 둔 뒤, 그들을 향해 경고하듯 두 팔을 뻗었다. 그녀는 푸른 불꽃의 힘으로 이들을 위협할 생각이었다.

"봤죠? 더 가까이 다가온다면……."

그러나 민아가 위협하는 말을 다 끝내기도 전에, 그들은 아무렇지도 않게 품속에서 빛의 돌을 꺼내 불이 붙은 자신들의 팔에 가져다 대었다. 푸른 불꽃은 빛의 돌이 닿자마자 맥없이 빛의 돌 안쪽으로 빨려 들어가 버렸다. 민아는 당혹감에 얼굴을 찌푸린 채 그들이 들고 있는 돌을 바라보았다. 제법 크기가 큰 빛의 돌이었다. 저것들을 깨뜨리려면 제법 힘을 써야 할 게 분명했다. 게다가 깨뜨린다 해도 저들이 가진 빛의 돌이 더 있을지도 몰랐다. 아니, 틀림없었다. 다른 사람은 몰라도 뮤리온은 민아의 힘을 알고 있으니, 민아를 지치게 하기 충분할 정도의 돌을 준비시켰을 터였다.

"민아. 그만 포기해요."

뮤리온이 자그맣게 한숨을 쉬며 말했다. 그는 민아를 달래려는 듯 부드러운 목소리를 냈다.

"지금 민아가 얼마나 화가 나는지 알고 있어요. 하지만, 시간이 지나면, 당신도 제 마음을 이해해줄 거라고 믿어요. 내가 이럴 수밖에 없었다는 걸……."

뮤리온이 민아를 회유하는 순간까지도, 그의 기사들은 천천히 민아에게 다가오고 있었다. 민아는 긴장감에 손끝이 저릿저릿해지는 것을 느끼며 주변을 살펴보았다.

여기서 이들을 피해 도망칠 수 있을까, 이들을 따돌릴 수 있을까? 하지만 생각하면 생각할수록 답이 없었다.

민아가 아무리 빨리 뛴다고 하더라도 이들보다 빨리 뛸 수는 없을 터였다. 결국은 얼마 지나지 않아 잡히고, 다락방에 유루스의 재판이 끝날 때까지 갇히고 말 것이 분명했다. 그러니 민아는 결코 여기서 붙잡힐 수 없었다.

민아는 짧은 시간 동안 생각하고 또 생각했다. 어떻게 하면 여기서 도망칠 수 있을까? 아니, 어떻게 하면 유루스를 살릴 수 있을까. 계속해서 생각하던 민아는 어느 순간 길게 숨을 들이마셨다. 심장이 너무 뛰어서, 심장이 뛸 때마다 온몸이 그 고동으로 떨리는 것만 같았다.

그녀는 식은땀이 이마를 타고 흐르는 것을 느끼며 허리춤에서 단검을 뽑아 들었다. 유루스가 자신의 선택을 어떻게 생각할지 알 수 없었다. 그러나 자신은 아무리 생각해도 이 선택이 최선인 것만 같았다. 민아는 유루스를 너무나도 사랑했다. 어쩌면 자신의 목숨보다도 더 사랑했다.

"민아! 그만 포기하라니까요? 이런 식으로 나오면 당신이 다칠 수도 있어요!"

민아가 단검을 뽑는 것을 보고 뮤리온이 안타까운 목소리로 소리쳤다. 그가 보기에 민아는 한없이 무모한 선택을 한 것으로밖에 보이지 않았다.

황태자의 호위기사는 정예 중의 정예들이었다. 제대로 된 훈련조차 받은 적 없는 여인이 단검 한 자루 쥐었다고 어떻게 틈을 만들어볼 수 있는 사람들이 아니었다. 기사들은 민아가 단검을 뽑아 자신들에게 겨눔에도 긴장도 되지 않는 듯 계속해서 그녀와의 거리를 좁히고 있었다. 그들은 무기 없이도 적을 상대하는 훈련을 받은 사람들이었다. 그러니 어쩌면 그들에겐 민아가 검을 들었다 해도 방금 전과 별다를 바 없는 손쉬운 상대로 보일 터였다.

민아는 검을 든 손을 아래로 약간 내리고 바닥을 향해 둥그렇게 휘둘렀다. 그와 동시에 손에서 검날을 타고 푸른 불꽃이 흘러내려 바닥에 둥그런 불꽃의 띠가 만들어졌다. 그녀의 그런 행동에 기사들은 잠깐이나마 의아함을 느낄 수밖에 없었다. 자신들에게 거리를 두려면 굳이 불꽃을 둥그렇게 두를 이유가 없었다. 그것은 더 안전한 보호막처럼 느껴질지는 몰라도, 오히려 민아 자신의 운신의 자유 또한 제약하게 되는 악수였다. 민아가 도대체 무슨 생각인지는 알 수 없었지만, 어찌 되었든 그들은 민아를 붙잡아야만 했기에 빛의 돌을 든 채 불꽃을 빨아들이기 시작했다. 민아는 그 모습을 잠깐 지켜보다가 그대로 뮤리온 쪽으로 시선을 돌렸다.

"리온. 마지막 부탁이 있어요."

뮤리온은 불꽃 안에 서 있는 민아의 모습을 보고 얼굴을 찌푸렸다. 푸른 불꽃 가운데에서 고요히 서 있는 민아의 모습이 어쩐지 한없이 불길하게만 느껴졌기 때문이다. 민아 자체가 불길하게 느껴졌다는 것이 아니었다. 민아를 감싼 분위기, 그것이 한없이 이상하게만 느껴졌다. 뮤리온은 마치 민아가 무언가 알 수 없는 나쁜 마음을 먹은 듯한 예감을 느꼈다.

"당신이 증언해줘요. 유르스에겐 죄가 없다고. 그리고 그가 당신을 어떻게까지 도왔는지."

뮤리온은 민아의 말에 고개를 저었다. 평행선의 연장이었다. 그는 지금까지 몇 번이고 자신은 민아만을 보호하겠다고 말했고, 민아는 계속해서 유르스를 지켜달라고 말하고 있었다. 그 두 주장은 양립될 수 없는 것이었다.

"아니오. 민아. 전 그를 위해 그 어떤 것도 증언하지 않을 겁니다."

"그리고 어떻게 마녀를 죽였는지."

난데없는 말에 뮤리온은 얼굴을 찌푸렸다. 그리고 민아는 의미심장한 말을 꺼내기가 무섭게 바닥에 불을 흩뿌리기 시작했다. 뮤리온의 기사들은 빛의 돌로 불을 흡수하고 있었지만, 민아가 너무 넓게 또 너무 많은 양의 불을 한 번에 퍼뜨리는 바람에 불의 흡수에 시간이 걸리고 있었다. 민아는 자신의 힘의 잔량 따위는 생각하지 않는 것처럼 푸른 불꽃을 막무가내로, 온몸으로 뿜어내고 있었다. 주변을 넘어 벽을 타고 천장까지, 사람이 있는 곳을 제외한 근처의 모든 곳이 금세 푸른 불꽃에 감싸이게 되었다.

"그게 무슨 말이에요? 그가 당신을 어떻게 죽인다는 거예요? 그는 지금 다른 방에 갇혀 있어요. 그리고 그가 당신을 죽이려 한다해도, 제가 그걸 두고 보지도 않을 거고요."

뮤리온은 이제 불안한 기색을 감추지 못했다. 민아가 도대체 무슨 생각으로 이런 짓을 하는지 알 수 없었다. 그리고 그녀의 생각을 알 수 없어서 더 불안했다. 뮤리온은 민아가 이 상황을 자신에게 안 좋은 방향으로 끌고 가고 있다는 생각이 강하게 들었다.

어느 순간, 천장을 타고 옮겨가던 불덩이가 뮤리온의 머리 위로 떨어졌다. 뮤리온은 아무렇지도 않게 검을 뽑아 그 불덩이를 쳐낸 뒤, 민아 쪽으로 다가가기 시작했다. 뮤리온은 이제 강제력을 써서라도 민아를 잡아 가둘 생각이었다. 그는 금방이라도 민아를 잡을 것처럼 다가오고 있었으나 민아는 그런 모습에도 전혀 물러서지 않은 채 자신의 이야기를 계속해서 이어갔다.

"그래요. 고발이 있고, 증인이 있는 만큼 유루스가 재판대에 설 수밖에 없는 건 이해해요. 하지만 그에게 걸린 혐의 전부, 마녀의 사악한 주술에 조종당했기 때문에 벌어진 일이라고 해줘요. 많은 증거들이 남아 있어요. 전 그냥 노예가 아니라, 방문자 출신의 여자라는 거. 유루스가 예전에 르네긴님에게 보낸 편지에도 남아 있고, 제가 달의 문을 건널 당시에 입었던 옷들도 그대로 남아 있어요. 유루스는 우연히 방문자 노예를 붙잡았다가 본의 아니게 조종당하고 만 거라고요."

"도대체 무슨 말을 하는 거예요? 나는 유루스를 위해선 한마디도 하지 않겠다고 했잖아요!"

결국 일방적인 민아의 말에 초조해진 뮤리온이 목소리를 높였다. 그는 민아 곁에 더 가까이 다가가려고 했지만 그녀의 주위를 감싼 불꽃 때문에 무리였다. 뮤리온은 빛의 돌을 들고 있는 자신의 호위기사들을 바라보았다. 자신들이 모시는 이의 짜증스러운 시선에 그들도 당황해했다. 물론 그들도 뮤리온 앞의 불꽃을 당장 치우고 싶은 마음은 굴뚝같았다. 그러나 민아가 계속해서 어마어마한 양의 힘을 방출하고 있고, 빛의 돌이 흡수하는 속도에는 한계가 있었으니 일이 그렇게 마음대로 될 수만은 없었다. 지금으로서는 민아의 힘이 다 떨어지기를 기다리는 수밖에 없었다. 민아는 자신의 곁으로 더 다가오지 못하는 뮤리온을 보고 힘없는 미소를 지었다.

"알아요. 하지만…… 그래도 부탁할게요."

한순간에 창백해진 민아의 얼굴은 이렇게 많은 양의 힘을 단시간에 내뿜는 것이 민아에게도 부담이 된다는 것을 단적으로 보여주는 듯했다. 뮤리온은 민아의 속마음을 몰라 애타는 마음에 입술을 깨물었다. 그가 이러지도 저러지도 못하고 있을 때, 민아는 들고 있던 단검을 높이 치켜들었다. 그러나 왜인지 그 칼날은 기사들이나 뮤리온이 아닌, 그녀 자신의 가슴 쪽을 향하고 있었다.

"민아!"

비로소 민아의 생각을 깨달은 뮤리온이 당황에 찬 비명을 질렀다. 단검을 쥔 그녀의 두 손엔 힘이 들어가 있었고, 언제든 차가운

우리의 기억만이 남아

검날을 자신의 가슴에 꽂아 넣을 준비가 되어 있었다. 민아는 고개를 위로 살짝 치켜들고 두 눈을 감고 있었다. 그녀의 감은 눈에서 한 줄기 눈물이 볼을 타고 굴러떨어졌다. 하지만 그것은 결코 무섭거나 두려워서 흐르는 눈물은 아니었다.

"이건 유루스의 단검이에요. 그가 자주 들고 다니던 검이고, 무기상에 그가 주문한 기록도 남아 있을 테니 유루스가 나를 죽였다는 충분한 증거가 될 거예요. 제 몸에서 검을 뽑지 말고, 그대로 재판장에 가져가 주세요. 데이드라트의 장례식날, 내 얼굴을 본 시민들도 많으니 내가 마녀라고 증언해줄 사람도 금방 찾을 수 있을 거예요."

"비켜! 이 쓸모없는 녀석들!"

뮤리온의 귀에 민아의 말은 단 한 마디도 들어오지 않았다. 그는 기사들의 손에서 빛의 돌을 빼앗았다. 그리고 그 돌을 가지고 불길을 넘어가려다가, 몇 걸음 걷지도 못하고 그대로 그 자리에 멈춰 서버렸다. 어차피 지금 이 돌로는 당장 길을 뚫을 수 없었다. 그리고 당장 길을 뚫지 않는다면, 민아는 그대로 죽어버리고 말 것이었다. 뮤리온은 다시 민아를 바라보았다. 이제 그녀의 긴 말도 끝나가고, 단검을 든 손의 흰 뼈가 살갗 아래에서 도드라져 보이기 시작했다.

"그 사람은, 카이아를 위해 마녀를 죽였다고. 그러니까 잠깐 조종당했던 과거는 용서해달라고. 그렇게…… 그렇게 말해주세요."

민아는 눈물과 함께 마지막 말을 삼켰다. 그리고 그녀의 입이 완전히 다물린 순간, 검을 든 손이 그대로 아래로 떨어졌다.

민아는 검의 끝이 자신의 가슴 윗부분을 파고드는 것을 느꼈다. 서늘한 쇠의 감촉이 민아를 더없이 소름 끼치게 했지만 민아는 거기서 멈추지 않았다. 자신이 목숨을 버림으로써 유루스가 살아남을 수 있다면, 그것으로 자신의 삶에 한 점 후회는 남지 않을 것만 같았다.

새빨간 피가 방울져 바깥으로 새어 나온 순간, 무언가가 민아의 손등을 세게 때렸다. 단검을 든 손이 순간 옆으로 휙 밀리며 민아는 손에 쥔 단검을 놓치고 말았다. 민아는 놀란 나머지 감았던 두 눈을 크게 떴다. 무언가에 맞았던 손등이 다 찢어져 벌건 속살을 드러내고 있었다. 민아는 그 손등에 신경 쓸 겨를도 없이 단검이 날아간 방향으로 몸을 돌렸다. 그 쪽으로 몸을 돌려 바닥을 보고 나서야 민아는 자신의 손등을 때린 것이 무엇인지 알 수 있었다.

뮤리온이 들고 있던 빛의 돌을 그대로 민아에게 던져 맞춘 것이었다. 그러나 지금 뮤리온이 무엇을 던졌는지는 전혀 중요한 문제가 아니었다. 민아의 마력은 이제 바닥을 드러내버렸다. 더는 푸른 불꽃으로 자신의 주변을 감쌀 수 없었고, 불꽃을 유지시키는 것도 한계에 다다르고 있었다. 자신을 보호해주고 있는 불꽃 장벽이 사라지기 전에 얼른 바닥에 떨어진 단검을 찾아 방금

하지 못했던 일을 마무리해야만 했다.

 민아의 눈동자가 다급하게 바닥을 훑고, 마침내 그녀는 저 멀리로 날아가 버린 유루스의 단검을 발견했다. 그녀는 단검을 발견하자마자 지체 없이 단검 쪽으로 몸을 날렸다. 하지만 그녀의 손이 단검을 붙잡기 전에, 누군가가 민아를 그대로 붙잡아 바닥으로 눌렀다. 민아는 막막한 기분에 손을 이리저리로 휘저으며 악을 썼다.

 "이거 놔! 놓으라고!"
 "미쳤어요? 자살을 하려고 하다니!"

 발버둥 치는 민아를 뮤리온을 온몸으로 짓눌러 겨우 막을 수 있었다. 아무런 방어막 없이 푸른 불꽃 벽에 뛰어든 탓에 뮤리온의 몸이며 얼굴 할 것 없이 푸른 불꽃이 붙어 이글이글 타오르고 있었다. 그러나 그는 지금 자신의 몸을 얼리는 푸른 불꽃에는 전혀 신경 쓰지 못하고 있었다. 민아가 온 힘을 다해 몸부림치고 있었기 때문이다.

 민아는 제때 목숨을 끊지 못했다는 압박감 때문에 반쯤 정신이 나간 상태였다. 그녀의 손이 뮤리온에게 짓눌린 채로도 미친 듯이 바닥을 헤집더니 결국 바닥에서 유루스의 단검을 찾아내고 말았다. 하지만 뮤리온이 그녀가 그 검을 그대로 집어 들게 놔둘 리가 없었다. 민아가 단검을 집음과 동시에 뮤리온 또한 손을 뻗어 단검을 집었다. 두 사람 모두 손잡이를 잡을 생각은 하지도 못했다.

아옹다옹하는 사이에 두 사람의 손바닥이 검날에 베여 바닥에 피가 흥건히 고였다.

결국 뮤리온은 민아에게서 단검을 빼앗아 저 멀리로 던져버리고 말았다. 검이 날카로운 쇳소리와 피를 뿌리며 저 멀리로 날아가 버리고, 잠시 동안 두 사람은 씩씩거리며 숨을 골랐다. 두 사람 모두 엉망으로 지치고, 더 이상 갈 데가 없을 정도로 정신적으로 몰린 상태였다.

"왜…… 왜 말리는 거예요?"

민아가 이해할 수 없다는 목소리로 물었다.

"어떻게 말리지 않을 수가 있겠어요?"

뮤리온 또한 이해할 수 없다는 목소리로 되물었다.

"내가 죽지 않으면, 유루스가 죽잖아요. 어차피…… 난 유루스가 죽으면 어차피 더는……."

"난 그런 거 몰라요. 그런 건 생각하지 않기로 했어요. 나도 당신이 다치지 않고 내 곁에 있었으면 했으니까, 유루스에 대해서는 아무것도 생각하지 않으려고 했다고요."

뮤리온은 마치 어린애가 고집부리는 것 같은 목소리를 냈다. 그러나 그의 목소리는 점점 약해지고, 또 약해졌다. 마지막에는 거의 흐느낌처럼 되어버렸다.

"그런데, 당신이 이러면…… 데이드라트에 이어서, 당신까지 어떻게 된다면, 그렇게 된다면……."

우리의 기억만이 남아 269

뮤리온은 비틀거리며 자리에서 몸을 일으켰다. 그의 몸에 붙었던 푸른 불꽃은 마치 푸른 눈물방울처럼 바닥으로 조각조각 나 떨어지다가 또 사라져버렸다. 민아의 마력이 완전히 고갈되면서 불꽃이 꺼지기 시작한 것이다. 주변의 불꽃이 한순간에, 강한 바람이 불어온 것처럼 훅 한쪽으로 쏠리더니 꺼져버렸다. 불이 꺼지고 나서야 뮤리온의 수호기사들이 허겁지겁 뮤리온에게 다가와 그를 부축하려고 했다. 그러나 뮤리온은 그들의 손을 매섭게 쳐내버렸다.

"너희들이 이 판결의 증인이 되라."

뮤리온은 흐트러졌던 자세를 바로잡고 섰다. 그리고 그는 허리춤의 검을 뽑아 아직도 일어나지 못하고 있는 민아의 이마를 향해 겨누었다.

"나, 뮤리온 디아스 에펜드리아. 영웅 카자흐의 후손이자, 카이아 다음 세대의 수호자. 지금 이 순간, 황제 폐하를 대신하여, 위대한 영웅 카자흐가 가장 처음 만든 12법에 따라, 지금 죄인의 죄를 황제 폐하의 이름으로 합당히 심판하려고 한다."

뮤리온의 이해할 수 없는 말에 민아는 그저 두 눈을 깜빡거리기만 했다. 정작 당사자인 민아와 뮤리온은 어떤 소란도 피우지 않는데, 그들 옆의 기사들이 화들짝 놀라며 뮤리온을 만류하기 시작했다.

"전하. 그것은 지난 수백 년 동안 단 한 번도 사용되지 않은 법률입니다. 왜 선황들께서 그 법을 사용하시지 않으셨겠습니까? 과거 그 법을 잘못 사용하는 선조들이 계셨기 때문이 아닙니까? 전하께서 이러시면 귀족들이 크게 반발할 것입니다."

"전하. 다시 한 번만 생각해주십시오."

황제가 제국 내의 모든 범죄를 자유롭게 심판할 수 있는 권리. 그것이 옛 조문이 황제에게 내리는 권력 중의 하나였다. 그러나 그것은 기사들의 말대로 이미 사용되지 않은 지 오래된 법문이었다. 뮤리온 또한 자신의 기사들이 무엇을 걱정하는지 잘 알고 있었다. 그러기에 그 또한 이 방법은 처음부터 생각지도 않았던 것이다.

그러나 이제는 이 방법 말고는 다른 방법이 없었다. 사랑하는 사람, 비록 자신을 사랑해주진 않았어도, 그래도 여전히 그는 온 마음을 다해 그녀를 사랑했고, 그녀를 죽게 놔둘 수는 없었다.

"나는 유루스 이올라긴, 방문자 김민아에 죄에 대한 판결을 지금 내린다."

민아는 자신을 겨누는 검 끝을 바라보았다. 그리고 뮤리온의 얼굴을 바라보았다. 그리고 그 순간만큼은 아무런 말도 할 수 없었다. 결국 뮤리온이 자신에게 져준다는 것을 알았기에, 그가 정치적으로 커다란 타격을 입을 것을 감수하고도 자신과 유루스를 돕는다는 것을 알았기에, 더욱더 아무런 말도 할 수 없었다. 너무나도 미안하고, 또 너무나도 고마웠기에 오히려 그 어떤 말도 쉽게 할 수 없었다.

"두 사람을 카이아 제국 내에서 영원히 추방한다. 그들은 카이아 제국 본토는 물론, 그에 속한 속국의 땅에도 영원히 발을 들이지 못할 것이다."

"전하! 겨우 추방이라니요? 마녀와 마녀숭배 혐의입니다! 증인도 증거도 있는 사건입니다. 그런 벌은 아무도 납득하지 못할 것입니다!"

"전하! 제발 그만둬주십시오!"

기사들은 이제 무릎까지 꿇고 머리를 땅에 박았다. 그러나 여전히 뮤리온은 미동도 하지 않았다. 그리고 그는 입술을 살짝 깨문 채, 민아를 향한 마지막 말을 뱉었다.

"그리고 지체 없이, 나의 땅에서 나갈 것을 명한다."

뮤리온은 민아를 겨누었던 검을 거둬 다시 검집에 집어넣었다. 민아는 어안이 벙벙한 채로 어찌할 줄 몰라 계속해서 그 자리에 반쯤 몸을 일으킨 채 있었다. 뮤리온은 그런 민아를 가만히 내려다보았다. 아무런 말도 하지 않았다.

뮤리온은 그렇게 한참 동안 민아의 얼굴을 바라만 보고 있었다. 민아는 그의 눈을 멍하니 바라보다가, 어느 순간 정신이 든 듯 엉거주춤 자리에서 일어났다. 그리고 재빨리 몸을 돌려 긴 복도를 뛰어가기 시작했다. 얼마 뛰지 못하고, 민아는 잠깐 뒤를 돌아보았다. 뮤리온은 여전히 아까와 같은 자세로 계속해서 민아를 바라보고 있었다.

자신을 바라보는 푸른 눈에 민아는 가슴 한구석이 시려옴을 느꼈다.

마치 동화 속의 왕자님처럼 아름다웠던 사람, 다정하고 착해서, 같이 있으면 주변을 환하게 밝혀주었던 사람.

민아 또한 이것이 자신과 뮤리온의 마지막임을 직감하고 있었다. 그녀는 점점 멀어지면서도, 뮤리온의 얼굴을 가슴속 깊숙이 담아두려고 애썼다. 비록 사진 한 장 남기지 못했지만, 그래도 가슴 속에서나마 그의 얼굴을 영원히 기억하고 싶었다. 결국 시간이 흐르면, 모든 것들이 다 사라지고 말 것이었다. 서로를 추억할 그 무엇도 없으니, 먼 훗날에는 모든 것이 옛이야기처럼만 남게 될 터였다.

그러나 우리의 기억만은 마지막의 마지막까지 남아, 함께했던 아름다운 추억들을 마치 어제 일처럼 생생하게 떠올릴 수 있게 해줄 터였다. 결국 더는 얼굴조차 제대로 보이지 않을 정도로 멀어지고 나서야, 민아는 완전히 고개를 돌렸다. 그녀는 이를 악물고 고개를 숙인 채 멀리, 더 멀리 뛰어가기만 했다.

18
행복하게 오래오래 살았습니다

눈을 감으면 평원의 바람 소리가 들린다.

나는 어딘가 내가 머무를 대지가 있으리라는 꿈을 꾼다.

민아는 피가 흐르는 손바닥을 옷을 찢은 천으로 대충 둘러매며 그대로 넬룸이 묶여 있는 마구간으로 달려갔다. 뮤리온은 유루스가 어디에 갇혀 있는지 말해주지 않았다. 그러나 민아의 생각으론 어쩐지 사라진 모두는 마구간 근처에 붙잡혀 있을 것만 같았다. 넬룸의 울음소리에 잠을 깨었기 때문일까, 민아는 근거 없는 확신을 가지고 달려와 어느새 마구간 앞까지 도착했다.

그러나 막상 마구간 안으로 들어간 민아는 실망을 감출 수 없었다. 유루스는커녕 사람의 그림자조차도 보이지 않았기 때문이다.

민아가 재빨리 다른 곳을 찾아보기 위해 마구간을 나서려는 때, 갑자기 등 뒤에서 넬룸의 울음소리가 들렸다.

푸르르.

흥분한 듯한 울음소리와 발을 구르는 소리에 민아는 의아해하며 뒤를 돌아봤다. 아무도 없는 이 마구간에서 넬룸들이 왜 이렇게 소란을 피우는지 알 수 없었기 때문이다. 민아가 뒤를 돌아보았을 때, 민아는 자신을 향해 고개를 빼 내밀고 있는 마오의 얼굴을 보았다. 또한 마오의 옆에 서 있는 사람의 그림자 또한 보았다. 민아는 그 그림자에 흠칫 놀라 몸을 떨었다.

"누, 누구……."

"민아! 나예요!"

상대방도 갑자기 마구간으로 들어온 사람의 정체에 긴장하고 있던 것은 마찬가지인 듯했다. 그녀는 마구간 안으로 들어온 것이 민아라는 것을 알아차리자마자 민아를 향해 반가운 목소리를 냈다. 넬룸 너머로 마치 남자처럼 짧은 금발머리가 드러나 보였다. 넬룸 뒤에 숨어 있었던 것은 다름 아닌 나디르였다.

"나디르님! 도대체 어떻게 여기에?"

"월라드의 고발 이후로, 몰래 황태자 전하를 따라왔어요. 당신에게 하지 못했던 말이 있어서……."

나디르는 꽤 오랫동안 마오의 등 뒤에 숨어 있었던 모양이었다. 그녀는 오랜 시간 굽히고 있던 몸을 펴는 게 힘든 듯, 조금 괴로운 신음과 함께 마오의 등을 짚으며 우리 밖으로 나왔다. 나디르의 손이 닿을 때마다 마오는 굉장히 신경질을 내며 씩씩댔다. 이제 보니 그동안 마오가 시끄럽게 울어댔던 이유는 얼굴도 모르는 낯선 사람이 계속해서 자신을 만지고, 자신의 우리 안에 숨어들었기 때문이다. 넬룸종의 예민한 특성을 생각하면 당연하다고도 할 수 있는 일이었지만, 민아는 넬룸의 특성을 잘 알지 못했기 때문에 마오의 예상외의 성질에 조금 놀랄 수밖에 없었다.

"하지만, 저는 지금 너무 바빠서……. 당장 유루스를 찾으러 가야 해요."

민아는 흐트러진 머리칼을 급하게 다듬으며 당황해했다. 뮤리온이 자신과 유루스에게 카이아에서의 즉시추방을 명령했다. 그들이 원래 받았어야 할 벌에 비하면 즉시추방은 몹시 관대한 처사였기에, 다른 소리가 나오기 전에 얼른 카이아를 떠나는 것이 좋을 터였다. 그렇기에 민아는 지금 여기에서 나디르의 「하지 못했던 말」을 들을 마음의 여유가 없었다.

"아니, 꼭 제 말을 들어주셔야 해요. 뮤리온 전하께서 당신과 유루스에게 카이아에서의 추방을 명령하셨죠? 그러니 우리가 만나는 것도 이게 마지막이 될 수 있잖아요. 지금밖에 말할 기회가 없어요."

"그걸 어떻게……."

나디르의 말에 민아가 놀란 표정을 지었다.

즉시추방은 바로 방금 내려진 판결이었다. 나디르가 그 자리에 있었던 것도 아닌데 그걸 어떻게 안 것인지 의문스러웠다.

"그냥 제 감이에요. 왠지 그럴 것 같았거든요. 뮤리온 전하가 당신은 물론…… 유루스도 죽일 수 있을 리 없을 테니까."

나디르는 씁쓸한 미소를 지으며 말했다. 그녀는 민아가 머뭇거리는 순간을 놓치지 않고 메고 있던 가방을 풀어 민아 쪽으로 내밀었다. 민아는 엉겁결에 나디르가 거의 떠밀다시피 건네는 가방을 받았다.

"당신에게 진작 주었어야 했는데……. 혹시나 하는 마음에. 이제 와 하는 이야기지만, 저는 당신과 유루스의 관계를 알면서도 당신이 뮤리온 전하 곁에 남아주었으면 했거든요. 그래서 이걸 줄 수가 없었어요."

민아는 의아한 표정을 지으며 나디르가 건넨 가방을 열어 그 속을 살펴보았다. 가방 속에는 오래되고 두꺼운 노트 몇 권과 붉은 소통의 돌로 장식된 기다란 끈, 그리고 팔찌가 들어 있었다. 민아는 나디르가 도대체 왜 이런 것을 주는지 알 수가 없어, 가방 안에서 소통의 돌로 장식된 기다란 끈을 꺼내보았다. 가방 밖으로 꺼내보고 나서야, 민아는 그 기다란 끈이 다른 것이 아니라 짐승의 고삐라는 것을 알 수 있었다.

"이게 도대체 뭐죠?"

말의 고삐는 아니었다. 그보다 훨씬 컸기 때문이다. 고삐의 끝

머리인 가죽 부분에는 길이를 조절할 수 있는 작은 구멍이 여러 개 나 있었다.

"달의 자식에게 채우기 위한 고삐예요."

"네?"

민아는 자기도 모르게 얼빠진 목소리를 냈다. 그리고 눈을 크게 뜬 채로 들고 있는 고삐를 다시 한 번 살펴보았다. 달의 자식에게 채우기 위한 고삐라니, 그런 것을 도대체 왜 만들었단 말인가? 애초에 달의 자식에게 고삐를 채우는 것이 가능하긴 하단 말인가? 그리고 고삐를 채워봤자 무엇한단 말인가, 어차피 다룰 수도 없는 짐승인데.

"라히드의 사후, 그의 방에서 발견된 물건들이에요. 라히드의 물건들은 철저한 조사 후 모두 국고로 회수되어야 하지만, 이것들만은 아버지와 제가 당신을 위해 몰래 **빼둔** 거예요."

"라히드의 방에서……."

―민아 양은「진짜」삶을 찾고 싶지 않습니까?

라히드의 이름을 듣는 순간, 그가 했던 말이 바로 옆에서 듣는 것처럼 선명하게 떠올랐다. 그래. 예전에 라히드는 르네긴 저택 앞에서 분명 그런 말을 했었다.

―……만약 달의 자식을 이용하면 인간도 달의 문을 자유롭게 건널 수 있게 되지 않을까 하고요.

라히드는 달의 자식을 이용해 달의 문을 건널 수 있을 것이라고 말했었다. 당시 민아는 라히드의 말을 믿을 수 없기도 하고, 또 그의 말이 진짜라고 해도 라히드의 손을 잡을 수 없었기에 그의 말을 무시했었다.

하지만 오늘, 라히드의 말이 거짓이 아닌 진짜라는 것이 드러났다. 라히드는 정말 달의 문에 대한 연구자료를 가지고 있었고, 정말 달의 문을 건널 방법을 알고 있었다. 비록 그의 입으로 아직까지 실행한 적이 없는 이론에 불과하다고 했었지만, 그래도 카이아의 고위신관인 라히드가 오랜 기간 연구한 방법이니만큼 가능성이 높은 방법일 게 분명했다.

"정말, 정말 달의 문을 건너는 방법이 나와 있나요?"

민아는 떨리는 목소리로 질문했다. 나디르는 조금 망설이다가 민아의 질문에 대답했다.

"제가 보기엔 상당히 신빙성이 있다고 봐요. 그냥 공상이 아니라 여러 번 실제 연구를 한 것을 바탕으로 한 이론이거든요."

나디르는 민아의 가방에서 책을 꺼내 펼쳐 보이며 라히드의 연구에 대해 짧게 설명을 해주었다. 나디르의 말대로 라히드의 연구는 장기간 여러 번의 실험을 거치며 이론을 정립한 것이었다. 민아가 듣기에도 라히드의 방법이라면 달의 문을 건널 수 있을 것만 같았다. 나디르는 간단하게 설명을 마친 뒤, 연구노트를 다시 민아의 가방에 넣어주었다.

"진작 알려주지 않아서 미안해요. 당신을 위해서 **빼낸** 자료이긴 하지만, 막상 당신에게 건네주는 것은 꺼려졌어요. 당신이 이걸 알면 바로 카이아를 떠나 원래 세계로 돌아가 버릴까 봐……. 뮤리온 전하가 당신을 얼마나 사랑하는지 알고 있었기에 저 또한 당신이 원래 세계로 돌아가는 것은 바라지 않았어요."

"나디르님……."

민아는 뮤리온 이야기가 나오자 미안한 마음에 얼굴을 붉혔다. 어쩔 줄 몰라 하는 민아의 모습에 나디르는 조심스럽게 손을 뻗어 민아의 볼을 쓰다듬어주었다. 그 부드러운 손길에 민아는 놀란 나머지 고개를 들어 나디르를 바라보았다. 눈이 마주치자, 나디르는 조금 쑥스러운 듯한 표정을 지었다.

"어쩔 수 없지요. 사람의 마음을 강요할 수는 없는 것이니까요. 당신은 당신이 원하는 사람과 행복해질 권리가 있어요. 뮤리온 전하도 결국 그것을 깨달으셨기에, 당신을 놓아주신 걸 테고요……."

부드러운 위로의 말에 민아는 코끝이 매워지는 것을 느꼈다. 어쩐지 울 것 같은 기분에 민아는 재빨리 고개를 아래로 숙였다. 나디르 앞에서 꼴사납게 눈물을 보이고 싶지는 않았다. 나디르는 민아의 기분을 이해했는지, 그녀의 볼에서 손을 뗀 뒤 두어 걸음 뒤로 물러섰다.

"걱정하지 마세요. 아직 많이 부족할 테지만, 뮤리온 전하는 제가 온 힘을 다해서 보필하겠어요. 쓸쓸해하시거나 괴로워하시지 않도록 제가 당신과 유루스의 빈자리를 채우도록 노력할게요."

민아는 나디르의 다정한 목소리를 들으며 느리게 고개를 끄덕였다. 계속해서 뮤리온이 걱정되었었다. 데이드라트의 죽음 후 너무나도 위태로워 보이는 그이기에 계속해서 걱정했는데, 그래도 나디르가 곁에 있어준다면 안심할 수 있었다.

 민아는 뮤리온이 행복하기를 바랐다. 뮤리온은 자신의 지위가 위태로워지는 것도 감수하고 자신들을 구해주었다. 그랬기에 민아는 뮤리온을 미워하려야 미워할 수가 없었다.

 "감사합니다. 나디르님. 염치없지만 전하를, 뮤리온 전하를 부탁드릴게요."

 "고맙다는 말은 하지 마세요. 당신들에게 더 해줄 것이 없어서 미안하기만 하단 말이에요. 그리고……. 만약 당신의 세계로 돌아가지 않을 거라면……. 그래서 만약 제 도움이 필요하게 된다면, 언제든지 연락주세요. 저와 아버지 모두 언제든지 온 힘을 다해 당신들을 도울 테니까요."

 나디르는 민아를 향해 애매하게 팔을 든 채 머뭇거렸다. 꼭 끌어안고 싶은데 망설이는 듯한 그 모습에 민아가 먼저 나디르에게 다가가 그녀를 끌어안았다. 다정한 우정의 포옹, 나디르는 손끝까지 힘을 주어 민아를 세게 끌어안았다.

 "결국 일이 이렇게 되어서 정말 아쉬워요. 마지막까지 아무 일도 벌어지지 않기를 바랐지만, 그건 이루어질 수 없는 바람이었나 봐요. 하지만 나는 당신들에게 씌워진 혐의가 말도 안 된다고 생각해요. 당신들은 결코 마녀나 마녀숭배자가 아니에요. 내가 본 당신들은 세상에서 가장 용기 있고 선한 사람들이었는걸요."

나디르는 자기의 일처럼 유루스와 민아의 일에 분개했다. 민아는 그녀가 자신과는 전혀 상관없는 일임에도 분노하고, 부당하다고 말해주는 것에 고마움을 느꼈다.

"저는 카이아가 아직도 죽은 마녀의 망령에 사로잡혀 푸른 불꽃의 힘을 지닌 사람들과 월장석에 지나치게 과민반응하고 있다고 생각해요. 저는 앞으로 이곳 카이아에서 당신들같이 억울한 사람들의 누명을 벗겨주고 사람들의 인식을 바꾸기 위해 노력하겠어요. 당신들이 언젠가 당신들에게 씌워진 누명을 벗고 당당하게 돌아올 수 있도록."

나디르는 민아를 끌어안은 손을 풀고, 자신의 말을 다짐하듯 가슴에 손을 얹고 말했다. 사람들의 인식을 바꾸는 일은 힘든 일이다. 아마 나디르의 말이 이뤄지려면 몇십 년이 걸릴 테지만, 그래도 그녀가 그리 말해주니 민아에게도 언젠가는 앞서 말한 편견이 사라지리라는 희망이 생겨났다.

"고마워요……."

민아는 살며시 웃으며 고개를 끄덕였다. 비록 지금은 카이아에서 추방되는 처지이지만, 그래도 자신들의 편이 있다는 것을 알게 되니 마음이 조금은 편했다. 두 사람은 마지막으로 악수를 하고 헤어지기로 했다.

민아는 자신과 유루스의 넬룸을 끌고 마구간을 나섰다. 나디르는 마구간 문 앞에 홀로 서서 멀어져 가는 민아를 향해 손을 흔들었다. 나디르와는 오래 알고 지낸 사이는 아니었다. 그럼에도 그녀는 항상 가족처럼 민아를 대해주었다. 민아에게는 참 고마운 사람들 중 하나였다.

민아는 아주 잠깐 이곳에서 만난 고마운 사람들을 생각했다. 그들이 있어 괴로운 일도 항상 이겨낼 수 있었다. 이제는 갚을 길이 없는 은혜였지만, 그들을 위한 기도만큼은 아직 할 수 있었다. 민아는 잠깐 멈춰 서서 그들의 앞길이 밝고 행복하기를 기도했다.

―

민아는 유루스가 갇힌 방을 한참 찾아야만 할 줄 알았다. 그러나 그녀의 예상과 다르게 민아는 금방 유루스를 찾게 되었다. 어딘가 갇혀 있으리라는 민아의 생각과는 달리, 유루스는 갇혀 있지도, 묶여 있지도 않았다. 그는 대문에서 가장 가까운 남쪽 응접실에 있었다.

예전 민아와 유루스가 함께 앉아 르네긴을 기다렸던 응접실이었다.

그는 초조한 듯 팔짱을 끼고 응접실 안을 걸어 다니다가, 응접실 문이 열리는 소리에 급하게 문 쪽을 돌아보았다. 그는 문을 열고 들어오는 민아의 모습을 보자, 그대로 뛰어와 그녀를 힘껏 끌어안았다.

"김민아!"

"유루스."

민아는 유루스에게 끌어안긴 채로 당황해하며 주위를 둘러보았다. 이상하게도 응접실 안에는 유루스의 모습밖에 보이지 않았다. 심지어 응접실 문 앞도 지키는 사람 없이 휑했다. 뮤리온은 분명 유루스와 부하들이 체포당했었다고 했었다. 그런데 막상 유루스를 만나고 보니, 그의 부하들도 보이지 않았고 유루스를 감시하는 사람도 없었다.

"유루스. 왜 여기에 당신 혼자만 있는 거예요? 다른 사람들은요?"

"내일 아침에 풀어준다고 했어. 풀어주려면 뭔가 걸쳐야 할 절차가 있나 봐."

"그렇다면……."

"황태자의 기사가 와서 여기에 풀어주더라고. 추방형을 받았으니 너와 같이 당장 카이아령을 떠나라고 들었어."

유루스는 민아가 어디 다친 데는 없는지 그녀를 한 바퀴 돌려 살펴보았다. 그는 곧 대충 천으로 둘러맨 민아의 손바닥을 보고 몹시 놀라며 어쩔 줄을 몰라 했다.

"다쳤어? 왜 다친 거야? 전하랑 같이 있던 거 아니었어?"

"아니……. 칼을 챙기다가 실수로 날을 쥐었어요."

유루스의 질문에 민아는 당황하며 대충 얼버무렸다. 그가 진실을 안다면 분명 충격을 받을 테니 어쩔 수 없었다. 다행히도 그는 민아의 거짓말을 믿는 것인지 별다른 추궁을 하지는 않았다.

"조심하지 그랬어. 많이 다친 것 같네."

민아의 손을 감싼 천은 어느새 새빨갛게 물들어 원래의 색을 찾아볼 수 없게 되어 있었다. 유루스가 약상자를 찾으려는지 응접실을 둘러보는 것을 민아는 만류하며 붙잡았다. 지금 자신의 손바닥의 상처는 전혀 중요한 문제가 아니었다.

"유루스. 괜찮아요. 이제 피는 대충 멎었으니까."

"뭐가 괜찮아. 딱 보니까 심한 상처인데."

"괜찮대도요."

민아는 고개를 저으며 말했다. 그녀의 목소리에 담긴 우울한 기색을 알아차린 유루스가 조심스레 그녀의 머리칼을 쓸어주었다.

"왜 그래? 어디 다른 데도 다친 거야?"

"아니에요. 나는 그냥……."

민아는 유루스의 눈을 바로 보지 못하고 입술을 달싹였다. 그녀는 잠깐 망설이다가, 결국 유루스의 옷깃을 꽉 붙잡은 채 그의 가슴팍에 얼굴을 묻었다.

"유루스. 미안해요. 당신은 이렇게 될 거라고 짐작하고 있었는데……. 제가 사람들 앞에서 푸른 불꽃의 힘을 드러내는 바람에 일이 이렇게 되고 말았네요."

괴로워하는 민아의 목소리에 유루스는 고개를 저었다. 이렇게 된 것이 민아의 잘못이 아니라는 것은, 그 누구의 잘못도 아니라는 것은 유루스가 가장 잘 알고 있었기 때문이다.

"아니야. 그건 네 잘못이 아니었어. 사실 그때는 다른 방법이 없기도 했잖아. 게다가 나도 전하도 사미엘 쪽에만 신경을 쓴 잘못도 있고. 하지만 전하의 말로는 고발한 건 윌라드라고 하더군."

유루스는 짧게 한숨을 내쉬었다. 사미엘의 부하들은 대부분 자신들이 사미엘의 강요와 압박에 의해 역모에 말려들었다고 강하게 주장하고 있었다. 그렇기에 그들은 뮤리온의 신경을 거슬리지 않으려고 애쓰고 있었고, 그들 중 누구도 민아와 유루스의 마녀 숭배 혐의에 대해 말을 꺼내지 않으려는 것만 같이 보였다. 유루스가 비공식적으로 그들을 떠봤을 때도, 그들은 고발 의지가 전혀 없음을 강하게 나타내고 있었다. 윌라드 또한 아무런 말도 하지 않기에 유루스는 그 또한 입을 다물 것이라 여기고, 사미엘만을 감시하고 있었다.

솔직히 말하자면 개인적으로 윌라드는 의심하고 있지도 않았다. 그 말더듬이는 자신의 의지 없이 사미엘의 명령만을 따른다고 황궁 내에 소문이 자자했기 때문이다. 그랬기에 사미엘과 그 부하들의 접촉만 차단시킨다면 자신들이 고발당할 리는 없다고 생각했는데, 가장 의심하지 않았던 의외의 인물이 민아와 유루스를 고발하는 바람에 모든 일이 엉망이 되어버렸다.

아무튼, 누가 고발을 했건 이미 지난 일이니 어쩔 수 없었다. 유루스는 뮤리온이 자신만을 재판대에 세우려고 한 것을 알고 조금은 놀랐지만, 생각보다 그렇게까지 충격을 받지는 않았다. 어느 정도는 짐작하고 있던 일이었기 때문이다. 만약 일이 잘못된다면, 마녀 관련 사건이니 쉽게 빠져나갈 수는 없으리라고 생각하고 있었다.

하지만 다행히도, 두 사람은 재판대에 올라서는 대신 추방형을 받게 되었다. 뮤리온과 민아의 사이에서의 일을 모르는 유루스로서는 예상하고 있었던 것보다 훨씬 낮은 형벌에 안심할 수밖에 없었다. 게다가 추방형이라면 그에게 그렇게 부담이 되는 것도 아니었다. 대신전 사건 이후, 혹시라도 모를 위급 상황에 대비해 아덴 연합 쪽에 미리 재산을 조금 빼돌려 놓았었기 때문이다. 지금만큼 풍족하게 살 수는 없을 테지만, 그래도 민아와 함께라면 금방 재기할 수 있을 거라는 생각이 있었다.

"하지만, 어떡해요? 그동안 당신이 모아온 모든 것들을 다 잃어버리게 생겼는데……."

"그런 건 상관없어."

"게다가 카이아와 그 속국들까지 들어가지 못한다면 우리가 갈 수 있는 곳이라곤 아덴 연합뿐인데, 지금의 상황으로 보아 아덴 연합과 카이아가 전쟁을 벌이는 것은 시간문제잖아요. 전쟁 중엔 또 다른 곳으로 피해야 할 거고, 그러면 어딘가에 뿌리내리고 사는 건 힘든 일일지도 몰라요. 운이 좋지 않으면 전쟁에 휘말릴 수도 있고요. 그럴 바엔 차라리……."

민아는 등에 메고 있던 가방을 풀어 유루스 앞에 내놓았다. 유루스는 민아가 도대체 무엇을 내미는지 알 수 없어 조금 당황한 표정을 지었다. 민아는 유루스 앞에 라히드의 연구노트와 소통의 돌 팔찌 그리고 고삐를 꺼냈다.

"이게 뭔데?"

유루스가 의아한 목소리로 물어봤다. 민아는 유루스 쪽으로 책을 펼치며 대답했다.

"나디르님이 주셨어요. 라히드의 연구노트예요. 달의 문을 건너는 방법에 대해 연구한 노트요."

민아는 유루스의 눈앞에서 책장을 넘기기 시작했다. 그녀는 그림으로 설명이 된 페이지를 펼친 뒤 유루스에게 그 부분을 설명하기 시작했다.

"유루스. 커다란 소통의 돌을 여러 조각으로 나누면, 그 소통의 돌끼리 공명한다는 것을 알고 있었나요?"

"뭐?"

유루스로서는 난생 처음 듣는 소리였다. 유루스는 놀라며 라히드의 연구노트로 시선을 옮겼다. 그 연구노트에는 사람과 작은 개가 같은 소통의 돌 목걸이를 하고 있는 모습이 그려져 있었다.

"여러 조각으로 나뉜 소통의 돌은, 그중 한 조각이 소통의 힘을 발할 때 모두가 다 미약하게 공명해요. 대충 100여 미터 안에 있을 경우지만요. 아무튼, 라히드는 그 돌들이 단순히 공명하는 것뿐만이 아니라는 걸 알게 되었어요."

민아의 목소리에 열기가 더해지고 있었다. 하기야 그토록 찾아 헤매던 달의 문을 건너는 방법을 찾게 되었으니 흥분할 만도 했다.

그러나 유루스는 민아의 말을 쉽게 믿을 수 없었다. 달의 문을 건너는 방법을 이렇게 쉽게 찾을 것이라고는 생각도 하지 못했기 때문이다. 그는 반신반의하며 민아의 설명과 책을 같이 살펴보기 시작했다.

"소통의 돌의 능력은 서로 다른 언어를 가진 사람이 소통할 수 있게 해주는 거지요. 그러니까 그 돌은 한 사람이 가진 정보를 다른 사람에게 전달하는 능력을 지닌 거예요. 근데 여러 개로 나뉜 소통의 돌은 본래 하나였기 때문에, 그 중 하나의 돌이 정보를 전달할 때, 다른 돌들도 같은 정보를 받게 되는 거예요."

"같은 정보를 받는다고?"

유루스의 미심쩍은 목소리에도 민아는 한 치의 의심도 없이 고개를 끄덕였다.

민아는 보라는 듯 꺼낸 소통의 돌 팔찌를 손에 쥐고 고삐는 자신의 양팔에 걸어 보였다.

"네. 거기에 수호자와 같은 힘을 가진 사람이 자신의 힘을 불어넣는다면 그 능력은 더욱 증폭되게 되지요."

민아가 손에 쥔 소통의 돌 팔찌에 자신의 힘을 불어넣었다. 푸른 불꽃이 아주 조그맣게 일더니 곧 소통의 돌 안으로 스며들었다. 그리고 곧 민아의 말대로 민아의 팔에 걸린 기다란 고삐가 푸른 기운을 내며 덜덜 떨리기 시작했다.

"말 한마디 없이 상대방에게 자신의 생각을 전달하는 건 물론이고, 만약 동물과 같이, 상대방의 지능이 능력자보다 월등히 낮을 경우, 그의 생각을 조종할 수도 있게 되는 거예요."

"그건……."

민아의 말에 유루스가 말끝을 흐렸다. 민아의 말을 종합해보니, 그녀가 말하려는 「달의 문을 건너는 방법」이 무엇인지 짐작이 가기 시작했다. 그러나 그 떠오른 방법이라는 것이 너무나도 터무니없는 것이어서 유루스는 말문이 턱 막히고 말았다. 그는 제발 자신이 잘못 생각한 것임을 바라며 이마를 짚었다.

"설마…… 네가 말하는 「달의 문을 건너는 방법」이라는 게……."

"네. 달의 괴물한테 이 고삐를 씌워서 조종하는 거예요."

그러나 유루스의 바람은 민아의 태연한 대답 앞에서 처참히 깨어지고 말았다.

유루스는 여전히 이마를 짚은 채 잠깐 비틀거리다가, 그대로 응접실의 소파에 주저앉았다.

"그건 참……."

그는 몸을 숙인 채로 나지막한 목소리로 중얼거렸다.

"꿈같은 얘기군."

"꿈같은 얘기는 아니에요. 충분히 가능성은 있다고 봐요. 나를 쫓아다니는 늑대 형태의 달의 괴물은 내 피 냄새를 맡는다면 금방 나타날 거예요. 달의 괴물은 힘을 가진 사람의 피를 먹으면 그 피를 기억하고 쫓아다닌다고 하니까요."

민아는 유루스에게 자신이 생각을 설명하며 조심스레 그의 곁에 앉았다.

바로 오늘 새벽, 유루스는 민아에게 민아의 세계로 가보면 좋겠다는 말을 했었다. 그러나 막연한 희망사항과도 같았던 그 생각이 갑작스레 현실로 다가오자 역시 조금 당황스러워하는 것 같았다.

민아는 잠깐 머뭇거리다 그의 팔을 쓰다듬었다. 민아 또한 유루스의 마음을 짐작할 수 있었다. 다른 세계로 가는 것이다. 그냥 옆 나라에 가자는 것과는 차원이 다른 이야기였다. 민아의 세계는 이곳과는 문화도 사고방식도 법도 전부 다 다른 곳이었다. 민아가 처음 이 세계에 떨어져 불안했듯이, 유루스 또한 전혀 모르는 곳에서 새로 시작하는 것이 부담스럽고 두려울 터였다.

"나의 세계는 이곳과는 달라요. 전쟁의 위험도 거의 없고, 사형 제도도 없어요. 게다가 종교적인 이유로 사람을 몰아서 죽이지도 않고요."

유루스는 가만히 민아의 말을 듣고 있었다. 그가 말을 하지 않는 시간이 길어지면 길어질수록 민아는 조금씩 불안해졌다. 그가 자신의 세계로 가고 싶지 않아 하는 것 같았기 때문이다.

민아는 자신의 세계를 사랑했다. 그러나 그만큼 유루스 또한 사랑했기 때문에, 유루스가 정말 힘들 것 같다면 달의 문을 건너는 것을 강요하고 싶지는 않았다.

민아는 조금씩 자신의 마음을 정리하려고 했다. 그래, 어쩌면 유루스를 데리고 한국으로 가는 것은 말도 안 되는 생각이었을지도 모른다. 오늘 새벽에 말했던 것처럼, 민아는 한국에서 아주 평범한 집안의 딸이었을 뿐이다. 유루스 같은 재력도 사회적 영향력도 없으니 실제로 유루스의 한국 정착에 전혀 도움이 되지 않을 것이 틀림없었다.

민아는 유루스를 불행하게 만들고 싶지는 않았다. 민아는 어느 순간 자신의 세계에 대해 설명하던 것을 멈추었다. 그녀의 말이 멈추고, 둘 사이에 잠깐의 침묵이 감돌았다. 민아가 그 침묵을 불편하게 여기기 시작할 때쯤, 유루스가 자리에서 일어났다. 민아는 가만히 고개를 올려 유루스를 바라보았다. 그는 지금 뭐 하냐는 듯한 시선으로 민아를 바라보고 있었다.

유루스는 민아에게 손을 뻗고 있었고, 민아는 고개를 갸웃하며 자신에게 내밀어진 그 손을 바라보았다.

"뭐 하는 거야?"

"뭐가요?"

"마음먹었으니 이제 나가야지. 달이 떠 있는 동안 가야 할 것 아니야."

슬쩍 올려다 본 유루스의 얼굴은 평온해 보였다. 낯선 세계에 대해 불안해하거나 머뭇거리는 얼굴은 아니었다.

"웬만하면 이카루스를 만나 사정을 설명하고, 패물들도 좀 챙기고 싶지만 즉시추방이라니 시간이 없네. 지오한테 말을 전하고 싶어도 언제 풀려날지 알 수 없으니 마냥 기다릴 수도 없는 노릇이고. 아무튼 여기 카이아령에서 계속 지체하고 있어봤자 좋을 것은 없으니 이카루스랑 지오한테 서신 한 장씩만 남기고 떠나자."

민아는 놀라 저도 모르게 두 눈을 동그랗게 떴다. 방금 전까지는 분명 고민하는 듯했었는데, 말이 없던 그 잠깐 사이에 마음을 벌써 정리했다고 생각하기는 힘들었기 때문이다. 혹시 그가 민아 자신 때문에 괜찮은 척 연기하는 건 아닐까 하는 생각이 들었다. 다른 것도 아니고, 자신이 태어난 세계를 떠나 아예 다른 세계로 가는 것이었다. 이렇게 빨리 마음을 정리하는 것은 힘들 것이라는 생각이 들었다.

"유루스, 당신 정말로……."

"얘기한 적 있지 않나? 예전에."

유루스는 민아의 손을 꼭 잡아 그녀를 앉은 자리에서 일어나게 했다. 그는 아주 자연스럽게 민아의 손을 잡고, 자신에게 필요한 짐을 챙겼다. 또한, 이카루스와 지오 앞으로 편지도 남기며 저택을 떠날 준비를 했다. 그에게 망설이는 기색이라곤 전혀 느껴지지 않았다.

"재산이나 명예, 평생 내가 가지지 못했던 것을 좇았는데……. 알고 보니까 그런 것은 전혀 내가 원하던 것이 아니었다고."

그래, 분명 그가 한 적이 있었던 말이었다. 그것도 한 번이 아닌, 두 번이나. 원하는 것은 오직 사랑하는 사람과, 마주 웃을 수 있는 평온한 땅이라고.

"아무것도 가진 것이 없어도 괜찮아. 전혀 모르는 곳이라도 괜찮아. 너와 행복해질 수만 있다면."

유루스의 다정한 말에, 민아는 저도 모르게 유루스를 꼭 끌어안았다. 있는 힘껏, 그의 심장소리가 들릴 만큼, 온 힘을 다해 그의 가슴에 매달렸다. 그래, 사실 가장 중요한 것은 서로 사랑하는 마음뿐이었다. 아무리 힘들고 어려운 일이 있어도, 그 마음만으로 헤쳐 나갈 수 있으리라.

"유루스. 우리 행복해져요."

비록 떨리고 있지만, 그래도 강한 목소리로 민아는 말했다.

"제가 당신을 행복하게 해줄게요."

민아의 진심 어린 그 약속에 유루스 또한 진심으로 대답했다.

"그래. 우리 함께 행복해지자."

맞닿은 서로의 온기가 서로의 가슴에까지 따뜻한 것을 불어넣어 주었다.

이 따뜻한 것의 이름은 무엇일까. 희망인지, 사랑인지, 행복인지. 아니면 모두 다인지. 아무튼 세상 모든 어려움을 헤쳐 나갈 용기를 주는 것.

유루스와 민아는 그 따뜻한 감정을 가슴에 품은 채, 푸른 사막으로 길을 떠났다.

깊은 밤, 유루스와 민아 두 사람은 푸른 사막 한복판에 서 있었다. 어둠을 비추는 하얀 달빛 아래서, 두 사람은 무언가를 한없이 기다리고 있었다. 다름 아닌, 달의 자식을 기다리는 것이었다.

르네긴의 별장을 떠나기 전, 민아는 마구간의 넬룸 한 마리에게 나디르에게서 받은 소통의 돌 고삐를 시험해보았다.

익숙하지 않은 일이라 조금 헤매기는 했지만, 민아는 결국 그 넬룸의 의식을 조종하는 것에 성공했다. 라히드의 연구가 사실임이 드러난 순간이었다. 정말 짐승의 정신을 조종하는 것에 성공했으니, 다음은 달의 자식 차례였다. 이 밤이 가기 전에, 민아와 유루스는 아예 달의 자식을 꾀어 달의 문을 건널 참이었다. 민아는 다친 손바닥을 힘껏 눌러 다시 피를 내었다. 피 냄새를 맡고 달의 자식이 찾아와 준다면 다행이었지만, 사실 올 가능성보다 오지 않을 가능성이 더 높았다. 민아는 초조함과 함께, 달의 자식이 오늘 밤 오기를 간절히 기도했다. 달의 자식을 꾀기 위한 민아 손바닥의 피가 거의 다 굳어 흐르지 않게 될 무렵에야, 저 멀리 지평선 너머로 검은 늑대 형상을 한 달의 자식이 보이기 시작했다.

수번을 본 그 형상, 집채만 한 덩치에 밤처럼 시꺼먼 털, 마치 전등처럼 빛나는 그 새빨간 눈동자들. 마침내 나타난 달의 자식은 빨간 눈동자를 굴려 민아와 유루스를 바라보았다. 그들이 다른 사람 없이 오로지 둘만 있음을 안 달의 자식은 긴 주둥이를 벌려 혀를 내밀고 킥킥 숨을 들이켰다. 마치 웃는 것처럼 보이는 행동이었다.

달의 자식은 여유로운 걸음으로 민아와 유루스를 향해 다가왔다. 그리고 민아와 유루스는 달의 자식과 자신들의 거리가 점점 좁혀지는 데도 좀처럼 피할 생각을 하지 않았다. 그들 사이의 거리가 이제 100여 미터 정도 남았을까, 민아는 자기 옆에 있던 넬룸

두 마리의 엉덩이를 세게 때려 그들이 사막 멀리로 달려 도망가게 했다. 영리한 짐승들이니 왔던 길을 돌아가 그들이 지내던 마구간으로 돌아갈 터였다.

푸르르.

민아의 넬룸, 마오가 걱정스러운 듯 고개를 돌려 긴 울음소리를 냈다. 그리고 그 울음소리를 기준으로, 여유로운 움직임을 보이던 달의 자식이 갑자기 태도를 바꿔 맹렬한 기세로 민아와 유루스를 향해 달려왔다.

달의 자식의 그런 모습에 민아도 재빨리 두 손을 뻗어 푸른 불꽃 장벽을 만들었다. 그러나 그 장벽은 너무 급하게 만들어서인지 그 높이가 충분히 고르지 못했다. 달의 자식은 장벽의 높이를 어림짐작한 뒤, 아무렇지도 않게 가장 낮은 쪽 벽을 향해 뛰었다. 괴물은 알 수 있었다. 그 장벽만 넘으면 금방 인간들이 있는 곳에 도달하리라는 것을. 그러나 그 장벽을 넘는 순간, 괴물은 무언가 이상하다는 것 또한 직감했다. 자신이 불꽃의 벽을 넘었음에도, 인간들이 전혀 피할 생각도, 새로운 무기를 꺼내 들지도 않았기 때문이다. 그리고 괴물이 그 불길함에 몸을 돌리려는 순간, 괴물의 발이 모래 바다에 닿았다. 그리고 괴물의 발은 눈 깜짝할 사이에 모래 바다 아래에 있는 올가미에 걸려들고 말았다.

깽!

달의 자식은 놀란 비명을 지르며 몸을 뒤로 빼 달아나려고 했다.

그러나 발에 힘을 주면 줄수록, 발에 걸린 올가미는 더욱더 세게 감겨들 뿐이었다. 괴물이 꼬리에 불이 붙은 것처럼 제자리에서 이 방향, 저 방향으로 날뛰기 시작할 때, 민아가 괴물을 향해 다시 두 손을 뻗었다. 이제는 장벽을 만들려는 것이 아니었다. 푸른 불꽃이 괴물의 눈앞을 가렸고, 괴물이 당황하는 사이에 그 목과 몸에 무언가 묵직한 것이 걸렸다. 그리고 그 이후로, 괴물은 자신의 의지를 잃어버리고 말았다.

⚜

"결국 붙잡았네요. 심장이 떨려서 기절하는 줄만 알았어요."
"그러게. 나도 잠깐 이대로 꼼짝없이 죽는 줄로만 알았지 뭐야."
민아와 유루스는 식은땀을 닦으며 안도의 한숨을 내쉬었다. 두 사람만으로 과연 달의 자식을 잡을 수 있을까 고민스러웠는데 다행히도 두 사람 모두 다친 데 없이 목표를 달성했다. 소통의 돌 고삐를 건 달의 자식은 더는 그 어떤 공격성도 보이지 않았다. 민아가 고삐와 한 쌍인 팔찌로 달의 자식의 정신을 바짝 붙잡고 있었기 때문이다.

　유루스는 민아의 허리를 번쩍 들어 그녀를 달의 자식의 등 위로 올려놓았다. 유루스가 조금 전 고삐를 걸면서 올라가기 쉽도록 안장도 달아, 웬만해선 미끄러져 떨어질 일도 없을 터였다. 유루스는 민아를 안장 위에 먼저 태우고, 그 또한 민아의 뒤에 올라탔다. 그는 달의 자식의 고삐를 쥐고 민아가 떨어지지 않도록 그녀가 자신의 품 안에 제대로 자리를 잡고 앉게 도왔다.

　"민아. 생각대로 잘될 것 같아?"

　유루스의 질문에 민아는 잠깐 아무런 반응도 보이지 않다가, 어느 정도 시간이 지난 뒤에야 입을 열었다. 아무래도 달의 자식의 정신을 지배하는 것이 생각보다도 더 어려운 일 같았다.

　"네. 다른 생물의 정신을 조종한다는 게 생각보다도 더 어렵긴 하지만……. 하지만 이제 곧 출발할 수 있을 것 같아요. 유루스, 고삐를 놓치지 않도록 조심해줘요."

　"그래. 걱정하지 마."

　유루스는 민아의 부탁에 고삐를 다시 바로 잡았다. 유루스가 고삐를 바로 잡자마자, 달의 자식의 발이 공중으로 떠오르기 시작했다. 하늘을 걷는 달의 자식, 유루스는 그동안 달의 자식이 하늘을 걷는 것을 몇 번 보기는 했어도, 설마 자신이 그 등 위에 타는 날이 올 것이라고는 상상도 해본 적이 없었다. 그는 이 신기한 경험에 놀라워하다가, 곧 민아와 함께했던 많은 경험들 또한 그가 평소 상상해본 적 없는 일들이라는 것을 깨달았다.

달의 자식이 계속 하늘로 오르면서, 그들 발밑의 땅은 점점 멀어져만 가고 있었다. 유루스는 멀어져 가는 풍경을 보며 민아의 머리에 가만히 입술을 묻었다. 하늘에서 보는 푸른 사막이, 그로 하여금 의외의 감회를 떠올리게 하고 있었기 때문이다.

사실 그는 민아를 만나기 전, 삶은 끝없는 고통의 연속이라고 생각하고만 있었다. 그의 과거는 암울했고, 그의 일은 부는 따랐어도 명예가 없었다. 그래서 그는 자신의 과거를 떠올리는 것을 싫어했다.

그러나 이 순간, 장난감처럼 작아져만 가는 사막과 도시를 보니 떠올리지 않으려고 했었던 자신의 과거가 절로 떠올랐다. 그리고 그는 의외로, 자신의 과거가 마냥 아프지만은 않다는 것을 깨달았다. 힘들기는 했어도, 모두 소중하고 의미 있는 추억처럼 여겨졌다. 그리고 그렇게 괜찮게 기억되는 과거가, 유루스에게 앞으로의 미래에 희망을 가지게 해주었다. 비록 알지 못하는 새로운 땅에서라도, 분명히 행복해질 수 있을 것이다. 모든 것을 혼자 견뎌내야만 했던 과거와는 다르게 지금은 누구보다도 사랑하는 사람이 곁에 있으니 말이다.

유루스는 민아와 자신의 행복을 기원하며 가만히 두 눈을 감았다. 하늘 한가운데, 그들의 바로 앞에는 새카만 달의 문이 열려 있었다.

그리고 두 사람을 태운 달의 자식은 그 어떤 망설임도 없이 그 문을 향해 달려가고 있었다.

어느 순간, 달의 문 사이로 모두가 거짓말처럼 자취를 감춰버렸다. 모두는 달의 문 너머로 사라져버리고 말았다. 그리고 이 세상에 그들의 흔적은 아무것도 남지 않았다. 사막의 별들은 아무 일도 없었던 것처럼 평소와 다름없이 빛나고, 달은 한결같은 은은함으로 푸른 사막을 비추고 있을 뿐이었다.

다만 단 하나, 평소와는 다른 넬룸의 울음소리가 간혹 바람에 실려 울리다가, 결국은 멈춰버리고 말았다.

그렇게 그날 밤, 민아와 유루스는 자의로 달의 문을 건넌 최초의 사람들이 되었다.

19
후일담

"외탁도 그런 외탁이 없지."

"그러게 말이야. 그러고 보면 전 황제 폐하께서도, 현 황제 폐하께서도 전부 다 어머니 쪽을 닮았으니, 어쩌면 황실 핏줄이 대대로 외탁인 건지도 모르겠어."

오후의 다과 쟁반을 든 시녀들이 황궁의 복도를 걸어가며 정신없이 떠들고 있었다. 그녀들의 화제는 작년에 태어난 카이아 유일의 황손이었다. 아덴 연합과의 전쟁이 승리로 끝난 후, 카이아에는 많은 일들이 있었다. 전 황제의 주도 아래 현 황제에게 저항하거나 반발심을 가진 이들이 숙청당했고, 속국이었던 테바루아는 완전독립을 이뤄냈으며, 몇 년의 구애 끝에 나디르 르네긴은 결국 황제의 마음을 차지했다. 두 사람은 재작년 결혼하여 작년에 곱슬곱슬한 금발을 가진 사내아이를 낳았다.

"그렇게까지 외탁이면, 아버지 쪽은 좀 서운하기도 할 텐데, 황제 폐하께선 그런 기미가 전혀 없어. 오히려 뮤안 전하 말이라면 껌벅 죽으시잖아. 얼마 전에는 직접 말까지 태워주시는 걸 봤다니까. 세상에 황제 폐하께서 뮤안 전하를 태우고 네 발로 기시는데, 그런 꼴은 민가에서도 못 보겠다 싶더라고."

"어머. 자기는 왜 그런지도 몰라? 외탁이니까 더 좋아하시는 거지. 옛날에 그…… 몇 년 전인가. 8년 정도 전에 황제 폐하께서 즉위하시기 전에, 지금 황후의 남동생분이 라히드 사건에 휘말려 돌아가셨다잖아. 뮤안 전하가 그 돌아가신 남동생분을 꼭 닮았대. 그래서 황제 폐하께서 그렇게 예뻐하시는 거라고."

"뭐? 그런 일이 있었어?"

"이 사람 좀 보게. 황궁에서 쭉 일한 사람이 왜 그걸 몰라."

친구의 타박에 시녀는 머리를 긁적이며 멋쩍은 얼굴을 지었다. 그녀는 시녀로 입궁하기 전까진 평범한 민가의 딸이었으니 다소 황실 일에 관심이 없었던 것이 사실이기 때문이다. 그녀는 자신이 황실 일에 어두운 것이 부끄러운지 잠시 얼굴을 붉혔다가, 고개를 옆으로 돌리며 다른 곳으로 화제를 돌려버렸다.

"그런데, 이 그림은 왜 여기에 있을까? 하필이면 주방 통로에 말이야. 여기다 두면 지나다니는 하인들밖에 그림을 못 볼 텐데.

보통 귀족님들은 이런 그림은 방 안에만 걸어두고 자기들끼리만 보지 않나?"

그녀는 복도 벽에 걸린 그림을 턱짓하며 말했다. 황궁 주방 통로 복도엔 인상적인 그림이 하나 걸려 있었다. 그것은 검은 머리칼 여인의 초상화로, 인물이 밝은 눈빛으로 그림 밖을 바라보는 형태의 그림이었다.

친구의 질문에 다른 시녀는 입술을 비죽였다. 나름 황실 일엔 일가견이 있다는 그녀도 이 그림이 왜 여기에 걸렸는지는 알지 못하는 모양이었다.

"글쎄……. 몇 년 전에 여기 걸리긴 했는데. 나도 도대체 왜 이런 초상화가 여기 걸렸는지 모르겠다니까. 듣기로는 황제 폐하가 직접 아는 화가에게 부탁한 거라는데. 왜 황제 폐하는 평생 발걸음하지도 않으실 곳에 일부러 주문한 초상화를 걸어둔 걸까? 그것도 정원 바로 옆, 벽이 트인 복도에 말이야. 이러면 햇빛이 닿아서 그림이 상한다고."

"황제 폐하께서 직접 주문하신 거라고?"

친구의 대답에 물어본 시녀가 눈이 동그래져서 다시 그림을 쳐다보았다. 이국적인 여인의 그림. 그 생기 넘치고 아름다운 인물의 그림이 황제가 직접 주문한 거라는 걸 알게 되자 속에서 수많은 궁금증이 이는 것은 어쩔 수 없었다.

"혹시 말이야. 황태자 시절에 사귀던 여자의 그림은 아닐까?

이국적인 얼굴이니까 어쩌면 외국의 무희일지도 몰라. 황태자 전하께서는 즉위 전에 한동안 여행을 다니신 적이 있잖아. 그때 만난 여자인 거지. 그러다 헤어졌는데 여전히 그립기는 하신 거야. 그러니까 일부러 황후께서 보지 못하는 곳에 그림을 걸어두신……."

한참을 신이 나서 나불거리는 친구의 입을 다른 시녀가 힘껏 때렸다. 강한 타격음과 함께 시녀는 신음을 흘리며 입을 가렸다.

"입 조심해. 목 날아가고 싶어? 어디서 그런 말도 안 되는 말을 하고 있어. 쓸데없는 소설 쓰지 말고, 그냥 그림에서 관심 꺼."

친구의 충고에 입을 맞은 시녀는 눈물이 그렁그렁하면서도 고개를 끄덕였다. 본인도 다시 생각해보니 너무 쓸데없는 말을 많이 했다 싶은 것이었다. 게다가 더는 지체할 시간이 없었다. 후원에서는 황제 일가가 이 다과를 기다리고 있을 터였다. 현 황제가 아무리 너그럽다 해도 시녀가 다과를 늦게 가져가는 것은 있을 수 없는 일이었다.

두 사람은 빠르게 주방 복도를 빠져나가 버렸다. 순식간에 텅 빈 복도엔 누군지 모를 인물의 초상화만이 외롭게 걸려 있을 뿐이었다.

"뮤안. 삼촌이 뮤안에게 선물을 가져왔지."

밝다 못해 약간은 경박한 목소리가 후원에 울렸다. 그 목소리에 황제 부부는 약간 난처한 얼굴로 웃었다. 자칭 「삼촌」이라는 사람의 무릎 위에 올라앉은 자신들의 아들이 조금 걱정되었기 때문이다. 자칭 삼촌이 애를 잘 안고 있을지도 걱정이었고, 도대체 무슨 선물을 가지고 왔을지도 걱정이었다.

"선물!"

아이는 선물이라는 말에 흥분하며 남자의 손에서 작은 상자를 낚아채었다. 남자는 그 모습이 귀여운지 아이의 곱슬곱슬한 금발에 쪽쪽 뽀뽀를 했다.

"그래. 레길 삼촌이 최고지? 레길 삼촌밖에 없지?"

"선물!"

아이는 자칭 삼촌, 레길의 말은 들은 척도 안 하며 포장을 뜯기 시작했다. 그 모습을 보며 결국 황제 뮤리온이 쓴소리를 했다.

"레길. 족보 꼬이는 소리 좀 하지 마세요. 당신이 왜 뮤안의 삼촌입니까?"

"아, 여전히 융통성이 없으시네요. 그만큼 폐하와 제가 가까운 사이라는 거죠."

뮤리온의 뗴은 소리에도 레길은 능글능글 웃으며 당당하게 받아쳤다. 그 능구렁이 같은 웃음을 보자 뮤리온은 아무래도 저 사람은 이길 수 없겠다 싶었는지 입을 다물어버렸다. 뮤리온과 레길이 짧은 대화를 나누는 사이 어린 뮤안은 선물 포장상자를 어느새 다 뜯었다. 선물 상자에서 나온 것은 호화로운 포장의 물감세트였다. 그 물감세트를 본 나디르는 의아한 듯 고개를 갸웃했다.

"물감이네요. 뮤안한텐 좀 이른 게 아닐까요?"

"아닙니다. 황후마마. 저도 한 살 때부터 물감을 가지고 놀았는데요. 물론 지금도 가지고 놀고 있지만요."

레길은 자신의 말이 제법 센스 있다고 생각했는지 푸하하 웃었다. 뮤리온은 그런 레길을 뗴은 표정으로 바라보았고, 나디르는 웃어야 될지 어째야 할지 난처한 표정을 지었다. 결국 나디르는 은근슬쩍 다른 화제로 말을 돌려버렸다.

"그나저나, 전업 화가가 되신 지 이제 3개월이라고 하셨나요? 어때요? 그림은 잘되고 있나요?"

"영감이 오기를 기다리고 오고 있죠. 할멈이 오면 안 될 텐데요."

"레길. 좀!"

참아줄 수 없는 농담에 결국 뮤리온이 정색을 했다. 황제 폐하가 정색하시니 레길은 바로 입을 다물었다. 몇 초의 정적이 찾아오고, 결국 정적이 불편했던 나디르가 다시 말을 꺼냈다.

"아무튼, 정말 화가가 되시다니 놀라워요. 테바루아의 여왕 폐하께서 절대로 당신을 놔주지 않을 거라고 생각했는데."

나디르의 말에 레길이 멋쩍은 듯 뒷머리를 긁었다. 레길의 무릎에 앉아 있던 뮤안도 물감 상자를 옆구리에 꼭 낀 채 레길을 따라 뒷머리를 긁기 시작했다.

"카라한님이 살아 계셨다면 절대로 되지 않았을 텐데, 뭐 그분은 돌아가셨고 설득해야 하는 건 헬리아님이었으니까요. 헬리아님은 제가 부탁하면 안 될 일도 결국은 다 들어주십니다."

"그러고 보니 잊고 있었네요. 내분이라니. 듣고 얼마나 놀랐는지 아십니까? 자세한 내용은 보고를 받긴 했지만. 정말 그대로가 맞습니까?"

레길의 말에 뮤리온이 잊고 있었다는 듯 놀란 소리를 냈다. 레길은 그런 반응에 난처한 웃음을 지으며 고개를 끄덕였다.

"뭐 그렇죠. 카라한님은 너무 난폭했으니까요. 기본적으로 부하들은 소모품으로밖에 보지 않았고요. 보고 받으신 그대로일 거예요. 일로덴 내부에서 카라한보다 헬리아님이 여왕으로 적합할 거란 의견이 있었고, 그중 과격파가 일을 친 것이죠. 심정적으로 이해는 갑니다. 카라한님은 저도 너무 무서웠으니까요. 그에 비해 헬리아님은 조금 의존적이긴 하지만, 이해심도 깊고 다른 사람의 의견도 들을 줄 아니 더 낫지요."

"아무튼 헬리아님이 여왕으로 즉위하셔서 잘됐어요. 덕분에 당신도 화가를 할 수 있는 거라니까요."

"네. 잘됐죠. 화가로 나오면서 여왕 폐하가 조금 걱정되기는 했지만, 뭐, 옆에는 이람도 있으니 괜찮을 겁니다. 제 아버지의 죄를 갚기 위해 어쩔 수 없이 일하고는 있었지만, 정치는 정말 저한테 안 맞아요. 권모술수, 정말 머리 아프고 끔찍하죠. 게다가 사실 아버지의 죗값은 테바루아가 독립하면서 다 갚았다고 생각하고요."

"전 사실 레길이 테바루아의 여왕과 결혼할 거라고 생각했는데요."

뮤리온이 차를 마시면서 어깨를 으쓱였다. 뮤리온의 그 말에 레길은 못 들을 말을 들었다는 듯 눈을 동그랗게 떴다.

"누가요? 헬리아님이랑 제가요? 말도 안 돼요. 헬리아님은 저보다 더 나은 분과 결혼하셔야 해요. 전 배신자의 아들이니 적합하지 않습니다. 게다가 전 헬리아님을 여동생처럼 생각하고 있고요."

레길은 당황스러움을 숨기기 위해 테이블 위의 찻잔으로 손을 뻗었다. 하지만 손을 뻗으며 실수로 뮤안이 들고 있던 물감 상자를 쳐버렸다. 순식간에 물감 상자가 바닥으로 떨어져 버렸고, 상자 뚜껑이 열리며 물감들이 온 사방에 흐트러지고 말았다. 그리고 그것을 본 뮤안이 얼굴을 붉히며 울기 시작한 것도 순간이었다.

"으아아앙!"

"뮤안!"

뮤안이 울자 건너편에 앉아 있던 뮤리온이 한달음에 달려와 레길에게서 아들을 빼앗았다. 실수일 뿐이고, 그냥 물감을 떨어뜨린 것뿐인데 뮤리온은 레길이 무슨 불한당이라도 되는 듯 휙 아이를 빼앗아버렸다. 레길이 표정이 저도 모르게 좋지 않아졌다.

"누가, 누가 그랬어? 우리 뮤안, 착하지?"

뮤리온은 작은 뮤안을 품 안에 꼭 끌어안고 어르기 시작했다. 큰 소리로 울던 아이는 아버지가 어르기 시작하자 언제 그랬느냐는 듯 금세 울음을 그쳤다.

"늘 저런다니까요. 과잉보호예요."

나디르는 곤란한 표정을 지었다. 그녀로서는 뮤리온이 아이를 지나치게 싸고도는 것이 불만인 모양이었다. 하지만 뮤리온은 나디르의 불만 어린 목소리를 들은 척도 안 했다. 아이가 울음을 그치자 양 볼에 뽀뽀를 쪽 하고 그대로 끌어안은 채 자기 자리로 돌아가 버렸다. 레길은 그 닭살 돋는 모습이 부담스러워 고개를 숙인 채 바닥에 떨어진 물감을 줍기 시작했다. 레길은 물감을 주우며, 혼잣말하듯 작은 목소리로 말했다.

"뭐……. 이해는 갑니다. 황태자님이 정말 닮으셨네요. 저러시니 폐하가 사랑하지 않으실 수 없죠."

누구를 닮았는지 말하지는 않았다.

하지만 이 자리에 있는 모두가 다 누구를 말하고 있는지 알고 있었다. 그 말대로, 황태자 뮤안은 가면 갈수록 데이드라트 르네긴을 닮아가고 있었다. 엄마인 나디르도 가끔 깜짝깜짝 놀랄 정도였다. 죽은 친구가 다시 살아 돌아온 것 같으니 뮤리온으로서는 아들을 사랑해 마지않을 수 없는 것이다. 뮤리온은 레길의 말에 잠깐 씁쓸한 얼굴을 했다가, 미안한 목소리로 입을 열었다.

"그나저나, 레길. 미안하지만 다과는 여기까지 하는 게 좋을 것 같네요."

"아. 하지만 이제 40분 정도밖에 안 됐는데요? 하다못해 한 시간은 같이 있으면 안 됩니까?"

"연락을 하고 오셨으면 일부러 시간을 냈을 테지만, 오늘은 갑자기 오신 거잖아요. 오늘은 빠지면 안 되는 일이 있어요."

"어머님 기일이거든요."

나디르도 뮤리온의 말에 말을 보탰다. 그녀의 말에 레길은 어쩔 수 없다는 듯 고개를 끄덕였다. 뮤리온의 어머니, 전 황후 다르시아의 기일. 그래도 어릴 적 알고 지냈던 사이인데, 그녀의 기일도 잊고 살고 있었다.

"그렇군요. 저도 미약하나마 그분과 친분이 있었던 만큼, 같이 따라가고 싶지만 아무래도 안 되겠죠? 전 다음에 다시 찾아뵙도록 하겠습니다. 다르시아님에게도, 황궁에도요."

"그래요. 어머님께도 꼭 한번 찾아가 주세요. 다음에 오실 때는 연락 주시고요."

 황제 일가와 레길은 짧은 인사를 나누었다. 마음 같아서는 오랜만에 만난 레길과 더 시간을 보내고 싶었지만, 정말 여의치가 않았다. 오늘은 드디어 전 황제가 처음으로 전 황후의 묘에 찾아가기로 약속한 날이었기 때문이다. 전 황제와 시간 약속을 한 만큼 절대로 늦어서는 안 됐다.

 나디르는 내심 전 황제가 함께 묘에 가기로 해주어서 다행이라고 생각하고 있었다. 황후의 일기장에 적힌 바에 의하면, 젊은 시절의 황후는 정말 열렬히 황제를 사랑하고 있었다. 황제가 자신을 죽이려고 한 뒤에는 배신감에 몸부림치다가, 결국 그 사랑이 원한으로 바뀌어버리고 말았지만……. 아무튼 나디르로서는 꼭 한 번쯤 전 황제가 다르시아의 묘를 찾아가 주었으면 했기 때문에 오늘 전 황제의 결정이 반가울 수밖에 없었다.

 레길과 헤어지고, 젊은 황제 부부는 다르시아의 묘에 갈 준비를 했다. 뮤리온에게 검은 옷을 입혀주며, 나디르는 조심스러운 목소리로 입을 열었다.

"저. 폐하."

"네?"

"아직 어머님의 편지는 읽어보시지 않으셨나요?"

 나디르의 질문에 뮤리온이 잠깐 멈칫했다. 다르시아의 편지. 전 황후 다르시아가 라히드 사건의 공모자로 유폐되어 병에 걸려 죽어갈 때, 아들 뮤리온에게 남긴 유일한 편지가 있었다. 손가락 한 마디 정도 될 정도로 두꺼운 그 편지를, 뮤리온은 받은 뒤로 쭉 뜯어보지 않고 있었다.

"아직. 아직 마음의 준비가 안 됐네요."

뮤리온은 쓸쓸한 표정을 지으며 고개를 저었다. 죽기 직전, 무슨 심경의 변화라도 있었던 것일까? 아무렇지도 않게 뮤리온을 죽이려고 했던 전 황후는 죽기 직전 몹시 후회했다는 간병인의 말이 있었다. 그런 가운데 남긴 편지를, 뮤리온은 도통 뜯어볼 용기가 나지 않았다. 아마도 자신에게 사죄하는 내용의 편지가 들어 있을 거라는 생각은 들었다. 그렇지만, 그 편지만 보면 가슴이 아파서 뮤리온은 도저히 편지 봉투마저 제대로 볼 수 없었다. 그 편지를 보면 죽은 황후가 생각났다.

황후가 죽기 전, 그녀를 자신이 먼저 용서해주지 못했다는 것이 너무나도 괴로워졌다. 그 후회와 괴로움 때문에 뮤리온은 아직 편지를 뜯어보지 못했다.

"그래요. 나중에 뜯어봐요. 마음의 준비가 되면."

뮤리온이 괴로운 기색을 보이자, 나디르는 일부러 더 다정하고 부드러운 목소리로 말했다. 괜히 뮤리온을 괴롭힌 것 같아 마찬가지로 괴로워졌기 때문이다. 나디르는 훗날에나마, 뮤리온이 편지를 뜯어보고 다르시아의 사과를 받아주기를 기도했다.

꿈꿈

"엄마. 우리는 왜 아빠가 없어?"

열몇 살 정도 된 아이가 밀빛 머리카락을 가진 엄마에게 물었다. 아이의 질문에 엄마가 잠깐 눈을 동그랗게 떴다가, 곧 표정을 풀고 부드러운 미소를 지었다.

"없는 거 아니야. 단지 멀리 떨어져서 사는 거야."

"그래? 어디서 사는데? 얼마나 멀리?"

"정말정말 먼 곳에. 저 바다 건너에. 어른이 되면 만나러 가렴."

"뭐야. 그럼 없는 거나 마찬가지잖아."

엄마의 말에 아이는 볼을 부풀리며 투정 어린 목소리를 냈다. 아이의 그런 태도에 엄마는 난처한 얼굴을 했다.

"왜 갑자기 그런 게 궁금하니? 지금까지 물어보지 않았잖아."

"그냥……. 지금까지 물어보지 않았으니까. 이제는 물어보고 싶어서."

"그렇구나."

엄마는 더는 아무 말도 하지 않고 아이를 꼭 껴안아 주었다. 엄마의 밀빛 머리카락과 아이의 검은 머리카락이 맞닿았다. 엄마가 난처한 듯 보였기 때문에, 아이는 더 묻지 않았다. 아이는 착한 아이였다. 어린 시절 엄마와 떨어져 지냈기에, 더 엄마를 아끼고 애틋하게 생각했다.

똑똑.

누군가 모자가 있는 집의 문을 두드렸다. 아이는 엄마 품에서 벗어나 얼른 문 쪽으로 뛰어갔다.

"누구세요?"

"지오 아저씨야. 엄마 계시니?"

"지오 아저씨."

익숙한 목소리가 들리자 아이는 얼른 문을 열어주었다. 백발을 길게 기른 남자는 열린 문 안으로 들어오며 커다란 손으로 아이의 머리를 쓱쓱 쓰다듬어주었다. 지오를 본 라일라는 얼른 앉아 있던 자리에서 일어났다.

"지오 씨."

"어. 라일라."

두 사람은 어색하게 인사했다. 유루스와 민아가 달의 문을 건너간 지 벌써 몇 년이나 지났는데도, 지오와 라일라는 라일라가 유루스를 배신한 건으로 아직도 어색한 사이였다. 지오는 잠깐 턱을 긁적이다가, 주머니에서 동전을 한 움큼 꺼내 아이에게 건

네주었다.

"자. 아저씨가 용돈 주마. 가서 맛있는 거 사 먹어라."

"와! 역시 지오 아저씨밖에 없어!"

아이는 지오에게서 돈을 받고는 얼른 집 밖으로 나가버렸다. 분명 상가에 있는 사탕가게에 가는 것일 터였다. 아이가 집을 나서자, 집 안에는 금방 어색한 공기가 감돌았다. 라일라는 잠깐 머뭇거리다가 조심스레 입을 열었다.

"일부러 용돈 주시지 않아도 괜찮은데……."

"뭐. 몇 푼 되지도 않는데."

지오는 어색하게 그의 흰머리를 긁적였다. 풍성한 머리숱을 보며 라일라는 잠깐 다른 생각에 빠져들었다. 스킨헤드였던 지오가 머리를 기르기 시작하자, 그는 이상할 정도로 인기가 많아졌다. 머리가 없을 때는 무섭다며 싫어했던 여성들이 머리를 기르자 「야성적」이라며 너도나도 접근하기 시작한 것이었다. 그래서 노총각에서 갑작스레 인기남 대열에 들었던 지오는 마침내 벨로드에 사는 마을 처녀와의 장기간 연애 끝에 결혼을 한다고 들었다.

"결혼하신다면서요? 축하해요."

"어. 고맙네."

라일라가 결혼 축하인사를 건네자 굳어 있던 지오의 표정이 조금은 펴졌다. 그는 안 그런 척하려고 했지만, 결혼해서 좋기는 한 모양인지 입꼬리가 계속해서 올라가고 있었다.

"그래. 그나저나, 저 애. 가면 갈수록 누구를 닮네."

"예. 아버지 쪽을 많이 닮았지요."

"그런가. 역시. 하기야 넌 그 집의 노예였다고 했으니까."

지오는 별로 놀랍지도 않다는 투로 말했다. 라일라도 아들에게 와는 달리 지오에겐 별로 숨길 생각이 없어 보였다.

"그나저나, 애가 아버지를 보고 싶어 하지 않아? 한참 그럴 나이인데."

"어쩔 수 없지요. 그분은 지금 어디 계시는지도 모르는걸요. 게다가 무엇보다 애는 자기가 사키엘님의 자식인 것도 모르더라고요. 어릴 때 나다이드 저택에서 자랐으면서도 아무도 알려주지 않았다는 건, 사키엘님이 일부러 숨겼다는 것밖에 되지 않지요. 만나더라도 사키엘님은 아이를 인정하지 않을 거예요."

"그거야 모르는 일이지. 나다이드는 이제 귀족가문이 아니잖아. 완전 몰락했다고."

"그렇지만."

라일라는 씁쓸한 표정을 지었다. 사미엘의 반역 연루로 나다이드가는 완전히 몰락해버렸다. 멸문은 피했지만 모든 재산을 뺏겼으며, 신분도 지위도 뺏겼다. 그 집의 아들이던, 그리고 아이의 아버지였던 사키엘 나다이드도 이제는 어디로 갔는지 알 수가 없었다.

라일라는 잠깐 나다이드 남매를 생각했다.

그들의 집에 있을 때, 그들이 이런 최후를 맞이하게 될 것이라고는 생각해본 적도 없었다. 사미엘 나다이드의 몸종으로서 일했던 만큼, 사미엘이 자신을 이용하긴 했어도 라일라는 그녀의 최후에 깊은 동정심을 가지고 있었다.

벌써 수년이나 지난 일이지만, 사미엘 나다이드는 사형선고를 받았다. 하지만 사미엘은 사형당하지 않았다. 그녀는 감옥으로 숨어들었던 충실한 부하와 함께 자결을 했다고 들었다. 비록 라일라는 그녀 때문에 유루스를 배신하게 되었고, 그것 때문에 이카루스에게 쫓겨나게 되고 모든 것을 잃었지만, 그래도 그런 전 주인의 슬픈 최후 이야기는 라일라의 가슴을 아프게 했다.

"그래. 뭐, 아빠 따위 찾아서 뭐하나. 사키엘 나다이드면 귀족 도련님으로 자라서 농사일도 못할 거다. 지금 찾아와 봤자 짐밖에 안 되지. 그나저나, 여기 올해 몫의 생활비야."

"아……."

지오는 품에서 묵직한 가죽주머니를 꺼내 라일라에게 건넸다. 라일라는 거절하려는 듯 머뭇거리다가, 결국 그에게서 가죽 주머니를 받았다. 그것은 이카루스가 보낸 생활비였다. 비록 이카루스는 라일라가 유루스를 배신한 것을 용서하지 못해 그녀를 쫓아냈지만, 그녀가 자식과 함께 살 수 있도록 벨로드 교외에 작은 집을 마련해주었고, 매해 생활비도 보냈다. 전혀 그럴 필요가 없는데 고마운 일이었다.

가죽 주머니를 받아든 라일라의 눈에 눈물이 그렁그렁해졌다. 그녀는 아직도 이카루스를 사랑했지만, 이젠 두 번 다시 두 사람은 예전같이 돌아갈 수 없을 터였다. 라일라의 눈에 눈물이 그렁그렁해지자, 지오가 당황하기 시작했다. 그는 요령이 없어 위로 같은 것은 잘하지 못했다. 결국 그는 안절부절못하다가 아예 다른 이야기를 꺼냈다.

"그거 알아? 이카루스님, 노예업 그만두셨어."

"네?"

정말 갑작스러운 화제였기에 라일라는 훌쩍이려던 것을 멈추고 지오를 바라보았다. 하지만 놀란 얼굴도 잠시 다시 그녀의 표정은 안 좋아졌다. 노예업을 그만두었다는 것은, 이카루스가 유루스에게 물려받은 사업이 축소되었다는 것을 의미했다. 비록 노예업을 폐업해도 그는 여전히 부자일 테지만, 그래도 사업이 축소되는 것은 좋은 일은 아닐 거란 생각이 들었다. 라일라의 표정이 다시 안 좋아지자, 지오는 잠깐 의아해하다가 곧 허겁지겁 다시 말을 붙였다.

"아니야. 안돼서 접는 게 아니라, 온드로드 꽃 재배에 집중하려고. 이카루스님이 새 판로를 찾았거든. 잘된 일이지. 유루스님이 민아님이랑 떠난 뒤로 사업이 점점 작아지고 있었는데, 이제부터 다시 예전처럼 잘될 거야."

"아. 잘된 건가요?"

"그렇지. 유루스님이 우리한테 편지 한 장씩 남기고 떠나신 뒤로 이카루스님은 계속 일을 제대로 못 하고 있었거든. 유루스님이 하도 많은 일을 처리하고 계셨으니까. 하지만 이카루스님도 이제 일에 요령도 생기고, 새 판로도 찾으셨으니 잘된 거야."

"그렇군요."

"그래. 그러니까 걱정할 것 없어."

지오는 서투르게 라일라를 안심시키고 안도의 한숨을 쉬었다. 라일라가 진정한 사이 지오는 얼른 이 집에서 발을 빼려고 했다. 이렇게 계속 이야기하다가 다시 라일라를 울릴까 봐 걱정되었기 때문이다.

"그럼, 난 이제 가볼게."

"벌써 가시게요? 아직 차도 안 내왔는데."

"괜찮아. 이제 마누라가 끓여주는 차 실컷 마실 수 있으니까."

지오는 차 한잔 마시고 가라는 라일라의 말을 거절한 채 집을 나가버렸다. 지오까지 나가자 라일라는 이제 작은 집 안에 혼자가 되었다. 라일라는 터덜터덜 다시 식탁으로 가 식탁 의자에 주저앉았다.

지오가 생활비를 주러 왔다 가는 날에는 항상 옛날 생각이 났다. 좋았던 날들, 연인인 이카루스와 함께하고, 친구인 민아와 함께했던 날들. 너무나도 소중한 기억들이었다. 라일라가 가만히 자리에 앉아 옛 추억들을 떠올려보고 있을 때, 어느 순간 닫혔던

문이 다시 열렸다. 라일라는 슬며시 다시 눈을 떴다. 자신이 아들이 사탕봉지를 한 아름 들고 집 안으로 뛰어 들어오고 있었다.

"엄마!"

"왔니?"

"지오 아저씨 갔어? 지오 아저씨 것도 사 왔는데."

"응. 가셨어."

지오가 갔다는 말에 아이는 실망한 기색을 보였다. 아이가 터덜터덜 식탁으로 걸어오는 것을 보며 라일라는 그런 아이가 귀여워 살며시 미소를 지었다.

"얘. 있잖아."

"응?"

"엄마가 옛날이야기 들려줄까?"

"옛날이야기?"

"응."

엄마의 흔치 않은 옛날이야기 권유에 실망했던 아이의 얼굴이 금세 다시 밝아졌다. 라일라는 아이의 밝은 표정에 따라 웃으며 나긋나긋한 목소리로 입을 열었다.

"이건, 엄마가 알고 있던 사람 이야기야. 달의 문이랑 달의 자식도 나오는 무서운 이야기고. 그래도 들을래?"

엄마의 경고에 아이는 잠깐 머뭇거렸다. 하지만 머뭇거리면서도 조심스러운 목소리로 물어보았다.

"무섭기만 한 이야기야?"

아이의 물음에 라일라는 고개를 저었다. 무섭지만, 분명히 무섭기만 한 이야기는 아니었다.

"아니. 무섭기만 한 건 아니야. 그립기도 하고, 신기하기도 하고 또……."

라일라는 이야기를 꺼내며 저도 모르게 살포시 미소 지었다. 자신의 아이 말고 또 누가 믿어줄 수 있을까? 달의 자식과 방문자와, 황태자와 또 노예상이 나오는 이야기를. 그 그립고 그리운 이야기를…….

"또…… 아름다운 이야기란다."

엄마의 말에 아이는 화색을 하며 이야기를 조르듯 엄마의 발치에 기대어 앉았다. 라일라는 그런 아이의 검고 부드러운 머리카락을 쓰다듬으며 옛날이야기를 시작했다.

외전
스캔들

 웬 남자가 초조한 듯 한쪽 발끝을 떨고 있었다. 투박한 워커를 신은 발이 지속적으로 바닥에 부딪치면서 끊임없이 딱딱 하는 소리를 냈다. 남자의 맞은편에 앉아 있던 여성은 그 소음에 얼굴을 찌푸리며 남자에게 핀잔을 주었다.

 "다리 좀 그만 떨어. 주변에 폐가 된다고."

 "아……."

 여자의 말에 남자가 흠칫 놀라며 자신의 오른쪽 다리를 붙잡았다. 남자는 자신이 다리를 떤다는 것조차 인지하지 못하고 있던 모양이었다. 남자가 자신의 다리를 붙잡자 딱딱거리는 소리가 멈춘 것은 물론, 그의 다리 떨기에 같이 흔들리던 카페의 테이블도

얌전히 원위치로 돌아갔다.

"어. 죄송합니다. 선배님. 너무 긴장해서."

남자가 자신의 귓가를 매만지며 조그만 목소리로 웅얼거렸다. 그가 매만지는 귀는 시뻘겋게 달아올라 있었고, 그 시뻘건 귀는 남자가 뚫은 수개의 피어싱과 어우러져 보기에 아파 보이기까지 했다. 새하얗게 탈색한 머리, 귓바퀴를 따라 주르륵 뚫은 피어싱, 손가락을 장식한 영어 문신까지. 남자는 한눈에 봐도 멋 부리기에 꽤 관심이 있는 사람이었다.

"긴장할 게 뭐 있어. 그냥 편하게 있어. 율은 그렇게 어려운 사람 아니니까."

남자가 멋쟁이라면, 맞은편에 앉은 여자는 어떠한가? 그의 맞은편에 앉은 여성은 딱 봐도 그다지 정성껏 꾸민 것 같아 보이지는 않았다. 그녀는 얼굴에 립글로스와 선크림밖에 바르지 않았고, 긴 머리도 어떤 꾸밈없이 그냥 하나로 묶었다. 귀걸이는 물론 목걸이도 하지 않았고, 왼손 네 번째 손가락에 겨우 원석 반지를 하나 꼈을 뿐이었다. 여자가 입은 건 유행을 타지 않는 하얀 기본 티와 검은 진. 마주 앉은 두 사람에게선 공통점을 찾기가 힘들었다.

하지만 그렇다고 해서 두 사람에게 공통점이 아예 하나도 없는 것은 아니었다. 두 사람은 모두 같은 검은 워커를 신고 있었다. 일반인은 봐서 잘 모를 테지만, 워커에 관심이 있는 사람이라면 그들이 신은 것이 고급 수제 워커임을 알 수 있을 터였다. 그것도 하나부터 열까지 실용성을 따져서 만들어진 워커였다. 마치 직업 군인이나 용병이 신는 것처럼 말이다. 아닌 게 아니라, 워커 때문에 그들의 직업을 군인으로 착각하는 사람도 있었다. 하지만 그들은 군인은 아니었다. 어찌 보면 비슷한 직종의 사람들이긴 했지만. 그들에겐 워커는 직장 필수 복장이나 다름없는 것이었다.

"정말 놀랐어요. 설마 모델 이율이 민아 선배님의 남자친구였다니. 아무리 세상이 좁다고들 하지만, 이건 상상도 하지 못했어요."

"음. 나는 후배가 몰랐다는 것이 더 신기한데. 그래도 율, 우리 집단 안에서는 유명한 사람이니까."

남자의 선배, 그러니까 이제는 스물일곱이 된 민아는 남자의 반짝거리는 눈빛이 부담스러운지 살짝 얼굴을 찌푸렸다. 유루스가 지난 몇 년간 모델로 활동하면서 인지도를 쌓은 것은 알고 있었지만, 설마 그의 팬을 이렇게 가까이에서 만나게 될 것이라고는 상상도 해본 적이 없기 때문이다.

"아. 그래요? 유명하시다고요? 근데 왜 저는 모르죠?"

"아마도 너 입사한 뒤로 계속 적응하느라 정신이 없어서 그런 것 아니야?"

민아의 말에 남자는 그제야 이해하겠다는 듯 고개를 끄덕였다. 그러다가 곧 다시 고개를 갸우뚱하며 질문을 꺼냈다.

"그래서…… 이율 씨가 왜 우리 요마연에서 유명한데요? 우리 요마연이 그렇게 일반인과 가까운 집단은 아니잖아요. 이율 씨가

요새 주목을 받고 있긴 하지만, 그래도 얼마 전까지는 그렇게 인지도가 있는 것도 아니었고……."

남자는 혼자 말하면서 더 아리송한 표정이 되었다. 아무리 생각해봐도 요마연 내에서 모델 이율이 유명할 이유를 찾지 못했기 때문이다. 요마연의 존재 자체는 일반에 철저하게 비밀로 부쳐져 있었다. 얼마나 철저한지, 몇몇 특별한 경우 외에는 요마연 직원들조차도 자신의 가족들에게 자신들의 일을 제대로 알리는 것이 허락되어 있지 않았다.

그만큼 요마연의 직장 분위기도 일반과는 동떨어져 있어서, 직장 내의 화제도 거의 일반과는 하늘과 땅만큼 달랐다. 그들은 예능이나 연예인, 사회적 이슈, 정치에 대해 이야기하는 대신 요마의 특성, 대적력에 대한 새로운 연구 결과, 요마 상대로의 효과적인 전투방법 등에 대해 주로 얘기했다. 그러니 남자로서는 요마연 사람들이 이율에게 동시에 관심을 가질 이유를 도통 짐작하기 힘든 것이었다.

"그거야…… 그 사람이 다른 세계에서 온 사람이니까."

"네?"

민아의 말에 남자가 깜짝 놀란 목소리를 냈다. 그의 놀란 얼굴에 민아가 허허 너털웃음을 지었다. 몇 년 전, 자신이 요마연 사람들에게 이율의 출신에 대해 이야기했을 때와 똑같은 얼굴이었기 때문이다. 카이아와 달리, 대한민국에선 달의 문을 통해 다른 세계의 인간이 건너오는 일이 거의 제로에 가까웠다. 그렇기에 그들은 이계인인 유루스를 몹시 신기해하고 연구하고 싶어 했다. 덕분에 유루스는 연구의 대가로 요마연으로부터 초기의 적응 교육과 적응 지원금, 새로운 신분 등을 받을 수 있었다. 카이아였으면 「방문자」는 지원을 받기는커녕 붙잡혀서 노예로 팔리기나 했을 텐데, 대한민국이 「방문자」에 호의적이어서 얼마나 다행인지 몰랐다.

"으아. 신기해라. 그럼 슈퍼맨 같은 건가요?"

남자는 흥분한 기색을 감추지 못하고 질문했다. 그리고 그 질문에 민아는 저도 모르게 어이없다는 표정을 짓고 말았다.

"아니. 외계인이 아니라 이계인이라고. 슈퍼맨이랑은 다르지."

"아……."

민아의 대꾸에 남자는 알겠다는 소리를 내며 고개를 끄덕였다. 그러나 정작 얼굴은 둘이 뭐가 다른지 전혀 이해하지 못하겠다는 표정이었다.

"그래도 뭐 신기한 힘 같은 건 가지고 있죠? 다른 세계에서 왔으니까."

"아니. 그 사람은 아무런 힘도 없어. 일반인이거든."

남자의 질문에 민아는 가볍게 고개를 저었다. 몇 년 전, 요마연의 몇 달에 걸친 검사 결과, 이율, 즉 유루스 이올라긴은 대적력을 비롯한 특수한 능력이 한 톨도 없는 것으로 나왔다. 유루스는 몹시 실망했지만 그때 민아는 속으로 한도의 한숨을 내쉬었었다.

스캔들 329

괴물과 마법이 들끓는 요상한 세계에 사는 것은 민아 한 사람이면 충분했다.

3년 5개월 전, 민아와 유루스는 달의 문을 건너 한국으로 돌아오는 것에 성공했다. 눈에 익은 개천, 졸졸졸 흐르는 물소리와 저 멀리 보이는 펜션 건물에 기뻐하기도 전에 민아가 발견한 것은, 무기를 든 검은 제복의 사람들이었다. 그 적의 어린 눈빛에 뭐라고 설명할 새도 없이 민아와 유루스는 포박되었고, 그대로「세계요마퇴치연합」 약칭 요마연의 서울지부까지 끌려가고 만 것이었다. 맨 처음에는 그 무서운 얼굴 때문에 그대로 악한들을 만나 끌려가 살해당하는 줄로만 알았지만, 알고 보니 그들은 달의 문 너머에서 사람이 건너오는 것을 본 적이 없어서 긴장한 것뿐이었다. 그들은 포박하고 조사를 시작한 집단인 요마연, 당시에는 이름조차 낯선 수수께끼의 기관이었지만, 민아는 이제 그 기관에서 수년째 일하는 중이었다.

대한민국에서도 카이아와 똑같이 달의 자식은 출현한다. 카이아는 달의 자식, 즉 요마의 퇴치를 개인의 과제로 떠넘겼지만, 민아의 세계에서는 그렇지 않았다. 세계연합을 만들어 요마 퇴치를 수행하고, 일반인들의 생활 안정을 위해 요마의 존재를 비밀로 유지하는 기관이 있었던 것이다. 민아의 경우처럼 일반인이 달의 자식에게 공격당하거나 사고로 달의 문을 타고 다른 세계에 휩쓸려 가는 것 같은 돌발 상황을 100퍼센트 막지는 못하지만, 그래도 세계의 안전에 지대한 공헌을 하고 있는 비밀기관이었다.

 민아는 옛 생각을 하며 잠깐 후후후 웃었다. 막 끌려갔을 당시야 낯선 상황 때문에 심장이 튀어나올 정도로 놀랐었지만, 지금에 와서는 운이 좋았었다는 것을 인지하고 있었다. 그때 요마연을 만난 덕분에 유루스는 쉽게 한국에서의 신분을 얻게 되었고, 이 낯선 세계에서 제대로 된 교육도 받고 많은 지원 아래 정착할 수 있게 되었다. 게다가 그들의 특기인 정신조작팀의 활약으로 민아의 실종에 대한 문제도 별다른 마찰 없이 넘어갈 수 있었다. 주변인들은 민아가 실종되었다는 사실을 잊어버리고, 그녀가 잠깐 캐나다로 어학연수를 갔다 왔다고 기억하게 되었다.

 물론 가족들의 기억을 조작한다는 것에 대해 민아는 약간의 죄책감을 느꼈지만, 그래도 믿기 힘든 이세계의 이야기를 해서 걱정시키는 것보다는 낫다는 생각에 결정한 일이었다. 또한 실종신고에 대한 경찰 쪽의 문제 및 다른 문제들도 요마연이 국가기관들과 깊은 관계를 맺고 있었기 때문에 쉽게 없었던 일로 처리할 수 있었다.

 비록 그 많은 혜택에 대한 조건으로 유루스는 이계인에 대한 연구 프로젝트에 참여해야 했고, 민아는 요마연에 10년 종속 근로계약을 맺게 되었지만, 비인도적인 실험이 아니었으니 별문제도 없었고, 민아에게도 근래의 취업지옥을 생각하면 그렇게 나쁜 일은 아니었다. 요마연의 근무강도가 말도 안 되게 높다는 것만 빼놓고 보면, 모든 것이 만족스러운 결과였다.

"저것 봐! 이율 아니야?"

"이율? 모델 이율? 저 저번 주에 예능에 나온 사람? 나 그 사람 완전 팬인데!"

민아가 이런저런 생각에 잠겨 있는 사이, 갑자기 카페의 창가에서 여성들의 소란스러운 비명 소리가 들려왔다. 그리고 들려오는 「이율」이라는 이름에 민아 맞은편의 후배가 대놓고 흥분하며 자리에서 벌떡 일어났다. 당장이라도 뛰어가서 구경하고 싶은데, 민아의 눈치를 보느라 그러지 못하는 모양새였다.

민아는 그런 후배의 모습을 모른 척하며, 테이블 위에 아이스 아메리카노 잔을 들어 올렸다. 그녀는 플라스틱 잔에 담긴 씁쓸한 음료를 삼키며, 아닌 척 창가의 여자들이 하는 말에 집중했다.

"아……. 근데 진짜 소문처럼 사복 센스는 정말 안 좋네."

"그러게……. 소속사는 뭐 하나 몰라……. 코디 좀 붙여주지."

아메리카노만큼이나 씁쓸한 여자들의 목소리에 민아는 민망한 기분을 느꼈다. 그렇게 말렸는데도, 또 유루스는 스타일북에 있는 대로가 아닌 자기 멋대로 옷을 입고 나온 모양이었다. 카이아에서도 유루스의 패션센스가 좋지 않다는 것은 눈치채고 있었지만, 이곳 한국에 온 이후로 유루스의 패션센스는 안 좋은 쪽으로 폭주해가고 있었다.

"뭐. 그래도 잘생겼으니까. 이상하긴 해도 어찌 보면 좀 이해하기 힘든 하이패션 스타일로 보이는 것 같기도?"

"근데……. 저 사람. 어쩐지 이쪽으로 오는 것 같지 않아?"

"어? 정말. 게다가 왠지……. 우리 보고 있는 것 같은데?"

유리창 앞 여성들이 당황하며 옷매무새를 매만지기 시작했다. 그리고 민아 앞의 후배 또한 얼굴을 새빨갛게 붉힌 채 머리를 매만지기 시작했다. 그들의 그런 모습을 보는 민아는 어느새 자기도 모르게 속으로 얼씨구 소리를 했다. 게다가 저도 모르게 꽉 물리는 민아의 빨대에서 바람이 나가 아메리카노가 부글부글 끓기 시작했다.

얼마 전까지만 해도 사람들이 유루스를 알아보는 게 이렇게 심하지 않았었는데, 예능 한 편 때문에 모든 것이 바뀌어버리고 말았다. 2주 전, 인기 예능프로 『유한도전』에 요새 떠오르는 신인 모델로 유루스가 나온 뒤로 남녀 할 것 없이 길거리에서 유루스만 보면 얼굴을 붉히면서 말을 걸기 시작했다. 그리고 그런 사람들 때문에 민아는 유루스와의 금쪽같은 휴일을 제대로 즐기지 못하고 있었다.

분명 연인이 잘되면 축하해주어야 하는데, 요새의 민아는 어쩐지 순수한 마음으로 유루스를 축하해줄 수가 없었다. 사람들이 유루스를 알아보고 얼굴을 붉히며 말을 걸 때마다 왠지 모르게 계속 초조한 기분이 들어서, 모르는 새 화까지 조금 나고 마는 것이었다.

딸랑.

카페의 도어 벨이 청량한 소리로 울렸다. 그리고 카페 안 사람들의 시선이 문 쪽으로 천천히 쏠리기 시작했다. 유루스를 모르는 사람은 그의 특이한 패션 때문에, 아는 사람은 연예인의 갑작스러운 등장에 놀라서 그를 쳐다볼 수밖에 없었다. 알록달록, 파랑바탕에 큼지막한 열대 꽃이 빽빽하게 그려진 오버 사이즈 하와이안 셔츠, 꼭꼭 접어서 7부로 만든 진청색 진 그리고 셔츠만큼 새파란 색의 슬리퍼. 화룡점정은 팔목과 목과 귀를 장식하는 금 장신구들이었다.

 민아는 유루스를 차마 제대로 볼 자신이 없어서 눈을 꼭 감았다. 그래, 자신은 여전히 유루스를 처음과 같이 사랑했지만, 사랑은 사랑이고 당황스러운 것은 당황스러운 것이었다. 민아는 밖에서 유루스를 보면 항상 식은땀부터 줄줄 흘러 견디기가 힘들었다.

 유루스가 근래 모델로 인기를 끌면서 그에게 마음껏 쇼핑할 돈이 생겼고, 그에 따라 상황은 날로 심각해지고 있었다. 민아는 얼마 전 제발 저 굵은 금귀고리만이라도 빼달라고 애원했건만, 유루스의 고집은 그야말로 쇠심줄 같았다.

"민아."

 민아를 발견한 유루스가 끼고 있던 검은 마스크를 턱 밑으로 내리며 반가운 목소리로 민아를 불렀다. 민아는 아주 잠깐 대답할까 말까 고민하다가 속으로 3초를 센 다음, 반가운 표정을 꾸며내서 고개를 들었다.

"율."

유루스는 그야말로 보는 사람을 녹일 것 같은 환한 미소를 지으며 민아가 있는 테이블로 다가왔다. 민아는 유루스의 얼굴만 보려고 노력하며 기계처럼 웃고 있었다. 예전 카이아에서도 유루스의 얼굴이 무시무시하게 잘생겼다고 생각했었는데, 지난 몇 년간 유루스는 모델 일을 하면서 전보다 더 잘생겨지고 말았다.

민아로서는 사실 그가 더 잘생겨진 것도 불만이었다. 민아도 몰랐던 민아 안의 외모지상주의가 튀어나와, 유루스에게 화를 내려고 해도 제대로 화낼 수 없게 되었기 때문이다. 민아가 단호한 마음을 먹고 유루스의 패션에 개입하지 못하는 것도 바로 그런 이유에서였다.

"민아. 얼음 남겼구나. 이리 줘."

유루스가 환하게 웃으며 민아를 향해 손을 내밀었다. 민아는 자신의 손에 들린 거의 다 마셔 얼음만 남은 아이스 아메리카노 잔을 잠깐 쳐다보다가, 결국 그 잔을 유루스에게 내밀었다. 얼음을 너무 씹어 먹으면 이가 상하니 민아는 마음 같아서는 유루스에게 얼음을 건네주고 싶지 않았지만, 유루스가 얼음을 너무 좋아해서 그의 부탁을 거절하기 힘들었다. 사막 출신이라서 그런지, 그는 얼음을 무지막지하게 좋아했다. 막 한국에 왔을 때는 매 끼니 얼음물만 마실 정도였다. 게다가 그때마다 감격하기까지 했었다. 그리고 그 감격은 그때보다는 정도는 덜하지만 오늘날까지 계속되고 있었다.

"얼음이 가득 담긴 커피가 겨우 3800원밖에 안 하다니. 게다가 집에서도 냉장고만 있으면 얼음을 쉽게 만들잖아? 이건 정말 몇 년을 봐도 신기한 것 같아."

유루스는 얼음을 와작와작 소리가 나게 씹어 먹으며 신나는 표정으로 말했다.

"난 한국이 좋긴 하지만, 언젠가 피치 않게 다시 카이아에 돌아가게 될 날이 온다면 꼭 냉장고를 가져가야지."

"율……."

유루스의 순진무구한 발언에 민아는 씁쓸한 표정을 지을 수밖에 없었다. 얼핏 보기에 이제는 처음과 달리 소통의 돌 목걸이 없이 한국어도 잘하고, 한국 문화도 잘 알아서 한국에 거의 다 적응한 것처럼 보이는 유루스였지만, 그는 간혹 이렇게 엉뚱한 곳에서 아직 이 세계에 대해 제대로 이해하지 못했음을 보여주곤 했다. 민아가 다정다감한 목소리로 전기는 어쩔 거냐고 알려주려고 했을 때, 그동안 엉거주춤 자리에서 엉덩이를 들었다 뗐다 하던 주록희가 갑자기 자리에서 벌떡 일어서며 소리를 질렀다.

"안녕하세요. 처음 뵙겠습니다. 전 민아 선배님 후배 주록희라고 합니다!"

그 갑작스럽고 커다란 인사에 이어서, 주록희가 발작하듯 90도로 몸을 굽히며 유루스에게 인사했다. 유루스는 그의 격한 움직임에 잠깐 눈을 크게 떴다가, 곧 멋쩍은 웃음을 지었다.

"아. 주록희 씨죠? 민아한테 얘기 많이 들었어요."

"앗……. 정말요? 모르긴 몰라도 좋은 얘기는 없을 것 같은데……. 부끄럽네요."

유루스의 말에 록희는 몸을 배배 꼬며 부끄러워했다. 다 큰 청년이 그렇게 소녀처럼 부끄러워하는 것을 보니 어쩐지 민아도 부끄러워지는 기분이 들어 저도 모르게 록희와 같이 몸을 배배 꼬았다. 아무튼, 록희가 유루스를 만나 이리 좋아하는 것을 보니 민아의 마음이 조금 나아지기는 했다.

민아의 직속 후배 록희는 근 1년 사이 요마연에 들어온 신입 중에 가장 적응을 못 하는 신입이었다. 대적력의 수치도 전혀 증가하지 않았고, 대적력을 다루는 실력은 절망적이었다. 훈련이 끝나고 실전에 투입된 신입들 중에서 단 하루도 실적을 내지 못한 유일한 신입이기도 했다. 그러기에 오늘 이 자리는 민아가 소중한 자신의 데이트 시간까지 쪼개가면서 록희의 기분 전환을 위해 마련한 미니 팬미팅 같은 것이었다.

"그러고 보니까, 록희 씨. 패션에 관심이 많다기에 챙겨 왔어요. 이번 시즌 신상품인데, 저는 안 입을 것 같아서."

유루스는 선한 미소를 지으며 록희에게 들고 있던 커다란 종이 백을 건넸다. 유루스에게 종이 백을 받은 록희의 얼굴이 금세 격한 감동으로 물들었다. 존경하는 모델에게서 옷 선물이라니……. 팬으로서 그보다 더한 기쁨은 없었던 것이다.

"율 씨. 완전…… 감동."

종이 백을 든 록희의 어깨가 잘게 떨리기 시작했다. 어느 순간 록희가 숨을 거칠게 내쉬기 시작하더니, 그대로 유루스에게 달려들었다. 민아가 어떻게 말릴 새도 없이 록희는 유루스를 꼭, 아니 터질듯이 끌어안고 말았다. 그리고 불길하게도, 민아는 록희가 유루스를 끌어안는 순간 저 멀리서 카메라 촬영음이 울리는 것을 들어버렸다.

"율 씨. 저…… 율이 형, 형이라 불러도 될까요?"

록희는 얼굴을 새빨갛게 물들인 채, 수줍은 기색으로 말까지 더듬었다. 어쩐지 부담스러운 그 모습에 민아는 록희를 말리지도 못하고 슬쩍 두 사람에게서 시선을 피하고 말았다. 그리고 불시에 끌어안긴 유루스는 잠시 곤란한 얼굴로 눈동자를 데구루루 굴리다가 결국은 록희를 마주 끌어안아 주었다.

"네. 그러세요. 민아 후배면 제 후배나 마찬가지니까요."

"율이 형!"

카메라의 셔터가 이번엔 연속으로 터지기 시작했다. 민아가 입술을 깨물며 돌아보니 카페 안의 사람들이 남녀노소 할 것 없이 휴대폰 카메라로 유루스와 록희를 찍고 있었다. 그 찰각이는 촬영음의 폭포 속에서 민아는 자기도 알 수 없는 찜찜하고 불쾌한 기분 속에 빠져들고 말았다.

「제목: 오늘 모델 이율 봤다! 근데…….

이율……. 예전부터 동료 모델들한테 철벽 치고 여자한테 관심 없어 보인다고 유명했잖아. 그래서 사실 나는 전부터 수상하다고 생각했는데 오늘 보니까 진짜 수상한 듯……. 아침에 카페에서 웬 남자한테 선물 주고 끌어안고 막 난리치더니 하루 종일 같이 다님. 영화관도 가고 쇼핑도 하고 아주 데이트를 하더라. 모르고 보기엔 잘 어울리는 커플처럼 보일 정도였음! 상대 쪽도 잘생겼거든……. 아무튼 못 믿을까 봐 사진 첨부한다!」

결국은 사고를 치고 말았구나! 민아는 그만 마시던 콜라를 뱉고 말았다. 사방으로 튀는 콜라와 맹렬한 기침 소리에 맞은편에 앉아 있던 유루스가 놀라 민아를 쳐다보았다. 민아 또한 민망함에 눈을 동그랗게 뜨고 유루스를 마주 보았다. 두 사람의 눈이 마주치는 순간, 유루스가 얼른 주머니에서 손수건을 꺼내 민아 쪽으로 내밀었다.

"조심해서 마셔야지. 놀랐잖아."

유루스는 다정한 손길로 민아의 턱에 묻은 콜라를 닦아내 주었다. 민아는 아기가 된 것 같은 기분으로 어버버하며 꼼짝을 못 하고 있었다. 민아는 짧은 순간 자신의 이 후배를 어떻게 잡아야 하나 머릿속으로 수없이 생각했다.

주록희, 유루스와 딱 한 번만 만나서 같이 커피 좀 마셔보면 소원이 없겠다기에 무리해서 자리를 마련했더니, 커피를 마시고도 눈치 없이 하루 종일 데이트를 따라다녔다. 주록희가 카페에서 웃으면서 같이 나올 때 억지로라도 그를 떼어냈어야 했다. 그리고 지금, 그러지 않은 대가를 바로 이 게시글로 톡톡히 치르고 있었다! 민아는 겨우 정신을 차리고 휴대폰 화면을 다시 확인했다.

"유루스."

"응?"

민아는 등 뒤에서 식은땀이 주르르 흐르는 것을 느꼈다. 잠깐 유루스에게 뭐라고 말해야 하나 생각하다가, 그녀는 결국 휴대폰 화면을 유루스 앞으로 내밀어 보였다.

"이거 보고 놀란 거야? 이게 뭔데?"

"당신, 스캔들 난 것 같은데요."

"뭐?"

민아의 말에 유루스가 어이없다는 목소리를 내며 민아의 휴대폰 화면으로 시선을 옮겼다. 민아가 보고 있던 것은 한 포털 사이트의 인기글 게시판이었고, 유루스의 동성애 의혹 글은 상당한 수의 조회 수를 기록하고 있었다. 하지만 유루스는 그 게시글을 보고도 전혀 진지하게 생각하지 않고 하하하 웃고 말았다.

"하하하. 이게 무슨 스캔들이야. 이건 그냥 팬이 재미있으라고 쓴 글인 것 같은데? 댓글 봐봐. 진지하게 생각하는 사람 거의 없잖아."

"하지만……."

민아는 유루스의 말을 듣고 댓글 쪽을 다시 바라보았다.

「댓글:

─너 이거 유언비어 유포로 소속사한테 고소당할 수 있는 거 알지? 글 내려라.

─와중에 이율 옷……. 쟤는 도대체 저런 걸 어디서 사는 거냐? 옷가게 찾아내서 폭파시켜버리자.

ㄴ옷보다 심각한 거 저 금덩이들이다. 저 오빤 왜 저렇게 금을 좋아하는 거임? 얼굴이라도 안 잘생겼으면 진짜 큰일 날 뻔했음. 적어도 목걸이라도 빼라고 하자.

ㄴ웃기지 마라. 더 시급한 건 귀걸이다.

─글쓴이 말도 일리가 있는 것 같은데……. 나 데뷔 때부터 팬인데 그때부터 진짜 한결같이 여자한테 관심 없었음. 개인적으로 언젠가 커밍아웃해도 놀라지 않을 것 같음.

─이율이 남자랑 사귀든 여자랑 사귀든 여러분들이 대체 무슨 상관이죠? 이런 거 신경 쓸 시간에 여러분 부모님한테나 효도하세요.

─다른 여자가 가질 바엔 차라리 남자가 가지는 게……. 나만 이런 생각해?

─근데 글쓴이 사생팬 아님? 무슨 사진을 하루 종일 쫓아다니면서 찍었음?

……」

댓글을 본 유루스는 재미있다며 웃었는데 어째서인지 민아는 전혀 웃지 않았다. 민아의 입꼬리가 절로 아래로 아래로 내려갔다.

민아는 시무룩한 기분으로 인터넷 창을 껐다. 인터넷 창을 끄고 드러난 휴대폰 홈 화면엔, 얼마 전 결혼한 대학 동기의 결혼식에서 찍은 사진이 배경으로 설정되어 있었다. 민아는 그 사진을 보며 안 그래도 처진 기분이 더 처지는 것을 느꼈다.

"괜찮아? 아픈 거 아니야?"

"아니에요……."

"그러면 이거 정말 심각하게 생각하는 거야? 그렇게 심각하게 생각하지 않아도 되는 것 같은데……."

"아니래도요……."

민아는 아니라면서 고개를 저었지만, 그래도 보기에 우울해 보이는 것은 여전했다. 민아는 재빨리 웃는 표정을 지으려고 애썼다. 하지만 그게 마음처럼 잘되지가 않았다. 그래, 이제 아닌 척 스스로를 속여봐도 아무런 소용이 없었다.

요즘 민아는 부쩍 유루스와의 결혼을 생각했다. 유루스가 막 대중적으로 뜨고 있는 이때, 결혼 같은 걸 하면 인기에 영향이 있을 것이라는 걸 알고 있었지만, 그래도. 그래도 민아는 자꾸만 결혼에 대해 생각하는 것을 멈출 수 없었다.

사실 두 사람이 결혼 이야기를 진지하게 해본 적이 없는 것은 아니었다. 유루스가 어느 정도 이 세계에 익숙해졌을 때쯤 결혼 이야기가 나왔었는데, 유루스가 너무나도 확고하게 자기는 돈을 좀 모아서 집이나 차 같은 걸 사고 난 다음 결혼을 하고 싶다고 말을 하는 바람에 지금까지 어영부영 결혼 이야기가 미뤄진 상태였다. 사실 당시의 민아는 한국 집값을 생각하면 유루스가 집을 살 때까지 결혼을 미루는 것은 조금 무리라는 것을 알고 있었지만, 굳이 그 사실을 지적해서 유루스의 결심에 찬물을 뿌리고 싶지는 않았었다. 그래서 그녀는 그냥 그가 어느 정도 한국에 자리 잡을 때까지 기다린 다음 다시 결혼 이야기를 하자고 마음을 먹고 계속 기다리고 있던 것이었다. 그리고 민아가 생각하기엔 지금이 바로 그때가 아닌가 싶었다.

사실 유루스는 한국어 배우느라고 본 이혼 프로그램 『사랑과 전투』에서 장인과 장모 그리고 처남이 나이 많고 돈도 없는 신랑을 구박해서 쫓아내는 것을 보고 한국의 결혼에 대해 잘못된 오해를 하고 있는 것이었으나, 유루스가 속내를 드러내지 않았으므로 민아는 그런 것을 알지는 못했다.

아무튼 민아의 생각으로는 유루스가 이제 모델로 자리도 잡아 돈도 잘 벌고, 집은 전세지만 차는 새로 산 것으로 아는데 왜 결혼 이야기를 꺼내지 않나 불안한 마음이 있었다. 본디 유루스의 한결같은 성격을 잘 알고 있기는 했으나 유루스의 인기가 너무 많아지니 괜히 불안해지는 것을 어쩔 수 없었다. 적어도 약혼에 대해 공인되기라도 했으면 좋을 것 같았다. 그러면 더 이상 이런 얼토당토않은 스캔들이 나는 일도 없을 터였다. 유루스는 나날이 갈수록 멋있어지고 인기도 많아지는데, 자기는 달라지는 것 없이

늘 제자리인 것 같았다. 어느 날 이러다 유루스 곁에 더 멋진 사람이 나타날 것 같아서 무서웠다.

늘 유루스가 자신에게 사랑한다고, 좋아한다고 해주는데도 왜 자꾸 이런 생각에 빠지는 것일까? 자신이 혹시 유루스에게 너무 집착하는 것은 아닐까?

하지만 카이아에서 프러포즈까지 받았었는데, 왜 유루스는 준비가 되지 않았다며 자신을 계속 기다리게 하는 것일까? 혹시 유루스의 마음이 바뀌어버린 것은 아닐까 늘 불안했다. 민아는 저도 모르게 지끈지끈 아파오는 관자놀이를 두 손으로 눌렀다. 그 모습을 본 유루스가 급하게 자리에서 일어났다.

"안되겠다. 너 또 머리 아프구나. 약 가져올게. 잠깐만 앉아 있어봐."

뭐라고 말리기도 전에 일어나 거실로 가는 유루스의 모습에, 민아는 그를 불러 세우려고 들었던 팔을 내린 채 멍하니 그의 뒷모습을 바라보았다. 유루스의 집, 유루스의 뒷모습. 이 집엔 자주 머물고 갔지만, 어느 순간 결국 이곳에 속하지 않은 타인이라는 생각이 들 때가 있었다. 그게 바로 지금이었고, 그래서 민아는 씁쓸한 기분이 될 수밖에 없었다.

"괜찮아요. 집에 가서 씻고 자려고요. 그러면 괜찮아지는걸요."

민아는 그릇에 남은 크림 파스타를 아쉽게 바라보다가 앉은 자리에서 일어났다. 유루스가 음식을 만들어주는 건 오랜만인데,

오늘은 속이 안 좋아 도저히 다 먹을 수 없었다.

민아가 주섬주섬 핸드백을 챙기자 유루스가 얼른 민아 곁으로 뛰어왔다. 그는 걱정스러운 표정으로 민아의 이마를 짚어 열이 있는지 없는지 확인하고는 민아의 어깨에서 핸드백을 빼앗아버렸다.

"유루스."

"안 돼. 오늘은 가지 마. 어차피 민아 너 내일도 오프잖아."

"그렇기는 하지만."

"그러니까 자고 가. 불안해서 안 되겠다. 동생도 방학이라 전국 여행 가서 아프면 병원 데려갈 사람도 없다고 했잖아. 뭘 굳이 간다고 그래."

"뭐 부모님 근처에 사시니까요. 그렇게 걱정 안 해도……."

"안 돼. 근처래도 30분은 더 떨어져 있잖아. 그러면 위급 상황에도 대처가 힘들다고."

유루스는 정말 이대로 보내면 민아가 쓰러지기라도 할 것처럼 생각하는지, 민아가 집에 가려는 걸 필사적으로 막았다. 민아는 조금 어이가 없어져서 바람 빠지는 듯한 웃음소리를 잠깐 냈다.

주변에서 자신을 이렇게 연약하게 생각하는 것은 유루스밖에 없었다. 직장 동료들은 유능한 민아에게 오히려 기대고 있었고, 부모님은 어학연수 다녀오더니 고액 연봉을 받는 보안회사에 떡하니 취업한 딸을 더 이상 걱정하지 않았다. 또 같이 사는 남동생은 누나를 지켜줘야 할 대상이라기보다는 어리광 부릴 누나라고만 생각했다.

물론 가족들이 민아가 사실 보안회사가 아니라 웬 요마 때려잡는 회사에 다닌다는 진실을 알면 걱정할 터였지만, 그들은 진실을 평생 알지 못할 테니 앞으로도 민아를 이렇게 걱정해줄 사람은 유루스밖에 없을 터였다. 민아는 결국 그의 고집에 져주는 척 그가 미는 대로 밀리기 시작했다.

유루스의 집에서 나가는 걸 포기하고 그의 방 안 먼지 한 톨 없는 하얀 침대 위에 앉아 있으니 유루스가 어쩐지 신이 난 듯한 얼굴로 침실 옷장을 뒤지기 시작했다.

"유루스, 뭐가 그렇게 신나요?"

"음. 너 아프긴 하지만⋯⋯. 우리 집에서 자고 가는 거 오랜만이잖아. 난 네가 집에 있기만 해도 좋은걸."

유루스가 작은 목소리로 벨로드의 옛 노래를 흥얼거리기 시작했다. 민아는 그 노랫소리를 들으며 침대에 모로 누워 유루스의 뒷모습을 바라보았다. 집이라서 간편한 흰 티셔츠와 트레이닝복 바지만 입은 유루스였지만, 민아의 눈에는 그 어떤 배우나 모델보다도 멋있어 보였다. 이렇게 그의 노랫소리를 들으며 사는 날들이 매일 이어지면 좋을 텐데⋯⋯.

민아는 유루스의 신이 난 듯한 모습에 저도 모르게 살포시 미소를 지었다. 그리고 바로 그때, 유루스가 드디어 찾았다며 옷장에서 무언가를 꺼내 민아에게 다가왔다. 약간 구겨지긴 했지만, 그래도 예쁘게 포장하고 리본까지 단 상자였다.

"이게 뭐예요?"

"이번에 몰디브로 촬영 갔을 때 샀어. 보자마자 네 생각이 나더라."

"와. 정말요? 고마워요."

유루스의 선물에 민아는 활짝 웃어 보였다. 선물 그 자체보다도 유루스가 자신을 생각해서 무언가 사 왔다는 것이 기뻤다. 처음 한국에서 모델 생활을 시작했을 때부터, 유루스는 어디 갈 때마다 까먹지 않고 민아에게 선물을 사다 주었다. 처음부터 지금까지 죽, 한 번도 빼먹지 않고 말이다. 감격스러운 일이었다.

"지금 뜯어봐도 돼요?"

"그럼."

민아는 웃는 얼굴로 선물의 포장을 뜯기 시작했다. 사실 열기 전부터 무엇인지는 대충 짐작하고 있었다. 유루스는 외국에 갈 때마다 그 지역의 과자 같은 걸 자주 사다 주었다. 이것도 보나마나 초콜릿이나 그런 것이겠지 하는 생각을 하며 민아는 닫혀 있던 상자를 열었다. 하지만…… 열린 상자에서 나온 것은 그녀의 생각보다도 훨씬 대단한 것이었다.

"너한테 잘 어울릴 것 같아."

유루스의 밝은 목소리가 귀 옆에서 울렸지만, 민아는 그 목소리를 외면하고만 싶어졌다. 상자에서 나온 것은 새빨간 하와이안 프린트 원피스였다. 배경이 새빨간 것도 모자라 가득한 꽃무늬까지 전부 붉은 계열이었다. 민아는 속으로 눈물을 주룩주룩 흘렸다. 이 사람은, 도대체 왜 이런 옷만 사 오는 것일까?, 하와이안 셔츠도 요새는 세련된 게 많이 나오던데…….

"게다가 이거 커플룩으로 팔더라고."

유루스가 상자 안에서 원피스를 꺼내 민아에게 안겨준 다음, 그 아래에 있던 자신 몫의 셔츠를 꺼냈다. 두 벌이 나란히 있으니 앞에 불이라도 있는 것처럼 얼굴에 홧홧한 기운이 감돌았다.

"다음에 이거 같이 입고 어디…….."

"와! 안 그래도 잠옷이 필요했었는데! 정말 천이 엄청 좋네요. 잠도 잘 올 것 같아요."

유루스가 무시무시한 말을 꺼내기 전에 민아가 먼저 재빨리 선수를 쳐버렸다. 다행히도 허리를 조이는 원피스가 아닌 롱셔츠 원피스라 민아의 잠옷 타령이 통할 것 같았다. 민아의 말에 유루스가 영문을 모르겠다는 표정을 지었다. 하지만 민아는 이때가 망설이지 말고 밀고 갈 타이밍이라는 것을 알고 있었다.

"오늘 자고 갈 거니까 입고 자면 되겠다. 요새는 잠옷도 이렇게 예쁘게 나온다까요. 선물 고마워요, 유루스."

민아가 자기 멋대로 말을 마쳐버리고 유루스의 볼에 뽀뽀까지 쪽 해버렸다. 민아가 멋대로 말을 끝내버리는 통에 유루스는 잠깐 당황한 듯하다가 결국 허허 웃고 말았다.

"그래. 뭐 어찌 됐든 예쁘게 입기만 하면……."

유루스의 너털웃음을 보며 민아는 어쩌면 유루스가 자신의 속마음을 눈치채버렸을지도 모르겠다는 생각을 했지만, 그래도 끝까지 모른 척했다. 신종 고문방법도 아니고, 저 옷을 커플룩으로 입고 거리를 돌아다닐 수는 없었다. 민아는 유루스가 자신의 머리를 가볍게 쓰다듬을 때, 따끔따끔 아파오는 양심을 애써 무시했다.

⁂

커튼 사이로 새어 들어오는 여름 햇살에 민아는 눈을 떴다. 오랜만에 푹 자서, 오히려 평소보다 더 정신이 없었다. 민아는 자신의 옆자리가 빈 것을 확인하고 더듬거리며 침대 옆의 협탁 위로 손을 뻗었다. 아니나 다를까, 협탁 위에는 유루스가 남기고 간 메모지가 있었다.

「오늘 촬영 때문에 먼저 나갈게. 부엌에 아침 해놨고, 냉장고에 후식 얼려놨으니까 먹어.」

마치 컴퓨터로 찍어낸 듯한 유루스의 고운 글씨를 보며 민아는 지끈지끈 머리가 아파오는 것을 느꼈다.

스캔들 349

오늘은 꼭 아침 같이 먹고 싶었는데, 휴일이라고 또 늦잠을 자 버리고 말았다. 일찍 일어나고 싶어도, 평소 근무량이 너무 많으니 쉬는 날에는 하루 종일 잠만 자기 일쑤였다.

민아는 눈을 비비면서 부엌으로 나갔다. 식탁 위에는 그림으로 그린 것 같은 아침식사가 정갈하게 차려져 있었다. 하얀 쌀밥에 된장국, 김치와 돼지불고기에 콩나물무침까지……. 민아는 새삼 유루스의 다재다능함에 감탄하며 식탁 위에 앉았다.

3년 5개월은 한국에 적응하기만도 빠듯한 시간이었다. 소통의 돌 없이 한국어를 오늘처럼 자유롭게 구사할 수 있게 된 것만으로도 대단한데, 그는 적응 수업 틈틈이 짬을 내 한식까지 배웠다. 그리고 민아는 그가 이렇게 한식을 배운 것이 유루스가 한참 적응 수업을 할 동안 첫 직장에서 바쁘게 일하던 자신을 위한 것이라는 걸 알고 있었다. 민아는 그의 배려에 다시금 감사하며 유루스가 차려준 아침식사를 맛있게 먹었다. 기분 탓인지, 오늘 유루스가 차려준 아침식사는 평소보다도 더 맛있었다.

민아는 오늘 하루 종일 유루스 집의 거실에 누워 있었다. 휴일이니 뭔가 생산적인 걸 하고 싶어도 유루스와 약속이 있는 날이 아니면 늘 이렇게 아무것도 하지 않고 휴일을 보내게 되었다. 피곤한데 어쩔 수 없지, 민아는 혼자 변명하며 소파에 누워 TV 채널을 변경했다. TV 채널을 돌리다 보니, 유루스가 출현하는 프로그램이 하나 있었다. 민아는 거의 반사적으로 그 프로그램에 채널을 고정했다.

―율 씨는 그럼 배우 일에도 관심이 있으신 가요?

그 프로그램은 평범한 연예인 인터뷰 채널이었다. 이번에 게스트로 유루스가 나온 모양이었다. 유루스는 평소와 다르게 깔끔한 양장을 입고 화면 속에서 반짝반짝 빛나고 있었다.

―예. 배우뿐만 아니라, 제가 할 수 있는 일은 뭐든지 다 해보고 싶어요. 라디오도 해보고 싶고, 예능도 해보고 싶고, 노래도 해보고 싶고요.

―와. 정말 욕심이 많으시네요. 그런데 듣기로는……. 요새 율 씨에게 귀여운 여자친구가 생겼다고들 하던데요?

인터뷰어의 말에 민아는 거의 총 맞은 것처럼 번쩍 제자리에서 일어났다. 민아는 너무 흥분한 나머지 두 발로 소파 위에 일어서서 리모컨을 부술 듯 흔들고 있었다.

―아……. 소문이 거기까지 퍼졌나요?

―예. 벌써 소문이 파다해요. 연하의 귀여운 외국 아가씨라고……. 정말인가요?

―하하하. 예. 맞아요. 그 친구 이름이 라디아라고 하는데요…….

팟.

유루스가 중요한 말을 하는 순간, 거짓말처럼 TV가 꺼졌다. 민아는 이를 악문 채 리모컨의 전원 버튼을 다시 눌렀다. 하지만 아무리 눌러봐도 TV 전원이 들어오지 않았다. 민아는 그제야 무언가 이상한 것을 눈치채고 주위를 둘러보았다. 어느새 집의 불이 다 나가 있었다.

민아는 순간 불이 나가는 걸 보고도, 그냥 제 눈앞의 충격적인 사실에 캄캄해진 줄만 알고 있었다. 정전인가? 허겁지겁 주머니에서 휴대폰을 꺼내려고 했다. 그러나 한참을 엉덩이를 더듬던 민아는 이게 주머니가 없는 옷이었다는 것을 뒤늦게야 깨달았다. 그러고 보니 자신은 아침부터 쭉 유루스가 선물한 이 촌스러운 빨간 원피스를 입고 있었다. 민아는 휴대폰을 찾으러 유루스의 침실로 뛰어 들어갔다.

"라디아? 그게 대체 누군데?"

민아는 저도 모르게 혼잣말을 하며 휴대폰의 전원을 켰다. 먼저 TV의 뒷내용을 검색하기 위해 유루스의 이름을 쳤지만, TV 프로그램에 대한 시시한 기사만 나올 뿐 중요한 라디아에 대한 이야기는 한마디도 나오지 않았다. 아마도 지금 방송하고 있는 프로그램이라서 그런 것 같았다.

민아는 라디아의 이름을 따로 쳐보았다. 그러자 금발로 염색한 귀여운 아가씨의 프로필이 바로 떴다. 국내 유명 아이돌 그룹의 보컬이라고 했다. 민아는 뭔가 농담 같은 거겠지 생각하면서도 검색하는 것을 멈추지 못했다. 분명 라디아와 유루스가 같이 모델로 일했다거나 그런 기사가 하나라도 있을 거라고 생각했는데, 아무리 찾아도 그런 기사는 하나도 나오지 않았다. 민아가 한창 답답해하고 있는 와중, 갑자기 침대 한구석에서 전자음이 들렸다.

틱톡.

문자가 오는 소리에 민아는 번개처럼 몸을 날려 침대 구석에 박혀 있는 휴대폰을 꺼냈다. 유루스가 오늘 일하면서 휴대폰을 까먹고 간 것이었다. 아무래도 전자기기가 없는 나라에서 평생 살다가 온 사람이라서 그런지 유루스는 가뭄에 콩 나듯 가끔이지만, 휴대폰을 빼놓고 다니는 일이 좀 있었다.

─연인들을 위한 이벤트회사~ 러빙유에서 오늘 8시 예약 확인

문자 드립니다!

전기가 번쩍 오르는 기분에 민아는 순간 뒷목을 잡고 말았다. 8시? 8시라니? 민아는 급하게 휴대폰 시간을 확인했다. 지금이 4시 30분이었다. 그리고 지금까지 유루스는 자기에게 데이트가 있으니 준비하란 말은 한마디도 하지 않았다.

민아의 마음속에서 아주 조그맣게 싹을 틔웠던 의심이 한순간에 전래동화 속 콩나무처럼 부피를 키워버리고 말았다. 민아는 무언가 찾을 수 있을까 하는 생각에 유루스의 옷장을 뒤지기 시작했다. 하와이안 셔츠가 가득 들어 있는 옷장이 하나, 제대로 된 세련된 옷이 가득한 옷장이 하나, 그리고…… 왜인지 화려한 실크 셔츠가 가득 들어 있는 옷장이 하나 있었다…….

민아는 저도 모르게 눈을 가린 채 옷장 문을 쾅 닫았다. 아직까지 입지는 않았어도, 저렇게까지 모아뒀다는 건 언젠가 입을지도 모른다는 얘기였다. 화려한 색감, 촌스러운 문양이 가득한 번들번들한 실크 셔츠라니 생각만 해도 눈앞이 아찔했다.

아무튼 옷장에는 수상한 물건이 하나도 없었다. 민아는 놀란 가슴을 겨우 추스르고 다른 곳도 뒤지기 시작했다. 결국 민아는 무언가 이상한 것을 하나 찾을 수 있었다. 무엇인고 하니, 그것은 바로 부동산등기와 매매계약서였다. 민아가 알기로는 3개월 전이 전세만료일이었는데, 아무런 말이 없기에 전세를 연장한 줄만 알았다. 그러나 유루스는 말도 없이, 전세를 연장하는 대신 아예 집을 사버린 것이었다.

민아는 어이가 없어서 입을 다물지 못했다. 아니, 왜 집을 사는 중요한 일을 자신에게 말도 하지 않고 결정한 것일까. 게다가 무엇보다도 몇 년 전부터 집이랑 차만 사면 바로 결혼할 것처럼 말하던 사람이 왜 집이랑 차도 다 생겼는데 결혼의 「ㄱ」 자도 꺼내지 않고 입을 다물고 있었는지 의문이었다.

한번 수상하다 생각하니 의심을 멈출 수 없었다. 도대체 이 사람은 지금 어디에 있는 거지? 민아는 전전긍긍하다가 휴대폰을 들었다. 아무래도 지금 이 순간 도움이 될 수 있을 것 같은 사람은 딱 한 명밖에 떠오르지 않았다.

―주록희.

민아는 어제의 후배에게 문자를 보냈다. 문자를 보내자마자, 거의 바로 답장이 왔다.

―헉. 선배. 포털 사이트 인기글 보신 거예요? 저 형 그냥 멋있다고 동경하는 거지 그런 마음 하나도 없어요. 의심하지 마세요.

―그거 아니야. 너 지금 어디야?

―저 지금 친구랑 목욕탕 왔는데……. 지금 찜질방에 있어요.

―됐으니까. 너 율 씨 팬카페 가입했지?

―네. 저 VIP 회원이에요.

―거기에 그 사람 스케줄도 올라와?

―아. 아마도 그럴걸요.

―당장 오늘 스케줄 확인해서 나한테 보내.

민아가 스케줄을 보내라고 한 지 3분도 지나지 않아 록희가 민아에게 웹페이지를 캡처해서 보냈다. 오늘의 스케줄은 아침 6시 모 방송국 예능 프로그램 촬영 하나였다. 그리고 그 글자를 보는 순간, 민아의 속에서 무언가 퐁하고 마개 같은 것이 떨어졌다. 지금 시간 5시. 스케줄은 아침 6시에 시작. 도대체 촬영을 몇 시간이나 하고 있기에 지금까지 집에 돌아오지 않는단 말인가? 민아의 눈에 불꽃이 이글이글 일었다.

―선배 그런데 이건 왜 궁금하신 거예요? 그냥 율이 형한테 물어보면 되잖아요.

―너 라디아라는 아이돌 스케줄도 알 수 있어?

무언가 분위기가 이상한 것을 눈치챘는지 록희는 별다른 말도 하지 않고 바로 라디아라는 아이돌의 스케줄을 알아다 주었다. 록희가 또 보낸 캡처 화면을 보며 민아는 할 말을 잃고 말았다. 라디아가 오늘 같은 방송국에 스케줄이 있었던 것이었다.

―선배. 설마…….

―조용히 해. 오늘 일 입 다물고 있어.

민아는 록희의 입을 다물게 만들고, 그대로 문밖으로 뛰쳐나갔다. 물론 자기가 말도 안 되는 오해를 하는 걸 수도 있다는 걸 알고 있었다. 그래도, 이렇게까지 오해하게 하는 사람에게도 잘못이 있는 거 아닌가? TV에서의 언급에, 이벤트회사 예약에, 비밀로 집까지 샀지, 말도 없이 늦게 온다면 오해하는 것이 당연했다.

유루스를 완전히 의심하는 건 아니었다. 여전히 자신의 착각일 거라는 생각이 강했다. 그래도 지금 당장, 유루스가 어디에 있는지 눈으로 확인해보고 싶었다. 민아는 그대로 유루스의 바이크를 몰고 모 방송국으로 향했다.

방송국에 도착한 민아는 그야말로 미친 여자 같았다. 바이크 바람에 산발이 된 머리에 정체불명의 빨간 하와이안 원피스, 게다가 뭔가 흉흉해 보이는 새까만 워커까지……. 민아는 다시 한번 록희가 보내준 문자를 확인했다.

분명 이 시간쯤, 그 라디아라는 여자의 스케줄이 끝난다고 되어 있었다. 민아는 그 문자를 한참이나 보며 숨을 씩씩 몰아쉬었다. 여기까지 온 것은 좋은데, 어떻게 해야 라디아와 유루스를 찾을 수 있는지 도저히 알 수 없었기 때문이다. 평소 같으면 그냥 유루스에게 전화를 했을 텐데, 유루스의 전화는 집에 있으니 그럴 수도 없는 노릇이었다.

민아는 문득 자신의 핸드폰에 부재중 전화가 몇 통 와 있는 것을 확인했으나 전부 모르는 전화번호라서 그냥 무시하고 말았다. 민아가 어쩔 줄 모르고 방송국 건물을 기웃거리고 있는데, 방송국에 모여 있던 여고생들이 민아를 슬쩍 피하기 시작했다. 민아는 그런 아이들의 모습에 민망해져서 뒤늦게 헝클어진 머리만이라도 손으로 빗기 시작했다.

민아가 사람들을 피해 건물의 외진 곳으로 자리를 옮겨갔을 때, 갑자기 저 멀리에서 익숙한 목소리가 들려오기 시작했다.

"정말…… 선물……."

멀리 떨어져 있어서 잘 들리지 않았지만, 민아는 그 목소리가 유루스의 목소리임을 바로 알 수 있었다. 민아는 목소리가 들리는 쪽으로 바로 고개를 돌렸다. 그리고 그곳에서 혹시나 하며 이곳까지 왔지만 절대로 보고 싶지 않았던 장면을 보고 말았다. 유루스와 아름다운 여성이 꼭 붙어 서 있는 장면이었다.

민아는 할 말을 잃고 그들을 바라보았다. 만약 정말 유루스가 다른 사람을 만나고 있다면 소리를 지르고 난동을 부릴 것 같다고 생각했는데, 막상 낯선 여자와 유루스가 같이 있는 모습을 보니 민아의 입에서는 단 한 마디도 쉽사리 나오지 않았다. 그들의 모습이 너무나도 잘 어울렸기 때문이다. 자신과는 달리 머리부터 발끝까지 다듬은 여자는 마치 사람이 아닌 인형처럼 보일 정도로 아름다웠다.

민아가 자신의 모습과 여자의 모습을 비교하고 있는데, 문득 여자의 손에 무언가가 들린 것을 보았다. 그녀는 보석 상자를 들고, 거기에서 막 반지를 꺼내 유루스에게 자랑하듯 내보이고 있었다. 그러고 보니, 제대로 들리지는 않았지만 유루스가 「선물」이라는 말을 했었다.

민아는 순간 얼굴을 가리고 몸을 돌려버리고 말았다. 더 보고 싶지 않았다. 유루스가 모델로 데뷔했을 때부터, 이런 날이 오지 않을까 항상 무서웠다. 민아가 아무리 예쁘장한 편이라고 해도, 어디까지나 일반인 중에서였다. 조각 같은 연예인, 모델들을 매일 보다 보면 그 또한 마음이 변할지도 모른다고 늘 생각했었다.

민아는 한마디도 못 하고 다시 바이크를 세운 곳까지 뛰어갔다. 여기에 있다가 유루스와 저 여자가 추레한 자신의 꼴을 볼까 봐 무서웠다. 민아는 그대로 뒤도 돌아보지 않고 바이크를 타고 그 자리를 떠나고 말았다.

민아는 멍하니 한강변에 있는 벤치에 앉아 있었다. 오래 앉아 있긴 한 것 같은데, 얼마나 앉아 있었는지는 민아 본인도 몰랐다. 한참 전에 자꾸 모르는 번호로 전화가 오는 게 짜증 나서 휴대폰을 아예 꺼버렸기 때문이다. 멍하니 강바람을 맞고 있으니까 배신의 고통이 조금 가시는 것 같……기는커녕 자꾸 화가 울컥울컥 치솟아 올랐다.

아니 유루스가 사람이라면 어떻게 자기 말고 다른 사람을 만날 수 있단 말인가? 우리가 카이아에서부터 함께한 고생이 얼만데?

하지만 화가 나는 것만큼 아프고 슬프기도 했기 때문에, 민아는 그 어떤 것도 하지 못하고 한강변에서 방황하고 있는 것이었다. 아무리 여름이라도, 셔츠 원피스 한 장 입고 계속 강가에 앉아 있으니까 조금 추워졌다. 추워서 손바닥으로 팔을 비비다가, 어느 순간 눈물이 팍 터져 흘렀다. 한번 터져 흐르기 시작하니까 걷잡을 수 없어서 민아는 결국 엉엉 울고 말았다.

눈물 콧물 다 흘리면서 엉엉 울고 있는데, 누군가가 그렇게 통곡을 하는 민아의 어깨를 꾹꾹 눌렀다. 동정을 받긴 싫어서, 민아가 애써 무시하고 있는데, 상대방은 포기하지 않고 계속해서 어깨를 눌렀다.

"선배."

들려오는 목소리에 민아는 흠칫 놀라며 고개를 돌렸다. 등 뒤에는 뛰어왔는지 숨을 헐떡이고 있는 록희가 서 있었다. 민아는 코를 한번 크게 들이켠 뒤 목소리를 겨우 가다듬고 입을 열었다.

"너 어떻게 여기 왔어?"

"율이 형한테 연락받고 왔어요. 전화 안 받는다고."

"아니. 어떻게 알았냐니까?"

"선배. 요마연 수칙 몰라요? 연락 계속 안 되면 생체 칩으로 확인할 수 있잖아요. 아직 실종시간 안 됐고 오프라고 확인 안 해준다는 거 겨우 졸라서 확인했는데 한강 다리 밑이라서 엄청 놀랐다고요. 죽은 줄 알고."

록희의 말에 민아는 입술을 비죽였다. 그러고 보니 민아가 다니는 요마연은 요마에 맞서 싸우는 기관이었기 때문에 대원들의 실종, 응급 상황 시 위치 파악을 대비해 대원 모두에게 생체 칩을 심어놓고 있었다. 아무도 모르게 혼자 있고 싶었는데, 그러지 못해 민아는 짜증스럽고 쪽팔리기까지 했다.

"됐어. 괜찮은 거 알았으니까 됐지? 빨리 너 집에나 가."

"선배나 형한테 연락 좀 하세요. 율이 형이 집에도 없고 아무 데도 없어서 선배 어떻게 된 거 아니냐고 막 걱정하셨어요."

"아, 진짜! 알아서 한다니까?"

민아가 록희를 때릴 듯이 주먹을 치켜들었다. 하지만 누군가가 민아의 그 치켜든 주먹을 붙잡았다. 민아는 깜짝 놀라 자신을 붙잡은 사람을 바라보았다. 아니나 다를까, 유루스가 뒤에 서 있었다. 민아는 록희를 휙 돌아보며 째려보았다. 유루스가 여기까지 찾아오다니, 록희가 위치를 알려주지 않으면 불가능한 일이었다.

"김민아! 왜 전화 안 받아?"

유루스가 창백해진 얼굴로 소리쳤다. 유루스가 자기에게 이렇게 소리친 게 하도 오랜만이라 놀라서 민아는 잠깐 눈을 깜빡였다가, 곧 미간에 힘을 준 채 소리쳤다.

"왜 큰소리예요? 당신이 나한테 큰소리 낼 자격이나 있어요? 지금?"

유루스가 눈앞에 있었다. 조금 전에는 마주칠까 봐 두려워 도망쳐버렸던 사람이 바로 앞에 있었다. 그런데 이렇게 가까이에서 마주 보고 서 있으려니, 조금 전과 달리 그를 향해 화가 치밀어 올랐다. 민아는 유루스에게 한바탕 쏘아붙이려고 입을 크게 벌렸다가, 겨우 자제하고 숨을 한번 크게 들이마셨다. 지금 마음 내키는 대로 말을 쏟아내면 무언가 돌이킬 수 없는 말을 해버릴 것 같았기 때문이다.

"자격? 도대체 무슨 말을 하는 거야? 갑자기 전화도 안 받고 사라진 이유가 나 때문이라고? 김민아, 나 지금 정말 당황스러운 거 알아? 뭐가 됐든 화가 났으면 말을 해서 풀 생각을 해야지. 갑자기 사라져서 한강 다리 밑에 있다는 말을 들으면 내가 얼마나 놀랄지는 생각해봤어?"

그 소리에 민아는 두 눈에 힘을 빡 준 채 유루스를 향해 고개를 치켜들었다.

"걱정? 말은 잘하네요. 어차피 바람피우고 있는 주제에!"

"뭐라고?"

민아의 말에 유루스가 입을 떡 벌린 채 바보 같은 표정을 지었다. 민아는 유루스와 몇 년을 지내면서 그가 저렇게 바보 같은 표정을 짓는 것은 처음 본다는 생각을 잠깐 했지만, 지금 그런 건 중요한 게 아니었다. 그녀는 그대로 손을 뻗어 유루스의 멱살을 꽉 움켜쥐었다. 민아의 힘준 손 밑에서 부드러운 붉은 옷감이 엉망이 되는 것이 느껴졌지만, 민아는 자제하기는커녕 아예 찢어버리겠다는 마음으로 두 손에 더 힘을 주었다.

"유루스 이올라긴, 이 비열한 거짓말쟁이! 난 다 알고 있다고요!"

별안간에 멱살이 잡힌 채 「비열한 거짓말쟁이」가 되어버린 유루스가 어이없다는 듯한 표정을 지었다. 그가 무언가 반박할 말을 꺼내려고 했지만, 민아는 그가 말할 틈을 주지 않고 계속해서 말을 쏟아붙였다.

스캔들 363

"당신 집 샀죠? 나한테는 말 한마디도 안 하고. 왜 말 안 했는지도 알아요. 그 멍청한 라디아란 계집애랑 바람피우느라고 말 안 한 거잖아요! 나한텐 집하고 차만 사면 바로 결혼할 것처럼 만날 말했으니까! 내가 집 산 거 알면 결혼하자고 조를까 봐!"

"말도 안 돼! 김민아, 네가 도대체 왜 그런 말도 안 되는 오해를 하는지는 모르겠지만……."

유루스도 더는 참을 수 없는지, 목소리를 높이며 자신의 멱살을 붙잡은 민아의 손을 붙잡았다. 하지만 그의 손이 자신의 손을 붙잡기가 무섭게 민아는 발작적으로 악 소리를 질렀다.

"더는 말하지 마요! 어차피 이런 날이 올 걸 다 알고 있었으니까!"

민아는 도저히 유루스의 말을 들을 만한 여유가 없었다. 그건 전부 민아가 지금껏 드러내지 않았던 자격지심 때문이다. 유명하고, 인기도 많고, 뭐든지 잘하는 상냥한 유루스. 자신이 그런 그와 어울리지 않는다는 그런 생각.

"그래요. 이런 날이 올 걸 알고 있었어요. 당신이 유명해져서, 예쁜 여자 연예인들을 만나면, 나 말고 다른 사람을 만나기 시작할 거라는 거 다 알고 있었다고요!"

한 마디 한 마디 꺼낼 때마다 민아는 견딜 수 없이 괴로워졌다. 그녀는 마지막으로 멱살을 잡은 손에 힘을 꽉 주었다가, 한순간에 그의 멱살을 놔버렸다. 거짓말처럼 더는 손에 힘이 들어가지 않았다.

"아니야! 아니라고!"

민아가 드디어 말을 멈추자, 유루스 또한 화를 내며 버럭 소리를 질렀다. 그는 민아의 이런 이상 행동에 굉장히 당황하고, 화내고 있었다. 그가 자신에게 멀어지려는 민아의 손을 거세게 붙잡았다. 하지만 그가 붙잡기가 무섭게 민아는 그의 손을 쳐내 버렸다.

"이제는 질렸어요."

민아는 그에게 사랑을 구걸하고 싶지 않았다. 민아는 평소 사람의 떠나버린 마음이 돌아온다 생각하는 사람도 아니었다.

그러나 지금 이 순간, 민아는 유루스에게 사랑을 구걸하고 싶었다. 서로 사랑했던 지난날들이 한순간에 없었던 것과 같이 되어버린다는 걸 받아들일 수 없었다. 화냈다가 빌었다가가, 미친 사람처럼 보인대도 상관없었다. 그런데도 민아의 입은, 그녀의 진심과 다른 말을 하고 있었다.

"질려버렸다고요. 당신이 언제 나를 버릴지 불안해하고, 항상 당신에 비해 내가 너무 부족하다고 생각하는 것에 대해……."

민아는 짧은 순간, 지났던 날들을 떠올렸다. 추억은 얼마나 아름다운지. 발라르에르크에서 그에게 작은 꽃을 건네던 순간 그의 표정이나 달빛 아래에서 그에게 사랑한다고 고백하던 순간의 표정을 떠올렸다.

하지만 지금은 그 모든 추억이나 감정들이 언젠가 퇴색되어버릴까 두려웠다. 그들을 둘러싸고 있던 주변 상황이 이젠 너무 많이 변해버린 것처럼, 언젠가 우리의 감정이 변해버리고 서로가 서로에게 아무것도 아닌 날이 오게 된다면 어떡하지? 그때의 고통을 상상하면 민아는 도저히 견딜 수가 없었다. 그럴 바엔 차라리…… 차라리 지금 끝내버리는 게 좋을 것 같기도 했다.

"이제…… 그만하고 싶다고요."

민아의 무거운 말을 끝으로 두 사람 사이에 침묵이 흘렀다. 민아는 어느새 자신이 울고 있다는 것을 깨달았다. 하지만 그녀는 흐르는 눈물을 닦을 생각도 하지 않았다. 민아는 자신이 꼴이 우스워 잠깐 너털웃음을 지었다가, 유루스에게 등을 돌리려고 했다. 하지만 그녀가 완전히 등을 돌리기 전, 유루스의 낮은 목소리가 그녀를 붙잡았다.

"김민아."

민아를 부르는 목소리는 한없이 무겁게 가라앉아 있었다. 민아는 잠깐 그냥 갈까 하다가 결국은 아주 살짝 고개를 돌렸다. 민아는 유루스가 자신을 보고 있을 거라고 생각했다. 하지만 그는 그러고 있지 않았다. 그는 아주 살짝 고개를 숙이고 있어서, 민아는 그의 표정을 제대로 볼 수가 없었다.

"지금 가면, 네가 나를 버리는 거야."

그의 표정은 전혀 보이지 않았지만……. 그렇지만 민아는 어쩐지 그가 울 것 같은 표정을 짓고 있을 것 같다고, 그렇게 생각했다. 왜 그는 그렇게 상처 받은 것 같은 목소리일까? 다른 여자를 만나고, 아무렇지도 않게 거짓말을 한 것은 바로 그였으면서.

"너는 내가 너를 배신했다고 말했지만, 그건 있을 수 없는 일이니까. 난 너를 버릴 수 없어. 오로지 너만이 나를 버릴 수 있다고."

유루스는 고개를 들어 민아를 마주 바라보았다. 마치 울 것 같은 목소리였는데, 의외로 그는 전혀 그런 표정이 아니었다. 미간을 찌푸린 그는 화가 난 것 같기도 했고, 상처 받은 것 같기도 했다.

"나는 너만 바라보고 이 세계로 왔으니까. 아직도 모르겠어? 내가 왜 전혀 망설이지도 않고, 아무렇지도 않게 너를 따라왔는지?"

유루스의 말에 민아는 아무런 대꾸도 하지 못했다. 그가 왜 아무렇지도 않게 달의 문을 넘었는가? 민아 또한 그 이유를 알고 있었다. 다만, 지금까지 잠깐 잊고 있었던 것만 같다.

"네가 있는 곳이 내가 있어야 할 곳이라고 생각했으니까. 그리고 난, 너와 함께 있을 수 있다면 다른 건 그 어떤 것도 필요하지 않았으니까. 다른 세계고 그런 전혀 중요하지 않았어. 중요한 건, 이곳이 너와 있을 수 있는 곳이었다는 거야."

유루스가 성큼성큼 민아 앞으로 걸어왔다. 민아는 잠깐 주춤거렸지만, 뒷걸음질을 치지는 않았다. 유루스는 금세 민아의 코앞까지 다가왔다. 그는 민아의 손목을 잡을 것처럼 손을 뻗었다가, 미처 그녀의 손을 잡지 못하고 잠깐 망설였다. 어쩌면 조금 전처럼, 그녀가 다시금 손을 쳐내버릴 거라고 생각했는지도 모르겠다. 그는 조금 머뭇거리다가 민아의 옷깃을 잡았다. 그가 씩씩하게 다가왔던 걸음걸이를 생각하면, 우습게까지 보일 수도 있는 모습이었다. 하지만 민아는 그게 전혀 우습지 않았다. 그는 조심스럽게, 그러나 결코 놓치지 않을 것처럼 단단히 민아의 옷깃을 잡고 있었다.

"네가 나를 버려도, 나는 너를 절대로 못 놔줘. 나는 여전히 너를 너무 사랑하니까. 네가 없으면, 나는 살 수 없으니까."

"유루스……."

"그러니까, 제발 가지 마……."

민아는 얼굴이 점점 열이 오르는 것을 느꼈다. 그가 자신의 옷깃을 잡은 다음에야, 민아는 지금까지 듣고도 제대로 듣지 못했던 그의 말들을 떠올릴 수 있었다. 그는 계속 자신의 의심을 부정했었다. 그러나 민아는 그의 말을 전혀 듣지 않았다. 애초에 들을 생각도 하지 않았던 것 같다. 어리석게도 혼자 망상에 빠져 결론을 내리고, 성급한 결정을 해버린 것이었다. 그런 어리석고 멍청한 연인을 유루스는 이토록 필사적으로 잡고 있었다. 그는 자신의 모든 것을 버리고 오로지 그녀만을 위해 완전히 다른 세계로, 이곳으로 오지 않았던가.

민아는 부끄럽고, 미안하고, 견딜 수 없이 창피해져 버렸다. 왜 자신은 그토록 쉽게 유루스를 의심해버리고 말았던 걸까? 자신이 알고 있던 유루스가 그토록 쉽게 자신을 배신해버릴 사람이었나? 결코 아니었다. 모든 것은, 그저 민아의 바보 같은 의심 때문이다.

민아는 자신의 옷깃을 잡고 있는 유루스의 손을 떼어냈다.

그토록 필사적으로 잡고 있었으면서, 민아의 손짓 한 번에 유루스의 손은 떨어졌다. 그리고 그와 동시에, 민아는 유루스를 있는 힘껏 껴안았다. 있는 힘껏, 정말 있는 힘껏 끌어안아서 마치 그녀가 유루스에게 떨어지면 죽는다고 생각하는 게 아닐까 싶을 정도였다.

"유루스. 미안해요. 내가…… 내가 왜 그랬는지……."

민아가 유루스를 있는 힘껏 끌어안는 순간, 유루스는 그의 얼굴을 더 찌푸렸다. 이번에야말로 울 것 같은 표정이라는 걸 민아는 알 수 있었다. 그래서 더 미안했다. 늘 그에게 이런 표정을 짓게 만드는 것은 자신이었다. 왜 자신은 그에게 상처를 주고 마는 것일까.

"왜 나를 믿어주지 못한 거야? 나는 이 세상에서, 오로지 너만을 믿고 있는데."

"미안해요. 유루스. 정말 미안해요."

유루스의 원망하는 말과 민아의 미안하다는 말이 수십 번 반복되었다. 한참을 그렇게 서로 끌어안고 넋두리 같은 대화를 나누고 나서야, 두 사람은 빨개진 눈으로 두 사람 사이의 이야기를 자세히 나눌 수 있었다.

"이해할 수 없어. 도대체 왜 그런 생각을 한 거야? 너도 『사랑과 전투』 봤어?"

민아의 왜 그런 오해를 했는지 전부 소상히 들은 다음, 유루스가 어이가 없어 죽겠다는 표정으로 가슴을 쳤다. 유루스의 입에서 나온, 지나치게 생활감 넘치는 이혼 프로그램의 이름에 민아가 잠깐 어안이 벙벙해하는 사이, 이번에는 유루스가 민아의 어깨를 잡고 흔들기 시작했다.

"바보같이! 너 말고 다른 여자 같은 건 없어! 라디아란 이름을 어디서 들었는지는 모르겠는데, 걔는 내가 이번에 후원하기 시작한 후원아동이야! 매니저가 이제 좀 유명해졌으니까 선행 좀 하라고 해서 후원 시작한 애라고! 그리고, 설마하니 네가 내가 유명해지면 바람피울 거라고 생각했다는 건 상상도 못 했어. 넌 내가 그런 사람일 거라고 생각한 거야?"

유루스가 그야말로 쉴 새 없이 어깨를 흔들어대서, 민아는 골이

핑핑 울리는 것 같은 기분에 정신을 차릴 수 없었다. 하지만 그런 와중에도 그의 해명은 전부 귓속으로 쏙쏙 들어왔다. 그의 해명에 민아는 안도하면서도, 한편으론 엄청나게 민망해질 수밖에 없었다.

"너야말로 왜 나를 믿지 못했던 거야? 난 카이아에서부터 너밖에……."

그때 두 사람의 머리 위에서 굉음이 울려 퍼졌다.

펑!

"아……. 결국 시간이 돼버리고 말았네."

울려 퍼지는 굉음과 함께, 유루스는 기운이 쭉 빠진 것 같았다. 그는 화를 내던 것도 멈추고, 한숨을 푹 내쉬며 그냥 그대로 민아의 머리를 끌어안았다. 민아는 굉음에 놀라 그의 품에서 벗어나 아직도 어지러운 고개를 하늘로 들어 올렸다. 저 멀리서 새빨갛고 하얀 폭죽이 밤하늘을 장식하고 있었다. 멍하니 그 불꽃놀이를 바라보는 민아의 눈물 젖은 얼굴을 유루스가 가만히 맨손으로 닦아주었다.

"기억나? 내가 카이아에서 너를 위한 불꽃놀이를 해준다고 했잖아."

"아……."

유루스의 말에 민아가 살짝 입을 벌렸다. 몇 년 전, 유루스가 카이아에서 분명 그런 말을 해준 것 같기는 했다. 하지만 이미 몇 년이나 지난 일이고, 지금까지 민아는 새카맣게 까먹고 있던 일이었다.

"그러면……."

"아쉽지만, 너만을 위한 불꽃놀이는 아니야. 여기서는 불꽃놀이를 하려면 허가를 받아야 하는데, 개인한테는 대형 불꽃놀이 허가를 잘 안 해주더라고."

펑!

폭죽 소리가 계속해서 연달아 울리고 있었다. 유루스는 씁쓸한 표정으로 폭죽이 터지는 먼 하늘을 바라보고 있었다.

"그래서, 불꽃놀이 행사가 잘 보이는 카페를 통째로 빌렸거든. 이벤트회사도 불러서 피아노 연주자도 섭외하고."

유루스의 말에 민아는 눈을 동그랗게 떴다. 이벤트회사의 문자가 민아의 머릿속을 스치고 지나갔다. 다름 아닌 민아 자신을 위한 예약이었다니. 민아는 당황스러운 나머지 얼굴을 붉히고 말았다.

"그럼…… 왜 아무 말도 안 한 거예요? 나는 문자만 보고…… 영락없이 당신이……."

"서프라이즈 이벤트였으니까."

두 사람 사이에 잠깐의 침묵이 감돌았다. 유루스는 다시 한 번 긴 한숨을 내쉰 채 민아에게 질문을 했다.

"그럼. 이제 오해는 다 풀린 거야?"

그의 질문에 민아의 볼이 금세 새빨갛게 달아올랐다. 민아는 잠깐 머뭇거리다가, 민망함에 속눈썹을 파르르 떨며 고개를 끄덕였다.

"네⋯⋯. 오해해서 정말 미안해요."

민아의 사과에 유루스는 약간 입술을 비죽이며 고개를 끄덕였다.

"마음 같아선 더 화내고 싶지만. 오늘은 중요한 일이 있으니까 봐줄게."

"중요한 일이요?"

민아가 약간 영문을 모르겠다는 목소리로 되물었다. 유루스는 그런 민아를 보며 약간 긴장한 듯 얼굴을 굳혔다가, 갑자기 손을 뻗어 어깨에 건 백팩 끈을 잡아당겼다. 그는 백팩을 앞으로 당겨 주섬주섬 백팩에서 작은 상자를 하나 꺼냈다. 여기까지 뛰어오느라 다 구겨진 작은 케이크 상자. 민아는 유루스가 그 상자에서 작은 컵케이크를 꺼내는 것을 믿을 수 없다는 눈으로 쳐다보았다. 유루스는 모양이 살짝 무너진 하얀색의 컵케이크를 민아 쪽으로 내밀고 있었다.

"김민아. 나랑 결혼해줄래?"

두 사람의 눈이 잠깐 마주치고, 유루스가 그로서는 드물게 긴장된 표정을 짓고 있었다. 민아는 아무런 말도 하지 못하고 케이크와 유루스를 번갈아 쳐다보고만 있었다. 민아가 한참이나 말을 하지 않자, 유루스는 뒤늦게 아차 하는 소리를 냈다.

"아⋯⋯. 맞다. 케이크에서 반지를 발견한 다음에 해야 하는 말이었구나."

두 사람의 등 뒤에서 가벼운 웃음소리가 났다. 그러고 보니 그들의 등 뒤에는 아직도 록희가 서 있었다. 록희는 어느새 휴대폰을 꺼내 두 사람의 일생일대의 이벤트를 촬영하고 있었다. 민아는 록희의 카메라를 잠깐 쳐다봤다가 다시 유루스 쪽으로 고개를 돌렸다. 자기가 지금 무슨 얼굴을 하고 있는지 알 수가 없었다.

눈물 콧물 범벅된 얼굴에 산발이 된 머리, 전혀 아름답지 않을 것이 분명했다. 한순간의 오해 때문에 일생일대의 순간을 이렇게 이상한 꼴로 보내게 되다니, 당황스러운 기분이 가득했다.

하지만, 민아는 문득 유루스가 커플룩이라던 빨간 하와이안 서츠를 입고 있는 것을 발견했다. 이 사람, 방송국에서 볼 때는 분명 멋있는 양복 차림이었는데, 그사이에 이벤트를 한다고 커플룩으로 갈아입은 모양이었다. 막상 민아는 어제 유루스가 신경 써서 고른 커플룩을 잠옷으로나 입겠다고 했었는데…….

민아는 다시 눈에서 눈물이 비죽 새어 나오는 것을 느꼈다. 이번에는 분노나 슬픔의 눈물이 아닌, 기쁨의 눈물이었다. 얼굴이 더러워도, 머리가 산발이어도 괜찮았다. 유루스는 그런 것과는 상관없이 항상 자신을 사랑했다.

"네. 결혼할게요. 몇 번이고 할 테니까."

민아는 유루스의 손에 들린 컵케이크를 그대로 반 깨물어 먹었다. 달콤한 케이크의 입자가 목구멍 너머로 넘어가고, 반 남은 케이크에 반짝이는 백금 반지 한 쌍이 보였다. 아무래도 민아의 월장석 반지만 있으면 쌍이 맞지 않으니, 새로 짝을 맞춰 주문한 반지인 듯했다.

유루스는 케이크에서 반지를 꺼내며 가볍게 웃는 소리를 냈다.
"결혼은 한 번이면 충분해."

서로가 서로의 손에 반지를 끼워주고 두 사람은 서로에게 입을 맞췄다. 민아는 그동안의 수백 수천의 입맞춤 중에서 가장 달콤한 입맞춤이라고 생각했다.

펑!

다시 폭죽이 터졌다. 커다란 꽃과 같은 불꽃이 이 하늘을 완벽하게 장식했다. 두 사람은 미처 불꽃을 보지 못했지만, 록희의 카메라가 이 순간을 완벽하게 담아냈다. 민아는 지금 이 순간이 너무 행복해서, 영원히 계속되었으면 좋겠다고 생각했다. 그리고 그것은, 반쯤은 이루어질 소원이었다. 비록 이 순간은 영원하지 못하더라도 오늘과 같이 행복한 날들이 계속될 터였으니 말이다.

∽

 프러포즈를 성공적으로 마친, 또 성공적으로 촬영한 세 사람은 터덜터덜 한강 다리 위를 건너가고 있었다. 불꽃놀이 때문에 차가 너무 많아서 택시를 잡을 수 없었기 때문이다. 그렇다고 유루스의 오토바이에 세 명이 탈 수도 없는 노릇이었으니, 세 사람은 터덜터덜 한강 다리를 건너는 수밖에 없었다.
 펑! 펑!
 불꽃놀이는 계속되고 있었다. 운이 좋으면, 불꽃놀이가 끝나기 전에 유루스가 전세 냈다는 카페에 도착할 수 있을 것 같았다.
 "그러면 오늘 방송국에서 반지 받은 여자는 누구예요? 난 그 여자가 라디아인 줄 알았는데."
 "아. 방송국 왔었어? 말을 하지. 왜 그냥 갔어. 아무튼 그 사람은 우리 소속사 사장님. 난 잘 모르는데 그 사람이 반지는 꼭 무슨 브랜드로 해야 한다고 해서 대신 맞춰주셨어. 사장님도 결혼반지 맞춘 데래. 근데 너 사장님 한 번도 본 적 없었나?"

민아의 질문에 유루스가 무던한 목소리로 대답했다. 유루스의 말에 민아는 미간을 찌푸렸다. 그러고 보니 당연히 라디아일 거라고만 생각하고 얼굴을 제대로 보지 못했다. 이제 와 다시 생각해보니 라디아는 금발로 염색을 했는데 그 여자는 까만 머리를 하고 있었다.

민아는 자신이 왜 그런 오해를 했나 통탄스러울 뿐이었다. 유루스가 자신을 배신할 리 만무했는데 말이다.

민아가 헤헤헤 민망한 웃음을 짓고 있는데, 갑자기 뒤에서 록희가 두 사람 사이로 끼어들며 어깨동무를 했다.

턱 하고 얹히는 록희의 팔 무게에 민아는 속으로 귀찮다는 생각을 했다.

화해한 거 봤으면 집에나 얼른 가지, 록희는 또 눈치 없이 두 사람의 데이트에 끼어들어 있었다.

"율이 형. 그러고 보니까 오늘 무슨 일 있었는지 알아요?"

록희가 깐죽대는 목소리로 유루스에게 질문했다. 그 질문에 민아가 미간을 찌푸린 채 확 고개를 돌려 록희를 노려보았다. 하지만 저 **뺀질뺀**질한 눈을 보아하니 록희가 오늘 일을 있는 대로 유루스에게 털어놓을 속셈인 게 다 보였다.

"글쎄 선배가 얼마나 질투가 심한지~ 아이돌 라디아랑 선배랑 바람난 줄 알고~ 나한테 오늘 형 스케줄 보내라고 문자를~."

"으아! 배고파요! 빨리 카페까지 가자고요!"

민아는 록희의 말을 끊기 위해 갑자기 소리를 지르며 한강 다리를 달려가기 시작했다. 하지만 록희는 멀어지는 민아는 아랑곳하지 않고 민아의 오늘 부끄러운 행적을 전부 고해바치고 말았다.

결국, 민아에게 오늘은 정말 행복하고 좋은 날이기도 했지만, 유루스와 만난 뒤로 가장 부끄러운 날이 되기도 해버렸다.

그리고 다음 날, 『모델 이율 남자와 열애 중?! 이틀 연속 데이트, 한강에서 어깨동무 산책』으로 유루스는 정말 스캔들이 나고 말았다…….

『푸른 사막의 달』 마침.

작가 후기

완결입니다. 완결완결완결완결 완결입니다! 으아아아아아! 제 인생 첫 출간작이자, 첫 장편이 드디어 완결을 맺는군요! 이것 참……. 뭐랄까요……. 정말 대차게 시원섭섭한 기분이에요. 파도치는 절벽 위에서 두 손을 번쩍 든 채 프리덤을 외치고 싶은 기분이기도 하고, 순간순간 아쉬운 부분이 생각나서 괴로워지기도 하고……. 아무튼 이제 정말 끝나고야 말았습니다. 지금까지 민아와 함께 달려와 주신 독자님들 정말 감사합니다. 이 소설이 완결 날 수 있었던 것은 120% 끝까지 함께해주신 독자님들 덕분이에요. 빈말이 아니라 정말로 진짜로요.

갑작스레 썰을 풀자면 민아와 유루스는 결혼해서 아들 딸 하나씩 낳고 잘 살 겁니다. 누나랑 남동생. 그리고 아들은 사춘기 무렵 유루스와 무지막지 사이가 안 좋을 예정입니다. 딸은 엄마아빠한테 옛날이야기를 듣고 자란 영향으로 달의 문 너머의 세계를 동경하게 되어서 부모님 속 왕창 썩일 예정이고요*^^* 아무튼 전부 행복하게 오래오래 잘 살 거예요!

사실 외전으로 『스캔들』이 아니라 민아 딸이 달의 문 너머로 가출(…)을 해서 뮤리온 아들 뮤안을 만나게 되는 이야기를 쓸까 했는데……. 그건 어쩐지 외전이 아니라 아예 다른 이야기의 도입부 같아지는 것 같아서 그냥 『스캔들』을 썼습니다.

쓰면서 이 모든 사건의 원흉인 황제 카인이 이렇게 끝까지 잘 먹고 잘 살아도 되는 걸까 하는 생각이 들었지만, 실제로도 나쁜 놈들이 끝까지 잘 먹고 잘 사는 경우가 많기 때문에 그냥 두었습니다. 애초에 『푸른 사막의 달』 같은 경우 절대적인 선과 악이 있는 게 아니라, 그냥 입장 차이에 불과하게 무게를 두고 썼고요…….

이제 와서 하는 이야기인데 전 등장인물 중에 뮤리온을 가장 좋아했습니다. 여러분은 어떤 캐릭터를 가장 좋아하셨나요?

또 뜬금없이 이건 제가 푸사달의 주요 남캐들을 두고 저번에 생각해본 건데……. 집에 수도가 고장 나면 1. 뮤리온은 데이트라트를 부르고, 2. 데이드라트는 수리 센터를 부르고, 3. 유루스는 자기가 고칠 것 같아요. 수도 면에서만 보자면 우리 집에선 유루스가 살았으면 좋겠군요……. 레길이요? 레길은 딱히 어떻게 할지 떠오르지 않는데……. 확실한 건 그 자식은 절대 자기가 고칠 녀석이 아니라는 겁니다.

마지막이라서인지 지나치게 아무 말이나 한 것 같은 느낌이군요. 이제 소설처럼 후기도 끝낼 때가 왔습니다. 지금까지 읽어주신 독자님들, 항상 예쁜 일러로 호강시켜 주신 하운님, 출판사 관계자 분들, 그리고 가족과 친구들 모두 감사합니다! 항상 건강하시고 행복하시기를 기도할게요!

그럼 안녕! 정말 안녕!

2017년 2월

강민정

일러스트 작가 후기

 안녕하세요. 마지막 권 작업을 마치고 완결에 가슴 찌잉한 하운입니다.

 처음 후기로 인사드리네요. 첫 출판 작업이라 실수도 부족한 부분도 많았는데 작가님과 편집부 분들의 도움으로 매번 어찌어찌 고개를 넘어온 것 같습니다^^; 후기를 빌려 감사 인사드립니다.

 완결까지 재미있게 보셨나요? 독자님들과 마찬가지로 저는 매권 충격과 공포의 "아아니 작가님??"을 열 번씩 외쳤답니다. 당연해요. 처음 받은 시놉시스와 달랐다고요? 캐릭터 시안을 짠 멤버 중 사망자가 나올 줄이야.

데이가 죽은 후, 순진하게도 나중에 어디선가 다시 돌아올 거라 믿었다가 이번 권에서 나디르에게 절절히 감정이입을 했습니다.

민아의 손톱이 뽑히고, 데이는 죽고, 리온 살이 찢어지고, 모두의 피가 튀고. 예에…… 온드로드의 꽃 원액이 비싸게 거래되는 이유를 알 것만 같았어요. 처음 제게 상큼하고 정답게 인사 주셨던 작가님께서 이렇게 아이들을 굴리실 줄이야. 작가님 보이시나요, 제 먼 눈이……? ㅍ_ㅍ

『푸른 사막의 달』에 등장하는 매력적인 인물 중 가장 애정하는 캐릭터라 하면 단연 뮤리온입니다.

부드러운 인상과 그에 어울리는 성격에 문무에도 능한 왕족! (유능하고 멋진 묘사보단 부드러운 서브 남자주인공의 연출이 더 많았지만요.)

『푸른 사막의 달』의 인물들은 모두 변화하고 성장하지만 민아나 유루스가 서로의 부족한 부분을 채워주는 식으로 변한다면, 리온은 좀 더 다루는 세계가 크고 자신의 위치를 찾아가는 전개라 리온의 성장물 같기도 했어요. 순수하고 겸손하고 정의로운 데다가 배신당하고 좌절하면서도 신념과 연정을 끝까지 지켜나가는 모습이 멋진 캐릭터였죠.

작가님과 마지막까지 달려오고 나서야 인물들의 모습이 더 잘 잡히는 것 같은데 더는 그릴 일이 없다니 무척이나 아쉽습니다.

마지막에 큰 웃음 주었던 율민 커플도, 카이아의 식구들도 각자의 이야기를 계속해서 이어가고 있겠죠? 저도 다른 작품으로 계속 이야기를 보여드릴 수 있도록 노력하겠습니다! 그때까지 모두 건강하시고 또 건강하시고 행복하시길 바랍니다.
 감사합니다.

2017년 2월

하운